GAN BWYLL A GWYDDBWYLL

Addasiad Bethan Gwanas

o

Check Mates

gan

Stewart Foster

y lolfa

Argraffiad cyntaf: 2021

Addaswyd gan Bethan Gwanas

Cyhoeddwyd y fersiwn gwreiddiol yn 2019
Gan Simon & Schuster UK Ltd

Rhif Llyfr Rhyngwladol: 978 1 80099 066 1

Dymuna'r cyhoeddwyr gydnabod cymorth ariannol
Cyngor Llyfrau Cymru

Cyhoeddwyd ac argraffwyd yng Nghymru
ar bapur o goedwigoedd cynaliadwy gan
Y Lolfa Cyf., Talybont, Ceredigion SY24 5HE
e-bost ylolfa@ylolfa.com
gwefan www.ylolfa.com
ffôn 01970 832 304
ffacs 01970 832 782

1

Y Clwb Syllu ar y Wal

Dwi'n syllu ar y wal. Mae hi mor llydan â fy nghiwbicl i ac yn ymestyn i fyny at y nenfwd. Gwagle gwyn yn llawn o ddim. Mae Mrs Ewens yn deud bod hyn i fod i fy helpu i feddwl am be dwi wedi'i neud, yr effaith mae'n ei gael ar y dosbarth, yr effaith mae'n ei gael arna i. Ond dydy syllu ar y wal ddim yn teimlo fel tasa fo'n fy helpu i. Mae'n teimlo fel cosb.

Y cwbl 'nes i oedd gofyn i Mr Fields os oedd o'n gwisgo wig.

Chwerthin nath y dosbarth, ond doedd o ddim yn meddwl ei fod o'n ddigri. Oedd gan y ffaith ei fod o'n gwisgo wig unrhyw beth i'w neud â Daearyddiaeth?

'Nag oes,' meddaf i.

'Ia, nag oes, Felix. Felly gwna dy waith.'

Ond do'n i ddim yn gallu canolbwyntio. Roedd Jake, fy ffrind gorau, yn eistedd wrth fy ymyl i yn chwerthin ac roedd hynny'n fy ngneud i'n waeth.

‘Syr, ydach chi’n licio crympets?’ gofynnais. Pam crympets, does gen i ddim clem; mi fyddai wedi gallu bod yn unrhyw beth – wythnos dwetha roedd o’n drychfilod, croen oren, rhwydi pysgota, ond y bore ’ma y gair ‘crympet’ neidiodd i mewn i ’mhen i ac allan o ’ngheg i.

‘Beth?’ Edrychai Mr Fields yr un mor ddryslyd â chriw’r dosbarth.

‘Ydach chi’n licio crympets? Dwi ddim. Maen nhw’n llawn tyllau fel tasa pryfaid genwair wedi bod yn eu bwyta nhw.’

Dyna pryd gafodd Mr Fields lond bol. Dyna pryd ddwedodd o, ‘Felix, allan!’

Felly dyna sut ges i siarad efo Mrs Ewens.

Dyna pam dwi yma yn y Clwb Syllu ar y Wal eto.

Stafell Ynysu ydy’r enw go iawn, ond y Clwb Syllu ar y Wal ydy o i ni, achos dyna be ’dan ni’n neud – syllu ar y wal. Dyma’r ail dro i mi’r wythnos yma, y nawfed y mis yma. Dydy o ddim achos ’mod i’n gneud rhywbeth mawr o’i le, dwi jyst ddim yn gallu canolbwyntio nac aros yn llonydd. ADHD ydy ei enw o, mae’n debyg – Attention Deficit Hyperactivity Disorder – neu ADCG yn Gymraeg – Anhwylder Diffyg Canolbwyntio a Gorfywiogrwydd – sef ffordd gymhleth o ddeud ’mod i’n gnonyn aflonydd, yn ôl Mam a Dad. *Maggot* ydy cnonyn, ond *ants* yn dy bants fyddet ti’n ddeud yn Saesneg. Y cwbl wn i ydy alla i ddim peidio, ond mae o’n golygu ’mod i’n cael fy ngyrru i syllu ar y wal yn aml. Ond ddim mor aml â James King ym Mlwyddyn 9. Mae o’n cael ei yrru yma bob dydd. Mae o’n eistedd ar ochr arall y partisiwn rŵan, yn tapio’i droed yn erbyn coes ei gadair. Ac mae ’na bedwar plentyn arall yma – dau fachgen o Flwyddyn 8 a dwy hogan o Flwyddyn 9. Dydan ni ddim yn siarad efo'n gilydd, ond weithiau 'dan ni'n gwenu neu'n nodio fel tasen ni'n perthyn i ryw glwb cyfrinachol. Ond y rhan fwya o'r amser 'dan ni'n eistedd yn ein ciwbicls yn syllu ar y waliau gwyn, yn meddwl am y pethau 'dan ni wedi'u gneud, ond y cwbl sy ar fy meddwl i ydy mynd adre efo Jake i gael ffeit efo'r cafalri.

Tap. Tap. Tap.

Tap. Tap. Tap.

'James, dwi'n meddwl ein bod ni wedi cael digon o hynna!'

Tap. Tap. Tap.

Tap. Tap. Tap.

'James.' Mae Mrs Ewens yn sbio dros ei chyfrifiadur. 'Wnei di roi'r gorau iddi?'

'Ond, Miss, dwi wedi bod yma ers oes pys.'

'A bai pwy ydy hynny?'

'Fi.' Mae James King yn ochneidio.

Tap. Tap. Tap.

Dwi'n syllu ar y wal.

Tap. Tap. Tap.

'Hei, ti!' Mae James King yn sibrwd fel tasen ni mewn carchar. Dwi'n ei anwybyddu o. Mae o wastad yma am ei fod o wedi cael ffeit, neu wedi rhegi ar athro. Dim ond oherwydd y crympets dwi yma. Dwi'n trio canolbwyntio ond mae fy nychymyg i a'r pethau lleia yn tynnu fy sylw i, fel ceir yn pasio y tu allan a phry cop yn cropian i lawr y wal, ar hyd y llawr. Dwi'n llithro fy esgid ar draws teilsen o garped. Mae'r pry copyn yn dringo ar fy esgid i, dros y careiau.

'Oi!'

‘Be?’ Dwi’n neidio allan o fy meddyliau wrth i ben James King neidio allan o ochr y partisiwn. Dwi ddim isio siarad efo fo a chael fy hun i fwy o drwbwl, ond mae Jake yn deud mai’r peth gwaetha fedri di neud ydy anwybyddu James King achos mi fydd o’n meddwl bod arnat ti ei ofn o. ‘Be?’ dwi’n sibrwd yn ôl.

‘Gest ti dy yrru at Mr Mclugash?’ Mae James King yn siarad fel tasen ni’n fêts ond dydy o byth yn deud fy enw i.

‘Naddo,’ dwi’n sibrwd yn ôl.

‘Ges i,’ mae o’n brolio. ‘Deud y gneith o ecsbelio fi os bydda i’n gneud yr un peth eto. Be ’nest ti?’

‘Dim byd mawr. Jyst methu ista’n llonydd.’

Mae’n tynnu wyneb yna’n deud, ‘Ti ydy’r boi efo’r taid rhyfedd, ’de?’

‘Ti’n deud hynna bob tro,’ dwi’n ochneidio.

‘Dwi’n gwbod – achos *mae* o’n rhyfedd.’

‘Ti’m yn ei nabod o.’

‘Dim rhaid i mi,’ meddai James King. ‘Ond mae dy nôl di mewn car pinc bob dydd yn rhyfedd.’

‘Jyst Taid ydy o,’ meddaf i.

‘James, symuda a gad lonydd i Felix.’

‘Gnewch iddo *fo* symud.’

‘Na wnaf,’ meddai Mrs Ewens. ‘Gofyn i *ti* wnes i.’

Mae James King yn hwffian, yna’n cydio yn ei fag a symud. O fewn eiliadau mae o’n dechrau tapio eto.

Dwi’n syllu ar y wal, ac yn trio’i gau o allan. Mae rhai’n gneud eu gwaith cartre yma, rhai’n darllen. Aeth Jake i gysgu yma unwaith, ond dwi jyst yn syllu ar y wal i neud i amser basio’n gynt, i anghofio lle ydw i. Os dwi'n syllu'n ddigon hir, dwi'n gweld lliwiau a siapiau ac maen nhw'n toddi mewn i'w gilydd ac mae o fel taswn i'n gwylio ffilm – fy nhŷ i, tŷ Jake, tŷ Taid, o gwmpas sgwaryn o wair. Ac yng nghanol y sgwâr mae coeden Jake a fi.

Yn y gaeaf 'dan ni'n filwyr yn cropian dros y gwair ar ein boliau efo gynnau, yn siarad ar y *two-way radio*, a phan mae'n ddiogel 'dan ni'n gosod ein *bayonets* ac yn rhedeg drwy'r eira. Yn yr haf 'dan ni'n llwytho canons ac yn eu saethu nhw at y gelyn. Weithiau dwi'n cael fy nghrafu gan fwled; weithiau maen nhw'n fy nharo i go iawn, reit rhwng fy asennau i. Dwi'n dal i fedru teimlo'r boen yn fy nghalon, ac os dwi'n codi 'nghrys dwi'n gallu rhedeg fy mysedd dros y pant yn fy nghroen lle nath y grachen ddisgyn i ffwrdd.

Mae Jake a fi'n ymosod ar bawb. Does dim ots pwy ydyn nhw nac o ba wlad maen nhw'n dod, ond os ydyn nhw'n meiddio dod yn rhy agos a bygwth ein coeden ni, dyna fo. Dwi'n dychmygu 'mod i yno rŵan ac yn eu gweld nhw'n dod yn nes drwy fy minocwlars. Mae 'na sneipar ar ben to Mrs Flower, yn anelu mewn hanner cylch rownd y sgŵar, dros y ceir o flaen drysau ein tai ni. Mae o'n dal i anelu, anelu, nes iddo fo stopio'n sydyn reit gyferbyn â'n coeden ni. Rhaid i mi ei stopio fo. Rhaid i mi…

Dwi'n codi'r gwn ac yn gosod y carn yn erbyn fy ysgwydd i.

Snap!

Mae'r sneipar yn anelu'n syth ata i a dwi'n anelu ato fo. Rydan ni fel dwy lygad ar ddau ben gwahanol rhyw homar o delesgop.

'Paid â saethu!' mae'n sibrwd.

'Paid â saethu!' dwi'n sibrwd yn ôl.

Clic.

Mae o wedi tanio.

Clic.

Dwi wedi tanio.

Dwi'n symud fy mhen yn sydyn wrth i fwled hisian heibio 'nghlust i.

Ha. Ges i ti! Mae pen y sneipar yn ffrwydro fel anferth o domato.

'Felix! Felix!' Mae rhywun yn tapio ar fy ysgwydd i.

Dwi'n neidio ac yn troi. Mae Mrs Ewens yn edrych arna i yn rhyfedd.

'Ia, Miss… o'n i jyst yn…' Mae 'mhen i'n baglu'n ôl i mewn i'r byd go iawn. Mae Mrs Ewens yn tapio'r bwrdd.

'Felix,' meddai. 'Mae dy daid yma.'

2

Y Car Pinc

Mae James King yn deud llwyth o bethau – mae rhai ohonyn nhw'n ddigri, y rhan fwya yn gas. Am ei fod o ddwy flynedd o 'mlaen i yn yr ysgol, dwi'm yn clywed pob dim mae o'n ddeud, ond yn anffodus i mi, mae'r pethau mae o'n ddeud am Taid yn wir. Na, dydy o ddim yn rhyfedd, ond mae gynno fo gar pinc ac mae o newydd nôl i o'r ysgol ynddo fo. Nain fyddai'n fy nôl i o'r ysgol gynradd, ond pan aeth hi'n sâl, Taid ddaeth yn ei lle hi a dal ati wedyn, hyd yn oed ar ôl iddi farw. Ro'n i wedi meddwl y byddai o'n stopio eleni a finna'n mynd i'r ysgol uwchradd, ond roedd o'n dal i ddod. 'Nes i ddeud wrth Mam ei fod o'n codi cywilydd arna i, ond nath hi ddeud ei fod o'n rywbeth i Taid neud, i gael rwtîn a chwmni. Mi fydda i'n mynd i'w dŷ o am de bob nos hefyd, ond ddim ond dros dro tra mae Mam yn gneud shiffts dwbl. Dwi'n meddwl bod Taid yn mwynhau dod i fy nôl i, ond ddim pan dwi'n cael fy hel adre'n gynnar, achos mae o'n colli ei hoff raglenni ar y teledu.

'Rhaid i ti ganolbwyntio, Felix!' mae o'n gweiddi wrth grasho'r gêrs. 'Fedri di ddim cael dy yrru adre o'r ysgol yn dragwyddol!'

'Dydy o ddim bob dydd, Taid,' meddaf i. 'Dim ond dwywaith wythnos yma.'

'Dwywaith yn ormod!' Mae Taid yn edrych arna i'n flin. 'Efallai ddylen nhw dy glymu di i gadair.'

'Braidd yn ddrastic, Taid,' dwi'n deud yn hwyliog i drio codi ei galon.

Mae Taid yn ysgwyd ei ben yn araf ac yna'n edrych ar y ffordd.

Dwi'n gwasgu fy mag yn dynn wrth iddo fo yrru'n ei flaen. Dwi'n meddwl y byd o Taid, ond mi fyddai'n well gen i tasa'i gar o ddim yn binc. Mae pobl yn gallu'i weld o o bell. Mae hyd yn oed Jake yn deud ei fod o'n edrych fel fan hufen iâ. Dydy Taid ddim hyd yn oed yn licio pinc. Weithiau dwi'n meddwl tybed nath o'i brynu o am ei fod o mor fyr ei olwg, ond dwi'n gwbod mai'r gwir ydy ei fod o wedi'i brynu o am mai hoff liw Nain oedd o. Un tro 'nes i ddeffro, edrych allan o ffenest fy llofft a'i weld o wedi'i barcio y tu allan i'w tŷ nhw. Roedd Nain wedi gwirioni efo fo ac yn ei yrru i bob man – i'r siopau, i'w chlwb bowls, i wersi rumba, i'r sinema pan fyddai'n mynd â fi yno unwaith y mis fel trît. Ar ôl iddi farw, rhoddodd Taid hysbyseb yn y papur lleol a sticer AR WERTH yn ffenest gefn y car. Ond ffoniodd neb i holi, a'r unig bobl nath stopio i'w weld o oedd y rhai oedd yn gadael i'w cŵn biso ar yr olwynion. Ond dwi ddim yn meddwl ei fod o isio gwerthu'r car beth bynnag, achos ar ôl pedwar diwrnod roedd y sticer wedi mynd a gwerthodd ei Ford Fiesta glas yn lle'r car pinc.

Mae Taid yn gwingo wrth newid gêr eto.

'Pam na fyddwn i wedi prynu car *automatic*?!' meddai. Mae o fel tasa fo'n mynd yn fwy swnllyd ac yn fwy blin wrth i ni agosáu at adra. Dwi'n meddwl ei fod o wedi cael diwrnod gwael efo'i ddiabetes. Pan mae ei lefelau siwgr o'n mynd yn rhyfedd mae'n ei neud o'n flin, neu bosib ei fod o wir wedi cael llond bol o fy nôl i'n gynnar. Bosib ei fod o wedi cael llond bol o fy nôl i ffwl stop. Dwi ddim yn hapus pan mae o'n edrych wedi blino ac mae o'n edrych wedi blino'n aml ers i Nain farw. 'Nes i ddeud wrtho fo un tro bod dim rhaid iddo fo – y gallwn i gerdded adre efo Jake. Deud ei fod o wedi addo nath o, ond dwi'm yn siŵr ai sôn am addo i Nain neu i fi oedd o.

Wrth i ni yrru heibio'r siopau dwi'n meddwl be alla i neud am weddill y pnawn. Mae'n gas gen i gael fy hel adre achos mae'n gneud yr athrawon yn flin efo fi, a gneud Mam a Dad yn gandryll. Ond ges i osgoi Saesneg dwbl a *Romeo and Juliet*! Bydd rhaid i mi ddal i fyny, ond mae'n anodd pan dwi ar ei hôl hi'n barod. Tymor dwetha 'nes i drio dal i fyny yn ystod y gwyliau, ond mae o fel dechrau ras ar ôl i'r chwiban ganu. Y cwbl dwi isio neud rŵan ydy dringo 'nghoeden ac aros i Jake ddod adre. Neu gallwn i jyst chwarae *Angry Birds*, ond nath Taid fynd â'r ffôn oddi arna i neithiwr pan ddaliodd o fi'n ei chwarae o y tu ôl i'r llyfr Maths.

Dwi'n sbio draw arno fo. 'Dan ni wedi pasio'r siop sglods ac mae o mor granclyd, dwi'n teimlo'n reit nerfus. Mae o'n waeth pan 'dan ni'n sownd yn y traffig wrth y goleuadau. Pam oedd rhaid i'r ysgol ei boeni o? Taswn i ddim ond wedi eistedd yn llonydd a chau 'ngheg am y wig.

'Taid,' meddaf i'n ofalus. 'Ydw i wedi gneud i chi golli'r snwcer?'

Mae'n rhythu ar y goleuadau.

'Taid.' Dwi'n pwyso mlaen i gael ei sylw. 'Sori 'mod i wedi gneud i chi golli'r snwcer.'

Mae o'n blincian fel taswn i newydd ei ddeffro, 'Be oedd hynna?' mae'n gofyn.

''Nes i ddeud sori os dach chi wedi colli'r snwcer.'

'Ha!' Mae'n ysgwyd ei ben. 'Does dim ots gen i am y snwwwca! Mae ots gen i be sy'n digwydd yn fan'na!' Mae'n tynnu ei law oddi ar y llyw ac yn cnocio fy nhalcen efo'i figyrnau. 'Rŵan, adre.'

Mae o'n cnocio 'mhen i eto. Byddai Nain wastad yn deud wrtho fo beidio. Byddai o'n ateb mai dim ond chwarae o gwmpas oedd o. Sy'n wir, ond dydy o ddim yn dallt faint mae o'n brifo.

Dwi'n rhwbio 'nhalcen wrth i ddagrau gronni yn fy llygaid.

Dwi'n caru Taid a dwi'n meddwl ei fod o'n fy ngharu inna, ond weithiau mae'n anodd deud.

3

Amser Te yn yr Almaen

Nid dim ond car Taid sy'n binc; mae 'na lwyth o bethau yn ei dŷ o'n binc hefyd. Mae pob wal yn binc, ac mae carped y stafell molchi mor llachar â fflamingo. Mae'r peiriant gneud cacennau yn binc golau, a'r rholyn papur tŷ bach a'r dwfe blodeuog ar eu gwely nhw. Mae Mam yn deud ei fod o fel tasa Nain wedi mynd ond bod darnau ohoni'n dal i fod ar hyd y lle; mae hyd yn oed ei chôt law binc yn hongian wrth ymyl het Taid. Yr unig stafell sy ddim yn binc ydy'r lolfa, lle mae'r cyrtens wastad ar gau, a'r lle'n dywyll fel sinema. Mae Mam wastad yn gofyn i Taid eu hagor nhw – fyddai o ddim yn hapusach ei fyd tasa golau'r haul yn cael dod i mewn? Ond mae Taid jyst yn cega ei fod o'n eu licio nhw ar gau. Felly dyna lle fydd Taid a fi'n eistedd a bwyta swper bob nos, yn y tywyllwch, tra mae o'n gwylio'r newyddion Almaeneg ar y teledu.

'Wyt ti isio mwy o fara?' mae'n gofyn.

'Dim diolch,' dwi'n ateb.

'Ond dwi'n meddwl rhaid i ti fwyta rhywbeth.'

'Dwi'n llawn dop, Taid,' dwi'n deud.

'Un sosej arall.'

Dwi'n ochneidio wrth i Taid roi sosej arall ar fy mhlât. Pan oedd Nain yn fyw allwn i ddim aros i ddod yma am swper achos mi fyddai hi'n gneud cacen ffrwythau a Shepherd's Pie, a'r ham, sglods ac wy gorau yn y byd. Y cwbl mae Taid fel tasa fo'n bwyta rŵan ydy sosejys a ffa allan o dun a phecynnau o ham a bara o Lidl a Tesco.

Dwi'm yn licio sosejys, ond wrth lwc, mae Samson, cath sinsir Taid, wrth ei fodd efo nhw. Dwi'n ei hel o draw, yn gwrando am glincian Taid yn golchi llestri yn y sinc, wedyn yn torri'r sosej yn dri darn a'u rhoi i Samson, sy'n eu sglaffio nhw.

'Oes gen ti waith cartref?'

Dwi'n neidio wrth i Taid gerdded yn ôl i mewn.

'Oes, Taid,' dwi'n deud, gan drio peidio edrych yn euog.

'Felly, dwi'n meddwl dylet ti neud o rŵan.' Mae'n nodio at y bag sy wrth fy ymyl i ar y bwrdd.

Dwi'n ochneidio. Dwi'n difaru na faswn i wedi trio'n galetach ac aros yn yr ysgol. Byddai 'ngwaith i gyd wedi'i neud ac mi allwn i fod yn gwylio'r teledu neu'n sgwrsio efo Mam a Dad – tasen nhw adre. Maen nhw wedi bod yn gweithio fel ffyliaid ers i'r hwch fynd drwy'r siop efo busnes plymio Dad llynedd. Mae Mam yn deud ein bod ni angen y pres, a dwi'n gwbod ein bod ni, ond mi fyddai'n braf cael eu gweld nhw'n amlach hefyd.

Dwi'n tynnu'r bag tuag ata i ac yn tynnu fy llyfrau allan.

'Tisio mwy o olau?' mae Taid yn gofyn.

‘Na, dwi’n iawn,’ dwi’n deud yn gelwyddog.

Hyd yn oed tase ’na oleuadau fel cae pêl-droed yn y stafell, fyddwn i’n dal ddim yn gallu canolbwyntio’n ddigon hir i ddarllen be sy ar y dudalen. Mae Mam a Dad yn iawn i ddeud ’mod i fel cnonyn aflonydd. Dwi wastad wedi bod fel’na, ond ers llynedd mae gen i gannoedd o gnonod yn fy nhrôns ac yn fy mhen. Rhaid i mi ganolbwyntio, ond y mwya dwi’n trio, y gwaetha ydy o. Yn yr ysgol gynradd mi fyddwn i’n cael help ychwanegol gan Mrs Lowes – ond roedd hi’n helpu pawb, felly nath neb wir sylwi. Ond yn yr ysgol uwchradd mae’n wahanol; ches i ddim help o gwbl yn y tymor cynta. Ar ôl Dolig, mi nath Mrs Hudson, y cymhorthydd, benderfynu y byddai’n syniad da eistedd wrth fy ochr i yn Maths a Saesneg, ond roedd o’n teimlo fel tase pawb yn sbio arna i, oedd yn gneud canolbwyntio hyd yn oed yn fwy anodd. ’Nes i ddeud ’mod i ddim angen ei help hi. Y cwbl o’n i isio oedd cael gwared arni, achos roedd ei chael hi’n ista wrth fy ochr i’n waeth na mynd i’r dre efo dy fam. Felly rŵan, dwi’n cael gwersi ‘dal i fyny’ yn lle.

Dwi’n agor fy llyfr maths wrth i Taid setlo yn ei gadair a fflicio drwy’r sianeli – Das Erste, Bayerischer Rundfunk, ZDFneo, RTL. Mae ’na luniau o lifogydd yn Bremen, pobl yn martsio yn y stryd yn Munich, a mellt yn fflachio ar draws yr awyr ac yn taro’r tŵr teledu yn Hamburg. Wedyn mae’r llun yn newid i ddangos gohebydd yn siarad y tu allan i’r senedd yn Berlin. Dwi’n ei weld o bob dydd achos mae gan Taid ddysgl loeren sy’n dod â’r sianeli teledu Almaeneg i gyd i’r lolfa. Mae o’n gallu cael rhai Saesneg hefyd ond dim ond y rhai newyddion Almaeneg mae o’n eu gwylio gan amla. Mae’n deud ei fod o’n un ffordd o gadw mewn cysylltiad efo’r Almaen.

Yr unig ffordd arall ydy pan fydd o'n mynd i gyfarfod ei ffrindiau yn y Grŵp Ffrindiau Almaeneg bob dydd Mawrth. Aeth o â fi yno pan o'n i'n fach a ges i ofn achos roedd o'n llawn o bobl ddiarth yn siarad mewn iaith do'n i ddim yn ei dallt. Dwedodd Nain 'mod i wedi dod adre'n crio, ond dwi'm yn cofio hynna.

Yn ôl ar y teledu, mae'r llun yn newid eto i ddangos y llifogydd efo pobl yn cael eu hachub o'u tai gan ddynion tân mewn cychod rwber melyn. Wedyn mae'r llun yn fflicio'n ôl at bobl mewn neuadd efo blancedi am eu sgwyddau. Mae o fel… mae o fel Noa a'r…

'Pa mor fawr oedd yr arch, Taid?'

'Be?' Mae Taid yn troi ata i.

'Arch Noa, Taid,' dwi'n deud. 'Oedd o mor fawr ag *ocean liner*? Neu'n fwy… fel llong sy'n cario awyrennau?'

Mae Taid yn ysgwyd ei ben. 'Felix,' mae'n deud. 'Weithiau ti'n fy nrysu i'n lân.'

'Dwi'n gwbod, Taid, ond jyst deudwch pa mor fawr chi'n meddwl fysa fo. Gorfod bod yn masif i gael dau o bob anifail arno fo.'

'Felix, rydw i'n gwylio'r newyddion. Mae hyn yn bwysig – mae pobl mewn trwbwl.'

'Dwi'n gwbod, dim ond gofyn ydw i.'

Mae Taid yn troi'n ôl at y teledu. Dwi'n meddwl gofyn eto, ond mae o fel tasa fo'n poeni'n ofnadwy am be sy'n digwydd yn yr Almaen. Mi faswn i'n licio sgwrsio efo fo am y peth, ond prin fydd o'n siarad efo fi am ei wlad o. Dwi'n meddwl bod hynna braidd yn od. Dwi'm yn gwbod lle roedd o'n byw nac yn gweithio. Dwi'm hyd yn oed yn gwbod enw'r dre lle cafodd o'i eni. Yr unig dro mae'n siarad am dyfu i fyny ydy pan mae'n sôn am sut nath o gyfarfod

Nain mewn dawns yn y Bühlers Balhaus, neuadd ddawns enwog yn Berlin. Wedyn mae ei lygaid o'n goleuo fel pêl ddisgo. Mae'n deud ei fod o wedi sylwi arni am ei bod hi'n gwisgo ffrog flodeuog, binc, ond yn fwy na dim mae'n cofio'i bod hi'n ista ar ei phen ei hun yng nghornel y stafell yn darllen *The Little Prince*. Does 'na'm byd cyn hynny. Mae Dad yn deud mai jyst Taid yn bod yn Taid ydy hynna a neith neb ei newid o, ond dwi'n ei weld o'n od fod bywyd Taid fel tasa fo'n dechrau pan oedd o'n ddeunaw.

Dwi'n pwyso fy mhen ar fy llaw ac yn edrych o gwmpas y stafell. Mae hi mor dywyll a thawel y cwbl alla i ei glywed ydy sŵn fy anadlu a'r clociau'n tician. Mae 'na glociau ym mhob man. Mae 'na un mawr pren ar y silff ben tân, un arall ar y seidbord, ac un arall ar y silff wrth y drws, ac mae 'na gloc Taid anferthol efo pendil, sy'n *tic-tic-tician* yn y cyntedd. Mi fydd hi'n awr arall cyn i Jake ddod adre. Ella allwn i jyst mynd adre a gwylio *The Amazing Spider-Man*, neu chwarae *Fortnite* ar fy PS4. Na. Rhaid i mi drio. Rhaid i mi weithio neu mi fydd o'n deud wrth Mam a Dad pan ddôn nhw'n ôl. Mi fyddan nhw'n flin, ond hyd yn oed yn fwy blin unwaith gân nhw wybod 'mod i wedi cael fy ngyrru adre'n gynnar eto. Dwedodd Mam nad oedd gen i lawer o gyfleon ar ôl – ac roedd hynny bythefnos yn ôl.

Mae Taid yn diffodd y teledu ac yn codi ei lyfr gwyddbwyll anferth. Dyma'r llyfr tewaf i mi ei weld yn fy myw, mae'n dewach na'r Beibl hyd yn oed, ac mae Taid yn darllen tudalen ohono fo bob dydd.

Dwi'n shyfflan ar hyd y bwrdd i ddal y mymryn o heulwen sy'n dod drwy fwlch yn y cyrtens. Mae fy llyfr Maths yn llawn o inc glas blêr, ac inc coch blêr Mr Andrews ar yr ochrau. Mae 'na fwy o inc coch nag inc glas ar bob tudalen. Dwi'n llenwi fy mochau ag aer. Drwy gil fy llygad dwi'n gweld Taid yn sbio arna i dros dop ei lyfr.

'Ti'n iawn?' Fel tasa fo'n deud wrtha i 'mod i'n iawn, a ddim yn holi.

Dwi'n nodio. 'Yndw, Taid,' dwi'n deud.

Mae'n troi'n ôl at ei lyfr. Dydy o ddim yn dallt sut dwi'n teimlo, fel pawb arall.

Dwi'n agor fy llyfr i dudalen chwe deg tri.

Hafaliaid cydamserol.

Hafaliaid cymhleth.

Hafaliaid llawer-rhy-anodd-i-mi.

The Amazing Spider-Man?

Fortnite?

Angry Birds ar fy ffôn?

Dwi'n eu hysgwyd nhw i gyd allan o 'mhen. Rhaid i mi ganolbwyntio, dyna be mae'r athrawon i gyd yn ei ddeud. Rhaid canolbwyntio. Rhaid eistedd yn llonydd. Ond alla i ddim. Wythnos dwetha yn y wers goginio, dwedodd Mrs Lennon fod pethau'n tynnu fy sylw i mor hawdd y baswn i'n dilyn gwenynen allan drwy'r ffenest.

Dwi'n gwthio'r llyfrau Maths i'r ochr ac yn newid i Hanes.

Cwestiwn 1: Dychmygwch mai swffragét ydych chi.

Ysgrifennwch adroddiad yn nodi sut fyddai hi pe na bai gan bobl yr hawl i bleidleisio. Sut fyddai'n teimlo pe bai neb yn gwrando arnoch chi? Beth allech chi ei wneud er mwyn i bobl gymryd sylw o'ch barn?

Sgwn i be sy i de?

O, dwi wedi cael te yn barod.

Dychmygwch mai swffragét ydych chi…

Mae Taid yn troi sain y teledu yn uwch.

Mae hi'n dal i fwrw glaw yn yr Almaen. Mae'r llifogydd yn gwaethygu.

Dychmygwch mai swffragét ydych chi…

Dwi'n clywed cloch yn canu o bell ac yn codi 'mhen. Mae Samson yn sleifio drwy'r cyntedd.

'Fysach chi'n licio i mi fwydo Samson, Taid?' Dwi'n deud hyn fel tasa fo'r peth mwya cyffrous yn y byd.

'Na.' Mae Taid yn ysgwyd ei ben. 'Dwi'n meddwl y dylet ti weithio.'

Dwi'n ochneidio. Doedd hi byth mor ddiflas â hyn pan oedd Nain yn fyw. Dwi'n sbio ar y llun ohoni ar y silff ben tân yn gwenu ac yn dychmygu ei llais pan fyddai hi'n canu efo'r radio yn y gegin yn y boreau ac yn fy nghofleidio i bob tro fyddwn i'n dod drwy'r drws, hyd yn oed os mai dim ond wedi mynd i'r siop i nôl bara o'n i. Mi fyddwn i'n mynd ati i roi'r newid iddi a byddai'n gwasgu'r ceiniogau i mewn i fy llaw i, gan ddeud wrtha i i'w cadw ar gyfer diwrnod glawog neu i brynu da-da, prynu un o'r pethau gemau cyfrifiadur 'na, prynu unrhyw beth lici di. Ond ers iddi fynd mae fel tasa hi wedi bod yn glawio drwy'r amser, fel tasa'r cyrtens wedi sugno pob mymryn o liw a sŵn ei chwerthin hi o'r tŷ. Y cwbl sy ar ôl ydy ei char pinc hi, teledu Almaeneg a thic-tic-tician y clociau. Doedd hi ddim yn edrych fel fy Nain i pan oedd hi'n sâl, ddim hyd yn oed yn ei choban binc. Ond roedd hi'n dal i ogleuo fel rhosod ac yn deud straeon am yr adeg ges i ’ngeni, pan o’n i’n tyfu i fyny, sut byddai hi’n fy ngwisgo i mewn siwt flewog efo sip oedd yn gneud i mi edrych fel morlo, wedyn yn mynd â fi am dro i’r parc.

Dydy Taid ddim yn sôn am bethau fel’na. Y cwbl mae o’n sôn amdano fo ydy’r newyddion neu’r tywydd, neu dreulio’i amser yn torri’r gwrych neu’n trwsio colynnau ar ddrysau.

Dychmygwch mai swffragét ydych chi...

Dychmygwch...

Dychmygwch...

Dychmygwch fod yr un roeddech chi’n ei charu’n fwy na dim yn y byd wedi mynd.

4

Sgwennu ar gyfer Twpsod

'Felix,' meddai Mrs Hudson efo golwg bryderus ar ei hwyneb. 'Ble mae'r dros-haen liw?'

''Nes i anghofio.'

'Ond rwyt ti wastad yn anghofio dod â hi.'

''Nes i anghofio 'mhecyn cinio i hefyd,' meddaf i.

Mae Mrs Hudson yn ysgwyd ei phen. 'Wyt ti wedi gneud be ddwedes i – rhoi nodiadau ar ddrws dy lofft ac ar yr oergell?'

'Do, ond dwi'n anghofio sbio arnyn nhw.'

Mae Mrs Hudson yn ochneidio. 'Defnyddia hwn,' meddai, gan wthio tros-haen felen ata i ar draws y ddesg.

'Dydy o ddim yn gweithio.' Dwi'n gwthio'r dros-haen yn ôl ati.

'Mi allai helpu,' meddai Mrs Hudson.

'Dydy o ddim,' meddaf i. 'Dwi ddim yn dyslecsic.'

'Nac wyt.' Mae Mrs Hudson yn gwthio'r dros-haen yn ôl ata i.

‘Ond ti ar ei hôl hi yn Saesneg.’

Mae hi wedi ’nal i yn fan’na. ’Nes i ddim gwaith o gwbl yn nhŷ Taid a ches i ddim cyfle pan es i adre am fod Mam wedi rhoi llond pen i mi am gael fy ngyrru i’r Stafell Ynysu. Aeth hi mlaen a mlaen, a deud pethau fel, ‘Fedri di ddim jyst bod yn dawel ac ista’n llonydd?… Ddysgi di affliw o ddim drwy syllu ar wal… Bai Jake oedd o, ia?… Ydy o’n ddylanwad drwg, achos os ydy o, a’ i i’r ysgol…’ Ddwedes i wrthi fod o’m byd i neud efo Jake, mai jyst fi oedd o. Dim ond ysgwyd ei phen nath hi a mynd i lawr grisia a deud y byddai’n siarad efo Dad pan fyddai o’n dod adre, ond yn lwcus i mi ro’n i’n cysgu pan nath o. Neu o leia mi ’nes i esgus ’mod i’n cysgu pan glywais i ei fan o.

Mae Mrs Hudson yn deud wrthan ni am agor ein llyfrau. Wrth i mi sbio drwy’r tudalennau dwi’n edrych ar y lleill yn y grŵp cefnogi – mae gan Michael, Ross a Laura i gyd dros-haenau melyn o’u blaenau i’w helpu i ddarllen. Dydyn nhw byth yn anghofio eu tros-haenau, ond dyna fo, ’nes inna ddim chwaith. Ei gadael hi adre ar bwrpas ’nes i, achos dwi ddim fel nhw. Dwi’n gallu darllen yn iawn, jyst methu canolbwyntio ydw i. Mae pobl yn trio helpu a dwi’n gwbod mai jyst poeni amdana i maen nhw a Mam a Dad. Dwi wedi cael llwyth o brofion – prawf darllen, prawf rhesymu, prawf clyw. Un tro aeth Nain a fi i gael profi’n llygaid yn Specsavers. Ro’n i’n gorfod rhoi fy ngên ar ddarn o blastig a sbio drwy finocwlars bach a darllen llythrennau drwy’r lensys. Dwedodd yr un oedd yn gneud y prawf fod gen i *twenty-twenty vision* perffaith, felly y mis wedyn ges i ’ngyrru i brofi fy nghlustiau. Ond does ’na’m byd yn bod efo ’nghlustiau i na’n llygaid i. Dwi’n gallu clywed cŵn yn cyfarth yn y parc o ffenest fy llofft ac mi fedra i weld y pry 'na'n glanio ar lyfr Mrs Hudson o fan'ma.

'Felly,' meddai hi, gan sgubo'r pry i ffwrdd. 'Laura, darllena di'r dudalen gynta, geith Ross fynd wedyn.'

Dwi'n sbio i lawr ar fy llyfr ac yn dilyn y geiriau wrth i Laura ddarllen yn araf. Rydan ni gyd ar ei hôl hi efo'n gwaith ond am resymau gwahanol. Mae Michael yn cael trafferth efo geiriau efo llythrennau mud fel yr 'c' yn *muscle* ac *ocean*. Mae Ross yn gallu darllen yn iawn yn ei ben ond yn baglu'n ofnadwy pan mae'n darllen yn uchel, ac mae Laura'n cawlio geiriau efo mwy na thair sillaf, sy'n gneud iddi swnio fel robot wedi malu, fel rŵan…

'*Tran... Tran... Tran...*' Mae'n codi ei phen o'i llyfr.

'Torra fo i fyny.' Mae Mrs Hudson yn pwyso mlaen a gosod ei bys ar lyfr Laura. '*Tran...*'

'Tran... Tran... Tran-sit-on. Transiton!' Mae Laura'n gwenu.

Dwi'n sbio ar Ross a Michael, ond mae eu pennau nhw yn eu llyfrau. Roedden nhw'n arfer chwerthin am ben eu camgymeriadau ac maen nhw'n ddoniol weithiau, fel pan nath Ross ddarllen '*limp noodles*' yn lle '*lymph nodes*', ond rŵan maen nhw'n dal ati i ddarllen, heb chwerthin, fel tasen nhw wir isio gwella. Dwi isio gwella hefyd, dwi jyst ddim yn gallu ista'n llonydd yn ddigon hir.

'*Transition*,' meddai Laura.

'Dach chi'n gwatsiad *Transformers*?'

'Be?' Mae Mrs Hudson yn edrych arna i'n syn. 'Felix, o ble ddaeth hynna?'

'Dim clem.' Dwi'n codi fy sgwyddau. 'Ond ydach chi'n gwatsiad nhw – *Transformers*? Y robots sy'n troi'n geir a pheiriannau.'

‘’Dan ni’n gwbod be ydyn nhw.’ Mae Mrs Hudson yn edrych o gwmpas y bwrdd. ‘Ond Felix, ’dan ni angen canolbwyntio ar hwn.’

‘Mae’n dda.’ Dwi’n codi fy nyrnau a’u gosod yn erbyn ei gilydd. ‘Maen nhw’n waldio’i gilydd fel hyn ac yn —’

‘Felix!’ meddai Mrs Hudson yn biwis. ‘’Dan ni angen canolbwyntio.’

‘Sori.’ Dwi’n pwyso’n ôl yn fy nghadair. ‘’Mond deud o’n i.’

Mae Mrs Hudson yn anadlu’n ddwfn, yna’n deud,

‘Da iawn, Laura, rŵan, Michael, dy dro di.’

Mae Michael yn dechrau arni ond yn cawlio’n syth. ‘*Invis… Invis…*’

‘Dal ati,’ meddai Mrs Hudson.

‘*Invisible*,’ meddai Michael, a mynd yn ei flaen.

Dwi’n trio dilyn y geiriau, ond mae’n anodd pan mae Optimus Prime, Bumblebee a Megatron yn waldio’i gilydd yn fy mhen i. Mae ’na fetal yn crensian a gwichian, a gwreichion yn neidio dros bob man. Mae Optimus Prime yn troi’n gar rasio, Megatron yn anferth o dryc, Bumblebee yn hofrennydd, ac maen nhw’n rasio ar ôl ei gilydd ar hyd strydoedd rhwng craeniau ac adeiladau anferthol. *Crash! Bang! Clec!* Mae darnau o wydr yn hedfan drwy’r awyr rhwng llafnau rotor yr hofrennydd. Mae Optimus Prime yn troi’n—

‘Felix?’

‘Tanc,’ meddaf i, heb feddwl.

‘Be?’ Mae Mrs Hudson yn gwgu. Mae Michael, Ross a Laura yn sbio arna i fel taswn i newydd gamu oddi ar long ofod.

‘O! Dim byd.’

Mae Mrs Hudson yn ysgwyd ei phen. ‘Felix, mae’n bechod na

fedri di ddefnyddio dy ddychymyg yn dy waith sgwennu.' Mae'n edrych arna i am hir, fel tasa 'na fwy o obaith i'w geiriau hi fynd i mewn i 'mhen i y mwya mae hi'n edrych. Dwi'n codi fy sgwyddau ac yn sbio i lawr. Does 'na'm pwynt poeni am rywbeth sy ddim yn mynd i ddigwydd.

'Iawn,' meddai Mrs Hudson o'r diwedd. 'Gewch chi fynd rŵan. Dyna ni am wythnos yma.'

Rydan ni i gyd yn hel ein pethau a dwi'n dilyn Laura am y drws nes i Mrs Hudson ddeud, 'Na, Felix, ddim ti. Dwi isio gair sydyn.'

'Ond mae gen i wers goginio rŵan,' dwi'n deud.

'Dwi'n gwbod. Ond dwi isio gair am be ddigwyddodd ddoe efo Mr Fields yn Daearyddiaeth.'

Dwi'n gwenu.

'Dydy o ddim yn ddoniol,' meddai Mrs Hudson, gan ddal i fyny efo fi. 'Elli di ddim gweiddi pethau hurt – mae'n bosib dy fod *ti*'n meddwl ei fod o'n ddigri, ond mae'n effeithio ar weddill y grŵp.'

'Dwi'm yn chwerthin am hynna, a dwi'm isio creu trwbwl, ond jyst Daearyddiaeth – Mr Fields. Dach chi'n gwbod?'

'Ti'n trio troi'r sgwrs.'

'Ydw i?' dwi'n deud yn sionc, yn trio ysgafnhau'r sefyllfa. 'Sori, wna i mo'no fo eto.'

'Ond dyna be ddwedest ti'r wythnos dwytha, a'r wythnos cyn hynny.'

'Dwi'n gwbod, ond dwi'n ei feddwl o tro 'ma.'

'Wyt ti?'

'Yndw,' dwi'n deud, gan edrych yn ddifrifol. Mae pobl yn meddwl 'mod i ddim yn malio, ond mi rydw i, dwi jyst methu helpu be dwi'n ddeud, na'r olwg wirion maen nhw'n deud sy ar fy wyneb i.

Mae Mrs Hudson yn sbio arna i am hir, fel tasa hi'n amau os dwi'n ei feddwl o, wedyn mae'n deud yn dawel, 'Felix, oes 'na rywbeth penodol yn dy boeni di? Dwi'n gwbod dy fod ti'n cael trafferth canolbwyntio, ond mae rhai o'r athrawon yn meddwl dy fod ti wedi gwaethygu'n ddiweddar. Fel eiliad yn ôl.'

Dwi'n codi fy sgwyddau.

'Felly oes 'na rywbeth yn bod?'

'Nac oes.'

'Ti'n siŵr? Fyddai o'n helpu tasen ni'n eistedd i gael sgwrs efo dy fam a dy dad? Be ti'n feddwl?'

Dwi'n meddwl eu bod nhw dan ormod o straen. Dwi'n meddwl eu bod nhw'n methu fforddio cymryd amser o'r gwaith.

'Dwi'n iawn,' dwi'n deud. ''Na i jyst trio'n galetach.'

'Addo?'

'Yndw. Ga i fynd rŵan?'

Mae Mrs Hudson yn gwenu'n flinedig wrth dynnu ei llaw oddi ar ffrâm y drws. 'Cei,' meddai. 'Mi gei di fynd rŵan.'

Dwi'n cerdded allan i'r cyntedd. Mae pawb fel tasen nhw'n meddwl bod rhywbeth o'i le. Dwi ddim yn gwbod os oes 'na, ond dwi'n gwbod 'mod i'n mynd i fwy o drwbwl. Jyst fel dwedodd Mam neithiwr. Es i fyny i'n llofft er mwyn dianc, ond aeth hi mlaen a mlaen, gan ddeud os na wna i fihafio mi fydd rhaid i mi dreulio oriau'n pacio yn y ffatri fel mae hi'n gneud, neu aros am flwyddyn arall i basio'r arholiadau. Dechreuodd hi ddeud rhywbeth arall am Dad, ond 'nes i'm clywed achos 'nes i gau'r drws.

Pan dwi'n cyrraedd y dosbarth coginio, mae pennau pawb i lawr yn tylino toes ar y meinciau. Dwi'n chwilio am Jake, ond mae o mewn pâr efo Rebecca, sy'n od achos dydy o ddim wir yn ei licio hi.

'A, Felix!' Mae Mrs Lennon yn troi rownd. 'Ti'n rhy hwyr i ddechrau dy hun, felly ymuna efo un o'r parau.'

'Ty'd yma, Felix.' Mae Jake yn chwifio'i ddwylo llawn blawd arna i fel clown. Ysgwyd ei phen mae Rebecca, fel tasa hi'n meddwl bod Jake yn hurt bost.

Dwi'n gollwng fy mag wrth y drws ac yn cerdded atyn nhw.

'Ble ti 'di bod?' gofynna Jake.

'Nunlle.' Dwi'n codi fy sgwyddau.

'Darllen ar gyfer twpsod?'

'Paid â'i alw fo'n hynna,' dwi'n deud.

'Sgwennu ar gyfer twpsod 'ta,' meddai Jake gan wenu fel giât. Fo ydy fy ffrind gorau i, ond mae ffrindiau gorau'n gallu bod yn boen weithiau.

'Paid â gwrando arno fo, Felix,' meddai Rebecca. 'Jyst tsiecia'r cyfarwyddiadau a dyro'r popty mlaen.'

Mae Rebecca wastad yn cadw fy ochr i, yn trio 'nghadw i'n dawel. Hi ydy un o'r clyfra yn y dosbarth a hi oedd fy ffrind gorau i yn yr ysgol gynradd. Roedd hi'n arfer dod i'n tŷ ni'n aml, ond dwi'n meddwl bod ein mamau ni wedi ffraeo, felly dydy hi byth yn dod rŵan. Mae hi'n dal i fod yn ffrind gorau, ond ddim mor orau â Jake rŵan.

Dwi'n edrych ar dymheredd y popty ar y rysáit: 'Gwres 210 am 35 munud'.

Dwi'n cerdded at y popty.

Mae Jake yn cymysgu blawd efo'i ddwylo, fel tasa fo wedi anghofio be mae o newydd ddeud. Sgwennu ar gyfer twpsod. Darllen ar gyfer twpsod. Ro'n i'n gneud y ddau ond doedd dim rhaid i bawb gael gwbod. Dwi'n gallu darllen. A does 'na'm byd arall o'i le.

Dwi'n plygu ac yn troi'r botwm mawr sy'n gosod tymheredd y popty. Mae oglau'r nwy yn llosgi fy nhrwyn i, yn f'atgoffa i o bobi bara efo Nain. Pan fyddwn i'n ista ar lawr y gegin a gwylio'r bara'n codi drwy'r gwydr a dechrau breuddwydio am ddal trên neu awyren. A byddai Nain yn dod hefyd a rhywsut fydden ni wastad yn glanio yn Nova Scotia, lle doedd 'run ohonon ni wedi bod erioed, ond fan'no oedd hi bob tro achos roedd Nain yn licio'r enw. Ac achos bod y tai pren i gyd yn lliwiau gwahanol – y rhan fwya'n las neu'n goch, ond roedd hi'n cofio gweld llun o un pinc mewn cylchgrawn.

Dau gant a deg oedd o neu dau gant pum deg? Tri deg pum munud neu bedwar deg pump?

Dau gant pum deg?

Ie. Dau gant pum deg.

Dwi'n troi'r botwm mawr.

Y tu ôl i mi dwi'n gallu clywed Jake a Rebecca yn siarad, rhywbeth am gymysgedd rhy dew, ond y cwbl alla i feddwl amdano fo ydy ysu am gael mynd i Nova Scotia efo Nain eto.

'Mae'n iawn, Felix,' meddai Jake. 'Mi allwn ni eu rhoi nhw i'r adar.'

'Na, sa well i ni beidio,' meddai Rebecca.

'Na, 'dan ni'm isio'u lladd nhw,' meddai Jake, gan chwerthin.

Mae Rebecca'n rhoi ei llaw dros ei cheg, i drio stopio'i hun rhag chwerthin, ond dwi'n gallu gweld y dŵr yn ei llygaid hi a'r rhychau yn ei bochau. 'Sori,' meddai, 'ond maen nhw'n galed fatha cerrig.'

'Mae'n iawn,' dwi'n deud. ''Nes i neud o ar bwrpas. Roedd angen rhwbath i gael ni allan o'r wers 'na'n gynnar.'

'Ia,' meddai Jake. 'Ond y larwm tân?'

Dwi'n chwerthin er 'mod i'n gwbod yn iawn na ddylwn i wrth i ni gerdded allan drwy giatiau'r ysgol.

'Ella ddylwn i dorri'r topiau i ffwrdd,' meddai Rebecca, gan sbio ar y rholiau duon yn ei bocs plastig.

'Paid â malu!' meddai Jake. 'Fysa siarc ddim yn gallu brathu drwy rheina.'

'Dan ni'n chwerthin eto, ond yn dawel bach mi fyddai'n well gen i petai Rebecca wedi eu taflu nhw yn y bin. Roedd ei mam wedi deud wrthi bod gwastraffu bwyd yn beth drwg, ond mi faswn i wir yn licio tasa hi wedi'u taflu nhw. Dwi'n esgus 'mod i wedi'i neud o'n fwriadol, mai jôc oedd o, ond y cwbl mae'r rholiau bara'n neud ydy f'atgoffa i 'mod i'n breuddwydio am bobi efo Nain pan ddylwn i fod yn tsiecio'r popty.

'Dan ni'n cyrraedd y groesfan sebra. Mae Rebecca'n sbio yn ei bocs eto.

'Dwed wrth dy fam 'mod i'n sori,' dwi'n deud. 'Dala i am y stwff.'

'Mae'n iawn. 'Na i ddeud wrthi mai fi nath.'

'Na, sdim rhaid i ti,' dwi'n deud.

'Mae'n berffaith iawn, Felix.' Mae hi'n gwenu. 'Paid â phoeni.' Mae hi'n edrych arna i fel tasa hi'n gwbod 'mod i'n poeni. Dwi'n trio 'ngorau i wenu'n ôl. 'Wela i chi'ch dau fory,' meddai wrth iddi droi i ffwrdd.

Ers iddi stopio dod i'n tŷ ni, dydy hi ddim yn gneud llawer efo fi yn yr ysgol chwaith. Dwi'n meddwl ella achos 'mod i'n mynd ar ei nerfau hi rŵan – dwi'n gwbod bod Jake yn gneud, achos mae o wastad yn mynd mlaen a mlaen ei bod hi'n glyfar ac roedd o'n casáu tymor dwytha pan oedd Rebecca a fi'n gneud prosiect ar y Rhufeiniaid efo'n gilydd. Dwedodd Mam y dylwn i drio gweithio efo hi eto, achos 'nes i ganolbwyntio'n well efo hi a chael marciau gwell, ond rŵan dwi'n meddwl y baswn i'n chwarae o gwmpas gormod ac yn tynnu ei sylw hi oddi ar ei gwaith.

Wrth i Jake a fi droi'r gornel, dwi'n meddwl am eiliad bod Taid heb gyrraedd eto a dwi'n teimlo'n gas am obeithio na fydd o'n cyrraedd. Rŵan dwi'n cael sgwrsio efo Jake am y pethau naethon ni yn yr ysgol a'r tactegau allwn ni ddefnyddio yn erbyn y gelyn nes mlaen, ond pan dwi ar fin deud rhywbeth mae 'na fan wen yn gyrru i ffwrdd a dwi'n gweld car pinc Taid wedi'i barcio reit yn erbyn y palmant.

Mae Jake yn camu i'r ffordd.

'Wela i di wedyn,' meddai.

Dwi'n nodio. Mi fyddwn i'n arfer gofyn os oedd o isio lifft, ond doedd o ddim isio cael ei weld yn agos at gar pinc Taid, heb sôn am fynd i mewn iddo. Does gen i ddim dewis. Fy nhaid i ydy o. Mae o'n gwenu ac yn codi llaw wrth i mi agosáu. Dwi'n sbio o gwmpas. Dwi'n gwbod bod Taid wedi gneud addewid y byddai'n dal i ddod i fy nôl i, ond mae o'n *embarrassing* dringo mewn i'r unig gar pinc yn yr holl ddinas 'ma.

5

Mae Gen i Broblemau

Mae dyn tywydd y teledu yn pwyntio at fap. Fory mi fydd hi'n bwrw glaw yn Hamburg, yn heulog yn Frankfurt a Stuttgart, ac yn bwrw glaw yn Dresden a Berlin.

Dwi'n styc efo Taid eto. Ro'n i wedi meddwl mai dim ond dros dro fyddai hyn tra oedd Mam yn gneud mwy o shiffts, ond rhaid ei bod hi wrthi bob nos. Mae Dad wastad yn gweithio, ond dwi wedi arfer efo hynny.

Mae Taid yn ochneidio fel tasa'r glaw yn disgyn arno fo yn ei gadair. Dwi ddim yn gwbod pam ei fod o'n gwylio tywydd unrhyw wlad. Ers i Nain farw, dydy o prin yn mynd allan yn Lloegr, heb sôn am yr Almaen.

Dwi'n agor fy llyfrau. Y drafferth efo peidio gneud fy ngwaith cartref neithiwr ydy bod yr un cwestiwn yn dal i rythu arna i rŵan:

Dychmygwch mai swffragét ydych chi. Ysgrifennwch adroddiad yn nodi sut fyddai hi pe na bai gan bobl yr hawl i bleidleisio. Sut fyddai'n teimlo pe bai neb yn gwrando arnoch chi? Beth allech chi ei wneud er mwyn i bobl gymryd sylw o'ch barn?

Oddi tano fo mae 'na lun o ddynes yn rhedeg o flaen ceffyl, ac un arall wedi'i chlymu i'r relings y tu allan i adeiladau'r Senedd yn Llundain, ac un arall mewn cell yn y carchar. Dwi'n edrych o gwmpas y stafell. Mae hi'n dywyll fel carchar yma a dwi gymaint o isio bwyd mae fy mol i'n rymblan, ond dydy Taid heb glywed achos mae o'n brysur yn rhwygo amlenni a biliau'n ddarnau mân. Mae'n gneud hyn efo pob dim sy'n dod drwy'r post. Dwedodd Dad ei fod o wastad wedi gneud hyn, achos mae arno fo ofn y bydd pobl yn gwbod faint sy gynno fo yn y banc neu faint ydy ei fil nwy o, neu ella bydden nhw'n dwyn ei fanylion personol o fel mae pobl yn gneud ar y we, ond pam fyddai neb isio dwyn identiti rhywun sy'n saith deg dau oed?

Dwi'n sbecian drwy fwlch yn y cyrtens. Mae'r haul yn tywynnu ar y gwair, rhwng canghennau fy nghoeden i, ar do fy nhŷ i. Dwi'n ysu am gael bod allan yna, ond eith Taid yn benwan os gwna i jyst codi a diflannu. Allwn i esgus 'mod i angen y tŷ bach. Fyddai pisiad ddim yn rhoi digon o amser i mi; byddai'n rhaid iddo fo fod yn gachiad. Byddai hynny'n rhoi deg munud i mi. Allwn i fentro chwarter awr os wna i esgus 'mod i'n rhwym fel Anti Sophie. Allwn i redeg dros y gwair, cuddio tu ôl y goeden, wedyn ei miglo hi am fy nhŷ i. Dwi mor llwglyd mi faswn i'n bachu unrhyw beth o'r cypyrddau – creision, siocled, iogwrt, Ryvita hyd yn oed – unrhyw beth heblaw sosejys mewn tun. Mi faswn i'n eu stwffio i gyd i mewn i 'mag i, wedyn yn bachu iPad Mam a rhedeg 'nôl cyn i Taid sylwi 'mod i wedi mynd. Mi faswn i'n rhoi'r iPad rhwng cloriau fy llyfr ac esgus darllen ond gwylio'r heddlu'n rasio ar ôl ceir ar YouTube fyddwn i go iawn.

Mi allwn i ei neud o. Os symuda i 'nghadair yn ôl yn dawel, mi allwn i fod yn—

'Sut mae'n mynd?'

'Y! Be?' Dwi'n neidio fel tasa saeth wedi 'nharo i.

'Sut mae'n mynd, medda fi?'

Mae Taid yn sefyll reit y tu ôl i mi.

'Ymm, yn iawn, Taid,' dwi'n deud.

'Ond mae'r dudalen yma'n wag.'

'Ia. Ymm… yyy… achos mae'n rhy dywyll, Taid,' dwi'n deud. 'Dwi'n methu gweld be dwi'n neud.'

'Ond mae ateb i hynny.' Mae'n plygu ac yn fflicio switsh ar y wal. Mae lamp yn fflachio yn fy wyneb i.

Dwi'n codi fy llaw dros fy llygaid.

'Sori.' Mae Taid yn symud y golau i lawr ar fy llyfr i. 'Dyna ni,' meddai. 'Dwi'n meddwl bod hyn yn well.' Mae'n estyn dros y bwrdd ac yn codi'r copi o *Of Mice and Men*.

'Ymm,' meddai. 'Dwi ddim wedi gweld hwn. Ydy o'n dda?'

'Mae'n iawn,' dwi'n deud. 'Ond mae'n well pan mae rhywun arall yn ei ddarllen o'n uchel.'

Mae Taid yn chwerthin. 'Rwyt ti'n gyfrwys,' meddai. Dwi'n gwingo wrth iddo fo gnocio'i figyrnau ar fy mhen i. 'Ty'd,' meddai. 'Wna i drio dy helpu di. Dechrau fan hyn.'

'Mae'n iawn, Taid,' dwi'n deud. 'Alla i neud o.'

'Ond dwi'n gwybod bod gen ti broblemau.'

'Problemau?'

'Dwedodd dy fam pan ddaeth hi yma neithiwr. Dwedodd hi bod hi'n deud wrthat ti i fihafio yn yr ysgol, ond doeddet ti ddim yn gwrando. Wnest ti gloi dy hun yn dy lofft.'

'Ddim ei gloi o. Jyst ei gau o.' Mae Taid yn nodio ond dwi'm yn siŵr os ydy o'n fy nghredu i. 'Mae'n wir, Taid – does 'na'm clo ar y drws hyd yn oed… Felly be ddwedodd hi?'

'O, dim byd mawr,' meddai Taid, 'dim ond pethau fel hyn – bod ti ddim yn setlo i neud dim ac wrth gwrs bod ti'n cael gwersi arbennig yn yr ysgol.'

'Ond dwi ddim wir angen nhw,' dwi'n deud. 'A be mae Mam yn gwbod beth bynnag? Mae hi wastad yn rhy brysur yn gweithio yn y ffatri. Does gan neb amser ers i'r hwch fynd drwy'r siop ac ers i Nain fa—'

Dwi'n stopio fy hun.

Mae Taid yn edrych i fyny arna i. Dwi'n meddwl ein bod ni'n dau'n gwbod y gair ro'n i am ddeud, ond 'dan ni 'rioed wedi'i ddeud o ers i Nain *fynd*. 'Dan ni'n methu deud y gair M, 'dan ni wastad yn deud 'mynd', fel tasa hi wedi *mynd* i'r siop am bapur, neu wedi *mynd* i weld Mrs Danes drws nesa. 'Dan ni byth yn deud na ddoth hi byth yn ôl.

Mae Taid yn edrych ar fy llyfr.

'Efallai dylen ni drio,' meddai'n dawel.

Dwi'n anadlu'n ddwfn. Ella dylwn i o leia roi cynnig arni achos mae o'n trio helpu.

Mae Taid yn rhoi ei fys ar y gair cynta ac yn dechrau darllen.

'The bunkhouse was a long, rectangular building. Inside, the

walls were whitewashed and the floor unpainted.'

Mae ei eiriau'n dod allan yn araf ac yn uchel ond dwi ddim yn eu clywed nhw.

Problemau? Nath Taid wir ddeud bod gen *i* broblemau? Pwy sy wedi bod yn siarad amdana i? Mam, Dad, yr athrawon! Y cymdogion! Dyna pam mae Mrs Flower yn edrych yn rhyfedd arna i pan dwi'n pasio'i giât hi? Dyna pam mae'r ddynes yn y siop sglods yn cyfri fy newid i'n araf? Dyna be mae'r athrawon yn deud amdana i pan dwi'n cerdded heibio'r stafell athrawon? Mae gan Felix 'broblemau'? Dyna be ydw i? Plentyn sy'n broblem? Yr unig broblem sy gen i ydy 'mod i'n methu eistedd yn llonydd. Dim ots lle dwi'n trio darllen – yn Saesneg, yn y llyfrgell, yn fy llofft, yn nhŷ Taid – allech chi fy rhoi i mewn unrhyw stafell, unrhyw le yn y byd, ond mae'r broblem yn dal yna.

'*In three walls there were small, square windows*,' mae Taid yn mynd yn ei flaen, '*and in the fourth, a solid door with a wooden latch. Against the walls were eight bunks—*' Mae Taid yn stopio'n sydyn. 'Rŵan, ti,' meddai, fel taswn i'n bump oed (o leia dyna faint dwi'n teimlo). Hogyn pump oed efo problemau!

Dwi'n edrych ar y frawddeg nesa.

On the wall there were pegs, on which hung broken harnesses...

Dwi'n ei ddeud o eto yn fy mhen, yna'n uchel:

'*On the wall there... On the wall there...*'

Problemau? Oes gen i broblemau?

'Dwi methu'i neud o,' dwi'n deud.

'Wyt, siŵr,' meddai Taid, 'rhaid i ti—'

'Dwi methu'i neud o, ddwedes i!' Dwi'n gwthio'r llyfr i ffwrdd ac yn sefyll. 'Dydy fy mrên i ddim yn iawn.'

'Be?' mae Taid yn giglan.

'Dydy o ddim yn ddoniol,' dwi'n gweiddi. Dwi'n troi ac yn rhedeg allan i'r cyntedd.

Mae Taid yn gweiddi, 'Felix, ty'd yn ôl rŵan,' a rhywbeth arall, ond dwi'n rhy bell i lawr y llwybr i glywed.

6

I Fyny'n Coeden Ni

Mae'r milwyr yn cropian fel siapiau cardfwrdd ar draws yr haul ac mae mwg yn llifo'n donnau ar ben y bryn. Dwi i fyny yn y goeden ar ôl gadael Taid fel taran awr yn ôl. Mae gen i 'broblemau' medda fo, a rŵan mae gen i un arall, achos er 'mod i wedi brwydro'n galed, mae'r gelyn o 'nghwmpas i i gyd. Mae 'na wyliwr ar y gorwel, rhwng y bloc swyddfeydd newydd a'r ganolfan hamdden. Rhaid i mi gael y canons yn barod, llenwi'r baril efo powdr a llwytho'r belen, ond alla i ddim ymladd yn eu herbyn nhw ar fy mhen fy hun.

Dwi'n edrych ar draws y sgwâr at dŷ Jake. Dwi angen ei help o. Dwi angen platŵn cyfan, ond y cwbl wela i ydy Mrs Flower yn mynd â'i hen gi am dro. Ydy hi'n methu gweld be sy'n digwydd? Mae'r gelyn ar ei ffordd a fi ydy'r unig filwr yma.

Dwi'n gwasgu'r powdr i lawr y baril, wedyn yn ychwanegu gwellt. Dwi'n sefyll, yn codi pelen canon drom a'i gwthio i mewn.

Wedyn dwi'n troi'r olwynion ac yn anelu'r baril ar bedwar deg pump gradd.

Barod?

Barod.

Dwi'n tanio'r ffiws; yn mynd ar fy nghwrcwd a rhoi 'nwylo dros fy nghlustiau.

BANG!

BWM!

BA—

'Felix! Felix!'

'Be? Ble? Pryd—' Mae 'mhen i'n sgrialu yn ei ôl. 'Mam! Sut 'nest ti gyrraedd fan'na?'

'Cerdded, siŵr iawn. Be ti'n feddwl?' Mae Mam wrth droed y goeden efo bocs pitsa yn ei llaw.

'Dim ots,' dwi'n deud, gan drio ysgwyd yr holl broblemau a'r canons a'r milwyr allan o 'mhen i.

'Jyst ty'd adre i fyta hwn.'

'Ga i ei fyta fo fyny fan'ma?'

'Na, mae dy dad a finna isio trafod rhywbeth efo ti.'

'Be? Naethon nhw ddim fy hel i allan o'r dosbarth heddiw.'

'Ddim dyna be ydy o.'

'Wedi siarad efo Taid dach chi? Do'n i ddim wedi meddwl—'

'Felix!' mae Mam yn deud yn biwis. 'Dwi ddim yn mynd i siarad amdano fo a chditha i fyny yn y goeden. Jyst byta hwn.'

'Felly ga i fyta fo fyny fan'ma?'

'Cei! Dwi wedi blino gormod i gega,' mae hi'n ochneidio. 'Ond ty'd yn syth adre.' Mae hi'n gosod y bocs pitsa yn erbyn y goeden ac yn mynd.

Dwi'n sbio draw at dŷ Taid. Tybed ydy o wedi sbragio arna i a deud wrth Mam 'mod i wedi stompio allan. Ond dwi'm yn gwbod sut allai o, achos dydy o ddim wedi bod i'n tŷ ni ac mae o'n casáu defnyddio'r ffôn achos does wybod pwy sy'n gwrando.

Drwy gil fy llygad, dwi'n gweld Jake yn rhedeg ar draws y gwair ata i fel ci hela, ei wallt o'n fflopian i fyny ac i lawr ar ei ben. Mae o'n gallu ogleuo pitsa o bell.

'Iawn?' Mae'n gwenu i fyny arna i. 'Dwi'n llwgu.' Mae Jake yn stwffio'r bocs i fyny ei grys chwys wrth i mi daflu'r rhaff dros yr ochr.

'Ydy'r gelyn wedi agosáu?' mae'n holi wrth ddringo. 'Aw! Mae'r pitsa 'ma'n llosgi 'mol i!' Mae'n taflu'r bocs o'i flaen, ac yn crafangu i fyny ar y platfform.

'Sut aeth hi efo dy daid?'

Mi ddwedodd o fod gen i broblemau.

''Run fath ag arfer,' dwi'n deud. 'Chydig o waith ysgol, gwatsiad teli Almaeneg.'

'Iesgob, am ddiflas!'

'Wedyn nath o drio gneud i mi ddarllen ac mi 'nes i stompio allan.'

'Gweld dim bai arnat ti. Mae'r lle 'na'n rhoi'r crîps i fi!' Mae o'n edrych tuag at dŷ Taid. 'Pam ti'n meddwl mae o'n neud o?'

'Be?'

Mae Jake yn cnoi ar ei bitsa. 'Dy daid di. Pam ti'n meddwl ei fod o'n cadw'r cyrtens ar gau?'

Dwi'n codi fy sgwyddau ac yn torri darn o bitsa i ffwrdd.

'Mae Mam yn deud achos bod o'n isel ar ôl i dy nain farw,' meddai Jake.

'Dwi'm yn meddwl. Oedd o'n neud o pan oedd hi'n dal yn fyw. Oedd Nain yn deud bod o fel byw mewn *chapel of rest*, be bynnag ydy hwnnw.'

'Bosib bod o'n sensitif i olau.' Mae Jake yn llyfu tomato o'i weflau. 'Neu'n *werewolf* sy'n dod allan yn y nos.'

'Dydy o ddim yn *werewolf*,' dwi'n deud. 'Mae o'n mynd i'r siopau ac at y doctor yn ystod y dydd.'

'A, jyst i dwyllo pawb,' meddai Jake. 'Mae o'n *werewolf* efo car pinc.' Mae Jake yn chwerthin. Dwi'n gwenu, ond wrth edrych ar gar Nain dwi'n cael fy atgoffa 'mod i'n hiraethu amdani'n ofnadwy, a tasa hi'n fyw mi fyddai'n mynd â fi i'r sinema y penwythnos yma. Mae Jake yn taflu'r bocs pitsa gwag dros yr ochr ac yn sbio i fyny at y bryn. Mae'n deud rhywbeth am y gelyn yn dod i lawr bob ochr o'r bryn i'r dyffryn, ond dwi ddim wir yn gwrando achos dwi'n sbio dros y parc, at gar pinc Taid, wedyn drws ffrynt gwyrdd ei dŷ o.

Dwi'n difaru 'mod i wedi stompio allan a'i adael o ar ei ben ei hun. Mi fydd o'n eistedd yn ei gadair freichiau rŵan, yn gwylio'r teledu. Rhaid ei fod o'n ofnadwy o unig. Pam oedd rhaid i mi weiddi arno fo? Taswn i ddim ond yn gallu mynd 'nôl a—

'Be ti'n feddwl? Felix!' Mae Jake yn dyrnu 'mraich i.

'Aw!' dwi'n deud. 'Oedd hynna'n brifo.'

'Ia, ond roeddet ti'n bell i ffwrdd. 'Nes i ofyn wyt ti'n mynd i helpu fi i lwytho'r canons neu beidio?'

'Iawn,' dwi'n ochneidio. Dwi'n cropian dros y platfform ac yn tynnu'r canons allan. Mae Jake yn eu codi nhw i bedwar deg pump gradd, wedyn yn stwffio'r powdwr i mewn. Dwi'n codi pelen a'i rhowlio i lawr y baril, wedyn 'dan ni'n anelu at bwynt rhwng y peilon trydan a'r tŵr dŵr, lle gwelson ni'r mwg neithiwr. Weithiau dwi'n meddwl 'mod i'n rhy hen i chwarae gemau fel hyn, a tasa rhywun o'r ysgol yn cael gwbod mi fydden nhw'n chwerthin am ein pennau ni. Mae Jake yn deud 'di o'm ots be maen nhw'n feddwl, ond mi naethon ni addo i'n gilydd na fydden ni byth yn deud, rhag ofn. Dwi'm yn meddwl y byddai o byth yn deud beth bynnag, achos mae'r wên ar ei wyneb o'n deud ei fod o'n licio dianc i fyny fan'ma gymaint â fi.

'Tania'r ffiws,' meddai.

'Tanio'r ffiws,' dwi'n ailadrodd.

'Sa'n ôl.'

'Sa'n ôl.'

'*Fire*!'

'*Fire*!'

Mae Jake a fi'n rhoi'n dwylo dros ein clustiau ac yn mynd yn ôl i ryfela.

7

Dim Ffiars o Beryg!

'Wel, dwi'n meddwl dy fod ti'n styfnig iawn, Felix. Dim ond dau ddiwrnod ydy o.'

'Dau ddiwrnod! Mae hynna'n oes pys! Alla i ddim, Mam. Y cwbl mae o'n neud ydy darllen ei lyfr gwyddbwyll a gwylio teli Almaeneg.'

'Paid â bod mor hunanol.' Mae Mam yn gollwng dillad glân ar droed fy ngwely i. 'Ti'n gwbod bod Taid wedi bod yn unig ers i Nain farw. Mae o angen cwmni a, beth bynnag, mi neith les i ti.'

'Lles? Sut? Pa les neith o i mi wbod ei bod hi'n glawio yn yr Almaen?' Dwi'n codi oddi ar fy ngwely. 'A dau ddiwrnod, Mam?' dwi'n erfyn. 'Oes rhaid? Alla i aros yn nhŷ Jake?'

'Na. Dychmyga sut fyddai dy daid yn teimlo – fo ar ben ei hun bach a ti yn nhŷ Jake neu yn dy goeden.'

'Ond—'

‘Na, Felix!’ Mae Mam yn codi ei llaw, fel arwydd stop. ‘Dyna ddigon. Rhaid i ti beidio bod mor hunanol. Mae Dad a fi wedi bod yn gweithio gymaint, ’dan ni angen brêc.’

‘Be amdana i? ’Dan ni ddim wedi bod i ffwrdd efo’n gilydd ers oes pys.’

‘Dwi’n gwbod, ond rywbryd eto. Mae Dad a fi angen amser i ni’n hunain. A beth bynnag, ’dan ni ’mond yn mynd i Gernyw – ddim i ben draw’r byd.’ Mae Mam yn edrych arna i fel y dylwn i wybod pam eu bod nhw angen mynd i ffwrdd. Ac mi rydw i – achos maen nhw’n cega’n dragwyddol, weithiau amdana i a fy ‘ymddygiad’, ond gan amla am bres. Ac mae’n waeth ers i fusnes Dad fynd i’r wal.

‘Pryd dach chi’n mynd?’ dwi’n deud yn y diwedd.

‘Pnawn fory. Mae Dad yn gorffen gwaith yn gynnar, felly mi fyddan ni wedi mynd erbyn i ti ddod ’nôl o’r ysgol.’

‘Felly, go iawn, mae’n *dri* diwrnod!’ dwi’n hwffian. ‘Mi fydd fy mhen i’n brifo lle mae o’n cnocio’i figyrnau o hyd.’

‘Jyst dwed wrtho fo ei fod o’n brifo,’ meddai Mam. ‘Beth bynnag, dim ond dau ddiwrnod a chydig fydd o… A fydd Taid ddim yn gallu dod i dy nôl di fory – mae gynno fo apwyntiad yn y clinic.’

Mae Mam yn cau’r drws. Mae’r poster o Astro Boy yn syllu’n ôl arna i. Hen un du a gwyn ges i gan Dad ydy o. Mi faswn i wrth fy modd yn cael bod yn Astro Boy, achos wedyn allwn i ymladd yn erbyn trosedd a chael fy hun allan o’r llanast yma. Pan ddwedodd Mam ei bod hi a Dad yn mynd i ffwrdd, ro’n i wedi meddwl ’mod i’n cael mynd hefyd. Am eiliad ’nes i freuddwydio ein bod ni’n mynd i Center Parcs neu hyd yn oed Disneyland Paris. Dwi ’rioed wedi bod i 'run o'r ddau, ond llynedd aeth Freya o fy nosbarth i i'r ddau le. Ond na, maen nhw'n mynd hebdda i ac yn fy ngadael i efo Taid.

Dwi'n rhoi fy mhen yn fy nwylo.

Mae'n mynd i fod yn uffernol. Alla i ddim aros efo fo. Ddim drwy'r penwythnos. Mi fydda i wedi marw o ddiflastod, yn cyfri pob eiliad ar ei glociau o. Rhaid i mi neud rhywbeth i gael fy hun allan o hyn neu i'w neud o'n llai annioddefol. Rhaid i mi—

Dwi'n gwbod. Dwi'n gwbod!

'Mam!' Dwi'n codi a gweiddi.

'Be?'

'Ga i fynd â'r PS4?'

'Na chei!'

8

Dwi'n Clywed Lleisiau

'Ella na fydd o'n rhy ddrwg,' meddai Jake wrth i ni gerdded mewn i'n sgwâr ni.

'Bydd,' dwi'n deud. 'Mi fydd o'n gwatsiad *Ein Platz in der Sonne* rŵan.'

'Be ydy *Ein Platz…* be bynnag ddwedest ti?'

'*Ein Platz in der Sonne*. Enw gneud. Mae o'r un fath â *A Place in the Sun*, ond yn Almaeneg.'

Mae Jake yn chwerthin.

'Dydy o ddim yn ddoniol, Jake. Mi fydd o'n flin achos dwi'm wedi ymddiheuro am weiddi arno fo neithiwr.'

'O, mae hynna'n hawdd.' Mae Jake yn codi ei sgwyddau. 'Jyst dwed sori, fel dwi'n neud. Does dim rhaid i ti feddwl o.'

Dwi'n edrych o gwmpas y sgwâr. Mae'r haul yn disgleirio ar y gwair, ar ein coeden ni, ar doeau'r ceir. Mae Mrs Flower allan yn yr ardd. Mae hi'n smalio tocio'i rhosod ond y cwbl mae'n gneud go iawn ydy busnesa a gweld be mae pobl eraill yn gneud. Ond fydd hi ddim yn gallu gweld llawer o Taid achos mae ei gyrtens o wedi cau'n sownd fel arfer. Mae'n ddydd Gwener. Mi ddylwn i fod yn edrych mlaen at benwythnos yn y goeden, ond dwi'n gorfod ei dreulio efo Taid yn lle hynny. Dwi wedi bod yn meddwl am ffyrdd i ddod allan ohoni drwy'r dydd yn yr ysgol. 'Nes i ofyn i Rebecca os gallwn i fynd ati hi, ond mi ddwedodd y gallai hynny fod yn rhyfedd achos dydy'n mamau ni ddim yn siarad efo'i gilydd ac roedd hi'n meddwl 'mod i'n gas efo Taid beth bynnag. Dwedodd Jake y gallwn i aros efo fo, ond dydy ei dad o ddim yn siarad efo fi. Mi faswn i'n iawn tasa rhieni, yn cynnwys fy rhieni i, ddim yn busnesa. Felly does 'na'm dewis, rhaid i mi aros efo Taid, ond y peth anodda fydd ymddiheuro am stompio allan o'r tŷ.

Mae'r rhifau coch ar y popty yn fflachio 0 0 0 0 0 wrth i mi agor drws cefn tŷ Taid. Mae Samson yn y gornel yn llyfu'r darnau ola o jeli cig allan o'i bowlen. Dwi'n mynd ar fy nghwrcwd a rhoi mwytha iddo fo. Mae o'n canu grwndi ac yn rhwbio'i ben yn erbyn fy nghoesau i. Dwi'n disgwyl clywed sŵn y teledu neu'r radio, ond does 'na'm byd, dim ond sŵn fy anadlu wrth i mi sleifio drwy'r gegin i mewn i'r cyntedd. Rhaid bod Taid wedi syrthio i gysgu o flaen y teledu. Gobeithio. Wedyn mi alla i sleifio i fyny'r grisiau i'r llofft, mynd heb swper a gobeithio y bydd pob dim yn iawn yn y bore.

Dwi'n cripian heibio un o'r clociau, yna'r gwresogydd, ac yn sbecian heibio ffrâm y drws.

Mae'r lamp fach ymlaen ac mae Taid yn y cysgodion yn pwyso

yn ei flaen efo'i ben yn ei ddwylo fel tasa fo'n crio. Yr unig dro i mi'i weld o'n crio oedd yn angladd Nain, ond roedd pawb yn crio yn angladd Nain, gan fy nghynnwys i. Dwi ddim isio'i weld o'n crio. Dwi ddim yn meddwl ei fod o isio i mi ei weld o'n crio chwaith.

Dwi'n dechrau codi fy nhroed chwith i sleifio heibio'r drws. Mae Taid yn codi ei ben. Dwi'n camu'n ôl.

'Felly,' mae o'n mwmial, 'dyna be wnes i heddiw. Mynd i Tesco, sgwrsio dros y ffens efo Mrs Danes, a dyna ni. O, ac wrth gwrs, es i i'r clinic.'

Dwi'n sbecian i mewn i'r stafell. Efo pwy mae o'n siarad? Un o'i ffrindiau o'r Grŵp Ffrindiau Almaeneg? Ond mi fyddai'n siarad Almaeneg tasa hynny'n wir, a weles i neb yn dod mewn i'r sgwâr beth bynnag. A fedar o ddim bod ar y ffôn achos mae o'n casáu ei ddefnyddio fo. Bosib mai siarad efo Samson mae o, ond mae hwnnw'n dal i fwyta yn y gegin.

'Mae Felix yn iawn. Ond dwi'n meddwl ei fod o'n colli ti gymaint â fi.'

Mae Taid yn troi ei ben i gyfeiriad y silff ben tân. Mae o'n siarad efo'r llun o Nain; yr un ohoni'n eistedd ar wal wrth y traeth yn llyfu hufen iâ. Rhaid ei fod o'n ei cholli hi gymaint â fi. Mwy hyd yn oed. Ro'n i'n ei gweld hi'n aml, ond mi fuodd o'n byw efo hi am dros hanner can mlynedd a'i gweld hi bob dydd.

Dwi'n pwyso'n ôl. Mae fy ysgwydd yn taro'r cloc ac mae'r cloc yn taro'r wal.

'Felix! Ti sy 'na? Felix!'

'Yy… ia, Taid,' dwi'n deud, mewn braw.

'Da iawn,' meddai. 'Ro'n i yn meddwl ble roeddet ti.' Mae'n

sbecian rownd y drws, yn gwenu. Dydy o ddim fel tasa fo'n poeni 'mod i wedi'i glywed o'n siarad efo Nain. 'Ty'd i mewn,' meddai. 'Dwi wedi bod yn meddwl.'

'F-fi hefyd, Taid,' dwi'n cecian. 'Sori am neithiwr.'

'Pwa!' Mae Taid yn chwifio'i law fel tasa'n fflicio pry oddi ar ei baned. 'Dydy hynny ddim yn bwysig. Dwi ddim wedi bod yn fi fy hun yn ddiweddar.'

'Ond ddylwn i ddim fod wedi gweiddi,' dwi'n deud. 'A ddim efo chi o'n i'n flin. Blin efo fi'n hun o'n i.'

Mae Taid yn nodio wrth neud ei hun yn gyfforddus yn ei gadair. 'Dwi'n gwybod,' meddai. 'Ond ddim gneud i ti ddarllen ydy'r ffordd orau… Felly dwi wedi bod yn eistedd yma yn meddwl.'

Ac yn siarad efo Nain!

'Dwi'n meddwl, be allwn ni… naci, beth alla *i* neud efo Felix.'

'Dach chi'n mynd i brynu rhywbeth i fi, Taid?' Dwi'n eistedd wrth ei ymyl, yn dechrau meddwl na fydd y penwythnos yma mor ofnadwy â hynny wedi'r cwbl.

'Nac'dw.'

'Achos os ydach chi, ga i ddewis o? Dwi'm angen mwy o siwmperi gwlanog – mae Nain wedi gweu llond wardrob i mi'n barod.'

Mae Taid yn rhoi chwerthiniad bach.

'Na, dwi ddim yn prynu dim byd i ti. Bydd rhaid i ti aros tan bore fory pan ti'n deffro. Ond bydd o'n rhywbeth i dy helpu di i aros yn llonydd, dy helpu i ganolbwyntio.'

'DVD, Taid? Gêm ar gyfer y PS4?'

'Na… Na… Dim byd fel yna. Rŵan,' mae'n tuchan wrth godi ei

hun allan o'i gadair, 'mae'n amser swper.'

'Iawn,' dwi'n deud. 'Wna i nôl y cyllyll a'r ffyrc.'

'Ia, da'r hogyn.' Mae Taid yn chwalu fy ngwallt i. 'Dwi'n falch ein bod ni wedi siarad.'

'Fi hefyd, Taid,' dwi'n deud. 'Ac mae'n ddrwg gen i.'

'Mae'n iawn. *Neuer morgen, neuanfang*,' meddai'n sydyn.

'Be mae hynna'n feddwl?' dwi'n gofyn.

'Bore newydd, dechrau newydd.'

9

Deg Peth...

Mae'r tŷ i gyd fel tasa fo'n ysgwyd pan mae Taid yn codi yn y bore, ddim oherwydd ei gerdded trwm, ond am fod y clociau larwm i gyd yn canu ar yr un pryd, gan gynnwys y ddau gloc cwcw ar y landing. Dwi'n clywed ei draed o'n dyrnu mynd wrth iddo frysio rownd y tŷ yn eu diffodd nhw i gyd.

Ond does 'na 'run cloc yn y stafell sbâr; dwedodd Nain wrtha i y dylai pobl ddiarth wastad deimlo fel tasan nhw ar eu gwyliau a gallu ymlacio. Felly dyna be dwi'n neud, ymlacio yn y gwely pinc efo pilws pinc a dwfe pinc yng nghanol waliau a chyrtens pinc, sy'n gneud i bob diwrnod ddechrau fel tasa'r haul yn gwenu (Nain ddwedodd hynna hefyd, ddim fi).

Dwi'n gwisgo fy sanau a 'nhrowsus. Mae radio Taid yn chwarae miwsig band pres Almaenig yn y gegin ac mae oglau cig moch yn dod i fyny'r grisiau. Dwi'n chwythu fy mochau allan. Sgwn i be mae Taid wedi'i gynllunio heddiw – dim ond trip i Aldi, beryg! Taswn i efo Mam neu Dad, mi fasen ni'n mynd i'r sinema neu rywbeth – aeth Dad hyd yn oed â fi i i'r Memorial Stadium i weld Bristol Rovers un tro. Mi faswn i wrth fy modd yn mynd i weld y Rovers, hyd yn oed os gnath Dad wylltio efo fi tro dwytha am 'mod i fel cnonyn – a phan 'nes i lwyddo i eistedd yn llonydd, mi gollais i ddwy gôl am fod fy mhen yn y cymylau.

Dwi'n gwisgo fy nghrys chwys ac yn mynd i lawr y grisiau. Efo pob gris mae'r miwsig yn mynd yn uwch, ond pan dwi'n cyrraedd y gwaelod does 'na'm golwg o Taid yn y gegin. Dwi'n cerdded i'r stafell fwyta. Dydy o ddim yn fan'no chwaith. Bosib ei fod o wedi anghofio am y cig moch. Bosib ei fod o ddim jyst yn siarad efo fo'i hun ond yn crwydro hefyd fel nath Mrs Gough llynedd. Dim ond mynd i'r siopau nath hi ond y diwrnod wedyn daeth yr heddlu o hyd iddi'n cerdded ar hyd y draffordd i gyfeiriad Pont Hafren.

Mae 'nghalon i'n neidio wrth weld nodyn ar y bwrdd bwyd. Plis, Taid, ddim chi, ddim pan dydy Mam a Dad ddim yma i chwilio amdanach chi.

Dwi'n cydio yn y nodyn ac yn dechrau darllen.

Deg peth dwi am ddysgu i Felix.

Mae'r sgrifen yn mynd yn niwlog. Dwi'n rhwbio'r cwsg allan o fy llygaid ac yn dechrau eto.

Deg peth dwi am ddysgu i Felix.

1. Sut i lanhau brass.

2. Sut i wneud y Ddawns Bengliniau Schuhplatter o Bavaria.

3. Sut i lanhau slabiau'r patio.

4. Sut i dorri'r lawnt mewn llinell syth.

5. Sut i chwarae gwyddbwyll.

6. Sut i goginio Rouladen.

7. Sut i chwarae 'Hoppe, Hoppe, Reiter' ar y glockenspiel.

8. Sut i shredio papur.

9. Sut i ddarllen llyfr heb wylltio.

10. Sut i lanhau llwydni oddi ar gyrten y gawod.

Sut i lanhau'r patio? Sut i dorri'r lawnt? Pa fath o restr ydy hon?

Dwi'n cerdded at y ffenest. Ond hyd yn oed efo mwy o olau dydy hi ddim yn gneud unrhyw synnwyr.

Shredio papur; darllen llyfr heb wylltio?

'A, dwi'n gweld bod ti wedi'i ffindio hi.'

Dwi'n neidio wrth i Taid gerdded i mewn.

'Fy rhestr i.' Mae'n rhoi ei baned o de ar y bwrdd.

'Yndw,' dwi'n deud. 'Ond be ydy o? Jyst llwyth o dasgau glanhau ydyn nhw!'

'Dwi ddim yn meddwl.'

‘Ia, Taid – glanhau’r patio, torri’r lawnt, glanhau llwyau.’

‘Llwydni,’ meddai Taid.

‘Dim ots gen i be ydy o,’ dwi’n deud, ‘glanhau ydy o, ’run fath.’

‘Na, na,’ meddai Taid. ‘Rhestr o ddeg peth dwi isio dysgu i ti.’

‘Pam?’

‘Achos neith les i ti. Meddylia am y peth tra dwi’n mynd i’r tŷ bach yn aml, ac mae’n tsiecio’i lefelau bob tro.’ Mae’n troi ac yn cerdded allan i’r cyntedd. Mae Taid yn mynd i’r tŷ bach o hyd i tsiecio’i lefelau. Os nad ydy o’n cadw ei lefelau siwgr yn ddigon uchel, mae o’n crynu ac weithiau’n mynd hyd yn oed yn fwy blin.

Dwi’n edrych ar y rhestr – sut i lanhau *brass*, sut i dorri’r lawnt mewn llinell syth, sut i chwarae gwyddbwyll, sut i… sut i… Dydy hon ddim yn rhestr o ddeg peth i ddysgu i Felix. Rhestr o’r deg peth mwya diflas yn y byd ydy hi.

Rhaid bod ’na gamgymeriad. Dwi’n troi’r papur drosodd i weld os oes ’na rywbeth mwy cyffrous ar y cefn, ond mae’n wag.

Dwi’n cerdded i’r cyntedd ac yn gweiddi i fyny’r grisiau, ‘Dach chi’n siŵr bod y rhestr iawn gen i?’

Dwi’n clywed cnoc drom ar y nenfwd. Roedd o wedi deud ei fod o’n mynd i’r tŷ bach ond o’r llofft ddaeth y sŵn. Dwi’n gwrando am gnoc arall neu sŵn ei draed.

Dim byd.

‘Taid,’ dwi’n gweiddi. ‘Dach chi’n iawn?’ Dwi’n troi fy mhen ac yn gwrando, ond y cwbl alla i ei glywed ydy sŵn y pendil yn cnocio yn y cloc taid.

‘Taid?’ Dwi’n rhoi fy nhroed ar y gris cyntaf.

‘A!’ meddai Taid. ‘Felly ti’n methu aros.’

Dwi'n edrych i fyny. Mae Taid yn edrych arna i'n ddifrifol efo bocs yn ei law. 'Be ydy o?' dwi'n gofyn.

'Nid hon ydy fy set orau,' meddai, 'ond mae'n ddechrau.'

'Be? Na, Taid. Ddim gwyddbwyll!'

'Ond roeddet ti'n arfer chwarae Ludo efo dy nain.'

'Dwi'n gwbod, Taid, ond gwyddbwyll! Dim ond swots sy'n chwarae gwyddbwyll, ac mae'n cymryd oes, mwy na Monopoly!'

'Ond mae'n gêm lawn crefft,' meddai.

'Naci, y gêm fwya boring yn y byd i gyd. Allwch chi ddim jyst chwarae ar eich pen eich hun ac mi wna i fynd i nôl fy PS4?'

'Na,' meddai Taid. 'Dyna be mae plant yn neud drwy'r dydd – chwarae gemau cyfrifiadur. Mae gwyddbwyll yn gêm go iawn lle ti ddim yn sbio ar deledu drwy'r amser.'

'Wel, dwi ddim yn chwarae.'

Mae Taid yn edrych i lawr ar y bocs fel tasa fo wedi'i siomi, ond pam na allai o gael rhywbeth mwy cyffrous, fel pêl-droed neu DVD newydd *Spider-Man* neu feic BMX? Dylwn i wbod yn well. Hyd yn oed pan oedd Nain yn fyw, roedd fy anrhegion pen-blwydd i wastad yn bethau 'ymarferol' fel dwfe newydd neu siwmper wlanog. Byddai Mam yn gneud i mi ei gwisgo hi drwy'r dydd, i beidio pechu Nain, er mod i'n mynd yn boeth ac yn cosi achos mae 'mhen-blwydd i yng nghanol yr haf.

Mae Taid yn gwthio heibio i mi yn y cyntedd ac yn anelu am y stafell fwyta.

'Cliria'r bwrdd,' meddai.

'Iawn,' dwi'n deud, 'ond dwi ddim yn chwarae, a dyna fo.'

Mae Taid yn ochneidio. 'Felix, dwi'n gwybod bod ti ddim yn

licio dod yma gymaint rŵan,' meddai efo rhyw olwg drist yn ei lygaid, 'ond dwi'n trio gneud rhywbeth efo ti.'

'Dwi yn licio dod, Taid. Ond jyst…' Dwi'n edrych ar y rhestr eto i weld os dwi wedi methu rhywbeth, ond mae'n edrych yn waeth bob tro dwi'n sbio arni. Ddim fi ydy'r unig un fyddai'n meddwl fel'na – fyddai ddim un o fy ffrindiau isio shredio papur na gneud Rouladen, be bynnag ydy hwnnw. Dwi'n ystyried deud hynny wrth Taid, ond rŵan mae o'n eistedd yn ei gadair yn fflicio drwy ei lyfr gwyddbwyll fel tasa fo wedi cael digon arna i.

Dwi'n eistedd wrth y bwrdd ac yn troi tudalen o *Of Mice and Men*, jyst i neud i Taid feddwl 'mod i'n darllen *go iawn*, ond dwi'm yn gwbod pam 'mod i'n trafferthu achos dydy o ddim wedi troi'r un dudalen chwaith. Bosib ei fod o wedi laru cymaint â fi ac wedi mynd i gysgu efo'i lygaid ar agor. Weles i raglen ddogfen am ddolffiniaid yn gneud hynna – mae un ochr o'u hymennydd nhw'n mynd i gysgu ond mae'r ochr arall yn aros yn effro fel eu bod nhw'n cofio anadlu. Dwi'n meddwl mai rhaglen ddogfen oedd hi – ond bosib mai yn *Finding Nemo* oedd o. Mi faswn i'n licio gneud rhywbeth efo Taid, ond does 'na ddim byd 'dan ni'n licio'i neud efo'n gilydd. Tasa Nain yn gneud rhestr, mi fyddai hi'n ei llenwi efo ugain peth. Ugain peth gwych, fel mynd â fi i'r sinema a mynd ar y bws i Legoland. Dwi'n rhy hen i hynna rŵan, ond tasa hi'n fyw dwi'n siŵr y byddai hi'n mynd â fi i Thorpe Park.

Dwi'n edrych ar restr Taid eto.

Deg peth dwi am ddysgu i Felix.

Mae cael gwersi ychwanegol yn yr ysgol yn ddigon drwg, heb sôn am gael rhai gartre. *Deg! DEG! Pam ddim jyst pump? Un hyd yn oed?*

Dwi'n pwyso fy mhen ar fy llaw ac yn syllu ar y cloc ar y silff ben tân. Dim ond pum munud wedi naw ydy hi. Allwn i fod yn chwarae *Tekken* ar fy PlayStation, neu'n paratoi'r gynnau i chwilio am y gelyn efo Jake, neu jyst fod adre yn y gwely ar fy mhen fy hun. Tydy gweddill y dosbarth ddim yn styc tu mewn drwy'r penwythnos fel hyn – bydd Rebecca yn mynd i'r dre efo'i chwaer, bydd Tom Jenkins yn mynd i'r criced efo'i dad, bydd Harry Giles yn—

'Taset ti'n gorfod gneud un ohonyn nhw, pa un fyddet ti'n dewis?'

'B-be?' Dwi'n neidio allan o fy mreuddwydion.

Mae Taid wedi stopio bod yn ddolffin ac yn rhythu arna i.

'Y rhestr o dasgau – taset ti'n gorfod dewis un, pa un fyddet ti'n dewis?'

'Felly mae hi'n rhestr o dasgau?'

Mae Taid yn gwenu wrth godi ei hun o'i gadair.

'Ydy,' meddai. 'A taset ti'n gorfod gneud un, pa un fyddai hi? Dwi ddim yn deud bod ti'n gorfod gneud un, ond…'

'Yn ddamcaniaethol?'

'Ia.' Mae Taid yn sbio'n syn arna i.

'Mae'n iawn, Taid,' dwi'n deud. 'Dwi'm yn dwp – dwi'n gwbod be mae "yn ddamcaniaethol" yn feddwl, dwi jyst methu'i sillafu o.'

'Dwi'n gwybod,' meddai. 'Felly… yn ddamcaniaethol, pa un fyddet ti'n ei dewis? Ond rhaid i ni anghofio am dorri'r gwair achos mae'n wlyb.'

'Iawn.' Dwi'n craffu ar y rhestr. Byddai'n neis gallu gneud rhywbeth tu allan jyst er mwyn dianc o fan hyn, ond os ydyn ni'n methu torri'r gwair… 'Iawn,' dwi'n deud. 'Taswn i wir, wir yn gorfod… mi faswn i'n… glanhau slabiau'r patio.'

'Gwych!' Mae Taid yn clapio'i ddwylo. 'Gwych! Gei di nôl y *detergent* a'r bwcedi ac mi wna i nôl yr ofyrôls.'

'Be? Na! Yn ddamcaniaethol ddwedoch chi! Ac roeddech chi'n cysgu!'

'Dwi'n gwybod.' Mae Taid yn gwenu. 'Ond dwi hefyd yn gwybod bod ti'n teimlo'n ddiflas.'

'Yndw, ond—'

'Ond dim byd. Ty'd 'laen. Byddai dy Nain yn hapus.'

''Mod i'n glanhau'r patio?'

'Yn gneud rhywbeth efo fi.'

Dwi'n edrych ar fy llyfrau.

Of Mice and Men *neu lanhau'r patio.*

Algebra neu lanhau'r patio.

Hanes neu lanhau'r patio.

'Wrth gwrs allwn ni wastad drio gwydd—'

'Iawn! Iawn!' Dwi'n neidio i fyny. 'Mi wna i lanhau'r patio.'

'Ardderchog!' Mae Taid yn gwenu.

Dwi'n ei ddilyn i'r gegin a 'dan ni'n gwisgo'n sgidiau wrth y drws cefn. Dwi'n stopio.

Be dwi'n neud?

Nath o ddeud 'yn ddamcaniaethol'.

Mae Taid yn chwibanu'n fodlon wrth gerdded i lawr y llwybr.

Dwi'n ysgwyd fy mhen.

Sut ges i fy nhwyllo fel'na?

10

Larwm Cynnar

'Un cilo o stêc, pedair llwy fwrdd o fwstard, chwech tafell o gig moch, dau nionyn (wedi eu torri'n fân), pedwar clof o garlleg (wedi eu torri'n fân), a bresych, bresych, llwyth o fresych – alli di byth cael gormod o fresych, Felix. Rŵan torra fo'n ddarnau bach, bach.'

Dwi'n torri bresychen, wedyn un arall, ac un arall. Dwi'n sbio i'r chwith – mwy o fresych, cannoedd o fresych, pob un yn rhowlio tuag ata i. Rhowlio, rhowlio ar conveyor belt *yn llawn o fresych mewn llinell sy'n mynd mlaen am byth.*

'Chwech tafell o gig moch, dau nionyn, a bresych, llwyth o fresych. Torra, Felix. Torra!'

'Na, Taid. Na. Dim mwy o fresych.'

'Felix... Felix!'

'Na, Taid. Dim mwy!'

'Felix!'

'Na—'

Dwi'n agor fy llygaid. Mae Taid yn sefyll uwch fy mhen i yn ei byjamas streipiog, yn fy ysgwyd i'n effro.

Dwi'n edrych o 'nghwmpas i am y bresych, ond y cwbl dwi'n gweld ydy'r wardrob, y cyrtens a'r cloc ar y bwrdd.

'Dwi'n meddwl dy fod ti'n breuddwydio.'

'Yndw, Taid.' Dwi'n gwenu efo rhyddhad.

Nid breuddwyd oedd hi, ond hunllef fresychaidd, yn ailadrodd drosodd a throsodd be fuodd Taid a fi'n ei neud neithiwr. Do'n i ddim isio gneud Rouladen, ond ar ôl oriau'n glanhau'r patio ro'n i gymaint o isio bwyd mi faswn i wedi bwyta sbrowts! Fuon ni ar ein traed yn y gegin am oriau, yn gneud tunelli ohono fo i fynd yn y rhewgell. Dwi'n dal i allu ei ogleuo fo'n drewi drwy'r tŷ.

Dwi'n pwyso'n ôl ar y pilw, ond mae 'mhen i'n dal i ganu efo *ping* y *glockenspiel*, achos rywsut mi gath o fi i chwarae 'Hoppe, Hoppe, Reiter' cyn mynd i'r gwely. Ond o leia rŵan 'mod i wedi'i neud o, fydda i ddim yn gorfod ei neud o eto.

Mae Taid yn rhoi paned o de ar y bwrdd bach wrth y gwely.

'Yfa hon,' meddai. 'Wedyn gawn ni benderfynu be i neud nesa.'

'Nesa, Taid? Dwi'm yn cael gorffwys chydig?'

'Gorffwys? Does gynnon ni ddim amser i orffwys; mae saith peth ar ôl.' Mae'n dangos ei restr. 'Mae gormod o wlith ar y gwair, ond allwn ni neud rhif un neu dau. Dwi ddim yn ffysi, dewis di.'

'Nes mlaen, Taid.' Dwi'n codi'r dwfe at fy ngên. 'Dwi'n mynd yn ôl i gysgu.'

'Na, chei di ddim,' meddai Taid. 'Byddi di'n ôl yn yr ysgol fory.

Dwi isio dysgu'r pethau hyn i gyd i ti penwythnos 'ma. Be am i ni ddewis rhywbeth tawel ac yn y tŷ? Rhif un neu dau?'

'Be oedd rhif un eto, Taid?' Dwi'n sbecian dros y dwfe.

'Sut i lanhau *brass*!'

'Na.' Dwi'n ysgwyd fy mhen. 'Mae 'mreichiau i'n dal i frifo ar ôl glanhau'r patio. Be ydy rhif dau?'

'Dysgu'r Ddawns Bengliniau Schuhplatter o Bavaria.'

Dwi'n gwingo. 'Taid, dwi ddim yn gwisgo'r trowsusau gwirion 'na a'r crysau ffrili weles i ar YouTube.'

'Ymm…' Mae Taid yn tapio'r fys ar ei wefus. 'Wrth gwrs, allen ni wastad chwarae gwy—'

'Na.' Dwi'n rhoi fy nwylo ar fy mhen. 'Taid, dwi ddim yn chwarae gwyddbwyll!'

'Iawn,' meddai Taid, 'jyst edrycha ar y rhestr ac mi wna i baratoi brecwast tra ti'n penderfynu.'

'Aaaa!' Dwi'n syrthio'n swp yn ôl ar fy ngwely.

Mae Taid yn gadael y llofft. *Mae hyn yn ofnadwy. Pam nath o'r rhestr? Pam oedd rhaid i Mam a Dad fynd i ffwrdd? Mae'n ddydd Sul. Dwi'm yn gweithio ar ddydd Sul. Roedd hyd yn oed Duw yn cadw ei ddyddiau Sul yn rhydd. Dwi'n edrych ar y cloc eto. Pum munud wedi wyth. Pum munud wedi wyth!* Dwi i fod yn cysgu ac yn breuddwydio, ddim yn deffro i hunllef.

11

Y Torwyr Gwair

Dwi'n sefyll wrth y drws ffrynt, yn hanner cau fy llygaid yn yr haul.

'A! Dyna lle wyt ti,' meddai Taid, gan edrych ar fy mysedd. 'Wyt ti wedi'i olchi i gyd i ffwrdd fel dwedais i?'

Dwi'n dangos fy nwylo i Taid.

'Ymm,' meddai. 'Mae chydig o'r stwff glanhau *brass* yn dal o dan dy ewinedd di, ond gei di eu golchi nhw eto ar ôl i ni neud hyn.' Mae'n pwyntio at y lawnt o wair hir a llygad y dydd. 'Dwi'n meddwl dechrau fan hyn, yn y gornel chwith.'

'Ond, Taid,' dwi'n hwffian. 'Mae hi mor boeth a dwi wedi blino gymaint.'

'Felly, dylen ni drio gorffen cyn iddi fynd yn boethach.'

Mae Taid yn troi a cherdded i'r gornel chwith yn ei ofyrôls glas. Dydy o ddim wedi eu gwisgo nhw ers haf dwetha. Pan oedd Nain yn fyw byddai'r ddau yn cerdded o gwmpas yr ardd efo'i gilydd, yn tocio'r rhosod, a phan aeth hi'n sâl mi fyddai o'n torri'r rhosod a'u rhoi nhw mewn fas yn y llofft.

Dwi'n edrych draw at fy nhŷ i. Mae pob ffenest wedi'i chau ac mae 'na le gwag lle dylai car Mam a Dad fod. Dwi'n teimlo'n gas am fod isio iddyn nhw ddod yn ôl, achos dydy Taid ddim wedi edrych mor hapus â hyn ers oes.

'Felly, 'dan ni'n dechrau fan hyn. Ty'd 'laen.' Mae o'n gwenu wrth amneidio arna i i ddod draw. 'O, alli di symud y corachod yn gynta?'

Dwi'n edrych ar gorachod Nain, pedwar ohonyn nhw wedi eu gosod fel gwylwyr ar bob cornel. Nath Nain a fi roi enwau iddyn nhw – Boris, Horace a Morris, ac mi naethon ni enwi'r pedwerydd ar ôl Taid – Francke, achos mae'n edrych yn flin, fel tasa fo byth yn gadael neb drwy'r giât. 'Nes i chwerthin pan ddwedodd Nain hynna. Ond dwi ddim yn chwerthin rŵan wrth gerdded rownd y lawnt yn eu codi nhw oddi ar y gwair a'u rhoi yn ddiogel ynghanol y blodau.

'Gwych,' meddai Taid. 'Rŵan gallwn ni ddechrau.'

Dwi'n llusgo fy hun ar draws y lawnt at y man lle mae'r gwair yn cyfarfod y llwybr. Mae Taid yn tynnu tâp mesur allan o'i boced ac yn mynd ar ei gwrcwd.

'Mae'r llafn yn chwe deg chwech centimetr, ond 'dan ni'n mesur chwe deg centimetr er mwyn gadael lle dros yr ymyl.' Mae'n dal un pen y tâp dros y llwybr ac yn mesur chwe deg centimetr. 'Iawn, rŵan ti'n rhoi un o dy ffyn yn y ddaear, fan hyn.'

Dwi'n edrych ar y ddwy ffon yn fy llaw, sy â darn hir o linyn rhyngddyn nhw.

'Ty'd 'laen, Felix,' meddai Taid. 'Dim ots pa un.'

Dwi'n gwthio un i mewn i'r ddaear.

'Da iawn,' meddai Taid. 'Rŵan 'dan ni'n cerdded i'r pen arall.'

Dwi'n ochneidio ac yn edrych ar y peiriant torri gwair ar y llwybr.

'Taid, allwn ni ddim jyst ei danio fo a'i wthio fo fel mae pawb arall yn gneud?' Dwi'n pwyntio at y gerddi eraill o gwmpas y sgwâr. 'Dim ond gwair ydy o, Taid, mae o gan bawb.'

'Ydy,' meddai Taid, 'ac edrycha ar y llanast mae rhai wedi gneud.' Mae o'n amneidio at y gerddi lle mae'r gwair wedi mynd yn foel oherwydd trampolîns neu geir wedi eu parcio o flaen ffenestri'r lolfa fel mae tad Jake yn ei neud.

'Ond o leia tydyn nhw ddim yn gwastraffu amser yn mesur fel 'dan ni'n gneud,' dwi'n deud.

'Paratoi,' meddai Taid. 'Dylet ti wastad baratoi. Rŵan dilyna fi i'r pen arall – gei di ddal y llinyn wrth i ni gerdded.'

Dwi'n dilyn Taid efo'r llinyn yn llusgo y tu ôl i mi. Dwi wedi'i weld o'n torri'r lawnt llwythi o weithiau, ond mae o'n edrych yn hapusach ac â dwywaith gymaint o egni heddiw. Ro'n i wedi meddwl mai jyst cael y peiriant allan o'r sied, ei blwgio fo i mewn a'i wthio fo fyddai rhaid. Ond mae'n ei gynllunio fo yn union fel mae'n cynllunio pob dim arall. Mae Dad yn deud bod llawer o Almaenwyr yn daclus a thrylwyr. Dyna pam fod gynnyn nhw *autobahns* syth a cheir sy ddim yn torri i lawr.

'Iawn.' Mae Taid ar ei gwrcwd efo'r tâp mesur eto. 'Rŵan rho'r ffon yn y ddaear, tynna'r llinyn yn dynn a'i glymu i'r ffon.'

Dwi'n gneud fel mae o'n ddeud a 'dan ni'n dau'n sythu.

'Dyna ni.' Mae Taid yn sychu ei ddwylo ar ei ofyrôls. 'Llinell berffaith syth. Y cwbl sy angen neud rŵan ydy torri.'

'Dan ni'n cerdded yn ôl at y peiriant ac mae Taid yn ei osod ar ddechrau'r llinell. 'Cofia ein bod ni wastad yn dechrau fan hyn,' meddai. 'a1 ydy hwn.'

'Be dach chi'n feddwl, a1?'

'Bydd o'n glir cyn bo hir,' meddai. 'Rŵan, gwthia'r peiriant, cadwa fo'n dynn yn erbyn y llinyn ac mi wna i ddal y cêbl fel ein bod ni ddim yn ei dorri ar ddamwain.'

Dwi'n rhoi fy nwylo ar handlenni'r peiriant ac yn tynnu'r teclyn melyn tuag ata i. Mae fy nwylo'n dechrau crynu wrth i'r llafn droi. Mae Taid yn amneidio arna i i ddechrau cerdded. Dwi'n gwthio'r peiriant yn araf ar hyd y gwair, yn cadw'r ochr yn dynn yn erbyn y llinyn, fel dwedodd o. Dydy o ddim yn gymaint o hwyl â golchi'r car, ond mae o gymaint gwell na chwarae'r *glockenspiel.*

Dwi'n cyrraedd pen draw'r lawnt wrth ymyl llwyn o rosod. Mae Taid yn estyn drosodd, yn tapio fy llaw i ollwng y sbardun ac yn cymryd drosodd. Dwi'n gwylio wrth iddo droi'r peiriant a'i ddiffodd.

'Dyna ni.' Mae o'n gwenu wrth edrych ar y llinell dwi newydd ei thorri. 'Rwyt ti newydd dorri dy reng gyntaf.'

'Rhes dach chi'n feddwl,' dwi'n deud.

'Naci,' meddai. '*Rheng*. A chofia lle wyt ti.' Dwi'n edrych o 'nghwmpas i.

'Yn y gornel wrth y rhosod?'

'Naci. Dyma a8.'

Dwi'n edrych yn ddryslyd arno fo, fel 'nes i ar Mr Groves pan driodd o egluro egwyddor Archimedes i mi yn Gwyddoniaeth.

'Dim ots,' meddai Taid. 'Wna i esbonio wrth fynd.'

'Taid,' dwi'n ochneidio. 'Oes rhaid i ni baratoi cymaint? Monkton Park ydy fan hyn, ddim Wembley.'

'Ond dim ond newydd ddechrau ydan ni.'

'Be am neud rhywbeth arall? Galla i fynd i'r siop i nôl papur i chi. Neu… neu…' Dwi'n pwyntio ar draws y sgwâr. 'Galla i fynd â chi Mrs Downes am dro. Mae hi wedi bod yn sâl a heb fynd a fo i nunlle ers oesoedd.'

'Felix!' meddai Taid yn flin. 'Am unwaith jyst canolbwyntia ar yr un peth ti'n neud.' Mae o'n swnio fel yr athrawon yn yr ysgol. 'Rŵan, 'dan ni'n troi'r peiriant a dechrau ffeil arall ond 'dan ni hefyd yn dechrau rheng.'

'Taid,' dwi'n deud. 'Does gen i ddim syniad mwnci am be dach chi'n sôn.'

'Dim ots,' meddai Taid. 'Gwrando rŵan, deall wedyn.'

Dwi ar fin cega ond mae Taid wedi gwthio'r peiriant i ben draw'r lawnt yn barod. 'Dyma b8,' meddai, gan ei ddiffodd. 'Rŵan dwi'n marcio chwe deg centimetr arall.'

'Oes rhaid gneud hyn bob tro?'

'Oes.'

'Ond mae'n mynd i gymryd oes.'

'Dydy amser ddim yn bwysig,' meddai. 'Rhaid i bob dim fod yn iawn. Rhaid i bob rheng fod yn syth.' Mae'n rhoi'r tâp mesur i mi. 'Rŵan, cer di i neud yr un peth y pen arall.'

'Ond, Taid, pliiiis.'

'Be? Fyddai hi wir yn well gen ti neud rhywbeth arall?'

'Byddai!'

'Rhywbeth llai corfforol… fel… gwy—'

'Na!'

12

Mae Rebecca yn Jiniys ☺

Mesura chwe deg centimedr, symuda'r ffon, clyma'r llinyn, tania'r sbardun, gwylia'r cêbl, gwthia a thorra'r rheng. Gollynga'r sbardun. Stopia. Ble 'dan ni rŵan?

a8.

Mae llais Taid yn mynd mlaen a mlaen, drosodd a throsodd, fel tasa fo'n sownd ar *repeat*:

Mesura chwe deg centimetr.

Symuda'r ffon.

Clyma'r llinyn.

Tania'r sbardun.

Gwylia'r cêbl.

'Stop. Stopia!'

Dwi'n pwyso mlaen a rhoi fy mhen ar y bwrdd.

'Felix, be sy'n bod?' Mae Jake yn rhwbio 'mraich i fel tasa fo'n trio fy nghadw i'n effro.

'Taid ydy o,' dwi'n mwmian. 'Mae o'n fy mlino i'n rhacs.'

'Ond hen ddyn ydy o.'

'Dwi'n gwbod, Jake, ond sgen hynna ddim byd i neud efo fo.' Dwi'n codi 'mhen ac yn gweld Jake yn cnoi ei frechdan a Rebecca'n siarad efo hogan ym Mlwyddyn 9 am *Incredibles 2*, welodd hi efo'i chwaer dros y penwythnos. Mae'n swnio'n lot mwy o hwyl na rhestr Taid. Mae gweddill y ffreutur yn llawn hisian bechgyn a merched yn bwyta a siarad, ond dwi wedi blino cymaint fel bod pawb a phob dim yn niwlog. Dwi'n dal fy nwylo allan. 'Sbia,' dwi'n deud. 'Mae o wedi bod yn gneud i mi neud tasgau drwy'r penwythnos – dwi wedi torri mynyddoedd o gabejus, sgrwbio'r patio, polisho'r *brass* a thorri'r gwair.'

Mae Jake yn chwerthin.

'Dydy o ddim yn ddoniol,' dwi'n swnian. 'Mae fy mysedd i wedi troi'n wyrdd ac yn drewi fel rhech! Sbia.'

'Cer â nhw o 'ma!' Mac Jake yn crychu ei drwyn.

'Ond aeth o mlaen am byth. Dyna pam dwi wedi blino gymaint. Bron imi syrthio i gysgu reit drwy Daearyddiaeth a Gwyddoniaeth.'

'Ro'n i'n meddwl mai breuddwydio oeddet ti fel arfer,' meddai Jake, gan sglaffio'i frechdan. 'Ond pam 'nest ti'r petha 'na beth bynnag?'

'Roedden nhw ar ei restr o.'

'Pa restr?'

Dwi'n ochneidio. 'Y deg peth mae o iso fy nysgu i. Ac un ohonyn nhw ydy gwyddbwyll!'

'Gwyddbwyll?' Mae Jake yn tagu ar ei frechdan. 'Gwyddbwyll!

Dim ond swots sy'n chwarae hwnnw.'

'Dwi'n gwbod – dyna be ddwedes i.'

'Oi, glywes i hynna,' meddai Rebecca, gan edrych dros ei hysgwydd. 'Dach chi'n gwbod 'mod i'n chwarae gwyddbwyll.'

'Yn hollol,' meddai Jake efo gwên.

Mae Rebecca'n gwgu arno. Dwi'n meddwl deud wrthi 'mod i ddim yn golygu hi, ond mae hi eisoes wedi troi'n ôl at ei sgwrs.

'Felly,' mae Jake yn pwyso dros y bwrdd. 'Yn y bôn ti sy'n gorfod gneud ei waith tŷ o i gyd gan fod dy nain wedi marw,' meddai Jake.

'Wel, faswn i ddim yn deud—'

'Ia, mae hynna'n drewi. Faswn i'n dod i dy helpu di tasa fo ddim mor *scary*.'

'Dydy o ddim yn *scary*…' dwi'n deud. 'Ydy o?'

Mae Jake yn estyn ei law ac yn ei siglo fel si-so. 'Wel… yndi, chydig bach. Mae Dad yn meddwl bod o'n…'

'Yn be?'

Mae Jake yn codi ei sgwyddau.

'Be mae o'n feddwl ydy o?'

'O, dim byd. Mae o jyst yn meddwl ei fod o'n od achos y cyrtens a dydy o byth yn siarad efo neb pan mae'n mynd allan… Ond byddai Mam yn deud bod dy nain di'n neis!' meddai Jake efo gwên, fel tasa fo'n sylweddoli ei fod o wedi 'mrifo i. 'Ia. Roedd hi wir yn licio dy nain di.'

'Dwi'n gwbod.' Dwi'n pwyso fy mhen ar fy mreichiau. Roedd pawb yn licio Nain. Byddai pobl yn stopio a sgwrsio efo Nain. Roedd hi'n cymryd drwy'r bore i fynd i'r siopau ac yn ôl am ei bod hi'n siarad gymaint. Byddai Taid yn arfer deud ei bod hi allan mor hir, byddai'r bara wedi sychu. Mi fyddai'n cogio bod yn flin efo hi, ond wedyn byddai'n newid y sianel ar y teledu er mwyn iddi wylio *The Chase*, wedyn mi faswn i'n rhoi'r tecell mlaen. Ond mae Taid hefyd yn gallu bod yn neis. Mi fysa'n well gen i tasa Jake heb ddeud dim amdano fo. Mae'n iawn i mi feddwl ei fod o'n flin a'i bod hi'n ddiflas yn ei gwmni o, ond mae'n brifo pan mae dy ffrind gorau yn ei ddeud o. Dwyt ti ddim i fod i ddeud pethau allai frifo dy ffrindiau a dwi 'rioed wedi deud wrth Jake bod fy mam i wedi gweld ei dad o'n swsian dynes arall tu ôl i Tesco Dolig dwetha. Do'n i ddim fod i glywed hynna, ond ddim fy mai i ydy o bod Mam yn siarad mor uchel ar y ffôn.

'Felix! *Woo-woo!*' Mae Jake yn troi ei ddwylo rownd fy mhen i fel tasa seiren heddlu'n canu. 'Ty'd yn ôl i'r blaned 'ma, 'nei di!'

Dwi'n ysgwyd fy hun yn effro.

'Iesgob, Felix, ti wir yn nacyrd.'

'Dwi'n meddwl ei fod o'n trio dysgu algebra i mi. Roedd o'n gneud i mi dorri gwair ac ailadrodd rhifau a llythrennau *random* drosodd a throsodd – a1, b8, d4, h6…'

'O,' meddai Jake. 'Ffordd ryfedd o ddysgu algebra.'

'Dwi'n gwbod, ond rhaid bod o wedi gweithio achos dwi'n eu gweld nhw o hyd rŵan – b6, f4, h6… Mae o fel chwarae *battleships* yn fy mhen.'

'Wel, mae o'n well na bod yn y stafell ddosbarth efo Mr Andrews am wn i… Ac o leia doeddet ti ddim yn gorfod chwarae gwyddbwyll.'

Mae Rebecca'n troi aton ni efo gwên.

'Be sy'n bod, Brêns?' mae Jake yn gofyn.

'Chi'ch dau,' meddai Rebecca. 'Ydach chi wir mor dwp â hynna?'

‘Nac’dan!’ mae Jake a fi’n deud yr un pryd.

‘Wel, rhaid eich bod chi. Nath o dy gael di i dorri’r lawnt mewn ffeiliau a rhengoedd?’

‘Do, sut oeddet ti’n—’

‘Ac mi naethoch chi sgwariau a rhoi llythrennau a rhifau iddyn nhw?’

‘Do. Dwi newydd ddeud hynna.’

Mae Rebecca’n rhoi ei llaw dros ei cheg. ‘O, Felix,’ mae hi’n chwerthin. ‘Alli di ddim gweld be nath o? Y llythrennau a’r rhifau yna ydy enwau’r sgwariau ar fwrdd gwyddbwyll.’

‘Be?’ Dwi’n crychu fy nhalcen. ‘Paid â malu.’

‘Os wyt ti’n chwarae’r darnau gwyn, a1 ydy’r sgŵar yn y gornel chwith isaf. h8 ydy’r—’

‘… Top ar y dde.’ Mae fy ngheg yn syrthio’n agored.

Mae Jake yn claddu ei wyneb yn ei law. ‘O mam bach, Felix, y lembo!’

‘Hei, paid â deud hynna!’

‘Ond mae’n amlwg,’ meddai Jake. ‘Ddim algebra oedd o. Dysgu gwyddbwyll i ti oedd o drwy’r adeg.’

‘Doeddet ti ddim yn gwbod chwaith,’ meddai Rebecca, gan gadw ’nghefn i, ond dwi’m yn siŵr os dylai hi. Sut allwn i fod mor dwp? Mae Taid wedi llwyddo i ’nghael i i chwarae gwyddbwyll. Gwyddbwyll. Gwyddbwyll!

‘O, hec!’ Dwi’n crychu fy wyneb i gyd. ‘Be dwi’n mynd i neud?’ Mae’r bwrdd yn ysgwyd wrth i Jake drio stopio’i hun rhag chwerthin.

‘Dydy o ddim yn ddoniol, Jake.’

‘Sori.’ Mae’n rhoi ei law dros ei geg.

‘Does ’na’m byd o’i le efo gwyddbwyll,’ meddai Rebecca.

‘Does ’na’m byd yn iawn efo fo chwaith,’ meddai Jake efo dagrau yn ei lygaid. ‘O hec, Felix, dwi’n methu coelio dy fod ti wedi llyncu hynna, drwy’r pnawn hefyd!’

‘Gad lonydd iddo fo,’ meddai Rebecca. ‘Fyddet ti ddim wedi dallt chwaith.’

‘Baswn,’ meddai Jake. ‘Ond dim ots am hynny – sbia arno fo, mae o’n edrych fel tasa fo wedi gweld ysbryd.’ Mae Jake yn rhoi ei fraich am fy sgwyddau. ‘Mae’n iawn, Felix.’ Mae’n fy ngwasgu i’n dynn. ‘Gawn ni chdi allan o hyn.’

‘Sut? Mae hyn yn hunlle. Welais i ddim byd ond sgwariau drwy’r nos. Mae o’n brênwashio fi. Roedd Mam yn trio deud hanes ei phenwythnos rhamantus, chwdlyd, ond edrychodd hi’n rhyfedd arna i pan ’nes i ofyn am h2 i frecwast.’

Mae Rebecca’n trio peidio ffrwydro chwerthin. Mae Jake yn syllu i nunlle.

‘Rhaid i ni neud rhywbeth,’ meddai dan ei wynt. ‘Rhaid i ni… dwi’n gwbod!’ Mae ei wyneb yn goleuo’n sydyn fel tasa rhywun wedi rhoi deg donyt iddo fo. ‘Mae’n hawdd! Jyst dwed wrtho fo y gwnei di chwarae gwyddbwyll, ond dim ond os neith o rywbeth ti isio neud.’

‘Ond dwi’m isio chwarae gwyddbwyll!’

‘Fydd dim rhaid i ti. Ti’n dewis rhywbeth fydd o byth yn gallu’i neud, ac mi neith o wrthod, wedyn fydd dim rhaid i ti chwarae gwyddbwyll.’

Mae gŵen yn lledu dros fy wyneb.

'Mae hynna'n glyfar, Jake.'

'Dwi'n gwbod.' Mae gwên Jake fel giât.

'Ond be wna i ddewis?'

'Hawdd,' meddai Jake. 'Gad i ni neud rhestr.' Mae'n estyn i'w fag ac yn tynnu ei lyfr Maths allan. 'Ddefnyddian ni hwn.' Mae'n gwenu. 'Rŵan y cwbl 'dan ni ei angen ydy…'

Mae Rebecca'n estyn beiro iddo fo.

'Diolch.'

'Croeso.'

'Iawn,' meddai Jake, 'jyst gwaedda betha. Petha ti isio gneud ond y bydd o'n eu casáu.'

'*Zip wire*,' dwi'n deud.

'Da rŵan!' Mae Jake yn sgriblan ar ei lyfr. 'Fydd o byth bythoedd yn gallu dringo ysgol neu goeden. Be arall?'

'*Go-karts*.'

'Ha, ia, *go-karts*. Dychmyga fo'n sgrialu rownd yn ei gar pinc! Rwbath arall?'

Dwi'n codi fy sgwyddau.

'Paid ag edrych arna i,' meddai Rebecca. 'Dwi'n meddwl bod hyn braidd yn gas.'

Dwi'n dechrau meddwl ei bod hi'n iawn, ond cyn i mi ddeud gair, mae Jake yn neidio i fyny a gweiddi, '*Scuba diving*!'

'Be?' Mae Rebecca'n sbio'n syn arna i.

'Be?' Dwi'n troi at Jake.

'Deifio sgwba! Dim ond pobl ifanc dwi wedi gweld yn neud o a ti'n gorfod bod yn uffernol o ffit fatha Bear Grylls.'

'Be sy gen Bear Grylls i neud efo fo? *Survival expert* ydy hwnnw.'

'Yn hollol.' Mae Jake yn rhoi ei law ar fy ysgwydd. 'A Felix, fy ffrind, *survival* ydy hyn!'

13

Euog ☹

'Deifio sgwba? Mmm… deifio sgwba?' Mae Taid wedi cael cymaint o sioc mae o'n ailadrodd pob dim fel nath fy Action Man i ar ôl i mi ei ollwng o yn y bath. 'Deifio sgwba?'

'Ia, Taid.' Dwi'n pwyso yn erbyn wyrctop y gegin.

Mae Taid yn darllen fy rhestr 'Deg peth hoffwn i neud efo Taid' am y degfed tro. 'Deifio sgwba?'

'Wel, does dim rhaid deifio sgwba,' dwi'n deud. 'Gallai o fod yn weiren sip, neu sglefrfyrddio, neu os ewch chi â fi i Thorpe Park…'

'Ia.' Mae Taid yn nodio. 'Dwi'n gweld bod y pethau hyn i gyd ar dy restr di.' Mae'n craffu ar fy narn o bapur. 'Ond rwyt ti wedi rhoi cylch o gwmpas y deifio sgwba.'

'Dwi'n gwbod, Taid,' dwi'n deud, yn syllu ar gylch blêr Jake. 'Ro'n i jyst yn meddwl y byddai o'n hwyl, ac ar ôl i chi neud un o'r rhain mae'n bosib y gallen ni chwarae…gwyddbwyll?'

‘Mmm.’ Mae Taid yn sbio’n amheus arna i. ‘Mae o’n syniad da, ond deifio sgwba…’ Mae Taid yn rhoi ei baned ar y bwrdd. ‘Dwi’n meddwl bod hyn yn rhywbeth rhyfedd.’

‘Mae o, Taid. Ond does dim rhaid i chi ei neud o. Ddim os ydach chi wirioneddol ddim isio. Mae o’n beryglus, ac mae’n filltiroedd o fan hyn at y môr… ac wrth gwrs, mae’n ofnadwy, ofnadwy o ddrud.’

Mae Taid yn rhedeg ei law drwy ei wallt. ‘Ia, ac wrth gwrs, dim ond pensiwn sy gen i… Ond feddylia i am y peth. Efallai gallwn i ganslo fy nhanysgrifiad ar gyfer teledu Almaeneg.’

‘Na, Taid,’ dwi’n deud. ‘Peidiwch â gneud hynna. Dach chi’n ei wylio fo o hyd.’

Yn sydyn dwi’n teimlo’n euog. Dwi’n estyn at y bwrdd coffi a’r teclyn rheoli.

‘Fasach chi’n licio i mi watsiad *Wer wird Millionär?* efo chi?’ dwi’n gofyn.

‘Na, dwi ddim isio gweld pobl yn ennill gormod o bres, dwi’n dal i feddwl am y deifio sgwba.’

‘Ond sdim rhaid i chi.’

‘Dwi’n gwybod, ond dylen ni ymchwilio iddo fo. Gwgla fo ar dy ffôn.’

Yn anfoddog, dwi’n tynnu fy ffôn allan o ’mhoced. Mae Taid yn gwisgo’i sbectol ac yn sbio dros fy ysgwydd.

‘Teipia *“Bristol scuba diving”*,’ mae o’n deud wrtha i. ‘Be mae o’n ddeud?’

‘Ymm…’ Dwi’n edrych ar y sgrin. ‘Ymm… dwi’n meddwl ’mod i wedi teipio’n anghywir. Roedd o’n deud *“Did you mean: Brickpit Scooba?”*’

'O,' meddai Taid. 'Tria fo eto. *B, R, I—*'

'Mae'n iawn, Taid,' dwi'n deud. 'Dwi'n gwbod sut i sgwennu fo. Dwi'n teipio *"Bristol scuba"*.' Ond dydy o ddim gwahaniaeth, achos unwaith welith Taid eu bod nhw ddim yn cynnig gwersi sgwba yn y ganolfan hamdden ac y bydden ni'n gorfod teithio am filltiroedd, does 'na'm peryg y bydd o isio—

'Dyna ni!' Mae Taid yn pwyntio at y sgrin. 'Deifio sgwba.'

'Be? Dim posib!' Dwi'n troi'r sgrin tuag ata i. 'Yn y dociau mae o, Taid!' Mae fy llais i'n gwichian yn uchel mewn panic. 'Allwn ni ddim mynd i'r dociau. Mae o'n llawn o gychod, a physgod… a chrancod!'

'Na, na… o dan hwnna!' meddai Taid, wedi cynhyrfu i gyd, fel pan roth Nain sanau iddo fo ar ei ben-blwydd. 'Yn Speedwell Baths… "*Bubble Makers* – dysgu sut i ddeifio sgwba a chael hwyl efo'r teulu cyfan." Does dim rhaid i ni fynd â'r teulu, ond bydd o'n hwyl efo dim ond ti a fi. Dwi ddim yn meddwl ein bod ni wedi gneud rhywbeth fel'na efo'n gilydd ers i Nain a fi fynd â ti i Cadbury World.'

'Dwi'm yn siŵr, Taid,' dwi'n deud, yn ysu i weld fy ffôn i'n marw. 'Mi allai fod yn beryglus.'

'Peryglus? Na, ddim mewn pwll nofio – a bydd ganddyn nhw hyfforddwyr proffesiynol, edrycha. Gwna'r peth 'na efo dy fys.'

'Sgrolio lawr?'

'Ia, sgrolio lawr.'

Dwi'n llusgo fy mys i lawr y sgrin.

'Sbia, "Mae pob gwers gyda'n Prif Hyfforddwr Sgwba, Mark Slade,"' mae Taid yn darllen.

‘Na, Taid,’ dwi’n deud. ‘Dwi wir ddim yn meddwl dylech chi neud o.’

Dwi’n edrych ar fy ffôn mewn braw. Rhaid bod ’na ffordd allan o hyn. Dwi’n chwilio am rywbeth sy’n deud bod y gwersi am bump y bore neu’n hwyr yn nos. Neu eich bod chi’n methu cael un wers; ei fod o’n gwrs o ddeg ac yn costio pum can punt. Mi faswn i’n gneud rhywbeth i fyny tase Taid ddim yn sbio dros fy ysgwydd i. *Ty’d ’laen, rhaid bod—*

‘O sbia.’ Mae Taid yn pwyntio at y sgrin ac yn darllen, ‘“Dewch draw ar nos Wener ar yr amser delfrydol o saith y nos. Prisiau rhad ar gyfer yr henoed a phlant.” Ti’n gweld.’ Mae o’n gwenu arna i. ‘Mae hyn yn berffaith.’

Dwi’n sganio gweddill y wefan. Rhaid bod ’na rywbeth. Rhaid i mi gael fy hun allan o hyn. Dyna ni!

‘A, na, Taid!’ Dwi’n dangos y sgrin iddo fo. ‘Rhaid datgan problemau iechyd.’

‘Mae hynna’n iawn, siŵr. Does dim rhaid i ni sôn am dy broblem di. Beth bynnag, does dim ots os wyt ti’n methu eistedd yn llonydd wrth gael gwersi deifio sgwba.’

‘Na, Taid,’ dwi’n deud. ‘Sôn amdanach chi o’n i.’

‘Pwa.’ Mae Taid yn chwifio’i law yn yr awyr. ‘Does dim angen iddyn nhw wybod am hynna.’

‘Ond fyddai hynna’n gelwydd, Taid? Be tasech chi’n cael pwl o bendro fel gawsoch chi yn Halfords llynedd?’

‘Mmm…’ Mae gwên Taid yn diflannu. ‘Mae hynna’n wir,’ mae’n ochneidio. ‘Dwi ddim isio i dy dad stopio gweithio i nôl fi eto… Gad i mi feddwl, ond bosib dy fod ti’n iawn.’

‘Iawn, Taid.’ Dwi’n diffodd y sgrin.

Mae o’n dal i ystyried y peth! Rhaid i mi neud rhywbeth i dynnu ei feddwl o oddi ar y sgwba. ‘Taid,’ dwi’n deud yn glên, ‘oes ’na rywbeth arall fysech chi’n licio’i neud rŵan?’

‘Wel, ddim felly…’ meddai fel tasa fo’n dal i feddwl. ‘Falle dylen ni jyst gneud paned.’

14

Mae Jake yn Jiniys (Dwi'n meddwl)

'Felly dyna ni,' mae Jake yn sibrwd. 'Dan ni'n mynd i gysgu yn ein coeden ni nos Sadwrn. Ty'd â sach gysgu a tortsh.'

'Mi wna i drio,' dwi'n deud. 'Ond ella fydda i'n chwarae gwyddbwyll os bydd Taid yn gneud y deifio sgwba.'

'Neith o ddim,' meddai Jake. ''Dan ni'n dau'n gwbod bod oedolion sy'n deud eu bod nhw'n meddwl am y peth, yn golygu "na".'

'Gobeithio. Gath o fi allan ar y lawnt yn enwi'r sgwariau efo llythrennau a rhifau ar ôl te neithiwr.'

'Sut gest ti dy hun i mewn i hyn, Felix?' Mae Jake yn ysgwyd ei ben. 'Gwyddbwyll...Gwyddbwyll? Gath fy Anti Laura set i mi oes yn ôl a rhoi llond pen i mi achos 'nes i liwio'r sgwariau gwyn efo creon coch.'

’Dan ni’n dau’n chwerthin.

‘Hogia, mae’r ffilm ar fin cychwyn,’ meddai Mr Keytes.

Mae Jake a fi’n stopio siarad. ’Dan ni yn Hanes yn aros i wylio ffilm am y Rhyfel Byd Cyntaf. Dwi’n gneud fy ngorau i fihafio yn Hanes achos dwi’n licio dysgu am y rhyfel, ond hefyd achos mae Mr Keytes yn cŵl. Dydy o ddim fel rhai o’r athrawon eraill, sy jyst yn rhoi row i mi neu’n fy ngyrru i’r stafell ynysu. Mae o’n siarad go iawn efo fi. Dwi’n meddwl bod hynny achos ei fod o’n dallt, gan nad ydy o byth yn ista i lawr yn y dosbarth.

Mae’r stafell ddosbarth yn tywyllu wrth i Harry Giles gau’r bleinds. Mae’r ffilm yn dechrau efo llun du a gwyn o filwyr yn sefyll mewn ffosydd. Dwi’n trio canolbwyntio, ond mae’n anodd efo Jake yn sibrwd yn fy nghlust i.

‘Dydy o ddim yn gwbod ein bod ni wedi dallt ei gêm o.’ Mae Jake yn rhoi pwt i mi. ‘Dy daid – mae o jyst yn gadael i betha lusgo mlaen nes byddi di wedi rhoi’r ffidil yn y to.’

‘Gobeithio bod ti’n iawn, neu mi allwn i fod yn chwarae gwyddbwyll am weddill fy mywyd!’

‘Gweddill dy fywyd!’ Mae Jake yn chwythu ei fochau allan.

‘Ia. Dyna faint mae’n gymryd i ddysgu, medda fo.’

‘Gweddill dy fywyd? Mae hynna’n fwy na wythnos, mis, blwyddyn!’

‘Hogia, dowch ’laen,’ mae Mr Keytes yn sibrwd wrth fynd ar ei gwrcwd rhyngon ni. ‘Allwch chi’m chwarae o gwmpas drwy’r adeg. Rhaid i ni wella’ch graddau chi ac mi ddylai hwn fod yn ddifyr, felly triwch wylio.’

‘*Dwi* yn,’ dwi’n deud, gan sbio ar Jake.

Mae Mr Keytes yn symud i ffwrdd.

Ar y sgrin, mae milwyr yn agor ffosydd ac yn gosod eu gynnau ar ben bagiau tywod. Mae'r stafell ddosbarth yn rhuo efo sŵn gynnau.

'Cofia di, 'de,' mae Jake yn sibrwd. 'Fydd o ddim yn hir iawn os mai ei fywyd o mae o'n feddwl, ddim d'un di.'

'Shysh!' Dwi'n plannu penelin yn ei asennau.

Ar y sgrin, mae medics yn rhedeg mlaen efo bagiau cymorth cyntaf a thuniau berwi dŵr.

'Felix.' Mae Jake yn dal ei law ar ei asennau. 'Rhaid i ti gadw dy cŵl. Dydy o ddim yn mynd i ddigwydd. Neith o byth fynd i ddeifio sgwba.'

'Alla i ddim. Go iawn, alla i ddim.' Mae 'mrest i'n tynhau. Alla i ddim deud wrth Jake 'mod i'n casáu nofio, yn casáu rhoi 'mhen dan dŵr. Alla i'n bendant ddim deud wrtho fo 'mod i wedi gwisgo côt law pan aeth Nain â fi ar y Pirate Falls Log Flume yn Legoland.

'Sbia arna i.'

'Be?' Mae'r gwyn yn llygaid Jake yn llachar yn y tywyllwch. 'Pam wyt ti'n rhythu arna i fel'na? Mae'n *weird*!'

'Nac'di ddim. Weles i gonsuriwr yn gneud hyn ar y teli. Nath o hypnoteiddio dynes a gneud iddi ddwyn pres o fanc.'

'Ond dwi'm isio dwyn pres o fanc.'

'Dwi'n gwbod.' Mae Jake yn chwifio'i law. 'Anghofia 'mod i wedi deud hynna, jyst dwed ar fy ôl i: "Fydd Taid ddim yn mynd i ddeifio sgwba".'

'Ond...'

'Dwed o, Felix. "Fydd Taid ddim yn mynd i ddeifio sgwba".'

Dwi'n anadlu'n ddwfn.

'Iawn. *Fydd Taid ddim yn mynd i ddeifio sgwba. Fydd Taid ddim yn mynd i ddeifio sgwba.'*

Mae Jake yn gwenu. 'Teimlo'n well?' mae'n gofyn.

'O ryw fath.' Dwi'n anadlu allan. 'Diolch.'

'Dim probs.' Mae Jake yn gwenu wedyn yn nodio at y sgrin. 'Rŵan y cwbl sy angen ydy gweithio allan sut i gael un o'r pethau Howitzer 'na i fyny'n coeden ni!'

Dwi'n gwenu ac yn eistedd yn ôl yn fy nghadair. Diolch i Jake, mae'n teimlo fel tasa eliffant newydd ddringo oddi ar fy mrest i.

15

SGWBAAAAAAAAAAAAAAA!

'Wyt ti wedi dod â tywel?'

'Do, dwi wedi dod â tywel.'

'A fflip-fflops?'

'Ymm… naddo, Taid, dwi ddim wedi dod â fflip-fflops. Ond does gynnon ni mo'u hangen nhw. Mynd i'r pwll nofio 'dan ni, ddim cerdded ar lan y môr.'

'Na!' Mae llais Taid yn atseinio o'r lle newid drws nesa i mi. 'Yn yr Almaen ro'n i wastad yn defnyddio fflip-fflops, neu sandalau, fel 'mod i ddim yn dal unrhyw beth wrth gerdded o gwmpas. Ond dyma ti, ddes i â'r rhain…' Mae pâr o sandalau yn disgyn i fy nghiwbicl. Dwi'n plygu i lawr a'u codi.

'Ond fy sgidiau jeli i ydy'r rhain, Taid… Ble cawsoch chi nhw?'

'Dy nain gadwodd nhw ar ôl i ni fynd â ti ar wyliau mewn

carafán i Gymru.'

Dwi'n pwyso'n ôl yn erbyn wal y ciwbicl ac yn cau fy llygaid. Sut 'nes i adael i hyn ddigwydd? Soniodd Taid 'run gair am sgwba am dri diwrnod cyfan ac ro'n i'n meddwl ei fod o wedi anghofio amdano fo, ond mae'n rhaid ei fod o wedi sôn wrth Mam a Dad neithiwr achos dyna'r peth cynta ddwedodd Mam wrtha i bore 'ma. Mi 'nes i ddeud 'mod i ddim isio mynd, ond y cwbl ddwedodd hi oedd ei bod hi a Dad yn meddwl ei fod o'n grêt bod Taid yn codi allan ac yn gneud pethau efo fi.

Dwi'n neidio wrth i rywun gnocio ar ddrws y ciwbicl.

'Ti'n barod?' mae Taid yn gweiddi.

'Dod rŵan.' Dwi'n sefyll ac yn trio gwisgo fy nhryncs, ond dwi'n crynu gymaint eith fy nhraed i ddim drwy'r tyllau. Y tro dwetha o'n i yma, mi nath bechgyn Blwyddyn 8 chwerthin ar fy mhen i am 'mod i'n dal yn sownd i'r ochr yn y pen bas.

Suddodd fy nghalon i lawr i fy stumog pan gododd Taid fi o'r ysgol efo'i dryncs wedi lapio mewn tywel ar y sêt. Mi 'nes i drio bob sut i ddod allan ohoni.

Mi 'nes i ddeud 'mod i newydd fwyta ac yn beryg o gael cramp stumog.

Mi 'nes i ddeud 'mod i'n sâl.

Mae gen i bigyn clust.

Mae gen i *verruca*!

Mi 'nes i drio pob un esgus fyddwn i'n arfer eu defnyddio yn yr ysgol gynradd i beidio nofio, ond anwybyddu pob un ohonyn nhw nath Taid.

'Felix!' Mae Taid yn cnocio ar y drws eto. 'Rhaid i ti frysio,' meddai.

'Iawn,' dwi'n gweiddi. Dwi'n trio rhoi fy nhroed i mewn i 'nhryncs. Dwi'n gallu clywed llais yr hyfforddwr yn atseinio drwy'r stafell newid, rhywbeth am fod bron yn barod, dim ond aros am ddau arall. Taid a fi ydy'r rheiny. Mae hyn yn mynd i fod mor *embarrassing*. Pwy sy'n bwcio gwersi sgwba pan dydy o ddim hyd yn oed yn gallu rhoi ei ben dan dŵr? Mae pawb yn mynd i chwerthin ar fy mhen i.

'Taid,' dwi'n gweiddi. 'Dwi ddim yn…'

'Dwi'n mynd i mewn,' meddai Taid. 'Dyma'r goriad ar gyfer y locer.'

'Na, Taid…'

Mae o'n llithro'r goriad dan y drws.

'Taid, arhoswch. Dwi ddim isio…' Dwi'n tynnu fy nhryncs i fyny ac yn fflicio'r clo. Dydy hi ddim yn rhy hwyr i ddal Taid; mae o'n siŵr o fod isio mynd i'r tŷ bach. Dwi'n edrych i fyny ac i lawr y stafell newid amdano fo, ond yr unig berson wela i ydy gweithiwr mewn coch a melyn yn mopio'r llawr. Dwi'n rhoi fy nillad yn y locyr ac yn rhedeg.

'Oi!' mae'r gweithiwr yn gweiddi ac yn pwyntio at driongl melyn ar y llawr. 'Ti'm yn gallu darllen? Dim rhedeg. Llawr llithrig.'

'Sori,' dwi'n pwffian. 'Ond dwi'n chwilio am Taid.' Mae'r gweithiwr yn amneidio at y bath traed.

'Doedd o methu aros.'

'I fynd i'r tŷ bach?'

'Naci, i fynd i'r pwll. Aeth o drwy fan'ma yn gynt nag Usain Bolt!'

'Be?!' Dwi'n troi ac yn sblasio drwy'r bath traed ac allan i'r pwll.

Mae Taid yn gwenu arna i wrth i mi gerdded tuag ato fo. Mae o'n sefyll wrth y pwll mewn rhes efo chwech o bobl eraill. Maen nhw i gyd yn edrych arna i, ond dwi jyst yn edrych ar Taid. Mae o'n gwisgo tryncs sy'n gneud i'w goesau edrych mor denau â rhai robin goch, a chrys polo. Mae o lot hŷn na phawb arall. Rhaid eu bod nhw'n meddwl bod hynna braidd yn rhyfedd, ond ddim mor rhyfedd â'i ŵyr yn cerdded ar hyd ochr y pwll mewn sgidiau jeli coch.

'A,' meddai'r hyfforddwr. 'Felly dyma eich ŵyr chi, Felix?'

'Ia.' Mae Taid yn rhoi ei fraich am fy ysgwydd. 'Ei syniad o oedd hyn.'

Wel, syniad Jake, deud gwir.

'Grêt,' meddai'r hyfforddwr. 'Wel, Steve ydw i, fel mae'r rhan fwya ohonoch chi'n gwbod, felly, fyddai pawb arall yn licio cyflwyno'u hunain?'

Dwi'n pwyso mlaen ac yn edrych ar hyd y rhes. Mae dyn tua'r un oed â Dad yn deud mai Andy ydy'i enw o, hogan chydig hŷn na fi yn deud mai Isobel ydy hi, ac mae 'na Jon, Karen, Mark, Josh, wedyn…

'Francke!' mae Taid yn cyfarth, mor uchel mae'n bownsio rownd y pwll.

'Ardderchog,' meddai Steve. 'Gawn ni chi gyd yn y dŵr toc, ond dwi jyst angen mynd drwy chydig o bwyntiau pwysig yn gynta.' Mae'n troi at fflipfwrdd lle mae 'na lun o ddeifar efo'i ddwylo'n fflapian a swigod yn dod allan o'i geg. 'Y rheol gynta a phwysica,' meddai Steve. 'Peidiwch â phanicio!'

Peidiwch â phanicio! Dwi'n crynu ac mae Taid yn sbio arna i.

'Ti'n iawn?' mae o'n sibrwd.

Dwi'n nodio.

'Nes i 'rioed feddwl y bydden ni yma go iawn.

Mae Steve yn deud bod panicio'n gallu bod yn beryglus, ac os bydd rhywbeth yn mynd o'i le y peth pwysica ydy cadw'ch pen. Wedyn mae'n deud am beidio â phoeni, achos unwaith ddown ni i arfer, bydd anadlu dan dŵr fel ail natur i ni, yn union fel 'dan ni'n anadlu awyr iach.

Dwi'n lapio fy mreichiau am fy nghorff i drio stopio fy hun rhag crynu.

Jake, pam 'nest ti feddwl am hyn?

'Iawn,' meddai Steve. 'Dwi jyst yn mynd i ddangos yr offer i chi a rhoi chydig o dips syml. Dyma'r masg.' Mae'n dal masg glas o flaen ei wyneb. 'Mae'n mynd dros eich trwyn a'ch llygaid, fel basech chi'n disgwyl. Rŵan, pan ewch chi i mewn i'r dŵr gynta, mae'n bosib neith o stemio, ond y cwbl sy raid i chi neud ydy gadael chydig o ddŵr i mewn – wna i ddangos sut mewn munud... Y peth nesa i sôn amdano fo ydy'r *regulator* – rŵan, yn wahanol i be mae'r rhan fwya o bobl yn ei feddwl, y peth gwaetha allwch chi neud pan dach chi'n deifio sgwba ydy dal eich gwynt.'

Gadael dŵr i mewn i'r masg? Peidio dal dy wynt? Mae o'n dysgu ni sut i foddi, ddim i nofio dan dŵr. Dwi methu neud o. Dwi ddim. Dwi'n edrych ar Taid ac yn gobeithio'i fod o'n teimlo'r un fath, ond mae gynno fo'i fysedd dros ei drwyn.

'Dyna fo,' meddai Steve. 'Jyst chwythwch – dyna sut dach chi'n clirio'r *eustachian tube*, sy'n bwysig, neu bydd y pwysau'n codi ac mi fydd yn teimlo fel tase'ch pen chi'n mynd i ffrwydro.'

Mae pawb heblaw fi yn chwerthin.

‘Felix, ’nest ti ddallt hynna?’ mae Steve yn gofyn.

Naddo. Dwi’n ysgwyd fy mhen.

‘Fel hyn,’ meddai Taid. Mae’n gwasgu ei fysedd dros ei ffroenau. Dwi’n gneud yr un fath. ‘Rŵan, jyst chwytha tu mewn i dy ben. Fel pan ti’n chwythu dy drwyn.’

‘Iawn,’ meddai Steve. ‘Dwi’n siŵr eich bod chi’n methu aros i ddechrau arni.’

O, ydan, mi rydan ni.

‘Iawn ta, pawb yn y dŵr. Jyst cerddwch yn eich blaenau nes mae bysedd eich traed yn cydio yn yr ymyl.’

Dwi’n aros lle rydw i wrth i bawb arall symud ymlaen yn araf.

‘Taid.’ Dwi’n cydio yn ei benelin wrth i’r lleill neidio i mewn i’r pwll. ‘Does dim rhaid i ni neud hyn.’

‘Paid â phoeni,’ mae o’n ateb. ‘Fydda i’n iawn.’

Chi, o bosib, ond fydda i ddim.

‘Felix, Francke. Ydach chi am ymuno efo ni?’ Mae Steve yn y dŵr efo masg wedi’i wthio i fyny ar ei dalcen ac mae pawb arall yn nofio yn eu hunfan gan edrych arna i.

‘Wrth gwrs!’ meddai Taid gan symud yn ei flaen.

Dwi isio pi-pi.

Dwi isio rhedeg.

Mae dŵr yn tasgu dros fy nghoesau wrth i Taid neidio i mewn i’r dŵr.

‘Ty’d ’laen, Felix,’ meddai Steve. ‘Dim ond ti rŵan.’

‘Ia,’ meddai Taid, gan sgubo dŵr allan o’i lygaid.

‘Dim ond ti rŵan. Jyst neidia i mewn.’

‘Ia. Jyst neidia.’

‘Taid!’ dwi’n sibrwd. ‘Do’n i ’rioed isio gneud hyn. ’Nes i ’rioed feddwl y byddech chi’n ei neud o. Y cwbl o’n i isio oedd peidio chwarae blwmin gwyddbwyll!’

Mae Taid yn gwenu arna i. ‘Oeddet ti’n meddwl ’mod i ddim yn gwybod hynny?’

‘Be? Oeddech chi’n gwbod?!’

Mae Taid yn dal ei law allan fel taswn i’n dair oed. ‘Ty’d ’laen,’ meddai efo gwên lydan.

Roedd o’n gwbod drwy’r adeg ac mae hyn yn mynd yn fwy *embarrassing* fesul eiliad.

Does gen i ddim dewis.

Dwi’n cydio yn fy nhrwyn ac yn neidio.

16

Y Fyddin yn y Bocs

Mae cyrten pinc y gawod yn glynu yn fy nghorff i wrth i'r dŵr lifo. Dwi yn nhŷ Taid yn trio golchi oglau'r pwll nofio i ffwrdd, a'r panig o be sy newydd ddigwydd. Ddwedodd Taid fawr ddim yn y car, dim ond chwarae miwsig a chwibanu, ond doedd gen i mo'r egni i siarad beth bynnag. Dwi'n meddwl bod Taid yn meddwl 'mod i wedi fy siomi achos am y tro cynta 'rioed mi stopiodd yn McDonald's a gadael i mi gael McFlurry.

Dwi'n troi'r tapiau i ffwrdd ac yn cydio mewn tywel pinc. Hyd yn oed yn y stafell molchi, mae 'na ddarnau o Nain ym mhob man – gwlanen molchi binc, sebon pinc, cap cawod pinc ar gefn y drws. Tasa hi yma rŵan mi fyddai'n rhoi llond pen i Taid am dynnu 'nghoes i ac yn rhoi cwtsh fawr i mi ac yn deud wrtha i am beidio â chymryd sylw. Ond rhaid i mi gymryd sylw. Roedd cynllun

Jake a fi'n hollol anobeithiol os oedd Taid yn gwbod amdano fo o'r cychwyn cynta.

Dwi'n gwisgo fy siorts a fy nghrys T ac yn cerdded allan ar y landing. Dwi'n clywed sŵn grwndi'r teledu'n dod i fyny'r grisiau wrth i mi roi'r tywel i sychu ar y banister. Mae'n nos Wener. Mi fydd fy ffrindiau ysgol i gyd ar eu Xbox neu'n gwylio DVDs neu'n mynd i gemau pêl-droed neu rygbi neu'r sinema a rŵan dwi'n gorfod aros fan hyn a chwarae gwyddbwyll drwy'r penwythnos. Ond alla i ddim mynd yn ôl ar fy ngair ac roedd Mam a Dad yn iawn, er 'mod i'n casáu nofio, roedd hi'n braf treulio amser efo Taid. Yn enwedig gan ei fod o'n amlwg wedi mwynhau ei hun.

Mae 'na focs pren ar y bwrdd bwyd. Mae'n sgleinio ac yn frown tywyll, efo llinellau aur rownd yr ochrau a chlicied a bachau aur.

Mae Taid yn eistedd ac yn gwenu fel tasa fo wedi cael yr anrheg Dolig roedd o wedi bod yn ysu amdani 'rioed.

'Dwi ddim wedi gweld hwn ers amser maith,' meddai. 'Byddai dy nain wastad yn deud wrtha i am chwarae, ond dwi ddim wedi ers…' Mae ei wên yn diflannu'n sydyn.

'Ers pryd, Taid?' dwi'n gofyn.

Mae'n fflipio'r glicied ac yn edrych arna i.

'Ers amser maith.'

Dwi isio gofyn pam, ond o'r olwg drist yn ei lygaid, dwi ddim yn meddwl y dylwn i.

Mae o'n agor y bocs ac yn ei droi tuag ata i. Tu mewn mae 'na ddarnau gwyddbwyll brown a gwyn, yn gorwedd ar eu cefnau ar wely o felfed gwyrdd.

'Tydyn nhw'n brydferth,' meddai, yn gwenu fel giât. 'Set Selenus ydy hi, wedi'i gneud allan o asgwrn ar ddechrau'r bedwaredd ganrif ar bymtheg.'

'Asgwrn?' Dwi'n gwingo. 'Fel sgerbwd!'

'Ha!' mae o'n chwerthin. 'Esgyrn anifeiliaid ydy'r rhain, ddim pobl.'

'Ond dwi'n—'

'Hisht.' Mae Taid yn codi ei fys at ei wefus fel tasa'r darnau gwyddbwyll yn cysgu.

'Dangosa i un i ti,' mae o'n sibrwd. 'Hwn.' Mae'n codi darn gwyddbwyll gwyn ac yn ei osod yn dyner yng nghledr ei law fel tasa fo'n cydio mewn pilipala.

'Gwerinwr, neu *pawn* ydy hwn,' meddai'n dawel. 'Milwr, un o'r milwyr traed – weithiau bydden nhw'n werinwyr, rhan dlotaf y fyddin. Mae 'na wyth ohonyn nhw ar bob ochr. Wyt ti'n cofio'r llythrennau a'r rhifau rois i i'r sgwariau ar y lawnt?'

'Fwy neu lai, Taid,' dwi'n deud. 'Dwi'n meddwl 'mod i wedi eu hailadrodd nhw ddigon.'

Mae Taid yn gwenu. 'Wel, mae'r gwerinwyr gwyn i gyd yn dechrau fan hyn, ar yr ail reng, o a2 i h2.' Mae'n codi gweddill y gwerinwyr gwyn allan ac yn eu gosod mewn rhes ar draws y bwrdd gwyddbwyll. 'Gan amlaf mae'r darnau'n ddu a gwyn. Mi wna i ddeud wrthat ti be ydy enwau'r lleill i gyd a sut maen nhw'n symud. Dyma ni.' Mae'n estyn darn gwyddbwyll arall. 'Cymera hwn,' meddai. 'Teimla pa mor drwm ydy o, a teimla'r darnau garw ar ei ben o.'

Dwi'n dal y darn gwyddbwyll yn ofalus ar gledr dy llaw, ac yn cyffwrdd yr ochrau garw efo blaenau fy mysedd.

‘Mae o fel castell,’ dwi’n deud.

‘Yn hollol.’ Mae Taid yn gwenu. ‘Dyna be ydy o, castell. *Rook* yn Saesneg. Mae’n cael ei ddefnyddio i gadw’r gelyn draw. Mae ’na ddau ar bob ochr, a dim ond mewn llinellau syth cawn nhw symud ar y bwrdd gwyddbwyll.’

Dwi’n troi’r castell yn fy llaw.

‘Mae o’n brydferth, Taid,’ dwi’n deud.

‘O ddifri?’ meddai Taid, wedi’i synnu.

‘Ia, o ddifri.’ Dwi’n gwenu.

‘Dwi’n falch dy fod ti’n meddwl hynny,’ meddai. ‘Mae o’n dechrau fan hyn,’ meddai, gan gymryd y castell oddi arna i, ‘ar a1 a’r llall ar a8.’ Mae o’n gosod y cestyll yng nghorneli’r bwrdd gwyddbwyll y tu ôl i’r llinell o werinwyr. ‘Ty’d,’ mae Taid yn gwenu, ‘gad i mi ddangos y gweddill i ti.’

Yna mae’n codi ceffyl ac yn deud wrtha i ei fod yn cael ei alw’n farchog achos mae’n cynrychioli’r marchogion fyddai’n mynd i’r frwydr efo’r cafalri. Mae o’n gallu symud yn ei flaen ac i’r ochr ond dim ond tri sgwâr ar y tro. Mae o’n deud wrtha i bod dau i fod ar bob ochr, ond mae un ar goll felly mi fyddwn ni’n defnyddio un plastig am sbel. Dwi’n edrych ar y ceffyl. Ro’n i wedi meddwl bod gwyddbwyll jyst yn gêm ddiflas lle roedd pobl yn eistedd yn dawel ac yn symud cownteri, ddim yn gêm o ryfel efo cestyll a marchogion go iawn, fel rhan o fyddin o’r Canol Oesoedd. Dwi’n meddwl deud hyn wrth Taid, ond mae o wedi codi darn arall yn barod, un sy’n edrych fel BB-8 allan o *Star Wars*. Mae’n deud mai hwn ydy’r esgob. Y rhedwr oedd o ers talwm, a dim ond mewn llinell letraws mae’n gallu symud. Mae Taid yn gosod y marchogion gwyn ar b1 a g1, yr esgobion ar c1 a f1.

'A dyma'r brenin,' meddai, gan roi'r brenin ar e1. 'A hon... hon ydy'r frenhines, y darn mwya pwerus ar y bwrdd. Mae hi'n gallu symud i bob man. Dyma ti, cydia ynddi hithau hefyd.'

Dwi'n dal y frenhines yn fy llaw. Mae ganddi ffon yn ei llaw a choron ar ei phen. Ac mae ganddi felfed gwyrdd ar y gwaelod fel y lleill, i'w nadu nhw rhag crafu'r bwrdd am wn i.

'Edrycha ar ei hôl hi,' meddai Taid. 'Ac mi edrychith hi ar dy ôl di.' Mae'n ei chymryd hi oddi arna i ac yn ei gosod ar d1.

Dwi'n edrych ar y bwrdd. Mae'r darnau i gyd wir yn edrych fel be ydyn nhw: byddin go iawn y galla i ei dal yn fy llaw.

'Ti'n gweld,' meddai Taid. 'Dydy gwyddbwyll ddim yn ddiflas. Dydy hyn ddim yn well na saethu gynnau ar y cyfrifiadur?'

'O leia dwi'n gwbod sut i chwarae fy ngemau i. Fydda i byth yn gallu chwarae rhywbeth mor gymhleth â gwyddbwyll.'

'Wrth gwrs byddi di.' Mae Taid yn gwthio gwerinwr i ganol ei sgwâr.

'Na, Taid,' dwi'n deud. 'Dach chi ddim yn dallt. Faswn i methu'i neud o hyd yn oed taswn i isio. Dwi ddim yn gallu cofio dyddiadau brwydrau nac enwau brenhinoedd a breninesau, felly does 'na'm gobaith caneri y bydda i'n gallu cofio'r ffordd maen nhw fod i symud ar fwrdd gwyddbwyll.'

'Ond dyna'r pwynt,' meddai Taid. 'Mi wna i dy ddysgu di.'

'Ond sut?'

'A.' Mae wyneb Taid yn goleuo. 'Mi wna i benderfynu sut. Beth bynnag, rwyt ti eisoes yn gwybod mwy am wyddbwyll nag wyt ti'n feddwl.'

'Ydw i?'

'Wrth gwrs. Ti'n gwybod pam wnes i dy gael di i dorri'r lawnt, ond mi wnes i dy gael di i wneud y tasgau eraill am reswm hefyd. Pan wnest ti lanhau'r patio mi ddysgaist ti sut i baratoi a gneud pethau yn y drefn gywir, ac wrth lanhau'r pethau *brass*, mi ddysgaist ti pam fod angen amynedd a rhoi sylw i'r manylion, a phan wnest ti chwarae'r *glockenspiel* mi wnest ti ddysgu llythrennau a rhifau'r nodau a sut i'w chwarae yn y drefn iawn.'

'Mae hynna'n slei, Taid,' dwi'n deud.

Mae Taid yn cyffwrdd blaen ei drwyn. 'Sdim pwynt heneiddio heb ddysgu bod yn slei,' meddai, yn gwenu fel giât.

'Felly be ddysgais i pan 'nes i'r Rouladen? Sut i ddilyn cyfarwyddiadau?

'Ia, hynna.' Mae Taid yn nodio. 'Ond hefyd mi ges i ti i'w neud o achos mae'n gas gen i dorri bresych!' Mae gŵen yn lledu'n araf dros ei wyneb wrth iddo fo osod y darnau duon i gyd ar y bwrdd. Dwi'n troi a sbecian drwy fwlch tenau yn y cyrtens. Mae beic Jake yn pwyso yn erbyn y goeden. Mi fydd o i fyny fan'na yn disgwyl i mi neud map o ble mae'r gelyn er mwyn i ni gynllunio ymosod dros y penwythnos. Wythnos dwetha—

'Felix!' Mae Taid yn taro fy mraich ag amlen.

'Sori, Taid,' dwi'n deud. 'Ro'n i jyst —'

'Dwi'n gwybod be oeddet ti'n neud. Ond rhaid i ti ganolbwyntio.'

'Mi wna i drio.'

'Go dda, felly cymera'r amlen 'ma. Am rŵan, mae pob dim mae'n rhaid i ti wybod am wyddbwyll yn hon. Paid â'i darllen hi rŵan. Cer â hi adre a'i rhoi ar wal dy lofft.'

'Gwych.' Dwi'n cymryd yr amlen. 'Felly, ga i fynd rŵan?'

'Na, newydd ddechrau ydan ni.'

Dwi'n sbio ar y cloc. 'Ond 'dan ni wedi bod yma ers hanner awr. Ro'n i wedi meddwl y byddai hynna'n ddigon.'

'Digon?' meddai Taid. 'Dydy hi ddim yn bosib dysgu chwarae gwyddbwyll mewn hanner awr. Be fyddai orau gen ti – fi'n dy ddysgu di neu ti'n darllen chwe chan tudalen yn y llyfr 'na?' Mae'n amneidio at y llyfr gwyddbwyll anferthol ar y bwrdd.

'Wel, pan dach chi'n ei roi o fel'na,' dwi'n deud gan neud wyneb, 'ella galla i aros am chydig mwy.'

'Gwych.' Mae o'n gwenu o glust i glust. 'Achos i rai, mae dysgu gwyddbwyll yn gallu cymryd oes gyfan.'

'Oes gyfan.' Mae fy llais i'n cracio wrth siarad. 'Dim ond un ar ddeg ydw i. Os dwi'n byw nes dwi'n wyth deg mi allwn i fod yma am… chwe deg naw mlynedd.'

'Gorau po gynta i ni ddechrau felly. A ph'run bynnag, nid dim ond am wyddbwyll mae hyn – efallai y bydd y ddisgyblaeth yn dy helpu di i ganolbwyntio'n well yn yr ysgol, i wella dy farciau di.'

'Dwi ddim yn meddwl, Taid.' Dwi'n gwenu, ond dwi ddim yn siŵr os ydy Taid yn fy ngweld i achos mae o'n brysur yn troi'r bwrdd.

Rŵan fi sy'n eistedd y tu ôl i'r darnau gwyn a fo sy y tu ôl i'r rhai du. 'Ty'd 'laen,' meddai. 'Dyma'r rheol gyntaf y byddi di'n dysgu.'

'Be?'

Mae Taid yn nodio at y bwrdd. 'Mai dy dro di ydy hi. Mae'r gwyn wastad yn mynd gynta.'

Dwi'n edrych i lawr ar y bwrdd. Dwi'n gwbod enwau'r sgwariau a'r darnau gwyddbwyll ond dwi wedi anghofio be maen nhw'n neud yn barod.

'Taid,' dwi'n ochneidio. 'Dydy hyn ddim yn mynd i weithio. Dwi byth yn mynd i allu cofio hyn i gyd – mae 'na ormod o ddarnau a gormod o sgwariau.' Dwi'n gwthio fy nghadair yn ôl ac yn sefyll. 'Dwi'n mynd allan. Mi ddwedodd Mam wrtha i am beidio aros tu mewn drwy'r penwythnos achos mae'n gneud lles i mi gael awyr iach.'

'Wel, fedran ni wastad chwarae ar y patio,' meddai Taid.

'Na, Taid!' dwi'n deud yn flin. 'Dach chi ddim yn dallt. Alla i ddim ista'n llonydd drwy'r adeg. Dwi angen mynd allan. Alla i ddim canolbwyntio i mewn yn fan'ma.' Dwi'n cerdded i gyfeiriad y drws. Dwi'n teimlo'n gas am fod yn flin efo fo. Mae Taid wedi cynhyrfu gymaint 'mod i'n chwarae gwyddbwyll dwi'n teimlo'n flin 'mod i'n methu'i neud o, y bydd fy 'mhroblem' yn y ffordd ac y bydda i'n ei siomi.

'Felix.' Mae Taid yn rhoi ei law ar fy ysgwydd. 'Alli di ddim jyst gadael pan dwyt ti ddim yn gallu gneud rhywbeth. Sut wnei di ddysgu? Os byddi di'n gneud hyn pan gei di swydd mi gei di'r sac ar y diwrnod cyntaf un.'

'Dim ots gen i, Taid,' dwi'n deud, wrth gerdded i gyfeiriad y drws. 'Dwi jyst angen mynd allan o'r stafell 'ma.'

Mae'r ffôn yn canu yn y cyntedd.

'Paid â'i ateb o,' meddai Taid yn syth.

'Wna i ddim,' dwi'n deud. 'Fydda i byth.'

Dwi ddim yn gwbod pam na neith o jyst ei ateb o, ond fyddai o byth, hyd yn oed pan oedd Nain yma. Mi ddwedodd hi ei fod o ddim yn trystio ffonau, ond dwedodd Dad nad y ffonau oedd o, ond y bobl ar yr ochr arall doedd o ddim yn eu trystio.

Mae'r canu'n stopio.

'Iawn,' meddai Taid. 'Rŵan ble oedden ni?'

'Roedden ni'n deud ta-ta.'

'Oedden.' Mae Taid yn oedi. Dwi'n aros iddo fo ddeud rhywbeth arall, ond y cwbl dwi'n clywed ydy tician y clociau. Dwi'n edrych o gwmpas y stafell. Nid yn unig mae hi'n dywyll ond mae'n teimlo'n wag mwya sydyn – dim llun na sŵn o'r teledu, dim ond fi a Taid yn sefyll mewn distawrwydd, efo Samson wedi cyrlio ar y soffa a Nain yn gwenu arnon ni o'r silff ben tân.

Dwi isio mynd allan, ond dwi ddim isio gadael Taid ar ei ben ei hun.

Dwi'n eistedd wrth y bwrdd gwyddbwyll.

'Be ti'n neud?' mae Taid yn gofyn. 'Ro'n i'n meddwl dy fod ti'n mynd allan.'

'Mi ro'n i, Taid,' dwi'n deud. 'O'n i jyst yn meddwl y baswn i'n aros am chydig.'

'Gwych,' meddai Taid, gan eistedd wrth fy ymyl. 'Felly hwn fan hyn?'

'Taid,' dwi'n deud, 'allwn ni ddim jyst ista yma a chael brêc?'

'Wrth gwrs. Wrth gwrs. Allwn ni gael brêc… am chydig.' Mae ei lygaid o'n disgleirio.

Dwi ddim yn meddwl y bydd y brêc yn un hir iawn.

17

Dad, Help!

Un bwrdd, chwe deg pedwar o sgwariau, un deg chwech o ddarnau yr un – wyth gwerinwr, dau gastell, dau farchog, dau esgob, un brenin ac un frenhines. a1, b1, c1, d1... wyth gwerinwr, dau gastell, dau farchog, dau esgob, un brenin ac un frenhines... a2, b2, c2...

'Sut hwyl, Felix!' Mae Dad yn gneud i mi neidio wrth iddo fo frathu'i ben heibio drws fy llofft i. 'Sut mae'n mynd?'

'Dwi'n iawn, Dad,' dwi'n deud yn flinedig.

'Dydy hi'm yn swnio felly.' Mae'n cerdded i mewn yn ei ofyrôls gwaith efo staeniau olew du i lawr ei flaen o. 'Be sy, mêt? Nath y sgwba hanner dy ladd di?'

'Do, fymryn.'

'Wel, dwi'n meddwl bod dy daid wedi mwynhau bob munud. 'Nes i alw draw ar y ffordd adre ac mae o mewn andros o hwyliau da. Sut gest ti o i'w neud o?'

Dwi'n ochneidio. 'Mae'n gymhleth, Dad.'

'Tria fi. Jyst paid â deud wrth Mam 'mod i wedi eistedd ar dy wely di yn rhain.'

Mae Dad yn eistedd a dwi'n deud wrtho fo am Taid yn gneud rhestr o dasgau ac mai'r cwbl oedd o isio mewn gwirionedd oedd i mi chwarae gwyddbwyll. Ac wedyn dwi'n deud amdana i'n gneud fy rhestr fy hun, pethau ro'n i wedi meddwl na fyddai Taid byth yn eu gneud.

'Fel sgwba.' Mae Dad yn gwenu.

'Ia,' dwi'n deud, 'ond nath o'i neud o ac mae pob dim wedi cawlio achos dwi wedi bod yn chwarae gwyddbwyll drwy'r pnawn.'

'Be? Efo Taid? Ond dydy o ddim wedi chwarae ers… ers… Wel, nath o'n bendant 'rioed chwarae efo fi.'

'Ti'n lwcus felly,' dwi'n deud. 'Mae o wedi bod yn mynd mlaen a mlaen am wyddbwyll gymaint mae gen i sgwariau du a gwyn yn fy mhen i. Dwi'n eu gweld nhw'n bob man.'

Mae Dad yn chwerthin.

'Dydy o ddim yn ddoniol,' dwi'n deud. 'Sbia ar yr holl stwff dwi'n gorfod darllen.' Dwi'n pwyntio at gefn drws y llofft.

'Be ydy hyn?' Mae Dad yn troi ac yn edrych ar y rhestr gan Taid dwi wedi'i gosod ar y drws, wrth ymyl Astro Boy. 'Deg peth i Felix eu dysgu am wyddbwyll.' Mae o'n sganio'r rhestr. 'Iechyd!' meddai. 'Dylai hyn dy gadw di'n dawel am sbel.'

Dwi'n codi oddi ar y gwely ac yn darllen y rhestr efo Dad.

1. **Paid â bwyta cyn gêm. Bydd y gwaed yn mynd i dy stumog i dreulio'r bwyd a ddim i helpu dy ymennydd.**

2. Paid byth â chymryd y ffordd hawsaf. Os nad wyt ti'n chwarae rwyt ti'n colli a dydy hynna ddim yn iawn. Rwyt ti'n colli er mwyn gwella.

3. Paid â rhoi ffydd yn y clociau. Os bydd y trydan yn torri byddan nhw'n stopio, neu byddan nhw'n araf oherwydd batris fflat, neu gallai'r chwaraewr arall drio twyllo. Y cloc gorau ydy'r un yn dy ben.

4. Paid â gwenu na syllu ar dy wrthwynebydd (yn enwedig un sy'n gwisgo sbectol). Bydd yn meddwl dy fod ti ddim yn canolbwyntio ar dy gêm. A fyddi di ddim.

5. Paid â chynrhoni na phigo dy drwyn na phesychu na sniffian. Dydy hyn ddim am wyddbwyll, ond am ddangos cwrteisi.

6. Mae'n iawn i ddylyfu gên, ond dim ond pan fydd hi'n dro y chwaraewr arall.

7. Cofia ysgwyd llaw y chwaraewr arall cyn ac ar ôl y gêm, dim ots os wyt ti'n colli, yn ennill, neu'n gyfartal. Eto, ymddygiad da ydy hyn.

8. Paid byth â stompio i ffwrdd yn flin na gadael i'r chwaraewr arall weld dy fod ti'n flin. Mae hyn yn wendid a bydd unrhyw un sy'n dy weld di'n gwybod be i'w neud pan fydd yn chwarae yn dy erbyn di.

9. Rho dy ffydd yndda i!

Mae Dad yn troi'r darn papur drosodd. 'Be ydy'r degfed peth?'

'Dwi'm yn gwbod,' dwi'n deud, 'ond dwi wedi cael llond bol o restrau Taid. Alli di 'nghael i allan o hyn? Ella deud wrtho fo bod y sgwariau du a gwyn yn brifo fy llygaid i ac yn rhoi cur pen i mi, a neith o effeithio ar fy ngwaith ysgol i?'

'Alla i ddim, mêt,' meddai Dad. ''Nest ti daro bargen efo fo.'

'Ond…'

'Ond dim byd, gyfaill,' meddai Dad. 'I fod yn onest, mi ddylet ti deimlo'n falch bod Taid yn siarad ac yn gneud y pethau 'ma. Nath o 'rioed hynny efo fi – roedd o wastad yn cadw pethau iddo fo'i hun, fel llyfr wedi'i gloi. Ond mi wna i roi un gair o gyngor i ti.'

'Be, Dad?' dwi'n deud yn obeithiol.

'Y tro nesa ti'n trio bargeinio efo Taid, paid.'

'Dad!' dwi'n ochneidio. 'Pam na fyset ti wedi deud hynny o'r blaen?!'

Mae Dad yn chwerthin. 'Mi fysa'n syniad i ti gael chydig o gwsg,' meddai. 'Mae gen ti benwythnos prysur o dy flaen, ddeudwn i.'

'Ond allwn ni ddim gneud rhywbeth efo'n gilydd – ti, fi a Mam?'

'Na,' meddai. 'Dwi ar alwad ac mae Mam yn gneud shifft ddwbl.'

'Ond 'dan ni byth yn mynd i nunlle.'

'Dwi'n gwbod.' Mae Dad yn codi ei sgwyddau. 'Mi faswn i wrth fy modd tasa pethau'n wahanol, mêt. Ond dwi'm yn cael dewis fy oriau rŵan mod i ddim yn fòs arna fi'n hun.'

'Ond mae tad Jake yn mynd â fo i chwarae golff fory.'

'Nath o'm gofyn i ti fynd?'

'Do, ond mae'n costio pres a does gen i ddim.'

'Faint ydy o?

'Deg punt, dwi'n meddwl.'

Mae Dad yn gwingo. 'Mi faswn i wrth fy modd, mêt,' meddai. 'Ond i… fysa Mam yn mynd yn benwan taswn i'n rhoi pres i ti am hynna a titha angen pethau eraill, fel sgidiau newydd.' Mae'n nodio at fy sgidiau blêr i wrth y drws.

'Mae'n iawn,' dwi'n deud. 'Do'n i ddim isio mynd efo'i dad o beth bynnag.'

'Ia, ella ddim. Ond o leia mae gen ti Taid.'

'Oes.'

Mae Dad yn sbio arna i'n bryderus. 'Felix, ydy hyn am wyddbwyll neu rywbeth arall?'

'Rhywbeth arall,' dwi'n mwmian wrth i Dad adael y stafell.

Dwi'n aros i Dad ofyn eto, ond mae o jyst yn troi ac yn mynd allan drwy'r drws.

Dwi'n pwyso fy mhen yn ôl ar y pilw. 'Dan ni byth yn mynd i nunlle fel teulu rŵan. Bob tro dwi'n gofyn mae'n, 'Sgynnon ni mo'r amser… mae Mam yn gweithio… mae Dad yn gweithio… 'dan ni'n dau'n gweithio… sgynnon ni mo'r pres.' Dwi'n meddwl mai'r tro dwetha i ni fynd unrhyw le oedd pan aethon ni i weld *Guardians of the Galaxy Vol. 2* ar fy mhen-blwydd yn ddeg a doedd hynny ddim ond achos mai Nain oedd yn talu. 'Nes i ddim sylwi cyn lleied roedd Mam a Dad o gwmpas pan oedd hi'n fyw, ond rŵan mae o fel tasa 'na dwll mawr bob gyda'r nos a phob penwythnos, a'r unig un sy'n trio'i lenwi o ydy Taid, fysa'n berffaith iawn tasa fo ddim isio'i lenwi fo efo gwyddbwyll.

Dwi'n rhowlio drosodd ac yn cau fy llygaid…

18

Mae'n Sgwâr ni'n Faes y Frwydr

Mae'r haul wedi machlud a'r ymladd wedi dod i ben. Mae Jake a fi yn ein coeden ni, yn yfed Coke ac wedi ein hamgylchynu gan fwg y tanau o'n cwmpas ni.

'Roedd hynna'n agos,' meddai Jake. 'Ro'n i'n meddwl ei bod hi'n ta-ta arnan ni.'

'A finna,' dwi'n deud. 'Lwcus i ti ddod â'r Howitzer.'

Mae Jake yn chwerthin ac yn agor tiwb o Pringles. 'Dan ni'n pwyso'n ôl yn erbyn y bonyn. Mae Jake yn stwffio pedair Pringlen i'w geg ac wedyn mae'n deud ei fod o'n meddwl bod ei deulu o'n cael car newydd, Lamborghini gwyn newydd sbon. Dim ond dwy sedd sy ynddo fo, felly fyddwn ni ddim yn gallu mynd ynddo efo'n gilydd, ond os dwi'n lwcus, bosib y gneith ei dad o adael i mi eistedd ynddo ar y dreif.

Dwi'n sythu ac yn sbio o gwmpas y sgwâr. Mae pob dim yn dawel ac yn llonydd. Mae'r ffenestri i gyd yn ddu ac mae'r tanau i gyd wedi diffodd. Ond yn y pellter dwi'n clywed sŵn gynnau, ac mae'r ddaear yn crynu dan fy nhraed.

'Mae 'na rywbeth wedi digwydd, Jake,' dwi'n deud. 'Mae 'na rywbeth wedi newid.' Dwi'n sefyll ac yn sbio o gwmpas y sgwâr.

'Be ydy o?' mae Jake yn gofyn.

'Hisht.' Dwi'n gwrando eto. Mwy o weiddi, mwy o bobl, mwy o sŵn traed, fel comander a'i fyddin yn martsio tuag aton ni.

'Ty'd 'laen,' meddai Jake. 'Os brysiwn ni allwn ni ddianc yn Lamborghini Dad.'

'Dan ni'n cydio yn ein bagiau ac yn sgrialu i lawr y goeden.

'Brysia,' mae Jake yn gweiddi.

'Dwi'n do—'

Mae golau'n fflachio uwch ein pennau ni, fel sbotolau o hofrennydd.

Dwi'n stopio'n stond. Jake hefyd. Mae'r gweiddi'n agosáu, mae o mor agos mae fel tasa'r comander yn gweiddi yn fy nghlust i. Dwi'n troi i gyfeiriad y fynedfa i'r sgwâr. Mae byddin yn martsio i lawr y ffordd. Dwi'n trio rhedeg, ond mae fy nhraed i'n hollol sownd. Mae'r ddaear yn dechrau ysgwyd ac mae gwreiddiau'r gwair yn cael eu rhwygo oddi wrth ei gilydd. Oddi tani mae'n ddu. Oddi tani mae'n wyn. Mae 'na slabiau concrit anferthol yn gwthio drwy'r pridd.

'Felix!' Mae Jake yn gweiddi dros y sŵn rhuo. 'Be sy'n digwydd?'

'Dwi... dwi... Dwi ddim yn gwbod!'

'Llwytha di'r canons,' mae Jake yn gweiddi. 'Ac mi wna i nôl y gynnau.'

'Na! Dwi'm yn meddwl byddan nhw'n gweithio. Ddim yn erbyn y fyddin yma!' Dwi'n pwyntio o 'mlaen i wrth i'r fyddin ddal ati i fartsio – wyth o werinwyr duon mewn rhes, efo dau gastell, dau farchog a dau esgob y tu ôl iddyn nhw. Yn y canol, ar gefn ceffylau, mae brenhines a brenin.

'Rheda, Jake,' dwi'n gweiddi. 'Rheda!'

Mae Jake a fi'n bachu ein gynnau ac yn rhuthro allan i'r tywyllwch.

19

Gwendid

'Felly pam wyt ti yma eto, Felix?'

Dwi'n syllu ar y wal.

'Wel, mae'n rhaid dy fod ti wedi gneud rhywbeth?'

'Mi ddwedodd Mr Groves 'mod i heb neud dim o'r gwaith Gwyddoniaeth.'

Mae Mrs Ewens yn pwyso mlaen.

'Ac ydy Mr Groves yn anghywir?'

'Nac'di, ond mae o'n idiot.'

'James, ofynnodd rhywun am dy farn di?'

'Naddo, ond dach chi wedi'i gael o beth bynnag.' Mae James King yn siglo yn ei gadair.

'Dwi'n meddwl efallai y dylet ti symud,' meddai Mrs Ewens. 'Draw fan hyn.' Mae hi'n codi a cherdded draw i gornel y stafell wrth y drws. Mae James King yn codi. Mae ei fag o'n taro fy ysgwydd i *yn ddamweiniol* wrth iddo 'mhasio i. 'Sori,' meddai efo crechwen.

Dwi'n syllu ar y wal. Dwi wedi bod yn trio gneud yn well yn y dosbarth, ond mae gwella fy marciau a chwarae gwyddbwyll ar yr un pryd yn fy mlino, yn enwedig pan dwi'n cael breuddwydion rhyfedd am wyddbwyll fel ges i neithiwr. 'Nes i fawr ddim gwaith yn Gwyddoniaeth ac ro'n i hyd yn oed yn waeth yn y grŵp darllen efo Mrs Hudson. Michael oedd yn darllen ac mi wylltiodd Mrs Hudson efo fi pan gollais i fy lle ar y dudalen. 'Nes i ddeud wrthi am fy mreuddwyd, ond roedd hi'n meddwl mai trio osgoi darllen o'n i. Do'n i ddim. Ro'n i jyst isio cael y freuddwyd allan o 'mhen i. Mae'n teimlo fel taswn i wedi bod yn astudio gwyddbwyll heb stop am dri diwrnod, ond dydy Taid a fi byth wedi chwarae gêm. Mae o jyst yn gneud i mi ailadrodd stwff gwyddbwyll drosodd a throsodd tra mae o'n ista mewn cadair yn rhwygo llythyrau a biliau yn ddarnau mân, mân. Dwi'n caru Taid, ond y mwya dwi'n ei gwmni o, y mwya rhyfedd mae o'n mynd – ddim yn ateb y ffôn, dim ond yn gwylio teledu Almaeneg, hyd yn oed yn rhwygo'r papur oddi ar fwyd cath Samson.

'Felly,' meddai Mrs Ewens, wrth iddi ista wrth fy ochr i. 'Dwed wrtha i be sy wedi bod yn digwydd?'

'Dim byd,' dwi'n deud. 'Dwi ddim yn trio mynd i drwbwl. Mae o jyst yn digwydd.'

'Dwi'n gwbod,' meddai, gan bwyso'n nes. 'Dwi'n gwbod nad wyt ti'n hen grinc bach sy'n trio codi twrw, ond rhaid i ti ddal ati, sti – alli di ddim parhau i amharu ar wersi drwy siarad am ganons a Lamborghinis.'

Dwi'n gwenu.

'Ydan,' meddai Mrs Ewens, yn gwenu'n ôl arna i. ''Dan ni athrawon yn siarad efo'n gilydd, ti'n gwbod... Felly, oes 'na rywbeth ti isio'i ddeud wrtha i?'

'Ddim felly.'

'Fysat ti'n licio i mi gael sgwrs fach efo Mam a Dad?'

'Na.' Dwi'n edrych ar y ddesg. Dwi ddim isio Mam a Dad lawr yma. Maen nhw'n llawer rhy brysur. 'Mi wna i drio'n galetach,' dwi'n deud, gan edrych ar Mrs Ewens. 'Mi wna i drio go iawn.'

'Da iawn,' meddai. 'Achos dwi'n gwbod y gelli di neud hyn, Felix. 'Dan ni jyst yn gorfod dy gael di i ganolbwyntio ac, os wnei di, dwi'n meddwl y bydd dy farciau di'n gwella ohonyn nhw eu hunain.'

Mae'r gloch yn canu.

'Ta-ra!' Mae James King yn cydio yn ei fag a cherddded drwy'r drws.

Mae Mrs Ewens yn ochneidio wrth i mi godi.

'Plis tria, Felix,' meddai. 'Dwi ddim isio ti i mewn fan hyn drwy'r amser fel James.'

'Iawn,' dwi'n deud. 'Felly ga i fynd rŵan?'

'Cei.'

Dwi'n codi fy mag ac yn anelu am y drws.

Mae Jake yn disgwyl amdana i tu allan.

'Pam oeddet ti i mewn yna?' mae'n gofyn.

Wrth i ni gerdded i lawr y cyntedd dwi'n deud wrtho am fy mreuddwyd ryfedd i. Mae o'n meddwl ei bod hi'n hollol cŵl, yn enwedig y darn am ei dad efo Lamborghini. Mi ddwedodd 'mod i'n edrych fel taswn i wedi blino'n ofnadwy, fel sombi, a dwi'n meddwl mai dyna'n union sut dwi'n teimlo.

'Dan ni'n cerdded heibio'r hysbysfwrdd a swyddfa'r ysgol ac yna'n troi am y llyfrgell. Mae Jake yn fy nghlust i drwy'r adeg yn siarad am y pethau nath o dros y penwythnos. Roedd ei dad wedi taro'r bêl golff mor bell yn *pitch and putt* fel eu bod nhw wedi gorfod chwilio amdani ar y ffordd ac wedyn aethon nhw mlaen i Lazer Land, sy'n fy ngneud i'n flin achos roedden ni wedi addo aros nes bydden ni'n dau'n gallu mynd efo'n gilydd.

Dwi'n stopio cerdded.

'Be sy?' meddai Jake. ''Nes i ddeud wrth Dad 'mod i isio mynd efo ti, ond roedd gynnyn nhw *special offer*, rhiant a phlentyn am hanner pris.'

'Ddim dyna be ydy o.' Dwi'n nodio at yr arwydd ar ddrws y llyfrgell.

CLWB GWYDDBWYLL

OES GEN TI DDIDDORDEB MEWN GWYDDBWYLL?

RYDYN NI'N CHWILIO AM AELODAU NEWYDD.

TYRD DRAW – AMSER CINIO

DYDD MAWRTH A DYDD IAU

CYSYLLTA EFO MR KEYTES NEU RICHARD PANELL

'O, dyma syniad da,' meddai llais Taid yn fy mhen.

'Felix.' Mae Jake yn sefyll o 'mlaen i ac yn dilyn fy llygaid at y poster. 'Clwb gwyddbwyll? Ti 'rioed o ddifri.'

Dwi'n edrych heibio Jake i mewn i'r llyfrgell. Mae 'na fechgyn a merched yn sgwennu wrth fyrddau yn y rhan astudio. Dwi'n pwyso yn erbyn y gwydr ac yn edrych heibio'r ddesg fenthyciadau. Reit yn y pen draw mae Mr Keytes a Rebecca yn eistedd efo Chris Price a Leah Gibbs o fy mlwyddyn i. Mae 'na hefyd ddau fachgen o Flwyddyn 11, a tan rŵan, dwi ddim ond wedi eu gweld nhw fel swyddogion yn y ffreutur. Maen nhw'n eistedd o gwmpas bwrdd gwyddbwyll.

Dwi'n rhoi fy llaw ar ddolen y drws.

'Felix,' meddai Jake mewn braw. 'Be ti'n neud?'

'Mae Rebecca yna,' dwi'n deud. 'Ac mae Mr Keytes yn foi iawn. Dwi jyst isio gweld be maen nhw'n neud.'

'Ond naethon ni gytuno, ar gyfer swots mae gwyddbwyll!'

'Dwi'n gwbod, ond…' Dwi'n oedi wrth i Chris Price estyn allan a symud darn gwyddbwyll. Mae'r lleill yn dechrau siarad fel tasen nhw'n trafod oedd o wedi gneud y symudiad iawn neu beidio. Wedyn mae un o fechgyn Blwyddyn 11 yn deud rhywbeth ac maen nhw i gyd yn chwerthin.

'Dydyn nhw ddim yn edrych fel swots,' dwi'n deud. 'Maen nhw'n edrych fel ti a fi, dim ond bod gynnyn nhw fwy o frêns.'

'Yn hollol,' meddai Jake, gan drio fy hel i ffwrdd. 'Am be fyset ti'n siarad efo nhw? Pwy sy gen y gyfrifiannell orau, neu pwy gafodd y marc ucha yn Gwyddoniaeth? Ty'd, gad i ni fynd.'

Dwi'n edrych yn ôl drwy'r ffenest. Mae'r chwaraewyr i gyd wedi mynd yn dawel ac yn syllu ar y bwrdd fel tasen nhw'n gwylio morgrugyn yn cropian drosto. Mae Rebecca'n edrych i fyny. Dwi ddim yn gwbod os ydy hi wedi 'ngweld i neu beidio achos mae hi jyst yn edrych i nunlle am chydig, fel tasa hi'n pendroni, wedyn mae hi'n troi'n ôl at y bwrdd. Allwn i byth eistedd yn llonydd a thawel fel yna. Bosib bod Jake yn iawn. Fyddai gen i ddim byd yn gyffredin efo nhw. Weithiau dwi'n meddwl bod Rebecca ddim ond yn treulio amser efo fi achos roedden ni'n ffrindiau pan oedden ni'n iau, cyn iddi fynd yn *super brainy*. Dwi'n tynnu fy llaw oddi ar y drws yn araf.

'Ffiw,' meddai Jake. 'O'n i'n poeni am eiliad.'

'Dwi'n gwbod,' dwi'n deud, yn trio ysgwyd yr uwd allan o 'mhen. 'Llinyn trôns ydy bob un ohonyn nhw! Dwi'm yn gwbod be o'n i'n feddwl o'n i'n neud.'

'Roeddet ti'n meddwl ei fod o'n syniad da.'

'Nag o'n, Taid. Do'n i ddim.'

Mae Jake yn sbio'n rhyfedd arna i.

'Be?' dwi'n deud. 'Dwi'm yn mynd i mewn.'

'Na,' meddai Jake. 'Be 'nest ti rŵan. Siarad efo dy daid.'

'O'n i? 'Nes i?'

'Do. Mae fel tasa fo wedi gallu mynd i mewn i dy ben di, wedi cael dy brênwashio. Bosib mai ysbïwr ydy o. Mae Dad wastad wedi deud ei fod o chydig bach yn od.'

'Dydy Taid ddim yn od,' dwi'n brathu'n syth. 'A dydy o ddim yn ysbïwr. Be mae dy dad yn gwbod eniwe? Dydy o 'rioed wedi siarad efo fo.'

'Sori, do'n i ddim isio dy frifo di.' Mae Jake yn rhoi ei fraich am fy ysgwydd. 'Dydy o ddim yn od. Ddim go iawn… Rŵan gad i ni gael cinio wedyn awn ni i saethu chydig o hŵps.'

'Hŵps? Be ydy hŵps?'

Taid, dwi'n deud yn fy mhen. *Rhaid i chi roi'r gorau i hyn.*

20

Fi, y Marchog a'r Wardrob

'Felly, dwed wrtha i be ti wedi bod yn neud yn yr ysgol heddiw?' mae Taid yn gweiddi o'r gegin.

'Ymm... ddim llawer, Taid,' dwi'n gweiddi'n ôl. 'Dim ond y stwff arferol.'

'Be am dy farciau di?'

'Taid.' Dwi'n edrych i fyny o fy llyfrau. 'Pam dach chi wastad yn holi am fy marciau i? 'Dan ni ddim yn cael prawf bob dydd.'

'Dwi'n gwybod, ond dwi'n licio gweld os wyt ti'n gwella.'

'I fod yn onest, Taid,' dwi'n ochneidio, 'dach chi'n cofio naethoch chi ddeud y gallai gwyddbwyll helpu fy ngwaith ysgol i?'

'Ia, do.'

'Wel, do'n i ddim yn mynd i ddeud, ond dwi'n meddwl bod gwyddbwyll yn gneud fy ngwaith i'n waeth.'

'Yn waeth!' meddai Taid. Dwi'n clywed clinc y llestri. 'Dydy hynny ddim yn iawn. Efallai fod angen i ni newid pethau fymryn bach.' Mae o'n rhoi ei baned o a fy sudd i ar y bwrdd.

'Dwi'n meddwl bod angen newid mwy na mymryn bach, Taid,' dwi'n deud. 'Bron i mi syrthio i gysgu mewn gwers heddiw achos y freuddwyd ges i neithiwr. Mae'n fy ngneud i'n ofnadwy o bigog. 'Nes i gega ar Rebecca achos mi ddwedodd hi y dylwn i fod wedi mynd i'r Clwb Gwy—'

'I ble?' meddai Taid. 'Wnest ti ddeud gwyddbwyll?'

'Be? Naddo, Taid,' dwi'n deud, yn trio cuddio fy nghamgymeriad. 'Gwyddoniaeth. Dylwn i fod wedi mynd i'r Clwb Gwyddoniaeth.'

'Wela i,' meddai Taid yn ddrwgdybus. Wedyn mae'n slyrpian ei de, gan edrych arna i drwy'r adeg. Dwi'n rhythu i lawr ar fy llyfrau.

Dwi ddim yn deud wrtho fo am sut ro'n i bron â mynd i'r Clwb Gwyddbwyll, a bod Rebecca wedi cega arna i achos roedd hi *wedi* 'ngweld i wrth y drws ac wedi meddwl ella fod gen i ormod o gywilydd i fynd i mewn am fod Jake efo fi. Mi 'nes i ddeud wrthi nad oedd gynno fo ddim byd i neud efo cywilydd; do'n i jyst ddim isio chwarae gwyddbwyll efo pobl swotlyd fel hi. Edrychodd hi'n drist pan ddwedais i hynna felly 'nes i ymddiheuro, ond dwi ddim yn siŵr os nath hi faddau i mi.

Mae Taid yn dal i slyrpian. Dwi'n rhoi fy niod i lawr ac yn troi tudalen un o fy llyfrau.

'Na,' meddai Taid, gan roi ei law ar fy llyfr i. 'Ymlacia am bum munud, achos mae gen i syrpréis bach i ti.'

'Syrpréis?'

'Oes.' Mae wyneb Taid yn goleuo. 'Es i i'r dre heddiw a phrynu anrheg i ti.'

'Aethoch chi i'r dre, Taid? Dach chi ddim wedi bod yn dre ers i Nain —'

'Dwi'n gwybod,' mae Taid yn torri ar fy nhraws i cyn i mi gael deud y gair, 'ond stopia siarad ac agora fo.' Mae'n gwthio bag plastig ar draws y bwrdd. 'DVD ydy o.'

'Be?' Mae fy llais i wedi cynhyrfu. '*Spider-Man: Homecoming*? Nath Mam ddeud wrthach chi 'mod i isio fo?'

'Naddo – na. Ddim *Spider Coming* ydy o. Agora fo i weld.'

Dwi'n estyn i mewn ac yn tynnu cas y DVD allan. Ar y blaen mae 'na lun o'r actor oedd yn chwarae Spider-Man yn y ffilm gynta sy gen i, ond mae'r sgrifen ar y blaen yn deud rhywbeth hollol wahanol.

'*Prawn Sacrifice*?'

'Pawn *Sacrifice*,' mae Taid yn torri ar draws. 'Gobeithio y byddi di'n licio fo. Wnes i ddeud wrth y dyn yn y siop mai dim ond dechrau licio gwyddbwyll wyt ti ond dy fod ti wrth dy fodd yn gwylio teledu.'

'Yndw, Taid,' dwi'n deud, gan fflipio'r cas drosodd. 'Ond am be mae o?'

'Gêm o wyddbwyll,' meddai.

'O.' Alla i ddim peidio â theimlo'n siomedig.

'Ond nid jyst unrhyw gêm o wyddbwyll,' meddai Taid fel tasa fo'n trio codi 'nghalon i. 'Dyma'r gêm orau 'rioed efallai, rhwng dau o'r goreuon – Bobby Fischer a Boris Spassky. Ro'n i wedi meddwl y byddai'n dda i ti achos ti'n dysgu'n dda wrth weld pethau.'

'Ydw i?'

'Wrth gwrs, ti'n dysgu o'r gêm fideo 'na ti'n chwarae adre.'

'Be, *Fortnite*?'

'Ia, ti'n dysgu sut i baratoi, cael adnoddau, anelu am y tir uchel.'

'Do'n i ddim yn meddwl eich bod chi'n talu unrhyw sylw,' dwi'n deud yn syn.

'Dwi ddim yn mynd o gwmpas efo fy llygaid ar gau, ti'n gwybod,' meddai Taid. 'A ddylet tithau ddim chwaith. Rŵan, gad i ni wylio'r DVD.'

Dwi'n agor y DVD ac yn plygu o flaen y teledu. Dwi'n rhoi'r ddisg i mewn ac yn codi'r teclyn remôt. Dwi ddim yn siŵr os bydd y ffilm mor ddiddorol ag y mae Taid yn deud, ond mae'n well na gwylio teledu Almaeneg. Rhaid bod Taid yn meddwl yr un peth achos pan dwi'n troi rownd mae o'n eistedd ar flaen ei gadair, yn rhwbio'i ddwylo.

'Ty'd i eistedd fan hyn,' meddai, gan daro'i law ar sedd y soffa. Dwi'n gwenu i mi fy hun. Mae o fel tasa fo wedi prynu'r anrheg iddo fo'i hun, ddim i fi, achos y tro dwetha welais i o wedi cynhyrfu gymaint â hyn oedd bedair blynedd yn ôl pan enillodd yr Almaen Gwpan y Byd. A deud y gwir mae'n oes ers i mi ei weld o'n hapus, ffwl stop.

Dwi'n eistedd wrth ei ochr o ac mae'r ffilm yn dechrau. Mae 'na ohebydd newyddion yn sefyll y tu allan i adeilad sy'n edrych fel llyfrgell, ac mae o'n codi meicroffon at ei geg ac yn deud, 'Dyma Bencampwriaeth y Byd ac mae Bobby Fischer wedi dewis aros yn ei wely heddiw.'

'Ha,' meddai Taid. 'Efallai nad dyma'r enghraifft orau o chwaraewr gwyddbwyll i'w ddangos i ti wedi'r cwbl!'

Dwi'n chwerthin ac yn dal ati i wylio. Mae'r ffilm yn neidio'n ôl i pan oedd Bobby Fischer yn hogyn ifanc. Mae o'n eistedd mewn stafell yn chwarae gwyddbwyll yn erbyn dyn mewn oed. Mae o'n curo'r dyn ar ôl un ar ddeg symudiad ac wedyn mae'r llun yn newid i Bobby Fischer yn cerdded o gwmpas neuadd dywyll, fyglyd, yn chwarae gwyddbwyll efo deg o ddynion, i gyd ar yr un pryd. Bob tro mae o'n oedi i neud symudiad mae'n taro'i law i lawr i stopio cloc. Wrth i'r ffilm fynd yn ei blaen mae'r llais yn deud bod Bobby Fischer yn bencampwr gwyddbwyll America pan oedd o'n bedair ar ddeg ac yn cael ei ddilyn i bob man gan ohebwyr a chamerâu fel tasa fo'n seren ffilmiau. Dwi'n dechrau meddwl ella nad ydy gallu chwarae gwyddbwyll yn dda yn beth diflas wedi'r cwbl. Dwi'n dechrau deud hyn wrth Taid ond mae o'n canolbwyntio ar y sgrin wrth i ohebydd ddeud rhywbeth fel bod y gêm yma'n rhan o'r Rhyfel Oer rhwng Rwsia gomiwnyddol ac America rydd.

Dwi'n pwyso mlaen.

'Be ydy'r Rhyfel Oer, Taid?'

Mae Taid yn parhau i wylio.

Dwi'n rhoi pwt iddo fo ar ei goes.

'Taid, be ydy'r Rhyfel Oer? Rhyfel sy'n digwydd yn y gaea?

Mae Taid yn pwyso *pause* ar y DVD.

'Naci, y Rhyfel Oer oedd pan nath y gwleidyddion yn y Dwyrain a'r Gorllewin roi'r gorau i siarad efo'i gilydd. Aeth y Rwsiaid yn y Dwyrain a'r Americanwyr yn y Gorllewin ati i greu byddin a llynges fwy o faint a chreu arfau oedd yn fwy pwerus.'

'Fel Stark Industries yn erbyn Wayne Enterprises?'

'Dwi ddim yn gwybod am hynna, ond roedd hwn yn gyfnod pan oedd pawb yn meddwl bod rhyfel anferthol ar y gorwel, efo arfau mwy dinistriol a phwerus nag erioed o'r blaen. Ac mi naethon nhw godi wal hefyd: Wal Berlin. Ei chodi hi dros nos.'

'Be, wal go iawn?'

'Ia, wal oedd yn hollti fy ninas i'n ddwy ran, i rwystro pobl o ddwyrain yr Almaen rhag mynd i'r gorllewin.'

'Allai pobl ddim jyst dringo drosti neu gerdded o'i chwmpas hi?'

'Na,' mae Taid yn ysgwyd ei ben yn araf. 'Na, roedd hi'n llawer rhy fawr i hynny.'

'Wal masif felly, Taid,' dwi'n dal fy mreichiau ar led. 'Fel Wal Fawr China?'

'Ddim cweit, ond roedd hi'n gant pedwar deg milltir o hyd efo weiren bigog ar y top, felly na, doeddet ti ddim yn gallu dringo drosti. Mi naethon nhw chwalu pob tŷ oedd yn agos ati a chreu tir diffaith, math o *no-man's-land*, lle doedd neb yn cael mynd. Ro'n i ar yr ochr ddwyreiniol, lle roedd yr awdurdodau, yr heddlu, yn gwylio pawb efo llygaid barcud rhag ofn iddyn nhw neud neu ddeud unrhyw beth yn erbyn y llywodraeth. Roedd pobl yn ofni mynd allan a hyd yn oed yn ofni aros i mewn achos roedden nhw'n meddwl eu bod yn cael eu gwylio. Roedd gan y llywodraeth ysbiwyr ym mhob man.'

'Ysbiwyr? Fel mewn ffilmiau!'

'Ia,' meddai Taid. 'Roedd 'na lawer o…'

Dwi'n chwarae efo'r syniad o ddeud 'ysbiwyr' eto achos mae'n swnio'n gyffrous, ond yn sydyn, mae llygaid Taid mor ddyfrllyd dwi'n gallu gweld adlewyrchiad y teledu ynddyn nhw.

'Taid.' Dwi'n pwyso mlaen. 'Dach chi'n iawn?'

Mae Taid yn edrych ar remôt y DVD. 'Dwi'n meddwl… Dwi'n meddwl dylen ni jyst gwylio'r ffilm.' Mae'n pwyso'r botwm chwarae ac mae'r DVD yn dechrau eto. Mae 'na ohebydd yn siarad i gamera. 'Ac felly mae Pencampwriaeth Gwyddbwyll y Byd 1972 yn dechrau – y frwydr rhwng Boris Spassky a Bobby Fischer, y frwydr rhwng amddiffyn ac ymosod, ond efallai'n fwy na dim, y frwydr rhwng y Dwyrain a'r Gorllewin.'

Drwy gil fy llygad dwi'n gweld Taid yn tynnu ei sbectol ac yn sychu ei lygaid. Dwi isio gwbod mwy am y Wal, ond dwi ddim isio i Taid fod yn drist chwaith.

Dwi'n pwyso mlaen eto.

'Pwy oeddech chi isio i ennill, Taid?' dwi'n gofyn, yn trio codi'i galon. 'Boris neu Bobby? Ar ochr pwy oeddech chi?'

Mae Taid yn cydio yn y remôt ac yn diffodd y teledu.

'Mae'n ddrwg gen i,' meddai. 'Dwi'n meddwl 'mod i wedi gneud camgymeriad.' Ond o'r olwg ar wyneb Taid, dwi'n meddwl mai fy mai i oedd o am ofyn gormod o gwestiynau am y gorffennol.

Mae Taid yn estyn dros fraich y gadair ac yn troi'r brenin ar ei sgwâr.

'Dach chi isio dysgu mwy i mi, Taid?' dwi'n deud.

'Ia,' meddai. 'Byddai hynny'n dda.'

'Iawn,' dwi'n deud, gan godi. 'Ond dwi angen mynd i'r tŷ bach gynta.'

Mae Taid yn gwenu'n flinedig wrth i mi gerdded i'r cyntedd.

'O, Felix,' mae o'n gweiddi'n sydyn, 'tra ti yna, elli di ddod â'r marchog i lawr? Ddois i o hyd iddo fo ddoe. Mae o ar y *dressing table*.'

Dwi'n stopio ar y grisiau.

'Ond mae o yn eich llofft chi, Taid.'

‘Ydy,’ meddai Taid. ‘Ar y *dressing table*.’

Dwi’n cerdded i ben y grisiau. Dwi ddim wedi bod yn llofft Taid ers i Nain fod yn sâl. Dwi ’rioed wedi bod isio.

Dwi’n troi’r ddolen ac yn agor y drws. Mae’r llofft yn dywyll fel y lolfa. Dwi’n estyn am y wal ac yn troi’r golau mlaen. Mae’n goleuo gwely Taid, ei ddwfe blodeuog a’r pilws, a’r peiriant fyddai Nain yn ei ddefnyddio i neud te yn lle gorfod codi o’r gwely yn y bore. Dwi’n cymryd cam, ond mae’n teimlo fel taswn i ddim i fod yna. Dwi’n edrych ar draws y stafell ac yn gweld y marchog ar ochr y *dressing table* o flaen y ffenest.

Dwi’n cerdded tuag ato. Mae’r llawr yn gwichian ac mae drws wardrob Taid yn agor yn araf. Mae ’na oglau hen yna, fel chydig o *aftershave* Taid wedi cymysgu efo sent Nain. Dwi’n sbecian tu mewn. Y cwbl alla i ei weld ydy crysau a siacedi a chotiau hirion Taid, wedyn fflach o rywbeth pinc. Dwi’n estyn i mewn ac yn gwahanu’r hangyrs yn ofalus. Rhwng siwtiau Taid mae tair o ffrogiau pinc blodeuog Nain. Ro’n i’n meddwl bod Mam wedi mynd â nhw i gyd i’r siop elusen. Dwi’n cofio Nain yn gwisgo un ohonyn nhw y tro dwetha es i efo hi i’r dre. Mi fues i’n swnian arni i fynd â fi i McDonald’s am Creme Egg McFlurry ac mi gytunodd a chael un iddi hi ei hun hefyd. Naethon ni eistedd wrth y ffenest a gwylio pobl yn cerdded heibio am oesoedd. Mi ddwedodd hi y byddai hi wastad yn cofio hynna, ac mi fydda i hefyd, achos roedd blas ei sent rhosod hi ar fy McFlurry i.

Wrth i mi ddechrau cau’r drws, dwi’n sylwi ar focs yn sbecian allan rhwng sgidiau sgleiniog Taid. Ar ei ben o mae *The Little Prince*, y llyfr roedd Nain yn ei ddarllen pan nath Taid ei chyfarfod hi gynta, a'r llyfr byddai hi'n ei ddarllen i mi. Dwi'n cydio ynddo a fflicio drwyddo fo, a gweld y llun o'r tywysog bach yn sefyll ar fynydd. Wrth droi pob tudalen dwi'n gallu clywed llais meddal Nain yn darllen i mi, ac mae o fel tasa pob tudalen yn ogleuo fel hi. Dwi'n llyncu'n galed. Dwi'n colli Nain yn ofnadwy. Os gwna i ddarllen mwy dwi'n meddwl wna i grio a bydd Taid yn gofyn be sy'n bod.

Dwi ar fin rhoi'r llyfr yn ôl ond dwi'n sylwi bod caead y bocs wedi llithro i ffwrdd. Dwi'n ei godi. Tu mewn mae 'na hen luniau o Taid a Nain. Dwi'n codi llond llaw ac yn fflicio drwyddyn nhw – Taid a Nain ar bont. Taid a Nain yn eistedd efo'i gilydd ar dram. Taid a Nain yn sefyll wrth ymyl wal fawr efo graffiti drosti a milwyr yn ei gwarchod hi. Rhywun sy'n edrych fel fersiwn ifanc o Taid, yn sefyll wrth ymyl bachgen bach mewn neuadd, efo llwyth o fyrddau gwyddbwyll o'u cwmpas.

Dwi'n eu gollwng nhw'n ôl yn y bocs ac yn codi chydig o gardiau melyn. Mae 'na lwyth o sgrifen Almaeneg a hyd yn oed taswn i'n gallu darllen Almaeneg dwi'n dal ddim yn meddwl baswn i'n dallt achos mae o'n edrych fel cod: 'Vorgart-MFX 8628/76'. Yn y canol mae enw: 'Francke Schopp' ac wedyn ei ben-blwydd o: '21/12/1941'. Ar gerdyn arall mae rhywun wedi sgwennu '*Ministerium für Staatssicherheit*' ac mae 'na lun o law goch yn cydio mewn reiffl. Mae'r un enw ar waelod pob un: '*Commander Steiner'*.

'Wyt ti wedi dod o hyd iddo fo?' mae Taid yn gweiddi i fyny'r grisiau ac yn gneud i mi neidio. 'Dwi'n siŵr 'mod i wedi'i roi o ar y *dressing table*.'

Dwi'n gollwng y cardiau yn ôl yn y bocs yn syth.

'Do, Taid,' dwi'n gweiddi'n ôl. 'Mae o gen i, rŵan dwi jyst yn mynd i'r tŷ bach.' Dwi'n cau drws y wardrob yn araf ac yn cydio yn y marchog.

21

X + Y = Ysbïwr!

Mae'r gelyn yn cilio. Mae'r saethu o'n gynnau peiriant ni wedi eu dychryn – 'dan ni'n gallu clywed twrw'r tanciau yn ffoi am adre.

Mae'n nos Wener a dwi'n eistedd ar y platfform. Mae Jake yn pwyso yn erbyn bonyn y goeden, yn cnoi gwm.

'Cer drosto fo eto,' meddai. 'Mi wnest ti ddod o hyd i gardiau…'

'Do. Roedden nhw chydig bach fel cardiau apwyntiadau ysbyty, ond yn Almaeneg.'

'Ac roedd 'na luniau o filwyr.'

'Oedd, yn sefyll o flaen wal. Dwi ddim yn gwbod os oedd hi'r un wal, ond mi soniodd o am wal anferthol yn Berlin efo weiren bigog ar hyd y top ac roedd 'na bobl ar un ochr ohoni yn gwylio'r ochr arall fel ysbiwyr. Ro'n i isio gwbod mwy, ond dyna'r cwbl roedd o'n fodlon deud.'

'Mmm… rhyfedd.' Mae Jake yn edrych draw heibio'r gwair i

gyfeiriad tŷ Taid. 'Mae'n od ei fod o byth yn siarad am ei orffennol, a byth yn agor y cyrtens.'

'Jake,' dwi'n ochneidio. 'Plis paid â mynd mlaen am Taid eto.'

'Dwi ddim.' Mae'n edrych arna i fel petai'n dweud *Dwi'n berffaith ddiniwed.* 'Dwi jyst yn deud ei fod o'n od. Dydy o ddim yn siarad efo neb ac mae o wedi cael ei hun i mewn i dy ben di, a'r cwbl ti'n gallu siarad amdano fo ydy gwyddbwyll. Mae o fel tasat ti wedi cael dy brênwashio.'

'Paid â bod yn wirion,' dwi'n deud. 'Jyst fy nysgu i mae o.'

'Ond, Felix, bron i ti fynd i'r clwb gwyddbwyll heddiw. Ac mae hynna'n fater difrifol. Allwn ni ddim gadael i hynna ddigwydd eto.'

'Wna i ddim.'

Mae Jake yn edrych ar dŷ Taid, fel tasa fo'n meddwl am gynllun arall. Mi fyddai o'n meddwl hyd yn oed yn galetach tasa fo'n gwbod 'mod i'n gweld byrddau gwyddbwyll mewn ffenestri siopau ac ar gefn bysiau.

'Be os ydy o'n ysbïwr?' meddai Jake yn sydyn.

'Be?' dwi'n deud, methu credu fy nghlustiau.

Mae Jake yn sythu. 'Dy daid. Be os ydy o'n ysbïwr?'

'Ond dydy o ddim!'

'Ond mi allai fod. Mae'n rhyfedd bod ei gyrtens o wastad wedi cau. Ella'i fod o ddim i stopio pobl rhag edrych i mewn, ond ei fod o'n gallu cuddio tu ôl iddyn nhw i ysbïo arnan ni.'

'Ti'n bod yn hurt rŵan,' dwi'n deud. 'Jyst Taid ydy o.'

'Ond dyna'r pwynt yndê,' meddai Jake. 'Jyst taid ydy o. Fyddai neb yn amau taid. Tric ydy o – dyna sut dydyn nhw ddim yn cael eu dal. Maen nhw'n ofalus ac yn drylwyr fel dy daid, a byth yn gadael tystiolaeth. Welais i o ar ffilm unwaith – maen nhw'n shredio pob un darn o bapur ar ôl ei ddarllen o.'

'Wel, mae Taid yn rhwygo papur yn ddarnau mân,' dwi'n jocian.

'Dyna ni! Ti'n gweld! Gallai dy daid di fod yn bennaeth llwyth o ysbiwyr o Rwsia!'

'Jake,' dwi'n chwerthin. 'I ddechrau cychwyn, Almaenwr ydy o, a dwi ddim yn meddwl y byddai pennaeth ysbiwyr o Rwsia yn byw ym Mryste. A pwy fyddai isio gwbod be sy'n digwydd yn y clinic diabetes neu yn Lidl?'

'Ond mi fyddai hynna'n hymdingar o alibi; fyddai neb yn meddwl am hynna.' Mae Jake yn cropian at ochr y platfform. 'Dylen ni ei ddilyn o,' meddai. 'Gweld pob symudiad mae o'n neud.'

'Jake.' Dwi'n rhowlio fy llygaid. 'Ddim rŵan!'

'Dwi ddim yn mynd i neud o rŵan, siŵr. Dwi'n mynd adre am swper. Gawn ni ysbïo arno fo wedyn.'

'Dwi'n meddwl ei fod o'n syniad gwirion,' dwi'n deud. 'A ph'run bynnag, alla i ddim, achos dwi'n chwarae gwyddbwyll efo Taid eto.'

'Wrth gwrs!' mae Jake yn hwffian. 'Sut allwn i anghofio… Wnawn ni o fory 'ta… Ty'd yma'n gynnar, efo dy finocwlars, achos does 'na ddim ond un ffordd o ddal ysbïwr.' Mae Jake yn llithro i lawr y rhaff.

'A be ydy hwnnw?'

'Mae'n amlwg,' meddai, gan sbio i fyny arna i. 'Fory 'dan ni'n gorfod gneud dipyn o ysbïo ein hunain.'

22

Pasia'r Sos

'Felly, am be roeddet ti a dy ffrind yn siarad yn eich coeden?' mae Taid yn gofyn pan dwi'n ôl yn ei dŷ o.

'Be, Taid?'

'Ti a dy ffrind. Welais i chi'n siarad gynnau.'

'O, dim byd,' dwi'n deud, wrth dorri darn o gig. 'Jyst siarad am yr ysgol,' dwi'n ychwanegu, gan feddwl yn gyflym. ''Dan ni'n gneud prosiect efo'n gilydd yn Gwyddoniaeth.' Dwi'n teimlo'n gas am ddeud wrth Jake am orffennol Taid, ac o gofio'r ffordd nath Taid osgoi'r pwnc yn gynharach dwi'n meddwl ei fod o wedi cael digon o siarad amdano fo am heddiw.

'Be 'dan ni'n neud heno?' dwi'n gofyn yn hwyliog, gan drio newid y pwnc.

'Dysgu am wyddbwyll, wrth gwrs.' Mae Taid yn rhoi darn o fara yn ei geg.

'Jyst dysgu eto, Taid,' dwi'n deud. 'Pryd 'dan ni'n mynd i chwarae gêm 'ta?'

'Dwi'n meddwl y bydd hynny'n digwydd yn fuan.' Mae Taid yn codi ei wydr. Am eiliad dwi'n meddwl ella ei fod o'n gwenu, ond mi allai jyst fod ei wefusau o'n edrych yn gam drwy'r dŵr.

'Ond mae wedi bod mor hir, Taid,' dwi'n deud.

Dwi'n aros iddo fo ateb, ond y cwbl mae'n gneud ydy cnoi bwyd ac yfed dŵr. Mae ymarfer yn dragwyddol mor rhwystredig. Mae o fel ymarfer gyrru rownd trac Forza fil o weithiau heb fedru cymryd rhan mewn ras go iawn.

Dwi'n torri darn arall o gig ac yn ei roi yn fy ngheg. Mae Taid yn rhoi ei gyllell a'i fforc i lawr yn sydyn ac yn gofyn, 'Wyt ti'n gallu gweld y bwrdd?'

'Be?'

'Wyt ti'n gallu gweld y bwrdd?'

'Yndw.' Dwi'n nodio at y bwrdd caws. 'Pam? Dach chi isio fo?'

'Na, ddim hwnna! Y *bwrdd gwyddbwyll* fan hyn.' Mae'n tapio ochr fy mhen efo'i fys.

'Be?' Mae fy nheg yn syrthio'n agored. 'Sut oeddech chi'n gwbod 'mod i'n gweld byrddau gwyddbwyll?'

'Achos fi roiodd nhw yna, fel nath fy nhad i mi. Rŵan, wyt ti'n gallu'i weld o?'

'Ond 'dan ni'n bwyta.'

Mae Taid yn codi ei aeliau.

'Ocê 'ta,' dwi'n deud. Dwi'n syllu o 'mlaen ar y wal ac yn canolbwyntio. 'Iawn,' dwi'n deud. 'Dwi'n gallu'i weld o.'

'Ac os wyt ti'n edrych ar y bwrdd bwyd, ti'n dal i allu'i weld o?'

'Yndw.'

'Iawn. Felly ble mae dy fforc di?'

'Fan hyn.' Dwi'n codi fy fforc.

'Naci. Ar ba sgwâr mae o?'

'Ymm… c1?'

'A! Un eiliad, dwi'n meddwl bydd rhaid i mi wirio fy mwrdd i.' Mae Taid yn cau ei lygaid ac wedyn yn eu hagor eto fel *shutter* ar gamera. 'Mae hynna'n well,' meddai. 'Mae o fel cysoni dwy watsh – rhaid i ni ddechrau yn yr un lle. Rhaid i ni weld yr un peth. Ond ydy, mae dy fforc di ar c1… A'r gyllell?'

'f1?'

'Ia. Mae hyn yn dda. Nhw ydy dy esgobion di. Rŵan, symuda dy blât allan o'r ffordd.'

Dwi'n symud fy mhlât i ben draw'r bwrdd. Mae Taid yn gneud yr un peth, wedyn yn pasio'r jariau picl a mwstard i mi.

'Rho nhw rhwng dy esgobion,' meddai. 'Y picl ydy'r frenhines a'r mwstard ydy'r brenin.'

Dwi'n chwerthin.

'Iawn 'ta.' Mae Taid yn rhoi rholyn o fara i mi. 'Rhwyga hi'n wyth darn bach a'u rhowlio rhwng cledrau dy ddwylo, fel hyn.' Mae'n dangos darn o fara i mi mae o wedi'i rowlio yn belen yr un maint â marblen. 'Dyma dy werinwyr di! Mae gynnon ni wyth yr un.'

Dwi'n torri fy rholyn yn wyth darn. Mae hyn yn od, ond alla i ddim peidio gwenu wrth i mi osod y peli bara mewn rhes o flaen y mwstard a'r picl.

Mae Taid yn gneud yr un peth ar ei ochr o o'r bwrdd, ond jar o jam mefus ydy ei frenin o, jam cyrains duon ydy'r frenhines a'i gyllell a'i fforc ydy ei esgobion o hefyd. Wedyn mae'n deud y dylen ni gael dwy botel sos yr un fel cestyll a dau gyrcin fel marchogion.

'Iawn,' meddai. 'Ti'n barod?'

'Yndw.'

'Gwych, rŵan dwi'n codi darn o fara a'i symud i e4.' Mae'n symud y bara.

'A be dwi'n neud?' dwi'n gofyn.

'Ti… Ti'n symud dy fara i c5.'

Dwi'n codi pelen o fara a'i symud fel dwedodd Taid.

'Gwych,' meddai Taid. 'Rŵan dwi'n symud fy gyrcin i f3.'

Mae Taid yn symud ei gyrcin. Dwi ddim yn gwbod be'n union 'dan ni'n neud ond mae gwên Taid cyn lleted â mae f'un i'n teimlo.

'Iawn,' meddai gan gyffwrdd darn arall o fy mara i. 'Rŵan ti'n symud hwn i d6.'

'Mae hyn yn od, Taid,' dwi'n deud.

'Dwi'n gwybod. Dyma sut nath fy nhad fy nysgu i. Efo bwyd fel hyn a'r union gyllyll a ffyrc, ond naethon ni ddim gwastraffu bara ar gyfer y gwerinwyr. Darnau o arian ddefnyddion ni– *Schillings* a *Marks*.'

'Oedd eich tad chi'n dda am chwarae gwyddbwyll hefyd?' dwi'n gofyn.

'Oedd.' Mae Taid yn symud ei gyrcin arall i c3. 'Roedd fy nhad yn un o'r goreuon…'

'Felly os nath o eich dysgu chi, ydy hynna'n golygu eich bod chi'n well nag oedd o?'

Mae Taid yn gwyro'i ben i'r ochr fel tasa fo'n meddwl am y peth.

'Dwi ddim yn licio deud. Ond, o bosib. Mi 'nes i ennill Pencampwriaeth Ieuenctid yr Almaen pan o'n i'n ddeuddeg.'

'Waw! Rhaid eich bod chi'n wirioneddol dda! Fyddech chi wedi gallu curo Bobby Fischer?'

'Efallai ddim, ond ro'n i'n o lew.' Mae Taid yn anwybyddu fy nghwestiwn i ac yn symud ei fara i d6. 'Wnes i chwarae reit drwy'r ysgol. Ar y dechrau ro'n i'n anobeithiol – fel ti.'

'Ha, diolch!'

'Sori, ond mae'n wir. Ro'n i'n debyg iawn i ti. Allwn i ddim eistedd yn llonydd na chanolbwyntio. Ond nath gwyddbwyll fy helpu i yn yr ysgol a des i'n eitha da. Rŵan torra dy sosej.'

Dwi'n torri fy sosej.

'I ble dwi'n ei symud o, Taid?'

'Nunlle,' meddai, yn gwenu fel giât. 'Jyst bwyta fo!'

Dwi'n chwerthin ac yn rhoi'r sosej yn fy ngheg. Mae hi mor braf i fod yn ôl yn y tŷ efo Taid yn siarad am dyfu i fyny. Mae o wedi bod yn daid i mi ar hyd fy mywyd, ond mae fel taswn i'n dod i'w nabod o rŵan am y tro cynta.

Dwi'n torri darn arall o sosej a 'dan ni'n dal ati i fwyta wrth symud ein mwstard, bara a gyrcins dros y bwrdd gwyddbwyll anweledig.

'Felly pam naethoch chi stopio chwarae?' dwi'n gofyn wrth i ni gario mlaen.

Mae Taid yn syllu ar y bwrdd fel tasa fo wedi gneud y symudiad anghywir. Ydy o'n fy anwybyddu i, neu jyst heb fy nghlywed i?

'Taid,' dwi'n deud, gan bwyso dros y bwrdd. 'Os oeddech chi'n caru gwyddbwyll gymaint ac os oeddech chi mor dda, pam naethoch chi stopio chwarae?'

Mae Taid yn sbio i fyny. Mae ei wyneb o'n ddwys a'i lygaid yn sgleinio. Dwi wedi deud rhywbeth o'i le, ond dwi ddim yn gwbod be. Dwi'n edrych i lawr ac yn gwthio'r cig o gwmpas efo fy fforc. Dwi ddim yn licio pan fydd o'n mynd yn drist fel hyn. Wedyn dwi'n clywed ei lais o, mor dawel mae o bron yn sibrwd.

'Be, Taid?'

'Wnes i ddeud, fedri di basio'r sos?' mae'n gofyn.

Dwi'n edrych i fyny. Mae o'n gallu cyrraedd y botel sos. Mae hi ar h3, reit o'i flaen o. Bosib ei fod o'n methu'i gweld hi.

'Dach chi'n iawn, Taid?' dwi'n gofyn.

'Ydw. Pam ti'n gofyn?'

'Achos dach chi'n… Achos mae'r sos reit fan'na.'

'Dwi'n gwybod,' meddai. 'Ond dwi ddim isio fo. Dwi jyst isio i ti ei symud o.'

'I ble?'

'h1.'

Dwi'n codi'r botel sos ac yn dechrau ei symud, ond mae Taid yn estyn allan yn sydyn ac yn cydio yn fy llaw. Dwi'n trio symud i ffwrdd, ond mae o'n gafael mor dynn mae fy llaw i'n sownd a dwi'n gallu ei deimlo fo'n crynu.

'Taid,' dwi'n deud. 'Be dach chi'n—?'

'Hisht.' Mae o'n dal bys wrth ei wefusau. 'Edrycha o dy gwmpas.'

Dwi'n edrych o gwmpas y stafell, ar y cloc ar y cwpwrdd, y llun o Berlin ar y wal, Nain ar y silff ben tân, y teledu yn y gornel.

'Na.' Mae Taid yn ysgwyd ei ben. 'Ddim o dy gwmpas di, o gwmpas y bwrdd.'

Dwi'n edrych ar yr holl ddarnau ar y bwrdd. Be ydw i fod i'w weld? Dwi'n gwbod mai'r picl ydy fy mrenhines, y mwstard ydy fy mrenin. Maen nhw'n dal ar eu sgwariau – dydyn nhw ddim wedi symud. Ond mae fy nghyllell a fy fforc wedi symud i fyny'r bwrdd, fel fy mara i. Be mae Taid isio i mi weld? Mae ei beli bara o dros y lle i gyd yng nghanol y bwrdd. Mae ei olifau o ar eu pennau eu hunain yn y gornel ac mae ei jam mefus o, ei frenin o…

'Ti'n ei weld o rŵan?' Mae Taid yn rhyddhau fy llaw i'n araf ac mae'r gwaed yn llifo'n ôl i 'mysedd i.

'Ydw i newydd ennill fy ngêm gynta?' Dwi'n gwenu o glust i glust.

'Do.' Mae Taid yn gwenu. 'Rwyt ti wedi ennill dy gêm gynta.'

23

Astroboy2008

Dwi'n eistedd yn fy llofft, yn edrych draw ar dŷ Taid. Ar ôl i mi ennill fy ngêm gynta, mi ddwedodd wrtha i 'mod i newydd ddysgu'r Sicilian Defence. Dyna un o'r symudiadau mwya poblogaidd mewn gwyddbwyll. Dwedodd mai ymateb y darn gwyddbwyll du pan mae gwerinwr gwyn yn symud i e4 ydy o, yn ogystal â llwyth o bethau eraill dwi ddim yn gallu cofio. Roedd hi'n braf gallu chwarae o'r diwedd ac ennill gêm (hyd yn oed os oedd o'n gneud fy symudiadau i drosta i) ond rŵan dwi ddim yn gallu stopio meddwl am y pethau rhyfedd ddois i o hyd iddyn nhw yn y wardrob. Gallen nhw fod yn bethau digon syml. Ella'i fod o'n casglu cardiau apwyntiad fel mae rhai o'r bechgyn yn fy nosbarth i'n casglu Top Trumps. Ond dydy Jake yn amlwg ddim yn meddwl hynny, achos mae o newydd yrru neges yn gofyn os ydy'r *walkie-talkies* yn dal gen i i'n helpu ni i ysbïo ar Taid fory. Mae o wedi anghofio pob dim amdanon ni'n eu malu nhw'n rhacs haf dwytha pan roeon ni nhw ar ein beics i esgus mai radios heddlu oedden nhw.

Mae fy ffôn i'n pingian eto. *Be mae o isio rŵan?* Dwi'n ei godi a gweld neges gan Rebecca.

Hei, nath Mam a fi weld dy fam di yn dre heddiw.

Wps. Sut aeth hi?

Na. Oedd o'n iawn. Meddwl ella bo nhw'n ffrindiau eto.

Cŵl.

Ga i ddod i dy dŷ di rŵan, felly.

Cei.

☺

Dwi'n gwenu. Mi fyddai'n dda tasa Rebecca'n dod draw mwy a threulio mwy o amser efo ni. Ond dwi'n eitha siŵr na fyddai Jake yn licio hynny. Mi fyddai'n deud ei bod hi yn ein ffordd, bod 'na ddim genod yn y fyddin na'r cafalri. Mi fyddai gen i gywilydd tasa hi'n gwbod 'mod i'n dal i chwarae '*armies*', felly mi fydd rhaid i mi drefnu ei bod hi'n dod pan mae Jake yn gneud petha efo'i dad.

Mae'n ffôn i'n goleuo eto.

Be ti'n neud?

Dim byd llawer.

Chwarae gwyddbwyll?

Newydd neud. Taid wedi dysgu'r Sicilian Defence i fi.

Waw!

Go iawn?

Ia. Dangos bod o'n gwbod lot am wyddbwyll.

Cŵl.

Rŵan bod ti di cael gêm, elli di chwarae ar-lein rŵan.

Be?

Elli di chwarae ar-lein. Jyst fel unrhyw gêm gyfrifiadur arall. Mae'n gneud ti'n well chwaraewr. Dyma ti: https://www.gwyddbwyll.com/chwarae-gwyddbwyll-ar-lein

Sgen i'm gymaint â hynna o ddiddordeb mewn chwarae.

Dwi'n meddwl bod gen ti. ☺ Goro mynd rŵan. Gwatsiad *Mamma Mia*, ETO! Efo Mam.

Iawn.

Dwi'n edrych ar y linc. Fyddai o'n brifo i glicio arno fo unwaith a chwarae gêm? Nath Taid ddangos y Sicilian Defence i mi, ond dwi ddim yn siŵr os ydw i'n cofio bob symudiad. Ond eto, allwn i chwarae gêm arall, ac os dwi'n colli fydd neb ddim callach. Ond be fyddai Taid yn deud? Does gynno fo ddim ffydd mewn ffôn – fyddai o byth bythoedd â ffydd mewn cyfrifiadur. Ella 'na i jyst mynd ar *Fortnite* yn lle hynny.

Dwi'n estyn am fy PS4.

Mae'n ffôn i'n goleuo eto.

Gwna fo, Felix!

?

Dwi'n gwbod sut un wyt ti. Nei di chwarae *Fortnite* neu rywbeth yn lle.

Dwi'n chwerthin. Mae hi wir yn gwbod sut un ydw i.

Dwi'n clicio ar y linc.

Chwarae Gwyddbwyll Ar-lein

Chwaraea yn erbyn chwaraewyr go iawn neu'r cyfrifiadur.

Mae 'na 53,716 o chwaraewyr ar-lein rŵan.

Pum deg tri o filoedd, saith cant ac un deg chwech o chwaraewyr ar-lein! Fyddai Taid yn bendant ddim yn licio hyn. Mae o mor amheus o bobl fyddai o byth yn gallu chwarae yn erbyn un ohonyn nhw.

Dwi'n syllu ar y sgrin. Mae o'r un fath ag unrhyw un o 'ngemau cyfrifiadur i, heblaw mai darnau gwyddbwyll ar fwrdd sy 'na yn lle llwyth o *Angry Birds* yn neidio rownd ynys.

Dwi'n clicio ar werinwr gwyn, a'i symud i f4. Mae'r cyfrifiadur yn symud gwerinwr du i d4. Dwi'n symud un arall i g3. Mae'r cyfrifiadur yn symud un i h4. Wedyn yn sydyn, mae 'na focs yn fflachio fyny yng nghanol y sgrin.

Falch dy fod ti yma?

Cofrestra rŵan.

Mae o AM DDIM!

Mae Dad wastad yn deud wrtha i am siarad efo fo'n gynta os dwi isio cofrestru ar gyfer rywbeth, ond mae hwn am ddim – dydy o ddim yn gofyn am fanylion cerdyn credyd. Neith o ddim drwg i chwarae unwaith, jyst i weld os dwi'n dda i rywbeth.

Dwi'n clicio ar y bocs. Mae'n gofyn am gyfrinair, enw defnyddiwr, fel arfer dy enw a dyddiad pwysig.

Dwi'n teipio cyfrinair i mewn, wedyn yn meddwl am enw defnyddiwr…

FelixS2019?

Naci.

Schopper2019

Naci. Mae'r ddau'n rhy amlwg. Mi ddwedodd Jake mai swots sy'n chwarae gwyddbwyll. Dwi ddim isio cael fy nabod.

Dwi'n teipio 'Bobbyfischer1972'.

Sori, mae'r enw defnyddiwr hwn wedi'i gymryd eisoes.

Tria rhywbeth arall.

Dwi'n edrych o gwmpas y llofft, yn gweld yr hen boster roddodd Dad i mi. Dyna fo! Dwi'n teipio 'Astroboy2008'.

Llongyfarchiadau, rwyt ti'n aelod rŵan!

Dewis lefel.

Dwi'n pwyso 1.

Cyfrifiadur neu chwilio am aelod?

Cyfrifiadur.

Gwych. Amdani felly!

24

'Dan Ni'n Ysbïo

'Astroboy2008!' Mae Jake yn chwerthin. 'Be oedd enwau'r lleill? Nyrd-am-byth? Geek-tan-y-bedd?'

'O'n i'n gwbod ddylwn i ddim deud wrthat ti.'

'Rhy hwyr rŵan. 'Nest ti ennill?'

'Naddo.'

'Be? Gest ti dy guro gan gyfrifiadur. Pa lefel 'nest ti chwarae?'

'Sut ti'n gwbod bod 'na lefelau?'

'Mae'n rhaid bod 'na lefelau. Mae o fel unrhyw gêm gyfrifiadur.'

'O... ydy.'

'Felly pa lefel?'

'Ymm... un.'

'Ha!' Mae Jake yn chwerthin. 'Ddwedes i fod gwyddbwyll yn syniad gwirion. Well i ti roi ffidil yn to rŵan.'

Dwi'n meddwl ella fod Jake yn iawn. Ddylwn i ddim fod wedi

dechrau chwarae. Deud mai ddim yn barod o'n i nath Taid, ond bosib na fydda i byth yn barod.

'Bosib wna i ofyn i Taid os cawn ni newid i chwarae draffts,' dwi'n deud.

'Hisht…' Mae Jake yn chwifio'i law yn yr awyr. 'Aros funud.' Mae'n anelu ei finocwlars at dŷ Taid. 'Ro'n i'n meddwl 'mod i wedi gweld rhywun yn dod allan, ond dim ond Mrs Flower sy 'na yn busnesa eto.'

'Jake,' dwi'n ochneidio, 'allwn ni ddim jyst cadw at chwarae rhyfel cogio efo'n byddinoedd ni?'

'Na, mae hyn yn lot mwy o hwyl… A dal ati i gadw llygad, ti'n gwbod sut rai ydy ysbiwyr; maen nhw'n gallu diflannu ar ddim.'

Mae hi'n fore Sadwrn. Doedd gen i ddim awydd mynd i Tesco efo Mam a Dad. Doedd 'na ddim byd arall i'w neud, felly 'nes i gytuno wysg fy nhin i gadw golwg ar Taid drwy'r binocwlars efo Jake. Dwi'n oer ac mae 'mreichiau i'n dechrau brifo. Mi naethon ni wylio'r postmon yn mynd â llythyrau rownd y sgwâr. A gwylio Mrs Flower yn mynd â'i chi am dro. A gwylio fan wen yn gyrru rownd y sgwâr, yn mynd â pharsel anferthol i rif pedwar deg wyth ac wedyn yn gyrru allan eto. Dyna'r cwbl sy wedi digwydd mewn awr a mwy. Roedd Jake wedi gneud i ysbïo swnio mor gyffrous, ond mae'n fwy diflas na gwylio'r newyddion ar y teledu.

'Jake, does 'na'm pwynt,' dwi'n deud. 'Gad i ni fynd i chwarae *Fortnite*.'

'Na, amynedd pia hi – mae 'na rywbeth yn siŵr o ddigwydd toc. Dydy ysbiwyr ddim yn aros yn tŷ drwy'r dydd. Rŵan dwed sut bethau oedd y cardiau yn y wardrob eto.'

Dwi'n gostwng fy minocwlars i, ond mae rhai Jake yn dal i anelu at dŷ Taid.

'Ddwedes i wrthat ti, roedd gynnyn nhw symbol fel llaw yn dal reiffl, a dwi'n cofio gweld yr enw Comander Steiner.'

'Comander Steiner. Pwy sy gen enw fel'na?' mae Jake yn gofyn. 'Aros funud! Felix! Felix!' Mae'n chwifio'i fraich arna i. 'Coda dy finocwlars. Mae dy daid newydd ddod allan!'

Dwi'n codi fy minocwlars ac yn sganio draw at dŷ Taid. Mae'r drws ffrynt ar agor ac mae Taid yn cerdded rownd yr ardd yn ei siwt dywyll, a dydy o byth bron yn gwisgo siwt.

'Mae o'n gneud yn siŵr bod neb yn sbio. Rŵan mae o'n plygu,' mae Jake yn sibrwd fel gohebydd snwcer. 'Be mae o'n neud? Aros. Mae o'n pigo rhywbeth i fyny.'

'Yndi, baw ci, Jake.' Dwi'n ochneidio. 'Mae o'n chwilio bob dydd.'

'Ond 'dan ni ddim yn gwbod hynna. Bosib mai jyst esgus i fynd allan ydy o a gweld be 'dan ni i gyd yn neud, neu gael golwg ar weiars ei gamerâu cudd.'

'Does gynno fo ddim camerâu cudd.'

'Nac oes? Be ydy hwnna 'ta? Sbia ar y polyn lamp tu allan i'w dŷ o.'

Dwi'n sganio i'r chwith nes dwi'n gweld polyn concrit yn sticio allan o'r ddaear.

'Jyst polyn lamp ydy o,' dwi'n deud.

'Naci, ddim y polyn lamp,' meddai Jake. 'Be sy'n sownd ynddo fo.'

Dwi'n edrych i fyny'r polyn lamp ac yn gweld y camera llwyd

gafodd ei roi yno pan oedden ni yn yr ysgol wythnos dwetha.

'Ti'n gweld,' meddai Jake. 'Ddwedes i.'

'Ond y camera roiodd y cyngor i fyny ydy hwnna, i stopio pobl roi graffiti ar y ffensys a thorri mewn i geir!'

'Dyna be maen nhw isio i ni feddwl.'

Dwi'n gostwng y binocwlars. Mae Jake yn edrych arna i efo llygaid pysgodyn.

'Mae 'na ysbiwyr ym mhob man,' meddai. 'Edryches i ar y we am be ddwedodd dy daid. Roedd 'na wal go iawn.'

'Dwi'n gwbod,' dwi'n deud. 'Fyddai o ddim yn deud celwydd wrtha i.'

'Iawn, na, ond wedyn 'nes i gwglo'r ysbiwyr. Roedd 'na heddlu cudd yn yr Almaen, mae dy daid yn dod o fan'na, dydy? Y Stasi oedd eu henwau nhw ac mi fydden nhw'n mynd drwy finiau pobl, yn chwilio am dystiolaeth bod pobl yn gweithio yn erbyn yr heddlu neu'r llywodraeth. Fydden nhw'n mynd i bob man, yn bygio telis a ffonau pobl, ac yn arteithio pobl a'u carcharu nhw.'

'Be 'sgen hynna i neud efo Taid? Fyddai o byth yn arteithio pobl.'

'Ella ddim, ond 'nest ti'm deud ei fod o'n casáu defnyddio'r ffôn ac yn malu pob un darn o bapur?'

'Do, ond…'

Mae Jake yn codi ar ei bengliniau. 'Sbia, mae o'n mynd allan. Mae o wedi nôl ei het a'i gôt a rŵan mae o'n cloi'r drws. Ty'd 'laen!'

'Ble 'dan ni'n mynd?'

Mae Jake yn gwenu arna i wrth iddo fo gropian ar draws y platfform. 'I'w ddilyn o, debyg iawn!'

'Ond dim ond mynd i'r siop i nôl bara fydd o, neu i gyfarfod ei ffrindiau yn y gymdeithas Almaeneg.'

'Felly nawn ni ei ddilyn o i fan'no.'

Mae Taid yn sythu ei het, wedyn yn cau giât yr ardd. Mae Jake yn llithro i lawr y rhaff.

'Ty'd 'laen,' mae o'n sibrwd yn frysiog. ''Dan ni ddim isio'i golli o.'

'Jake, mae hyn yn hurt bost.'

'A? Mae'n well nag eistedd fyny fan'na drwy'r dydd.'

Dwi'n chwerthin wrth i mi gydio yn y rhaff. Mae Jake yn cymryd hyn ormod o ddifri, ond alla i ddim stopio fy hun rhag ei ddilyn o.

Ar y gwaelod 'dan ni'n cuddio y tu ôl i'r goeden ac yn gwylio Taid yn troi i lawr y lôn sy'n arwain at y ffordd fawr.

'Ar ôl tri.' Mae Jake yn dal tri bys i fyny. 'UN, DAU, TRI!'

'Dan ni'n sgrialu dros y gwair fel 'dan ni wedi gweld y Marines yn neud mewn ffilmiau.

Pan 'dan ni'n cyrraedd y ffens wrth y lôn, 'dan ni'n mynd ar ein cwrcwd. Mae Taid ar y pen arall rŵan, yn gwisgo'i gôt hir lwyd. Mae o'n edrych i'r chwith yna'r dde.

'Mae o'n chwilio am yr ysbïwyr eraill,' mae Jake yn sibrwd.

'Nac ydy, Jake,' dwi'n deud. 'Wir i ti, dydy o ddim. Jyst croesi'r ffordd mae o.'

Mae bws yn pasio o flaen Taid. Mae o'n edrych i'r chwith a'r dde eto, wedyn yn croesi'r ffordd. Mae Jake a fi'n rhedeg. Ar ddiwedd y ffordd 'dan ni'n stopio ac yn cuddio y tu ôl i'r bocs gwyrdd sy'n llawn o weiars a ffiwsiau'r ffonau sy ar y stâd. 'Dan ni'n sbecian dros y top ac yn gweld Taid yn cerdded i gyfeiriad y rhes o siopau.

Mae Jake yn pwyntio at fan wen wedi'i pharcio tu allan.

'Guddiwn ni tu ôl i honna,' mae o'n sibrwd. 'Mi wna i fynd gynta, dilyna di.'

Cyn i mi gael cyfle i nodio mae o wedi mynd heb hyd yn oed sbio i weld os oedd y ffordd yn glir gynta. Mae hyn yn wallgo.

Mae Jake yn cyrraedd y fan wen. Dwi'n edrych ar hyd y rhes o siopau ac yn gweld Taid yn mynd i mewn i'r siop flodau. Mae'r ffordd yn glir, felly dwi'n rhedeg draw ac yn ymuno efo Jake y tu ôl i'r fan.

'Mae hyn mor cŵl,' meddai, yn gwenu fel giât.

'Jake,' dwi'n deud. 'Mae hyn yn wirion. Dim ond wedi dod i brynu blodau mae o.'

'Ia, ond dyna be mae ysbiwyr yn neud. Mae o fel rhyw god gyfrinachol fel eu bod nhw'n gwbod pwy ydyn nhw – mae rhai'n gwisgo hetiau neu'n cario papur newydd, neu…'

'Blodau.'

'Yn hollol.'

Daw Taid allan o'r siop yn cario bwnsiad o flodau pinc.

'Ac maen nhw'n gallu cuddio stwff yn fan'na hefyd, felly camerâu bychain bach yn y petalau, a hyd yn oed gwenwyn yn y coesau.'

'Jake. Ti'n gneud hyn i fyny.'

'Dwi ddim! Roedd 'na foi o Rwsia gafodd ei wenwyno gan flaen ambarél. Ges i hyd iddo fo ar y we pan o'n i'n chwilio am stwff am dy daid… Beth bynnag, 'dan ni'n mynd i'w golli o. Ty'd 'laen.'

Mae Taid yn croesi'r ffordd wrth y siop gebábs. Mae Jake a fi'n sleifio heibio'r siop bapurau a'r siop flodau nes i Jake stopio'n sydyn a dal ei law i fyny. Mae Taid yn siarad efo dyn y tu allan i'r siop sglods – un o'i ffrindiau o'r Gymdeithas Almaeneg. Maen nhw'n cerdded efo'i gilydd. Mae Jake a fi'n eu dilyn nhw at yr arhosfan bysys ac yn cuddio y tu ôl i gar.

'Jake,' dwi'n deud. 'Does 'na'm pwynt; jyst sgwrsio fel pawb arall maen nhw.'

'Dyna be mae ysbiwyr yn neud,' mae Jake yn sibrwd yn daer. 'Maen nhw'n edrych fel pawb arall fel bod neb yn sylwi arnyn nhw.'

Mae Jake a fi'n camu ar y palmant wrth i fws hisian heibio. Mae'r dyn yn mynd ar y bws ond dydy Taid ddim, mae o jyst yn taflu cip sydyn yn ôl i lawr y ffordd i 'nghyfeiriad i a Jake.

'Dan ni'n neidio i mewn o flaen drws asiant gwerthu tai.

'Welodd o ni?' mae Jake yn gofyn.

'Dwi'm yn meddwl,' dwi'n ateb. 'Dydy o'm yn gallu'n gweld ni yn ein coeden ni ac mae o tua'r un pellter.'

'Cŵl.'

Mae Jake a fi'n brathu'n pennau heibio'r ffenest. Mae Taid yn cerdded i ffwrdd ac yn codi ei law ar ei ffrind ar y bws wrth iddo'i basio. Wedyn mae'n troi i lawr y ffordd sy'n arwain at y parc. Dydy Taid ddim wedi bod i'r parc ers oes. Roedden ni'n arfer mynd o hyd pan o'n i'n fach. Mi fyddai o'n cario fy meic i a byddai Nain yn dod hefyd ac mi fyddwn i'n beicio rownd y gerddi botaneg. Ond pam ei fod o'n mynd yno rŵan?

'Dan ni'n rhedeg ar hyd y palmant ac i mewn i'r parc tan mae'r llwybr yn fforchio. 'Dan ni'n edrych i'r chwith a'r dde ond y cwbl wela i ydy dyn yn loncian a dynes yn plygu i siarad efo'i phlentyn mewn coetsh. Mae Jake yn estyn ei freichiau ar led.

'Ble aeth o?'

Dwi'n codi fy sgwyddau.

‘Ti’n gweld, Felix,’ meddai Jake. ‘Ddwedes i fod ysbiwyr yn gallu diflannu ar ddim.’ ’Dan ni’n dau’n troi yn ei hunfan ond wela i mo Taid yn unlle.

‘Allwn ni ddim fod wedi’i golli o,’ dwi’n deud. ‘All o byth rhedeg yn gynt na ni ac ynta’n saith deg dau. Ella ddylen ni fynd adre.’

‘Adre?’ meddai Jake. ‘Paid â malu. Jyst dechrau mynd yn ddiddorol mae petha. Ty’d ’laen. Gad i ni wahanu. Cer di ar hyd y llwybr at y llyn; mi wna i fynd ffor’na i’r cae chwarae. Iawn?’

‘Iawn,’ dwi’n ochneidio ac yn gobeithio y bydd Jake yn colli diddordeb cyn bo hir.

‘Tecstia fi os ti’n dod o hyd iddo fo.’ Mae Jake yn codi ei ffôn. ‘Ac os na, gei di ’nghyfarfod i ar yr ochr arall.’

Dwi’n nodio wrth i Jake droi tuag at y cae chwarae. Am eiliad dwi’n ei wylio wrth iddo fo fynd ar ei gwrcwd a chropian ar hyd y llwybr. Bob hyn a hyn mae’n stopio ac yn cuddio y tu ôl i wrych, sbecian allan, yna’n symud ymlaen. Fel tasa fo’n meddwl ei fod o’n aelod o’r SAS.

Dwi’n troi ar hyd y llwybr at y llyn, ond dwi ddim yn trafferthu cuddio achos mae hyn yn mynd yn wirion rŵan.

Mae fy ffôn yn crynu yn fy mhoced.

Rwbath?

Dwi’n edrych o gwmpas y llyn.

Dim byd. Dim ond hwyaid.

Dal i edrych. Goro bod yma yn rwla.

Dwi'n cerdded yn fy mlaen rownd y llyn, ac wedyn dros y bont sy'n arwain at y ffordd allan. Mae dyn mewn côt dywyll yn dod i mewn i'r parc. Am eiliad dwi'n meddwl mai Taid ydy o, ond mae hwn yn dalach ac yn smocio sigarét.

Mae Jake yn dod allan o wrych o 'mlaen i.

'Dim clem lle aeth o. Allai o fod yn rwla.'

'Bosib bod o jyst wedi mynd adre fel dylen ni,' dwi'n deud.

'Neu'r tai bach,' meddai Jake. ''Nes i ddim sbio yn fan'no.'

'Mae o'n mynd i'r tŷ bach yn aml,' dwi'n deud, 'ond ddim am ugain munud.'

'Oni bai ei fod o'n meddwl bod rhywun yn ei ddilyn o, Felix!'

Dwi'n neidio o glywed y llais. Mae Jake yn edrych arna i efo llygaid pysgodyn.

'Dan ni'n troi yn araf.

'Taid,' dwi'n deud. 'O ble ddaethoch chi?' Mae 'nghalon i'n curo fel tasa fo wedi fy nal i yn twrio yn y tun bisgedi.

'Dwi'n meddwl yr un peth yn union.' Mae Taid yn edrych yn ddifrifol arna i.

'Roedden ni jyst yn... Roedden ni jyst yn...' Dwi'n sbio ar Jake, yn meddwl, *Helpa fi, nei di!*

'Jyst yn cerdded,' meddai Jake.

'Ia, jyst cerdded.'

'Ac yn edrych arnach chi, achos 'dan ni'n meddwl ella eich bod chi'n ysbïwr.'

Be? Na, Jake!

'Ysbïwr?' mae Taid yn gofyn.

'Jake.' Dwi'n sbio'n hyll arno fo. 'Stopia!'

'Ond ti'n meddwl hynny hefyd, Felix. Ti ddwedodd y gallai o fod â meicroffon a chamera wedi cuddio yn y blodau 'na.' Mae Jake yn pwyntio at y blodau yn nwylo Taid.

Mae Taid yn gwgu arna i. 'Dyma be ti'n feddwl, Felix? Mai ysbïwr ydw i?'

'Dim ond chwarae ydan ni, Taid,' dwi'n deud. 'Fel jôc.'

'Fel jôc?' Mae Taid yn camu tuag ata i. 'Ti'n meddwl bod hyn yn ddoniol? Dwyt ti ddim yn gwybod pa mor ddrwg ydy beth rwyt ti'n ddeud. Yn enwedig heddiw.' Mae ei lygaid o'n disgleirio wrth i ddagrau hel ynddyn nhw. Dwi'n sbio ar Jake, ond mae o'n edrych ar y ddaear, fel tasa fo wedi cael row gan Mr Mclugash.

'Taid—'

'Na.' Mae Taid yn ysgwyd ei ben. 'Ddylen ni ddim siarad eto am sbel.'

'Ond, Taid.' Dwi'n cerdded ar ei ôl o. 'Taid, plis stopiwch... Doedd Jake ddim yn ei feddwl o. Do'n i ddim yn ei feddwl o. Plis gadewch i mi egluro. Dim ond gêm oedd hi.'

Mae Taid yn fy anwybyddu i. Mae o wedi cymryd ato gymaint, does 'na ddim pwynt i mi ddeud dim. Dwi'n stopio cerdded ac yn gwylio wrth iddo fo gyrraedd diwedd y llwybr a throi allan o'r parc.

Mae Jake yn cyrraedd fy ochr i. 'Paid â phoeni amdano fo, Felix. Jyst blin ydy o am ein bod ni wedi chwalu ei gynllun o. Rŵan mae o'n mynd i—'

'Jake, paid!' dwi'n arthio'n flin.

'Be? Dim ond deud—'

'A dwi'n deud, paid!'

25

Be Ydw i Wedi Neud?

'Dwi ddim yn gwbod. Nath o jyst deud ei fod o'n methu codi Felix fory, a doedd o ddim yn meddwl y byddai o'n gallu am weddill yr wythnos chwaith.'

'Oes gynno fo apwyntiadau doctor?'

'Na, nath o ddim deud, o leia. Doedd o jyst ddim yn swnio fel fo'i hun. Mae o fel tasa fo wedi cymryd ato ormod i weld neb. Bosib ddylwn i fod wedi trio'n galetach i'w gael o draw i swper. Felix,' mae Mam yn ychwanegu, gan edrych ar draws y bwrdd bwyd ata i. 'Wyt ti wedi sylwi ar rywbeth o'i le efo dy daid?'

'Naddo, Mam,' dwi'n deud, bron â thagu ar fy ffa gwyrdd. 'Roedd o'n iawn pan welais i o ddwytha.'

'Ond est ti ddim draw i chwarae gwyddbwyll efo fo pnawn 'ma,' meddai Dad.

Dwi'n codi fy sgwyddau, wedyn yn gwthio fy mwyd o gwmpas fy

mhlât. Mae hi wedi bod yn awr ers i mi frifo Taid ac mae fy stumog i mor llawn o euogrwydd mae edrych ar fwyd yn gneud i mi deimlo'n sâl. Dwi'n synhwyro Dad yn edrych arna i fel bydd o'n gneud pan fydd o'n trio gweithio allan os ydw i wedi gneud rhywbeth o'i le yn yr ysgol. Dwi'n torri darn bach o bwdin Efrog. Drwy gil fy llygad dwi'n gweld Dad yn rhoi ei gyllell a'i fforc i lawr yn araf.

O na. Dyma fo'n dod.

'Felix,' meddai, gan bwyso mlaen. 'Wyt ti'n siŵr dy fod ti ddim yn gwbod be sy o'i le efo dy daid?'

Mi ddwedais i a Jake wrtho ei fod o'n ysbïwr.

'Na, dwi ddim.'

'Ond ti'n dawel iawn heno, a dwyt ti ddim yn bwyta llawer.'

Fyddech chitha ddim chwaith tasech chi wedi gneud be dwi newydd neud.

'Ti'n gwbod y gelli di ddeud wrthan ni os wyt ti,' meddai Mam.

'Dwi newydd ddeud, dwi ddim!' Dwi'n gwthio fy mhlât i ffwrdd. Dwi'n teimlo mor euog am Taid mae 'nghorn gwddw i'n brifo fel tasa'r pwdin Efrog yn hollol sownd ynddo fo.

'Felix,' meddai Mam. 'O ble ddoth hynna? Dim ond poeni am dy daid ydan ni.'

'Wel, a finna hefyd! A dwi ddim yn gwbod be sy'n bod arno fo. Iawn!' Mae fy nghadair i'n sgrechian ar draws y leino wrth i mi godi ar fy nhraed.

'Dyna fo,' meddai Dad. 'Ffrwydra di, fel byddi di wastad.'

'Mark!'

'Wel, mae'n wir.'

'Felix,' meddai Mam. 'Jyst stedda. Allwn ni ddim fforddio gwastraffu bwyd.'

'Ia,' meddai Dad. 'Fedri di ddim jyst rhedeg i ffwrdd bob tro mae pethau'n mynd yn anodd.'

'Caewch hi!' dwi'n gweiddi. 'Y ddau ohonoch chi, caewch eich cegau! Sgynnoch chi ddim gwaith i fynd iddo fo neu rywbeth?' Dwi'n stompio allan o'r gegin ac i mewn i'r cyntedd. Mae'n gas gen i be 'nes i i Taid, a'i weld o wedi cymryd ato gymaint. Os geith Mam a Dad wybod, ân nhw'n benwan. Dwi'n chwyrlïo rownd y banister ac yn rhedeg i fyny'r grisiau. Dwi'n clywed traed Dad yn waldio'r grisiau wrth iddo fo ddod ar fy ôl i.

'Gad o, Mark,' mae Mam yn gweiddi. 'Mi wna i siarad efo fo ar ôl iddo fo dawelu.'

Dwi'n rhedeg ar draws y landing i fy llofft. Pam 'nes i wrando ar Jake? Pam oedd rhaid i mi fynd mewn i lofft Taid ac agor y bocs? Pam 'nes i edrych yn y bocs? Dwi'n slamio drws y llofft y tu ôl i mi. Dwi wedi cau Mam a Dad allan, ond alla i ddim cau'r boen yn llygaid Taid allan o 'mhen.

Rhaid bod deg munud wedi pasio erbyn i'r drws ffrynt agor â chlic. Dwi'n cerdded draw at ffenest y llofft. Mae Dad yn cerdded ar draws y sgwâr am dŷ Taid. Chafodd o ddim ateb allan ohona i, felly mae o'n mynd i'w holi o. Mae cyrtens Taid wedi eu cau fel byddan nhw bob amser. Dwi'n gobeithio'i fod o wedi mynd i'r gwely'n gynnar, na fydd o'n clywed Dad yn cnocio ar y drws. Wedyn fydd Dad ddim yn gallu siarad efo fo tan fory ac erbyn hynny mae'n bosib y bydd pawb wedi tawelu chydig. Ella y gallwn i neud rhywbeth wirioneddol dda yn yr ysgol, trio canolbwyntio a dod yn gynta mewn prawf maths, neu ddarllen darn wirioneddol hir allan yn uchel yn Saesneg. Ond mae gen i fwy o obaith sgorio'r gôl i Bristol Rovers ennill yn Wembley na gneud 'run o'r rheina.

Mae Dad yn gwthio giât Taid yn agored ac yn cerdded i fyny'r llwybr drwy'r ardd.

Dwi'n codi fy minocwlars ac yn gwylio Dad yn cnocio ar ddrws Taid.

Plis peidiwch ag ateb.

Plis gadewch i'r teli fod mlaen yn rhy uchel.

Mae Dad yn camu'n ôl ar y gwair ac yn edrych i fyny at ffenest llofft Taid.

Diolch byth, mae o yn ei wely. Allwn ni gyd fynd i'n gwelyau. A phan fyddwn ni'n deffro yn y bore bydd heddiw wedi bod yn freuddwyd, 'rioed wedi digwydd.

Mae cyrtens ffenest lolfa Taid yn symud.

Y gwynt ydy o.

Samson sy 'na, yn trio dal pry.

Mae'r cyrtens yn cau. Mae Dad yn camu ar y llwybr wrth i'r drws agor yn araf. Dwi'n trio craffu ar wyneb Taid, ond mae o'n sefyll yn rhy bell yn ôl o'r drws. Mae Dad yn camu i mewn ac maen nhw'n dechrau siarad.

Mae fy ffôn yn pingian ar y bwrdd. Dwi'n sbio draw. Enw Jake sy'n fflachio ar y sgrin.

Pam mae dy dad wedi mynd draw fanna?

Dwi'n edrych draw at dŷ Jake. Mae 'na olau ym mhob ffenest heblaw'r un yn ei lofft o.

Dwi'n codi fy minocwlars ac yn ei weld o'n sbio'n ôl arna i drwy ei rai o. Dwi'n anfon neges ato fo.

Jake, fyddi di byth jyst yn watsiad teli?

Ddim pan mae 'na ysbïwr yn y sgwâr.

Dydy o ddim yn ysbïwr. Welaist ti ddim faint nath hynna ei frifo fo?

Dwi'n taflu fy ffôn ar fy ngwely ac yn sganio ar draws y sgwâr. Mae Dad yn cau giât Taid ac yn codi llaw arno fo. Mae Taid yn codi llaw yn ôl ac yn cau ei ddrws. Mae 'na olwg wedi drysu ar wyneb Dad fel pan oedd o'n trio gweithio allan sut i drwsio'r peiriant golchi. Dwi'n cerdded draw at ddrws y llofft ac yn pwyso fy nghlust yn ei erbyn.

Dwi'n clywed y drws ffrynt yn agor, wedyn mwmian Mam a Dad yn siarad yn y gegin, ond alla i ddim clywed be maen nhw'n ddeud. Dwi'n troi dolen y drws yn ofalus ac yn sleifio allan ar y landing.

'Mae o'n edrych yn ofnadwy,' meddai Dad. 'Dwi 'rioed wedi'i weld o'n edrych mor drist. Ddim ers i Mam farw.'

Edrych yn ofnadwy. 'Rioed wedi'i weld o'n edrych mor drist.

Mae fy nghalon i'n dyrnu fy asennau i.

'Ond mae o wedi bod yn gneud mor dda ers i ni gynnig ei fod o'n gweld mwy o Felix. Mae o wedi bod yn codi allan mwy. Roedd o wrth ei fodd efo'r sgwba,' meddai Mam.

Naethon nhw gynnig ei fod o'n gweld mwy ohona i? Be amdanyn nhw'n mynd i ffwrdd penwythnos dwytha am wyliau bach? Dim ond cynllwyn oedd hynna i 'nghael i a Taid efo'n gilydd? Ond pam?

Dwi'n cropian yn nes.

'Y peth ydy, roedd o'n gweithio, dwi'n meddwl,' meddai Dad. 'Fel dwedest ti, mae o wedi bod yn codi allan mwy ac mae Felix wedi dangos diddordeb mewn rhywbeth am unwaith, ond dwi ddim yn siŵr os ydy o wir yn mwynhau gwyddbwyll.'

'Dydy o ddim ots, o leia mae o wedi bod yn gneud rhywbeth heblaw eistedd yn y goeden 'na, ond rŵan dydy dy dad ddim yn bwyta ac mae Felix yn crio yn ei lofft. Mae'n rhaid bod rhywbeth wedi digwydd.'

'Dwi'n gwbod, ond roedd Dad yn gwrthod deud. Mae o jyst yn edrych mor isel eto, yn eistedd yn y stafell dywyll na'n syllu ar y teledu. Dwi'n gobeithio na fydd o'n mynd yn ôl i fel oedd o ar ôl i Mam farw.'

Mae 'nghalon i'n curo mor gyflym, dwi'n gallu teimlo'r curiad yn erbyn y banister. Mae Taid wedi bod yn *depressed* ers i Nain farw? Ro'n i'n gwbod ei fod o'n hiraethu amdani, ond ro'n i wedi meddwl mai jyst blin am ei fod o wedi blino oedd o.

Pan dwi'n cyrraedd y gris isaf dwi'n troi ac yn gweld Mam â'i chefn ata i, yn siarad efo Dad.

Dwi'n sleifio i lawr y cyntedd fesul modfedd.

Dad, dwi'n sori. Ddwedes i wrth Taid ei fod o'n ysbïwr.

Dwi'n gallu gweld Dad yn eistedd wrth fwrdd y gegin efo'i ben yn ei ddwylo.

'Dad…'

Mae Mam yn troi rownd yn syth. 'Ddim rŵan, Felix,' meddai, gan ysgwyd ei phen. ''Dan ni'n poeni am Taid.'

‘Ia, dwi’n gwbod, dyna pam dwi isio siarad —’

‘Felix!’ meddai Dad yn flin. ‘Fel dwedodd Mam, am unwaith, nid amdanat ti mae hyn. Mae o am dy Nain.’

‘Ond mae hi wedi mynd.’

‘Ydy, yn hollol, ac mi naethon ni gyd anghofio – roedd o flwyddyn yn ôl i heddiw!’

‘Be? Dyna pam aeth Taid i’r siop flodau. Roedd o’n mynd i…’

Mae Mam yn edrych yn rhyfedd arna i. ‘Felix, am *be* wyt ti’n mwydro?’

‘Dim byd… Dim byd…’ dwi’n deud, yn bagio’n ôl mewn i’r cyntedd. ‘Dim byd.’

Dwi’n meddwl rhedeg allan drwy’r drws a draw at Taid i egluro. Ond mae Mam yn deud ei fod o’n rhy isel i weld neb, yn enwedig fi.

Dwi’n rhedeg i fyny’r grisiau i’r llofft.

Dwi wedi bod mor dwp.

Dwi’n trio cael fy ngwynt ataf ac yn edrych drwy’r ffenest. Tu allan mae hi mor dywyll rŵan y cwbl alla i weld ydy amlinelliad o’n coeden ni a’r goleuadau’n disgleirio o ffenestri’r cymdogion, ar wahân i un Taid. Mae’n siŵr ei fod o’n eistedd yn ei gadair yn y tywyllwch fel dwedodd Dad.

Mae fy ffôn i’n pingian ar y bwrdd erchwyn gwely. Dwi’n ei godi a thrio darllen y neges, ond mae’r sgrifen yn niwlog. Dwi’n sychu fy nagrau ar fy llawes.

Ddwedodd dy daid be nathon ni?

Roedd o’n mynd â blodau at fedd Nain!

O...

Rŵan cer o ’ma!

Dwi’n gollwng y ffôn ac yn disgyn ar fy wyneb ar y gwely.

26

Y Man Di-droi'n-ôl

Dwi yn Daearyddiaeth, yn ista wrth ymyl Liam achos mae Jake mewn set wahanol, ond faswn i ddim isio ista nesa ato fo hyd yn oed tasa fo yma. Mi yrrodd o ddeg tecst arall ata i neithiwr yn gofyn be oedd yn bod, pam 'mod i'n cymryd pethau gymaint o ddifri achos roedd o'n meddwl mai chydig o hwyl oedd o. Ond doedd o ddim yn hwyl. Dyna oedd un o ddiwrnodau gwaetha fy mywyd i.

'Felly,' meddai Mr Fields, gan bwyntio at lun ar y bwrdd gwyn. 'Dyma ddrifft y glannau; dyna be…' Mae fy meddwl i'n crwydro. Mae o'n deud rhywbeth am y môr yn waldio'r creigiau ar yr arfordir, yn eu chwalu nhw'n gerrig bychain a'u gollwng nhw yn rhywle arall ar hyd glannau'r môr, ond yr unig beth sy'n cael ei erydu ydy fy meddwl i. Dwi ddim yn gallu stopio meddwl am Taid yn eistedd gartre ar ei ben ei hun.

Dwi'n edrych allan drwy'r ffenest wrth i'r traffig basio. Mi faswn i'n rhoi'r byd am weld Taid yn gyrru heibio rŵan yn ei gar pinc. Mi faswn i'n rhedeg drwy'r giatiau ar ei ôl o ac yn ymddiheuro o waelod calon am be 'nes i. Pam o'n i'n ddigon dwl i gytuno i fynd efo syniad Jake? Sut allwn i feddwl bod Taid yn ysbïwr? Dim ond mynd â blodau i Nain oedd o. A be sy'n ei neud o hyd yn oed yn waeth ydy 'mod i ddim wedi dallt ei bod hi'n flwyddyn ers iddi farw. Sut allwn i anghofio'r diwrnod gollais i'r un bwysica yn fy mywyd i? Dwi'n pwyso fy mhen ar fy mraich.

Mae Mr Fields yn deud rhywbeth am esiampl dda o ddrifft y glannau ydy rhywle o'r enw Slapton Sands yn Nyfnaint a'r tu ôl i mi dwi'n clywed Sarah Fox yn deud ei bod hi wedi bod yno ar wyliau.

Dwi'n syllu ar y bwrdd. Mae pob dim yn lobsgows yn fy mhen i. Wythnos dwetha y cwbl allwn i feddwl amdano fo oedd gwyddbwyll ac roedd y bwrdd gwyn yn llawn o sgwariau du a gwyn, a rŵan mae o jyst yn wag. Wythnos dwetha allwn i glywed llais Taid yn fy mhen, a rŵan y cwbl dwi'n glywed ydy hisian.

Dwi'n cau fy llygaid ac yn ysu am eu cael nhw'n ôl. Dwi isio bod yn eistedd wrth y bwrdd yn chwarae gwyddbwyll efo bara eto. Feddyliais i 'rioed y byddwn i isio hynny. Roedd o'n beth slei i Mam a Dad gynllwynio i mi dreulio mwy o amser efo Taid, ond dwi'n gorfod cyfadde 'mod i wedi mwynhau a dwi'n meddwl ei fod o hefyd. Roedd o wedi dechrau gwenu, ac aeth o allan i'r dre am y tro cynta ers i Nain farw. Ydw, dwi'n colli gweld y sgwariau du a gwyn, ond dwi'n meddwl 'mod i'n colli Taid lot mwy.

Dwi'n syllu ar y bwrdd nes ei fod o'n toddi rownd yr ochrau. Alla i ddim crio yn yr ysgol. Alla i ddim.

'Felix!'

Dwi'n neidio.

'Ofynnes i wyt ti'n gwrando?' Mae Mr Fields yn sefyll reit o 'mlaen i.

'Yndw,' dwi'n deud, yn trio dod yn ôl i mewn i'r stafell.

'Felly be ydy enw'r broses o greigiau'n cael eu symud ar hyd yr arfordir?'

Dwi'n codi fy sgwyddau.

'Ty'd 'laen, Felix. Na?'

Dwi'n ysgwyd fy mhen.

'Unrhyw un arall?'

'Trawsgludiad, syr.'

'Ia, Liam. Trawsgludiad.' Mae Mr Fields yn sbio arna i. 'Gest ti hynna, Felix?'

Dwi'n nodio ac yn edrych ar fy nesg. Dwi isio cael fy nhrawsgludo allan o fan hyn.

Mae fy nghorff i'n symud ond dwi ddim yn gwbod pwy sy'n ei symud o wrth i mi gerdded ar hyd y cyntedd. Mae fy mhen i'n llawn o sŵn wrth i weiddi'r bechgyn a'r merched atseinio oddi ar y waliau, ond yn uwch na'r cwbl dwi'n clywed rhywun yn gweiddi fy enw i.

'Felix! Felix!' Mae Rebecca'n tapio fy ysgwydd. 'Felix, be sy'n bod?'

Dwi'n agor fy ngheg, ond y cwbl sy'n dod allan ydy anadl. Dwi'n edrych i fyny ac i lawr y cyntedd, unrhyw le heblaw ar Rebecca. Dwi'n llyncu'n galed.

'Felix.' Mae Rebecca'n rhwbio fy mraich. 'Dwed wrtha i be sy'n bod. Roeddet ti mor dawel yn y dosbarth.'

Dwi'n ysgwyd fy mhen. Dwi'n teimlo'n gas yn peidio ateb, ond mae gen i lwmp yn fy ngwddw. Dwi wedi colli Nain yn barod. Dwi ddim isio colli Taid hefyd.

Dwi'n troi ac yn cerdded i ffwrdd.

'Felix, jyst dwed be sy.' Mae Rebecca'n cerdded wrth fy ochr i. 'Ti wedi bod yn od drwy'r bore ac mi ddwedodd Jake dy fod ti ddim wedi aros amdano fo i gerdded i'r ysgol. Felix!'

'Dwi'n sori,' dwi'n deud. 'Dwi ddim isio siarad am y peth… jyst Taid…'

'O, na.' Mae Rebecca'n rhoi ei llaw dros ei cheg. 'Ydy o wedi marw?'

'Nac ydy, ond waeth iddo fo fod. Dydy o ddim isio 'ngweld i eto.'

'Pam ddim?'

Dwi'n anadlu'n ddwfn ac yn deud y cwbl wrth Rebecca – sut nath Jake a fi ddilyn Taid drwy'r parc, sut nath Jake ddeud wrtho fo ei fod o'n ysbïwr a'r cwbl oedd o'n neud oedd rhoi blodau ar fedd Nain, a sut neith o ddim siarad efo fi ddim mwy. Dwi'n oedi ac yn meddwl tybed be mae Rebecca'n ei feddwl, os ydy hi'n meddwl 'mod i wedi bod yn wirion yn dilyn cynllun Jake, neu hyd yn oed yn flin efo fi. Ond mae hi jyst yn gwenu'n garedig ac yn deud ei bod hi'n meddwl y bydd o'n iawn achos nath ei mam a'i nain hi ddim siarad am ddwy flynedd, ond maen nhw fel ffrindiau gorau rŵan. Dwi'n deud 'mod i'n gwbod mai dim ond trio fy helpu i mae hi, ond mae dwy flynedd heb siarad efo Taid yn swnio fel amser ofnadwy o hir i mi. Dwi'n deud wrthi nad dyna'r cwbl, dwi'n gweld isio Nain, dwi'n gweld isio Mam a dwi hyd yn oed yn gweld isio gwyddbwyll.

Wedyn mae hi'n gwenu a dwi'n edrych ar y llawr nes iddi ddeud, 'Felix, mae'n iawn i fod yn drist. Weithiau dwyt ti ddim yn gweld isio pethau nes maen nhw wedi mynd.'

'Ond wedyn mae'n rhy hwyr,' dwi'n deud.

'Nac ydy ddim.'

'Dwi'n meddwl ei fod o.'

'Edrycha.' Mae Rebecca'n rhoi ei llaw ar fy mraich i. 'Pam na ddoi di i'r clwb gwyddbwyll efo fi? Ella dwyt ti ddim yn siarad efo dy daid, ond o leia fedri di chwarae gwyddbwyll.'

'Na,' dwi'n ochneidio. 'Dwi'm yn meddwl.'

'Dydy o ddim mor ddrwg â hynny.' Mae Rebecca'n gwenu. 'Richard ydy arweinydd y clwb ac mae o'n fymryn o lolyn – ond mae Chris, Tom a Leah yn iawn. 'Dan ni gyd ar lefelau gwahanol, ond 'dan ni'n cael gemau da. Ac mae Mr Keytes yn helpu i'w redeg o. Ti'n licio fo.'

Chwarae gwyddbwyll ydy'r peth ola dwi isio gneud, ond dwi angen mynd i rywle i dawelu fy meddwl. Dwi'n dechrau cerdded efo Rebecca. Falle mai'r peth agosa at fod efo Taid ydy chwarae gwyddbwyll.

'Dan ni'n troi ar waelod y cyntedd ac yn stopio. Mae Jake yn rhedeg tuag ata i efo gwên fawr ar ei wyneb.

'Hei, Felix,' mae o'n gweiddi. 'Ble oeddet ti bore 'ma? A pam ti'm yn ateb y tecsts?'

'Dwi ddim yn siarad efo ti,' dwi'n deud.

'Be? Achos 'mod i wedi deud bod dy daid di'n ysbïwr? Dim ond chydig o hwyl oedd o.'

'Ond doedd o ddim,' dwi'n deud. 'Ddim i mi ac yn bendant ddim i Taid.'

‘Ooooo,’ meddai Jake. ‘Mae rhywun yn bigog heddiw.’

Dwi’n rhythu ar Jake. Yn teimlo fy llaw’n troi’n ddwrn. Fy nghalon i’n neidio, er ’mod i ddim yn gwbod be sy’n mynd i ddigwydd nesa.

‘Rhaid i ni fynd, Felix.’ Mae Rebecca’n tynnu ar fy mraich i, fel tasa hi’n synhwyro ’mod i’n berwi. ‘Neu fyddan nhw wedi dechrau hebddan ni.’

‘Be? Ble dach chi’n mynd?’ mae Jake yn gofyn.

‘Clwb gwyddbwyll,’ meddai Rebecca.

Mae Jake yn chwerthin. ‘Felix, ti o ddifri?’

‘Os ydy o’n golygu mynd yn ddigon pell ohonat ti.’

‘Be?’ Mae Jake yn dal ei freichiau allan. ‘Felix, ddwedes i wrthat ti, jôc oedd y busnes ysbïo efo dy daid.’

‘Jôc!’ Dwi’n berwi drosodd. Dwi’n gwthio Jake i fyny yn erbyn y wal.

‘Waw, Felix!’ Mae o’n chwerthin fel tasa fo’n meddwl mai chwarae o gwmpas ydw i. ‘*I surrender. I surrender*.’ Mae o’n dal ei ddwylo i fyny.

‘Ffeit.’

‘Ffeit.’

‘Ffeit.’

Mae ’na griw o hogia Blwyddyn 8 wedi ffurfio cylch o’n cwmpas ni mwya sydyn.

‘Ha!’ meddai Jake. ‘’Dan ni ddim yn mynd i gael ffeit. ’Dan ni’n ffri—’

‘Dyrna fo.’

‘Waldia fo.’

'Ffeit.'

'Ffeit.'

'Ffeit.'

'Ha!' Mae Jake yn chwerthin. 'Deud wrthyn nhw, Felix, 'dan ni'n ffrindiau gorau.'

'Roedden ni!' dwi'n deud.

'Ffeit!'

'Ffeit.'

Mae Jake yn stopio chwerthin. Mae 'mhen i mor agos at ei ben o rŵan, mae'n trwynau ni bron yn cyffwrdd. Mae rhywun yn fy ngwthio yn fy nghefn. Dwi'n syrthio mlaen. Mae 'mhen i'n waldio wyneb Jake.

'Ffeit.'

'Ffeit.'

'Ffeit.'

Mae Jake yn codi ei law at ei drwyn. Am eiliad dwi'n meddwl ei fod o'n mynd i roi dwrn i mi. Dwi'n lapio 'mraich am ei wddw a 'dan ni'n syrthio i'r llawr.

'Ffeit. Ffeit!' 'Dan ni'n sgrapio ar y llawr. Mae 'nghalon i'n dyrnu wrth i wynebau niwlog sbio i lawr arna i.

'Ffeit. Ffeit!' Mae Jake wrth fy ochr i. Dwi'n cicio fy nghoesau, chwyrlïo fy mreichiau…

'Gad lonydd. Gad lonydd i mi!' Dwi'n rhowlio drosodd. Mae pob dim yn gymylog a dwi'n symud mor araf. 'Gad lonydd!'

'Ffeit. Ffeit!'

Alla i ddim anadlu. Alla i ddim anadlu.

'Iawn, dyna ddigon. Dyna ddigon!'

Pâr o sgidiau brown. Llais Mr Keytes. Mae o'n cydio yn fy mraich ac yn fy nhynnu i fyny. 'Nath o…'

'Fo nath…'

Mae Jake a fi'n sbio ar ein gilydd, yn trio cael ein gwynt.

'Iawn, Blwyddyn 8, i ffwrdd â chi, does 'na'm byd i'w weld fan hyn.'

Mae trwyn Jake yn gwaedu ac mae'i lygaid o'n dyfrio.

Dwi'n ymladd i gael fy ngwynt.

Mae Mr Keytes yn rhoi ei law ar fy ysgwydd i, y llaw arall ar Jake.

Wedyn mae'n edrych arna i.

Wedyn ar Jake.

'Chi'ch dau! Be ar y ddaear sy'n digwydd? Dach chi'n ffrindiau!'

'Dwi'n gwbod.'

'Dwi'n gwbod. Dwi… Dwi…' A dyna fi'n dechrau crio.

27

Y Boi 'Na

Mae'r ceir a'r bysiau'n hisian heibio i mi wrth i mi gerdded o'r ysgol yn y glaw. Drwy gil fy llygad alla i weld bechgyn a merched yn edrych arna i, yn siarad amdana i, pigion o sgyrsiau amdana i…

'Hwnna ydy'r boi 'na gafodd ffeit amser cinio?'

'Hwnna ydy'r boi 'na redodd allan o'r ysgol yn crio?'

'Hwnna ydy'r boi 'na sy'n cael ei godi gan ei daid mewn car pinc?'

Ia, fi ydy'r boi 'na. Fi ydy'r boi gafodd ffeit efo'i ffrind gorau ac sy rŵan yn cerdded adre ar ei ben ei hun.

Rhedodd Jake i ffwrdd unwaith iddyn nhw'n gadael ni i fynd allan o'r Stafell Ynysu. Roedden ni i mewn yno drwy'r pnawn, yn syllu ar y wal. Ro'n i wedi gobeithio y byddwn i'n gweld sgwariau bwrdd gwyddbwyll ac yn clywed Taid yn fy mhen, ond roedd y wal yn wag a'r unig lais allwn i ei glywed oedd un Jake wrth iddo fo sbio rownd ochr y ciwbicl a deud, ‘Dim ond sychu gwaed o ’nhrwyn i o’n i, Felix. Do’n i ddim yn mynd i dy hitio di!’

Dwedodd Mrs Ewens wrtho am fod yn dawel, ein bod ni’n dau mewn digon o helynt fel roedd hi. Dyna pryd ddwedodd James King, ‘Pam oeddech chi’n cael ffeit? Pwy sy’n gorfod ista’n y blaen yng nghar pinc dy daid?’ Mi nath o chwerthin pan ddwedodd o hynna ac mi ddwedodd Jake wrtho fo am gau ei geg. Dwedodd Mrs Ewens y dylen ni gyd fod yn dawel. Mae Jake a fi’n gorfod mynd i weld Mr Hunt, y Pennaeth Blwyddyn, fory.

Wrth droi’r gornel, dwi’n edrych i gyfeiriad yr orsaf betrol. Am eiliad dwi’n meddwl ’mod i’n gweld fflach o gar pinc, ond dim ond tryc nwyddau sy ’na efo lluniau cŵn bach a phapur tŷ bach pinc ar ei hochr hi. Dydy Taid byth wedi maddau i mi. Pam fyddai o’n dod i fy nôl i pan dydy o ddim hyd yn oed isio ’ngweld i?

Dwi’n syllu i lawr ar y palmant a ddim yn edrych i fyny nes i mi gyrraedd adre. Mae ’na nodyn gan Mam ar fwrdd y gegin.

Felix.
Mae ’na bitsa yn y rhewgell. Rho’r popty ar 8 a choginio am 15 munud. Paid ag anghofio’i ddiffodd.
Mi fydda i adre tua 7.
Swsys mawr, Mam
O.N. Gawn ni sgwrs gall yn fuan ☺

Dwi’n gwthio’r nodyn i ffwrdd. Mae’n rhy hwyr i gael sgwrs rŵan. Mae hi’n mynd i fod mor flin efo fi; y peth ola mae hi angen ar ôl gorffen gwaith ydy dod adre i ddallt ’mod i wedi bod mewn ffeit.

Pan mae'r pitsa'n barod dwi'n mynd â'i hanner o i fy llofft. Mae'r dwfe'n dal yn un smonach blêr fel adewais i o pan wnes i frysio allan bore 'ma, mae'r PS4 yn hymian lle 'nes i ei adael ac ar y poster tablau lluosi mae 'na nodiadau bach Post-it efo rhai o'r symudiadau gwyddbwyll ddysgodd Taid i mi.

Dwi'n eistedd ar fy ngwely ac yn gweld rheolau gwyddbwyll Taid ar gefn y drws:

Paid â bwyta cyn gêm… Paid byth â chymryd y ffordd hawsaf… Paid â rhoi ffydd yn y clociau… Paid â gwenu na syllu ar dy wrthwynebydd… Paid byth â stompio i ffwrdd yn flin na gadael i dy wrthwynebydd weld dy fod ti'n flin… Rho dy ffydd yndda i!

Dwi'n troi ac yn edrych draw at dŷ Taid. Rho dy ffydd yndda i. Dwedodd Taid fod ffydd yn gweithio'r ddwy ffordd, ond fydd gynno fo ffydd yndda i byth eto?

Dwi'n syllu ar ei dŷ o; yn cofio glanhau'r pethau *brass*, sgrwbio'r patio, torri'r lawnt.

Mi faswn i hyd yn oed yn torri'r bresych eto tasa fo'n golygu 'mod i'n cael clywed llais Taid. Dwi'n trio'i ddychmygu o rŵan.

'Coda'r ffon.'

'Mesura chwe deg centimetr.'

'Tynna'r llinyn.'

'Rho'r ffon yn ôl mewn.'

Dwi'n dychmygu'r haul yn llosgi i lawr ar fy mhen.

'Dyma a1. Dyma h8. Hwn ydy b1. Hwn ydy g8.'

'Hwn ydy... Hwn ydy...'

Taid, dwi'n eich colli chi.

Dwi'n sychu fy llygaid ar fy llawes.

Mae'r ffôn yn pingian ar y bwrdd. Dwi'n ei godi.

Hei, Felix, ti'n iawn?

Dan ni ddim fod i siarad.

Tecst ydy hwn. Ha!

Ti dal yn flin efo fi?

Wyt ti?

Wela i di fory, ia?

Felix, wela i di fory?

Dwi'n edrych drwy'r ffenest, yn gweld Jake wrth ffenest ei lofft efo'i finocwlars wedi eu hanelu ata i. Dwi'n difaru ei ddyrnu o. Ddylet ti ddim dyrnu dy ffrind gorau. Ond dwi hefyd yn difaru chwarae ei gêm wirion o.

Dwi'n chwythu fy mochau allan ac yn trio anadlu'n gall, ond mae'r sgwâr yn teimlo fel tasa fo'n cau i mewn arna i, yn mynd yn llai ac yn llai nes mae o'n gwasgu fy asennau i. Dwi isio mynd allan i'r goeden. Dwi isio gwylio rhaglenni cwis Almaeneg diflas ar y teledu. Dwi isio eistedd mewn stafell dywyll a chwarae gwyddbwyll. Mi faswn i hyd yn oed yn bwyta sosejys.

Felix, ti'n mynd i ateb?

Dwi'n sychu fy nagrau eto.

Drwy gil fy llygad, dwi'n gweld rhywbeth yn symud. Dwi'n sefyll ac yn edrych drwy'r ffenest. Mae Taid yn sefyll wrth ei ddrws ffrynt, yn syllu ar draws y sgwâr.

Dwi'n codi llaw arno fo.

Mae o'n edrych i lawr, yn gadael Samson i fynd i mewn, ac yn cau'r drws.

28

Pen Dafad!

‘Rydan ni’n ystyried gwaharddiad.’ Mr Hunt oedd hwnna.

‘Gwaharddiad?!’ Mam oedd honna. ‘Ond mae o wedi bod gymaint gwell yn ddiweddar – rhaid eich bod chi wedi sylwi.’

‘Do.’ Mr Hunt oedd hwnna, yn nodio.

‘Dyna fo, rhowch y bai ar Jake fi. Fel arfer.’ Tad Jake oedd hwnna. ‘Dim ond dau hogyn bach yn gwthio’i gilydd oedd o. Dylech chi weld be ges i yn y fyddin. Roedd rheiny’n ffeits go iawn.’

‘Dad, mae’n iawn.’ Jake oedd hwnna, yn sbio ar draws swyddfa Mr Hunt arna i.

‘Felix, oes gen ti rywbeth i’w ddeud?’ Mr Hunt eto.

‘Ddim felly.’ Fi oedd hwnna yn edrych at Jake, wedyn yn edrych i lawr ar fy sgidiau.

‘Wel, all yr ysgol ddim cael ei gweld yn derbyn trais o unrhyw fath,’ meddai Mr Hunt, ‘ond gan eu bod nhw’n arfer… *yn dal i fod* yn ffrindiau gorau, be am iddyn nhw beidio dod i mewn fory, i roi cyfle i'r ddau feddwl ac efallai i dawelu chydig.'

'Hurt bost!' *Slam!* Tad Jake yn stompio allan oedd hwnna.

'Dwi jyst ddim yn dallt,' meddai Mam yn y car ar y ffordd adre. 'Jake. Jake! Gest ti ffeit efo Jake. Pam fysat ti'n gneud hynna efo dy ffrind gorau?'

Allwn i ddim deud wrthi ei fod o amdana i a Jake yn dilyn Taid yn y parc. Ro'n i'n methu deud dim wrthi pan oedd hi wedi cymryd ati gymaint.

'Sut wyt ti'n meddwl mae hynna'n gneud i mi edrych? Cael fy ngalw i'r ysgol fel'na? Ro'n i'n gorfod cymryd amser i ffwrdd o'r gwaith, a ti'n gwbod yn iawn alla i ddim fforddio hynna.'

Ro'n i wedi meddwl deud tasa hi o gwmpas mwy ella fyddai o heb ddigwydd, ond mi fyddai hi wedi colli'i limpin go iawn wedyn. Felly 'nes i jyst syllu ar fy nhraed, ac allan drwy'r ffenest, neu ffidlan efo'r sip ar fy mag – unrhyw beth heblaw edrych arni hi. Y peth ola ddwedodd hi wrtha i oedd ei bod hi wedi brifo go iawn, a phan fydden ni'n cyrraedd adre byddai'n rhaid i mi fynd i fy llofft. 'Dim teledu. Dim ffôn. Dim *Fortnightly*, neu be bynnag ydy o, jyst eistedd ac aros nes daw Dad adre.'

Ddoe oedd hynna. Yn ffodus i mi, daeth Dad adre'n rhy hwyr, ond yn anffodus i mi, roedd Mam yn gorfod cymryd diwrnod arall i ffwrdd o'r gwaith i aros adre efo fi heddiw. A dwi'n gallu deud ei bod hi ddim yn hapus achos mae hi lawr grisiau yn slamio drysau fel tasa hi wedi colli rhywbeth. Dwi'n teimlo'n ddigon drwg fel mae hi o achos Taid, ac mae ei chlywed hi'n bangio o gwmpas yn gneud i mi deimlo hyd yn oed yn waeth.

Dwi'n eistedd wrth fy nesg ac yn estyn fy llyfr Hanes.

Ysgrifennwch gofnod o sut roedd hi'n teimlo i fod yn y ffosydd yn y Rhyfel Byd Cyntaf. Yn benodol, meddyliwch am yr amodau roeddent yn gorfod byw ynddynt.

Dwi'n edrych allan drwy'r ffenest. Ddylwn i allu gneud hyn. Y cwbl sy raid i mi neud ydy dychmygu 'mod i yn y goeden efo Jake, yn tanio'n canons, yn rhoi min ar ein bayonets. Dwi'n cydio yn fy meiro ac yn dechrau sgwennu…

Taswn i'n filwr yn y ffosydd, mi fyddwn i wedi blino, a byddai fy nhraed i'n wlyb...

A… a… a be sy nesa? Meddyliwch am yr amodau; meddyliwch sut fyddai hi i wylio pobl eraill yn marw. Byddai'n oer a gwlyb… Dwi wedi deud hynna'n barod… A byddai dynion yn gweiddi a sgrechian fel Jake a fi pan 'dan ni'n rhedeg i guddio. Ond sut dwi'n sgwennu hynna?

Dwi'n tapio fy meiro ar y ddesg. Dwi'n tapio fy meiro ar fy mhen. Dwi'n edrych heibio'n coeden ni at dŷ Taid. Dwi'n ysu isio'i weld o'n dod allan. Dwi'n gobeithio'i fod o'n iawn. Dwi'n gobeithio y bydd o'n bwyta heno. Ro'n i wedi meddwl mai jyst ddim isio siarad efo neb oedd o.

Dwi'n edrych i lawr ar fy llyfr, yn tapio fy meiro ar y dudalen.

Be nesa?

Be nesa?

Mae o i gyd yn fy mhen i, ond ddaw o ddim allan. *Be nesa?*

Dwi'n edrych allan ar y sgwâr. Does 'na bron dim ceir achos mae pawb wedi mynd i'r gwaith. Mae James King yn gneud i gael dy wahardd swnio'n hwyl. Mae'n deud ei fod o'n cerdded rownd dre neu'n chwarae o gwmpas wrth y cychod yn y dociau. Ond dydy hyn ddim yn hwyl. Dwi'n sbio draw ar dŷ Jake. Betia i ei fod o mor bôrd â fi. Dyma pryd fyddwn i'n gyrru tecst fel arfer, ond maen nhw wedi deud wrthan ni am beidio cysylltu efo'n gilydd ac ar ôl be nath o dwi ddim isio siarad efo fo. A ph'run bynnag, mae'n ffôn i gan Mam. Mi fyddai hi wedi mynd â'r laptop hefyd taswn i mo'i angen o ar gyfer gwaith ysgol.

Dwi'n ei lithro ar draws y ddesg tuag ata i. Dwi'n teipio fy nghyfrinair.

Mae **Croeso nôl, Astroboy2008** yn ymddangos ar y sgrin.

Dwi fod yn gneud ymchwil i'r Rhyfel Byd Cyntaf... ond bosib neith un gêm ddim drwg. Dwi'n neidio i fyny a mynd at y drws. Mae Mam lawr grisiau yn siarad efo rhywun ar ei ffôn. Dwi'n cau'r drws ac yn mynd yn ôl at fy nesg.

Mae 'na neges yn fflachio ar fy sgrin.

> Wedi cael llond bol o chwarae yn fy erbyn i? Beth am chwarae yn erbyn pobl go iawn sydd ar yr un lefel â ti?

Dwi'n clicio ar y bwrdd aelodau. Mae 'na gannoedd o chwaraewyr wedi eu rhannu'n gynghreiriau yn ôl eu lefelau, yn union fel unrhyw gêm fideo. Dwi'n chwarae efo'r syniad o ddewis rhywun o lefel tri, ond dim ond un gêm go iawn dwi wedi'i chwarae efo Taid a dwi ddim isio cael fy nghuro'n syth bìn. Dwi'n sgrolio i lawr. Mae

’na eicon gwyrdd yn deud wrtha i pwy sy ar-lein. Dwi’n dewis chwaraewr o lefel dau: Dynamo2011. Mae’r proffil yn llwytho – llun o farchog mewn arfwisg llawn, ac oddi tano fo mae’n deud

Mae Dynamo2011 wedi bod yn aelod ers mis.

Dim ond mis ac ar lefel dau – mae o neu hi’n swnio mor newydd i’r gêm â fi. Mae ’na neges yn goleuo – mae Dynamo2011 wedi gweld ’mod i’n edrych ar y proffeil.

Awydd gêm?

Ydw, dwi’n teipio, er ’mod i’n gwbod na ddylwn i.

Cŵl.

Ond dydy o ddim yn cŵl, ddim go iawn. Ddylwn i ddim bod adre’n chwarae gwyddbwyll, mi ddylwn i fod yn yr ysgol yn dysgu efo gweddill y dosbarth.

Dwi’n symud gwerinwr i e4.

Mae Dynamo2011 yn symud gwerinwr i d5.

Dwi’n oedi wrth i lais Mam godi. Dwi’n ei chlywed hi’n deud rhywbeth am Taid ddim yn cyffwrdd ei fwyd eto neithiwr, ddim hyd yn oed wedi tynnu’r clingffilm oddi ar y plât. Mae hi’n meddwl bod ’na rywbeth yn bendant o’i le arno fo. Mae pob dim yn mynd o’i le. Mae Taid yn dal yn flin efo fi a dwi wedi cael anferth o ffrae efo Jake.

Dwi'n symud gwerinwr i f4.

Mae Dynamo2011 yn symud ei farchog i a6.

Dwi'n pwyso fy mhen ar fy llaw ac yn edrych ar y sgrin.

Ddylwn i byth fod wedi gadael i hyn ddigwydd – y cwbl oedd rhaid i mi neud oedd chwarae gwyddbwyll efo Taid am chydig o ddyddiau, ond rŵan dwi wedi'i frifo fo ac mae'r felan wedi dod yn ôl.

Dwi'n syllu dros y sgwâr. Does dim byd yn symud yn nhŷ Taid o hyd. Dim ond Samson yn eistedd ar y stepen. Dwi'n edrych draw ar dŷ Jake. Mae cyrtens ei lofft o'n dal wedi eu cau, fel tasa fo'n poeni 'run blewyn ac yn mynd i gysgu drwy'r dydd.

Dwi'n symud gwerinwr i g3.

Mae Dynamo2011 yn symud gwerinwr i h5.

Dwi'n ochneidio. Dwi'n ysu am gael bod allan yn y goeden, cyn gwyddbwyll, cyn ffraeo efo Jake. Roedd pob dim gymaint symlach pan mai'r cwbl oedd rhaid i ni neud oedd llwytho ein gynnau a'n canons. Weithiau byddai'r gelyn yn heidio o'n cwmpas ni, ond ar ddiwedd bob dydd Jake a fi oedd wastad yn ennill.

Mae pob dim yn mynd o'i le. Dwi wedi colli fy nhaid, a fy ffrind gorau, a dwi'n gwbod nad ydy hyn hanner mor bwysig, ond dwi hefyd newydd golli i Dynamo2011 mewn un deg pedwar symudiad!

29

Wedi Mynd i'r Pen

'Felix... Felix!' Mae Rebecca'n pwyso ar draws y bwrdd bwyd yn y ffreutur. 'Rhaid i ti siarad efo fo ryw ben. Mae hi wedi bod yn dri diwrnod.'

'Dwi'n gwbod hynna.' Dwi'n oedi. 'Hynny ydy, dwi'n gwbod. Ond alla i ddim os nad ydy o isio siarad efo fi.'

'Ond *mae* o,' meddai Rebecca'n daer.

'Sut wyt ti'n gwbod?'

'Achos nath o ddeud wrtha i. Mi ddwedodd ei fod o'n sori.'

'Mi ddwedodd wrthat ti ei fod o'n sori? Pryd 'nest ti siarad efo fo?'

Mae Rebecca'n sbio'n ddryslyd arna i. 'Ddoe yn Maths, a heddiw yn Saesneg.'

Dwi'n crychu fy nhalcen. 'Rebecca, am bwy ti'n sôn?'

'Jake, debyg iawn.'

‘O… sôn am Taid o’n i.’

‘Na, sori. Braidd yn rhyfedd taswn i wedi bod yn siarad efo *fo* yn Maths a Saesneg.’

Dwi’n gwenu wrth ddychmygu Taid yn eistedd mewn stafell ddosbarth yn cael ei ddysgu gan Mr Andrews neu Mr Dapre.

‘Wel, o leia ’nes i roi gŵen ar dy wyneb di,’ meddai Rebecca.

‘Do.’ Dwi’n codi fy llaw at fy ngheg. Mae’n teimlo fel oes ers i mi chwerthin ac mae’n teimlo fel tasa fy wyneb i newydd gracio.

Mae Rebecca’n pacio’i chas pensiliau i mewn i’w bag ac yn codi ar ei thraed.

‘Felly, wyt ti’n mynd i siarad efo fo?’

‘Na,’ dwi’n deud. ‘Pen dafad ydy o.’

‘Ond fo ydy dy ffrind gorau di.’

‘*Oedd* fy ffrind gorau i.’

‘Ac mae’n ddrwg gynno fo am be nath o.’

‘Felly be?’

‘Felly wyt ti’n mynd i siarad efo fo?’

‘Na.’

‘Ond ti’n edrych mor ddigalon.’

Dwi’n codi fy sgwyddau.

‘Dwi’n gwbod,’ meddai Rebecca. ‘Be am i mi ddod draw ac allwn ni chwarae gwyddbwyll, rŵan bod ein mamau ni’n siarad eto.’

‘Dwi’m yn meddwl bod hynna’n syniad da.’

‘Pam ddim?’

‘Achos mi allai Jake ein gweld ni.’

‘Felly mi rwyt ti’n poeni amdano fo!’ Mae Rebecca’n gwenu.

‘Nac ydw, ond dwi’m isio gneud pethau’n waeth nag ydyn

nhw'n barod. Wna i jyst chwarae ar-lein eto, ond dwi hyd yn oed yn anobeithiol am hynny. Neithiwr nath Dynamo2011 fy nghuro i mewn un deg pedwar symudiad.'

Mae Rebecca'n codi ei llaw dros ei cheg.

'Be sy mor ddoniol?' dwi'n gofyn.

'Meddylia am y peth, Felix – fy enw defnyddiwr i ydy Rubic2008. Be ydy d'un di? 'Astroboy2008?'

'Yn hollol… 2008, y flwyddyn gawson ni'n geni. Felly faint ydy oed Dynamo2011…?'

'O, na!' Dwi'n rhoi fy nhwylo ar fy mhen. Mae'n mynd o ddrwg i waeth. Mi ges i fy nghuro gan blentyn wyth oed!

30

Ffeit

‘Felix, wyt ti’n mynd i aros yn dy wely drwy’r penwythnos?’

‘Be? Nac ydw. Cerwch o ’ma!’ dwi’n gweiddi o dan fy mhilw.

‘Paid â bod mor ddigywilydd,’ meddai Mam. ‘Dim ond deud ei bod hi’n ddiwrnod braf ydw i.’ Dwi’n clywed sŵn siffrwd y cyrtens yn cael eu hagor. ‘Sbia. Does dim cwmwl yn yr awyr.’

Dwi’n sbecian allan o dan y pilw. Fflach o heulwen ar draws fy llofft. Dwi’n claddu fy mhen eto. Ella’i bod hi’n heulog tu allan, ond mae’n teimlo fel tasa hi’n bwrw glaw yn fy llofft i. Mae’n fore Sadwrn a does gen i ddim byd i’w neud a hyd yn oed tasa gen i, does gen i neb i’w neud o efo fi. Mae Taid yn dal i wrthod siarad a bwyta, achos glywais i Mam a Dad yn trafod y peth neithiwr. Roedd Mam yn poeni; roedd hi wedi rhostio cig yn arbennig iddo fo, ond nath o ddim hyd yn oed ei gadael hi mewn i’r tŷ. Dwi’n dal ddim yn siarad efo Jake, er ei fod o wedi gyrru pedwar tecst bore ’ma ac mae fy ffôn i newydd bingian eto. Dwi'n estyn at y bwrdd.

Felix, Tyd. Mae'n mynd i fod yn benwythnos diflas.

Dwi'n sgrolio drwy weddill y negeseuon.

Dwedodd Mr Keytes i beidio siarad ond roedd hynna oes yn ôl.

Felix?

?

Ti di deffro? ☺

Dwi'n ochneidio a gwthio fy ffôn i ffwrdd.

Dwi'n ei golli o ac mae'n ddiwrnod perffaith i fynd i'n coeden ni achos mi fydden ni'n gweld y gelyn yn dod o bell. Ond hyd yn oed taswn i'n maddau iddo fo, allen ni ddim dringo'r goeden, achos byddai Taid yn ein gweld ni ac yn meddwl 'mod i wedi cymryd ochr Jake.

Mae fy ffôn yn pingian eto.

Dydy Jake ddim am roi'r gorau iddi. Dwi'n estyn allan ac yn darllen y neges.

Hei, Felix, Tyd. Cyfarfod wrth y goeden am 2.

Jyst gyrra ☹ i roi gwbod bod ti di cael y neges ma.

Dwi'n diffodd y ffôn ac yn gorwedd yn ôl ar fy ngwely. Wneith Taid ddim siarad efo fi a wneith fy ffrind gorau – fy nghyn-ffrind gorau – ddim gadael llonydd i mi. Dwi'n rhowlio ar fy ochr ac yn syllu ar y wal.

$4 \times 7 = 28$

$5 \times 7 = 35$

$6 \times 7 = 42$

Dwi'n edrych ar reolau gwyddbwyll Taid ar y drws:

2. Paid byth â chymryd y ffordd hawsaf. Os nad wyt ti'n chwarae rwyt ti'n colli a dydy hynna ddim yn iawn. Rwyt ti'n colli er mwyn gwella.
3. Paid â rhoi ffydd yn y clociau. Os bydd y trydan yn torri byddan nhw'n stopio, neu byddan nhw'n araf oherwydd batris fflat, neu gallai'r chwaraewr arall drio twyllo. Y cloc gorau ydy'r un yn dy ben.

Does 'na'r un ffordd yn hawdd ac mae gen i ormod yn fy mhen i boeni am glociau.

Dwi'n claddu fy mhen yn y pilw eto.

Mae'r tŷ'n wag pan dwi'n mynd i lawr y grisiau yn y diwedd. Mae Mam wedi gadael nodyn i mi ar y bwrdd.

Wedi picio i weld Fiona. Dim bara na phapur tŷ bach yma. Dyma bres i ti nôl peth.

Am unwaith dydy Mam ddim yn gweithio, ond yn lle aros efo fi mae hi wedi mynd i weld ffrind. Mae o fel tasa hi ddim hyd yn oed yn sylwi bod rhywbeth o'i le. Dwi'n gwthio'r nodyn o'r ffordd ac yn tywallt chydig o gornfflêcs i mi fy hun, wedyn yn mynd i'r lolfa a throi'r teledu mlaen. Ar ôl wythnos o fod efo Taid, mae 'na lwyth o bethau allwn i eu gwylio ar *catch-up*, ond wrth i mi fflicio drwy'r rhaglenni does gen i ddim awydd gwylio dim byd. Dwi'n rhoi'r teclyn i lawr ac yn dechrau bwyta fy nghornfflêcs, ond anghofiodd Mam ddeud bod 'na ddim llaeth yma chwaith.

Dwi'n chwythu fy mochau allan. Mae hyn yn hurt. Mae'n ddydd Sadwrn a dwi'n methu meddwl am ddim byd i'w neud.

Dwi'n sbio faint o'r gloch ydy hi ar y teledu. Newydd droi deuddeg. Be ro'n i'n arfer neud cyn gwyddbwyll? Be ro'n i'n neud pan do'n i ddim yn cyfarfod Jake? Dwi'n mynd â fy mowlen i'r gegin ac yn mynd yn ôl i'r llofft.

Dwi'n cydio yn fy nheclyn PS4 ac yn dechrau chwarae *Red Dead Redemption*. Mae John Marston yn dianc rhag y Bureau of Investigation. Dwi'n mynd â fo i far lle mae tri o ddynion yn eistedd yn y gornel yn siarad. Mae un ohonyn nhw'n tynnu gwn o'i holster. Dwi'n ei saethu o ac mae'r ddau ddyn arall yn sefyll efo'u dwylo yn yr awyr.

Mae'r ffôn yn pingian ar fy nesg. Mae'n debyg mai dim ond Jake ydy o eto, ond mi allai fod yn Mam neu Dad yn deud wrtha i faint o'r gloch byddan nhw adre.

Dwi'n cropian draw at y ddesg.

Felix, dwi'n gwbod bod ti yna. Gallu gweld y sgrin yn fflachio.

Dwi'n ochneidio, wedyn yn teipio:

Ti'n greadur rhyfedd sti. Ti wastad yn sbio arna i?

Mond pan dwi'n bôrd.

Drong.

Sbia adre.

Aaaa!

Be?

Ti newydd neud i mi gael fy saethu.

Ha-ha. Felly cwarfod wrth y goeden? Gwell ymladd y gelyn na helpu Marston i ddianc rhag y Bureau.

Meddwl am y peth.

Cŵl.

Nes i ddeud meddwl am y peth.

Wela i di mewn awr ☺

Dwi'n rhoi fy ffôn i lawr. Bosib bydd hi'n iawn i mi ei gyfarfod o. Ella'i fod o isio ymddiheuro. Ond os bydd Taid yn sbecian drwy'r cyrtens ac yn ein gweld ni bydd o'n meddwl 'mod i'n fradwr am siarad efo'r gelyn a bydd pethau hyd yn oed yn waeth wedyn.

Dwi'n cydio yn y teclyn ac yn arwain John Marston allan o'r bar lle mae o'n neidio ar gefn ceffyl fydd yn mynd â fo dros y ffin i

Fecsico. Mae'r tir yn wastad a gwag fel yr anialwch, ond mae'n siŵr bydd 'na bobl yn cuddio y tu ôl i'r creigiau yn y pellter. Dwi'n trio ychwanegu at yr *ammo* a pharatoi'r gynnau, ond dwi ddim yn gallu stopio meddwl am be ddwedodd Jake. Mae o'n iawn: mae hi'n fwy o hwyl ymladd y gelyn o'n coeden ni.

Dwi'n rhoi'r teclyn i lawr ac yn newid o fy mhyjamas i mewn i 'nillad. Mae hi'n 13.50, yn ôl fy ffôn. Dwi'n sbio drwy'r ffenest i weld os ydy Jake yno'n barod ond mae'n coeden ni'n wag a'r unig berson tu allan ydy Mrs Parfitt yn mynd â'i chi am dro rownd y sgwâr. Ella'i fod o wedi newid ei feddwl.

Dwi'n cerdded i lawr y grisiau ac yn rhoi treiners am fy nhraed. Be os ydy Jake wrth ei ffenest yn aros i mi fynd allan? Wedyn mi fydd o'n dechrau chwerthin achos mai fi nath y symudiad cyntaf a doedd o ddim wir isio bod yn ffrindiau o gwbl.

Dwi'n eistedd ar y gris gwaelod. Mae'r cloc ar fy ffôn yn deud 13.55. Dydy hi ddim fel arfer yn cymryd pum munud i mi glymu fy nhreiners, ond dydw i ddim fel arfer yn nerfus am gyfarfod Jake. Hyd at rŵan 'dan ni wedi mynd i bob man efo'n gilydd, ond rŵan dwi ddim hyd yn oed yn gwbod os daw o at y goeden.

13.56. Taswn i'n John Marston fyddwn i ddim yn mynd allan eto. Fyddai o byth yn datgelu ei leoliad. Ond wedyn mi fyddai o wedi cyrraedd awr yn gynt er mwyn cuddio i fedru ymosod. Be os dyna nath Jake? Mae'n debyg ei fod o allan yna rŵan, yn cuddio y tu ôl i'r ceir efo'i ddwylo'n llawn wyau i'w taflu ata i.

13.57. Dwi'n cerdded i'r gegin ac yn agor yr oergell. Does gynnon ni ddim wyau, ond yn y drôr gwaelod mae 'na bedwar tomato.

13.58. Dwi'n ôl ar y grisiau. Mae'n dal yn rhy gynnar. Bydd Jake allan yna efo'i finocwlars wedi eu hanelu at fy nrws i. Dim ond tri deg eiliad mae'n gymryd i redeg at y goeden. Mi wna i aros chydig eto. Rhaid i mi gadw 'mhen. Dwi ddim isio iddo fo feddwl 'mod i'n desbret i fod yn ffrindiau eto.

13.59. Dwi'n agor y drws yn araf ac yn sbecian allan. Mae'r haul yn disgleirio ar draws y gwair. Dwi'n sbecian i fyny at ffenest Jake i weld os ydy'r haul yn adlewyrchu oddi ar ei finocwlars o. Dim byd. Mae o'n rhy glyfar i hynna.

Dwi'n sleifio allan i'r llwybr, ac yn mynd ar fy nghwrcwd. Alla i ddim gweld treiners Jake y tu ôl i'r un o'r ceir, ond mi allai o fod yn cydio'n dynn yn ochr un ohonyn nhw fel Spider-Man. Dwi'n sleifio mlaen eto'n ara' bach ac yn sbio y tu ôl i'r biniau ailgylchu. Neb yn ymosod. Dim golwg o Jake.

Mae fy ffôn yn crynu yn fy mhoced.

Dwi'n estyn i mewn yn araf, yn cadw llygad o 'nghwmpas drwy'r adeg.

Felix, ti'n gymaint o ddrong!

Ble wyt ti?

Ochr arall y goeden.

Methu gweld ti. Ladda i di os mai tric ydy hyn.

Dydy o ddim. Dwi'n cuddio rhag y gelyn. Ha. Dal ati.

Dwi'n sleifio fy ffôn yn ôl i fy mhoced ac wedyn yn estyn tomato allan o'r bag. Mae o'n gorfod bod yma yn rhywle.

Dwi'n cerddded rhwng y ceir ac yn croesi'r ffordd at y sgwâr. Mae tad Jake yn gweithio ar ei gar, ond alla i ddim gweld Jake. Dwi'n cerdded at ein coeden ni, yn disgwyl iddo neidio allan unrhyw funud a 'mhledu i efo wy—

'Be—?' Dwi'n stopio'n stond.

O 'mlaen i, mae Taid yn sefyll wrth ei giât efo plât yn ei law.

Mae 'nghalon i'n curo fel drwm. Mae o'n cymryd dau gam ar draws y palmant ac yn stopio wrth yr ymyl. Dwi'n edrych o 'nghwmpas i weld os ydy o wedi dod allan i fwydo Samson neu i edrych ar y corachod, ond dydy o ddim hyd yn oed yn edrych ar y lawnt ac alla i ddim gweld Samson yn unlle.

Mae Taid yn croesi'r ffordd at y gwair. Am eiliad dwi'n ei weld o'n gwenu, neu ella mai'r haul sy'n sgleinio yn ei lygaid. Mae o'n cerdded yn araf tuag ata i. Dwi'n cymryd cam ymlaen, wedyn un arall, yn oedi rhyngddyn nhw fel taswn i'n werinwr ar fwrdd gwyddbwyll. Mae Taid yn symud fel *grandmaster* neu uwchfeistr ac mae o rŵan hanner ffordd at y goeden. Welodd o fi'n dod allan o'r tŷ a phenderfynu ei bod hi'n bryd i ni siarad? Be os ydy Jake yn mynd i ymosod arna i, ond yn ymosod ar Taid ar ddamwain?

Dwi'n dal ati i gerdded ac mae Taid yn gneud yr un fath. Yn araf 'dan ni'n agosáu nes 'dan ni'n stopio o flaen ein gilydd o dan y goeden. Dwi'n teimlo mor annifyr dwi ddim yn gwbod be i'w ddeud na'i neud. Dwi'n edrych i lawr ar fy nhraed. Wedyn mae Taid yn deud, 'Dwi'n meddwl bod rhywun wedi gweld fy isio i… Ond efallai mai gweld isio chwarae gwyddbwyll mae o.'

'Ia,' dwi'n deud yn dawel ac yn sbio i fyny.

Mae Taid yn nodio at waelod y goeden. Mae 'na fwrdd gwyddbwyll wedi'i osod ar y gwair.

‘Pryd roioch chi hwnna yn fan’na?’ dwi’n gofyn.

Mae Taid yn edrych yn ddryslyd arna i fel bydd o’n gneud pan mae o wedi colli’r teclyn remôt.

‘’Nes i ddim,’ meddai. ‘Fyddai gen i ddim bwrdd gwyddbwyll lle mae’r sgwariau wedi eu lliwio.’ Dwi’n edrych i lawr ar y bwrdd gwyddbwyll ac yn gweld bod y sgwariau gwyn wedi eu lliwio’n goch efo creon.

‘Ond…’ Dwi’n crychu fy nhalcen.

Mae Taid yn tynnu darn o bapur allan o’i boced.

‘A dwi’n cymryd nad ti sgwennodd hwn, chwaith?’

Dwi’n darllen y llawysgrifen traed brain:

Taid, dewch i gyfarfod fi wrth y goeden am 2.00.

Cofion, Felix

ON Dydd Sadwrn.

‘Ond ro’n i fod i gyfarfod—’ Dwi’n ysgwyd fy mhen yn araf. Dwi’n nabod y llawysgrifen yna’n iawn. Mae o ar ddrws tŷ bach yn yr ysgol, ar wal y Stafell Ynysu, ac ar flaen fy llyfr Maths i hefyd. Dwi’n edrych eto ar y sgwariau cochion ar y bwrdd gwyddbwyll.

‘Jake!’

Dwi’n edrych draw at ffenest llofft Jake i weld os ydy o’n gwylio, ond y cwbl alla i ei weld ydy’r haul yn adlewyrchu ar y gwydr. Dwi’n teimlo fy hun yn gwenu.

Dwi’n edrych ar Taid ac yn ei weld o’n gwenu’n ôl arna i.

'Dwi'n sori, Taid,' dwi'n deud. 'Do'n i ddim wedi meddwl… 'Nes i ddim…' Mae fy llais i'n cracio.

Mae Taid yn codi ei fys at ei wefusau. 'Mae'n iawn,' mae o'n sibrwd. 'Mae'n iawn. Y peth pwysicaf ydy'n bod ni yma.' Mae o'n sbio i lawr wrth ei draed. 'A'r ail beth pwysicaf ydy ein bod ni'n cael chwarae gwyddbwyll.'

Mae o'n codi'r brenhinoedd du a gwyn ac yn eu rhoi y tu ôl i'w gefn. Mae'n gwenu'n braf.

'Dewis di,' meddai.

31

Dim Gobaith

Dwi yn Hanes, rhwng Jake a Rebecca. Mae'r dosbarth i gyd yn siarad tra mae Mr Keytes yn trio cael trefn ar broblem efo'r projector. Dwi wedi bod yn meddwl be i ddeud wrth Jake amdano fo'n cael Taid a fi'n ôl efo'n gilydd, ond os dwi'n deud y peth anghywir neith o ddeud 'mod i'n *soppy*. Ond dwi'n falch ei fod o, achos dwi'n chwarae gwyddbwyll drwy'r dydd eto ac roedd Mam a Dad mor falch, naethon nhw adael i ni chwarae am awr arall gyda'r nos tra oedden nhw'n gwylio *Dragon's Den*. Naethon ni chwarae gymaint, roedd y byrddau gwyddbwyll yn ôl ar waliau fy llofft i pan gyrhaeddes i adre, a thu mewn i fy llygaid i pan es i i gysgu.

Mae Mr Keytes yn deud y dylai'r broblem efo'r projector fod wedi'i datrys mewn munud neu ddau. Mae Jake yn rhwbio'i sgidiau ar y llawr. Mae Rebecca'n agor ei llygaid yn fawr arna i. *Tyd 'laen*, mae siâp ei cheg hi'n deud. *Dwed wrtho fo rŵan!*

Dwi'n anadlu'n ddwfn ac yn pwyso tuag at Jake.

'Diolch am gael Taid a fi'n ôl efo'n gilydd,' dwi'n mwmian.

'Mae'n iawn,' mae Jake yn mwmian yn ôl. ''Dan ni'n cŵl… Hyd yn oed os 'nest ti dorri 'nhrwyn i mewn cant a mil o lefydd.'

''Nes i ddim.'

Mae Jake yn edrych i fyny a gwenu. 'Ella ddim, ond mi nath o waedu chydig.'

'Ploryn oedd hwnna!' meddai Rebecca, gan bwyso ar draws.

'Dan ni i gyd yn chwerthin.

'Wel, dwi'n falch bod hynna wedi'i sortio,' meddai Rebecca, efo gwên fawr. Mae'n edrych fel tasa hi'r un mor hapus ein bod ni'n ffrindiau eto ag ydy hi efo'i jôc. 'Ella byddi di'n gallu canolbwyntio ar wyddbwyll eto rŵan.'

'Dwi wrthi'n barod,' dwi'n deud. 'Dwi wedi dechrau gweld byrddau gwyddbwyll ym mhob man.'

'Be?' meddai Rebecca.

'Dwi'n gweld byrddau gwyddbwyll ym mhob man.'

'Wyt ti'n gallu'u gweld nhw rŵan?'

'Yndw.'

'Anhygoel!'

'Na, ddim yn anhygoel o gwbl. Pan ddeffrais i bore 'ma roedden nhw ar waliau fy llofft i a phan es i lawr grisiau roedden nhw ar yr oergell, a bwrdd y gegin, a'r drws ffrynt, a'r ffordd a'r palmant, ac ar gefn y bysiau wrth i mi gerdded i'r ysgol. Roedd Taid i fod i newid petha chydig er mwyn helpu fy ngwaith i, ond mae'r byrddau yn mynd yn y ffordd.' Dwi'n nodio ar Mr Keytes, sy'n siarad am sut ddechreuodd y Rhyfel Byd Cyntaf. 'Be wyt ti'n gweld ar y bwrdd gwyn?' dwi'n gofyn i Rebecca.

‘Llun o’r Archddug Ferdinand,’ mae hi’n sibrwd.

‘Wel dwi’n gallu gweld castell yn symud o h2 i h6 i gymryd marchog.’

Mae Rebecca’n codi ei llaw dros ei cheg. ‘Wel, mi faswn i wrth fy modd yn gallu gneud hynna,’ meddai. ‘Ond rhaid ei fod o’n boen os ti’n trio gwatsiad teli.’

‘Dwi’m yn gwbod,’ dwi’n deud. ‘Dwi wedi bod yn chwarae cymaint o wyddbwyll does gen i’m amser i watsiad teli.’

‘Dylet ti ddeud wrth Mr Keytes. Mi fyddai o wrth ei fodd yn cael—’

‘Be ddylet ti ddeud wrtha i?’ Mae Mr Keytes yn sefyll reit o’n blaenau ni.

‘Dim byd, syr,’ dwi’n deud, gan edrych ar Rebecca i drio deud, *Paid â deud dim.*

‘Mae’n troi’n nyrd gwyddbwyll!’ mae Jake yn torri ar draws.

‘Be?’ Mae Mr Keytes yn edrych arna i.

Dwi’n rhoi cic i Jake dan y bwrdd, ond y cwbl mae hynna’n neud ydy cicio mwy o eiriau allan o’i geg o.

‘Ia,’ meddai. ‘Mae rhai pobl yn gweld ysbrydion, ond mae Felix yn gweld byrddau gwyddbwyll. Ddim hanner mor gyffrous, jyst rhyfedd.’

‘Ro’n i’n gwbod ddylwn i byth fod wedi deud wrthat ti!’

‘Be?’ Mae Jake yn gwenu. ‘Jyst deud ydw i.’

Mae Mr Keytes yn gwenu. ‘Wel, mae’n braf gweld eich bod chi’ch dau’n ffrindiau eto, ond be am neud chydig o waith, ia?’

Dwi’n cydio yn fy meiro ac yn gwgu ar Jake. Wedyn mae Mr Keytes yn pwyso rhwng Rebecca a fi ac yn deud, ‘Os ydy o wir yn gweld byrddau gwyddbwyll, cer â fo i'r Clwb Gwyddbwyll amser cinio.'

'Ha!' meddai Jake. 'Dim gobaith mul.'

'Felix, paid â'i neud o! Paid! Dwi'n erfyn arnat ti. Mi fydd o fel mynd ar long ofod rhyw *aliens* ac mi fyddan nhw'n hedfan i ffwrdd ac yn dy droi di'n un ohonyn nhw… Mi fyddi di fel Dr Banner yn troi'n Incredible Hulk, ond fyddi di ddim yn troi'n ôl yn berson normal, mi fyddi di'n aros fel bwystfil! Mi fydd o fel camu i mewn i nyrdrwydd!'

'Jake!' dwi'n deud. 'Mae hyn go iawn. Dwi ddim yn troi'n ôl tro 'ma.'

Dwi'n sefyll tu allan i'r llyfrgell efo fy llaw ar y drws. Mae Jake yn rhoi ei law ar fy ysgwydd.

'Plis, Felix! Na! Dwi'n erfyn arnat ti.'

Mae Rebecca'n gwthio'r drws ar agor ac yn edrych yn ôl arna i.

'Ti'n dod?' mae'n gofyn.

Dwi'n nodio ac yn camu i mewn i'r llyfrgell.

'Felix, pliiiiis…'

Mae llais Jake yn diflannu draw i blaned arall.

Mae 'nghalon i'n curo'n gyflym a 'nhraed i'n teimlo fel tasen nhw'n llusgo drwy uwd. Ond dwi'n barod am hyn. Mae Jake a Rebecca'n cerdded wrth fy ochr i, ond dwi'n teimlo fel taswn i ar fy mhen fy hun.

Dwi'n pasio'r ddesg fenthyciadau mewn distawrwydd. Mae Chris, Tom a Leah, yr aelodau ddwedodd Rebecca wrtha i amdanyn nhw, â'u pennau wedi eu troi at y bwrdd wrth iddyn nhw dynnu'r holl ddarnau gwyddbwyll allan o focsys pren a'u gosod ar y byrddau.

Mae hi mor dawel y cwbl alla i ei glywed ydy fy anadl i a 'nhraed yn sgimio dros y carped.

Mae Jake yn deud mai cam i mewn i nyrdrwydd ydy hyn, ond ddim dyna be ydy o. Mae'n gam i neud rhywbeth dwi isio'i neud, rhywbeth dwi wrth fy modd yn ei neud efo Taid, rhywbeth fydd yn gneud y ddau ohonan ni'n falch.

'Os wyt ti isio llyfr, mi fydd rhaid i ti ddod yn ôl nes mlaen.'

Dwi'n stopio'n stond. Mae bachgen efo gwallt tywyll a sbectol yn codi ac yn edrych arna i fel taswn i o blaned arall.

'Dwi ddim isio llyfr,' dwi'n deud. 'Rich wyt ti?'

'Ia,' mae o'n ateb. 'Ond be ti isio?'

Dwi'n nodio at y lleill efo'u pennau i lawr. 'D-dwi isio chwarae gwyddbwyll,' dwi'n cecian.

'Dydy o ddim go iawn.' Mae Jake wedi fy nilyn i mewn a rŵan yn cydio yn fy mraich i. 'Tynnu coes mae o… Yndê, Felix?'

'Naci,' dwi'n deud. 'Dwi isio chwarae.'

Mae Rich yn sbio y tu ôl iddo fo ar y lleill sy rŵan yn edrych yn syth ata i. Mae Rebecca'n nodio fel tasa hi'n fy annog i, ond yn sydyn dwi'n teimlo mor fach, fel taswn i wedi cerdded allan ar gae Wembley ar fy mhen fy hun. Mae rhan ohona i isio troi i ffwrdd, ond mae 'na ran fwy yn cadw fy nhraed yn sownd i'r llawr efo Superglue.

Mae Rich yn troi'n ôl ata i.

'Does gynnon ni'm llefydd ar ôl,' meddai.

'Oes,' dwi'n deud. 'Dach chi angen aelodau newydd. 'Nes i

ddarllen o ar yr hysbysfwrdd.'

'Hen neges oedd hwnna,' meddai Rich, 'a ph'run bynnag, 'dan ni'm isio pobl sy'n mynd i greu trwbwl.'

'Dwi'm yn creu trwbwl!' dwi'n protestio.

'Wyt, tad. Dwi wedi dy weld di'n mynd i'r Stafell Ynysu lwythi o weithiau.'

'Dwi'm yn cael fy ngyrru yno am 'mod i'n creu trwbwl.'

'Wel, dwyt ti ddim yn cael dy yrru yno i chwarae gwyddbwyll chwaith. Nac'di?' Mae Rich yn gwenu'n slei ar Tom wrth fynd yn ôl i'w gadair.

Mae o'n meddwl 'mod i ddim yn gallu chwarae. Maen nhw i gyd yn meddwl 'mod i ddim yn gallu chwarae. Maen nhw'n meddwl mai twp ydw i achos 'mod i'n cael fy hel allan o'r dosbarth.

Mae Rebecca'n deud rhywbeth, ond dwi'n rhy flin i glywed.

Dwi'n camu at Rich ac yn stopio wrth ei fwrdd o.

'Ddwedes i 'mod i isio chwarae.'

'Ha, ti dal yma?' Mae Rich yn pwyso'n ôl yn ei gadair efo'i ddwylo ar ei ben fel tasa fo pia'r llyfrgell. 'Iawn,' meddai'n sydyn. 'Gei di chwarae yn fy erbyn i.' Mae'n nodio ar ei ffrind i godi.

'Felix, dwi ddim yn meddwl bod hyn yn syniad da. Mae hi'n rhy gynnar.'

Mae'n iawn, Taid, dwi'n meddwl. *Dwi'n ocê.*

Dwi'n eistedd gyferbyn â Rich, sy wedi gosod y darnau gwyddbwyll i gyd ar eu sgwariau yn barod. 'Nes i ddim meddwl y byddai'n rhaid i mi chwarae yn erbyn capten y Clwb Gwyddbwyll, ond rhaid i mi ddechrau yn rhywle. Dwi'n sbio i fyny ar Rich.

Mae'n teimlo'n od cael rhywun heblaw Taid yn eistedd gyferbyn â fi, yn deud wrtha i be i neud. Yn sydyn, mae o fel tasa 'na neb arall yn y stafell, dim ond fi a Rich. Mae 'nghalon yn rasio a 'nwylo'n dechrau chwysu. Dwi'n eu sychu ar fy nhrowsus.

Mae Rich yn codi dau werinwr – un gwyn, un du – ac yn eu cuddio y tu ôl i'w gefn. Dwi'n dewis y dde. 'Ti'n wyn,' meddai. 'Ti sy'n mynd gynta.'

'Dwi'n gwbod,' dwi'n ateb.

'Wel, mae hynna'n ddechrau da,' meddai Rich efo gwên sarcastig.

Dwi'n cymryd y gwerinwr gwyn ac yn ei roi ar ei sgwâr.

Mae Rich yn cyffwrdd pen pob un o'i ddarnau gwyddbwyll, fel tasa fo'n gneud hynny am lwc dda, ond wedyn dwi'n gweld ei fod o'n symud pob darn un filimetr fel eu bod nhw'n sefyll yn union yng nghanol pob sgŵar. Pan mae o wedi gorffen mae'n edrych ar ei watsh.

'Tri deg pum munud,' meddai, ac wedyn mae'n estyn ar draws y bwrdd. Am eiliad dwi'n meddwl ei fod o'n mynd i roi dwrn i mi, ond mae ei law o'n stopio dros y bwrdd. Dwi'n edrych arni, ac wedyn yn sylweddoli ei fod o isio i mi ysgwyd ei law. Mae o fel tasa fo'n meddwl ei fod o'n chwarae ym Mhencampwriaeth y Byd. Dwi 'rioed wedi ysgwyd llaw o'r blaen – wel, dim ond un Jake, ond roedd hynny oes yn ôl yn y goeden pan naethon ni esgus eu torri nhw a bod yn *blood brothers*. Fydd Rich byth yn frawd gwaed i mi, ond un o reolau Taid oedd ysgwyd llaw'r chwaraewr arall bob tro. Dwi'n estyn allan ac yn ei neud o. Roedd 'na rywbeth arall dylwn i ei gofio rŵan, ond alla i ddim meddwl be oedd o.

Mae Rich yn syllu arna i.

Dwi'n syllu'n ôl.

Aaa! Dyna fo, rheol pedwar. Paid â syllu ar y chwaraewr arall!

Mae wyneb Rich yn lledu'n wên fel tasa fo'n meddwl ei fod o wedi ennill cyn dechrau.

Mae o'n meddwl 'mod i'n anobeithiol, yn union fel pawb arall yn yr ysgol. Be os ydy o'n iawn? Be os dwi ar fin gneud ffŵl ohonof i'n hun o flaen pawb? Dwi'n syllu ar y bwrdd, yn trio cofio be ydy'r holl ddarnau, pob dim sgwennodd Taid ar ei restr. Ond ar ôl dyddiau o weld sgwariau a rhifau mae fy meddwl i wedi mynd yn wag mwya sydyn. Dwi'n cymryd anadl ddofn. Yna un arall.

'Dy dro di,' meddai Rich.

'Dwi'n gwbod,' dwi'n deud. 'Dwi'n gwbod.'

Dwi'n gallu teimlo Rich yn rhythu arna i, yn disgwyl. Drwy gil fy llygad dwi'n gweld Jake yn sefyll wrth y drws ac mae Rebecca a'r lleill wedi stopio chwarae. Fel rhyw fwystfil llawn llygaid, maen nhw i gyd yn gwylio ac yn aros i mi neud fy symudiad cynta. Dwi'n codi gwerinwr a'i symud i e4, wedyn yn eistedd yn ôl.

Mae Rich yn symud gwerinwr i c5.

Dwi'n syllu ar y bwrdd. Mae 'nghalon i'n rasio, ond mae fy mhen i'n teimlo fel tasa fo'n sownd mewn triog.

Dwi'n symud marchog i f3.

Mae Rich yn symud gwerinwr i d6.

Mae o'n symud yn rhy gyflym. 'Dan ni'n gneud pedwar symudiad arall. Mae'n cymryd dau funud i mi bob tro, a dim ond dwy eiliad mae o'n gymryd.

Mae'r sgwariau ar y bwrdd yn dechrau crynu bob tro mae 'nghalon i'n curo.

Ddylwn i ddim fod wedi gneud hyn. Ddylwn i ddim bod yma. Dwi'n cau fy llygaid, yn gobeithio gweld bwrdd gwyddbwyll a rhifau, ond y cwbl dwi'n weld ydy düwch. Mae o fel tasa rhywun wedi fy nghloi i mewn cwpwrdd a diffodd y golau.

'Dy dro di!' Mae Rich yn plethu ei freichiau.

Mae 'ngwaed i'n dyrnu drwy fy nghorff i. Mae fy meddwl i wedi mynd yn wag, fel tasa rhywun wedi cydio mewn cadach a rhwbio'r bwrdd gwyddbwyll a'r darnau i ffwrdd. Rhaid i mi ei neud o. Rhaid i mi ei neud o er mwyn Taid. Dwi'n estyn am ddarn gwyddbwyll, ond dwi ddim yn gallu cofio'i enw o na sut mae'n symud. Mae fy wyneb i'n dechrau llosgi. Ro'n i wedi meddwl y gallwn i neud hyn, ond dwi'n mynd i fethu fel dwi'n gneud bob tro.

Mae 'nghorn gwddw i'n cau fyny a 'nghorff i'n crynu.

'Wyt ti isio gweld fy symudiad nesa i?' Dwi'n clywed llais. Fy llais i, yn crynu.

'Dyna ydy'r syniad,' meddai Rich, yn gwenu fel giât.

Dwi'n sefyll ac yn pwyso dros y bwrdd. Mae'r lleill yn dal i wylio, ond mae eu gwisgoedd ysgol yn niwl glas.

'Wel, dyma fy symudiad nesa i!' dwi'n deud, yn cwffio am anadl. 'Dyma fy symudiad i!' Dwi'n codi fy mraich ac yn chwalu'r darnau gwyddbwyll i gyd oddi ar y bwrdd.

Mae Rich yn eistedd yn gegrwth. 'Y crinc dwl,' meddai. 'Ro'n i'n mynd i dy guro di.'

'Wel, wnei di ddim rŵan!'

'O na!' Mae Rebecca'n dal ei llaw dros ei cheg wrth i mi stompio allan.

‘O mam bach! Gwych, Felix.’ Mae Jake wrth fy ochr i’n chwerthin. ‘Anhygoel, Felix. Hollol anhygoel!’ Mae’n cydio yn fy mraich i. ‘Rŵan rheda!’

32

Post-mortem

‘Roedd o’n hunlle, Taid. Roedd o jyst yn eistedd yna’n chwerthin ar fy mhen i.’

Mae Taid yn twt-twtian wrth i ni yrru heibio’r siop sglods.

‘Mae’n ddrwg gen i, Taid,’ dwi’n deud. ‘Dwi’n gallu deud eich bod chi’n flin efo fi am golli.’

‘Am golli? Na. Dydw i ddim yn flin efo ti am golli. ’Dan ni i gyd yn colli, ’dan ni i gyd yn gorfod chwarae, dyna sut ’dan ni’n gwella. Na, dwi’n flin dy fod ti wedi stompio allan. Dy fod ti’n mynd yn ôl i dy hen ffyrdd!’

‘Ro’n i methu’i helpu o, Taid,’ dwi’n deud. ‘Roedd o mor annifyr.’

‘Felly bydd rhaid i ni ddelio efo hyn,’ meddai Taid. ‘Rho amser i mi feddwl.’

Dwi’n chwythu fy mochau allan. Mae Taid yn syllu yn ei flaen. Mae o’n flin efo fi, ond dwi’n falch ei fod o’n fy nghodi i o’r ysgol eto, er, ar ôl colli fy nhymer dwi'n teimlo y byddai cerdded adre wedi fy helpu i dawelu chydig. Dwi wedi bod yn meddwl amdano fo drwy'r pnawn – gwên hyll Rich, fy mhen poeth i. 'Nes i ddim hyd yn oed sylwi 'mod i wedi rhedeg heibio Mr Keytes ar y ffordd allan. Y pnawn hwnnw, roedd ein dosbarth ni'n dysgu am egwyddor Archimedes yn Gwyddoniaeth. Roedd Mr Groves wedi llenwi bwced efo dŵr a rhoi rhywbeth ynddo fo, ond ro'n i'n rhy brysur yn gwylio drws y stafell ddosbarth yn meddwl y byddai Rich wedi prepian wrth Mr Keytes ac y byddwn i'n cael fy hel i'r Stafell Ynysu. Ro'n i'n gobeithio ddim achos ro'n i wedi cael llond bol o gael fy hel yno. Roedd Jake yn meddwl bod chwalu'r darnau i gyd dros y bwrdd yn ddoniol, ond am fod Mam a Dad mor falch 'mod i'n ôl efo Taid, do'n i ddim isio'u siomi nhw drwy gael fy hun i helynt yn yr ysgol eto.

Mae'r car yn stopio wrth olau coch. Mae Taid yn troi ata i. 'Edrych,' meddai. 'Dwi'n gallu deud dy fod ti wedi ypsetio, ond mae hyn yn beth da.'

'Ydy o?' dwi'n deud, yn dal i fod wedi siomi fy hun.

'Wrth gwrs. Mae'n dangos ei fod o'n bwysig i ti, ond yn anffodus mae o hefyd yn dangos dy fod ti wedi anghofio un o fy rheolau i.'

'I fod yn onest, Taid, ro'n i wedi gwylltio gymaint dwi'n meddwl 'mod i wedi'u anghofio nhw i gyd!'

'Do.' Mae Taid yn chwerthin. 'Dwi'n meddwl hynny hefyd.' Mae'n codi ei law. Dwi'n cau fy llygaid yn dynn i aros am y gnoc ar fy nghorun, ond y cwbl dwi'n ei deimlo ydy ei law o'n chwalu fy ngwallt i.

Dwi'n gwenu. ''Nes i anghofio rhif wyth, yn do, Taid. Paid byth â gadael i'r chwaraewr arall weld dy fod ti'n flin.'

'Do.' Mae Taid yn nodio wrth i ni yrru i ffwrdd o'r goleuadau. 'Ond allwn ni gywiro hynny. Am rŵan dylen ni ganolbwyntio ar rif dau, i ti gael colli'n well. Felly dwed wrtha i am y gêm, y symudiadau naethoch chi.'

'Dwi ddim yn gallu cofio llawer, y cwbl dwi'n gwbod ydy mai gwyn o'n i, felly ro'n i'n methu defnyddio'r Sicilian Defence, hyd yn oed taswn i wedi gallu ei gofio fo.'

'Tria,' meddai Taid. 'Dechreua efo'r symudiad cynta. Dyna ydy'r lle gorau bob amser.'

Dwi'n pwyso fy mhen yn erbyn y sedd i drio cofio dechrau'r gêm. Dwi'n deud wrth Taid be oedd y symudiadau nath Rich a'r symudiadau 'nes i hefyd. Mae Taid yn gneud sŵn 'ymm' ac yn syllu ar y ffordd, fel tasa fo'n symud y darnau gwyddbwyll o gwmpas yn ei ben. Dwi'n deud wrtho fo am y deg symudiad nesa ac yna'n oedi. Mae Taid yn edrych draw arna i.

'A be ddigwyddodd wedyn?' mae'n gofyn.

'Dyna pryd 'nes i godi. A chwalu'r darnau i bob man.'

'Na, cyn hynna. Rwyt ti wedi gadael llawer o bethau allan. Cer yn ôl i'r dechrau… 'nest ti symud gwerinwr i e4. Nath o symud gwerinwr i c5… Wedyn gwerinwr i d6?'

'Ymm… Dwi ddim yn siŵr… Ond do, dwi'n meddwl.'

'Jyst meddylia,' meddai. 'Mae'n bwysig… gymerodd o dy werinwr di ar d4, ac wedyn gymraist ti ei werinwr o?'

'Ymm, do.'

'A! Felly roedd o'n chwarae yr un gêm â dy ffrind di!'

'Jake? Dydy o ddim yn —'

'Naci, ddim fo. Dy ffrind Bobby Fischer. Enw'r gêm oedd *Night off from Najdorf*. Nath o'i chwarae hi yn Santa Monica yn 1966.'

'Taid,' dwi'n deud, gan ysgwyd fy mhen. 'Dach chi'n fy nrysu i'n rhacs rŵan. Y cwbl dwi'n wbod ydy 'mod i wedi colli a bod y gêm prin wedi para deg munud.'

'Deg munud!' meddai Taid wrth i ni droi mewn i'r sgwâr. 'Mae deg munud yn dda yn erbyn y Najdorf Variation.'

'Na, dydy o ddim yn dda yn erbyn unrhyw beth, Taid,' dwi'n deud, gan droi ato fo. 'Glywes i Rich yn deud wrth y lleill y dylwn i gadw at Snakes and Ladders!'

'Mae'n iawn,' meddai Taid. 'Paid â phoeni, ddwedes i wrthat ti, 'dan ni i gyd yn gorfod colli er mwyn gwella.' Mae'n stopio'r car y tu allan i'w dŷ. 'Pan o'n i dy oed di golles i 'ngêm gyntaf i fachgen wyth oed o Pankow, rhan o ddwyrain Berlin lle ro'n i'n byw. Doedd o ddim fel tasa fo'n edrych ar y bwrdd hyd yn oed ac roedd ei ddwylo'n symud mor gyflym â Venus Flytrap, yn union fel y Rich 'ma. Felly 'dan ni i gyd yn colli.' Mae Taid yn rhoi gwên garedig i mi, yr un fath o wên fyddai Nain yn ei rhoi pan fyddwn i'n colli fy hufen iâ ar lawr yn y parc.

'Mae'n iawn, Taid,' dwi'n deud yn ddigalon, gan edrych ar fy nhraed. 'Dwi'n gwbod eich bod chi'n trio gneud i mi deimlo'n well. Ond dwi'n anobeithiol am chwarae gwyddbwyll fel pob dim arall.' Dwi'n codi fy mag.

'Na, dydy hynny ddim yn wir,' meddai Taid. 'Fyddwn i ddim yn deud pethau heb reswm. A, Felix, un peth arall.' Mae o'n rhoi ei law ar fy mag i. Dwi'n aros iddo fo ddeud rhywbeth, ond mae o jyst yn edrych arna i am hir.

‘Be, Taid?’ dwi’n gofyn.

‘’Dan ni i gyd yn dysgu o’n camgymeriadau,’ meddai’n araf.

‘Dwi’n gwbod, Taid, dach chi newydd ddeud.’

‘Ia, ond ddim efo gwyddbwyll yn unig. Dwi’n sôn am be ddigwyddodd ddydd Sul. Pan oeddet ti’n meddwl ’mod i’n ysbïwr.’

‘Dwi’n gwbod, Taid,’ dwi’n deud eto. ‘Ac roedd o’n gamgymeriad ac mi ’nes i ddeud bod hi’n ddrwg gen i.’

‘Do, mi wnest ti, ond dwi’n meddwl dylwn i ddeud sori hefyd.’

‘Mae’n iawn, Taid. Does dim rhaid i chi. Dwi jyst yn falch o gael chwarae gwyddbwyll eto.’

‘A finna, ond rhaid i mi ddeud rhywbeth os ’dan ni’n mynd i ddal ati i chwarae. Allwn ni ddim bod yn amheus o’n gilydd. Rhaid i ni fod â ffydd os ’dan ni am ddal ati.’

‘Ond mae gen i ffydd ynddoch chi, Taid.’

Dwi’n aros i Taid ddeud rhywbeth arall, ond mae o jyst yn syllu yn ei flaen fel tasa fo’n bell, bell i ffwrdd.

Dwi’n estyn am ddolen y drws.

‘Jyst eistedda am chydig,’ meddai Taid, gan edrych rownd y sgwâr. ‘Mae’n well gen i ddeud fan hyn.’

Mae Taid yn gwylio Mrs Hardy’n glanhau ei ffenestri, wedyn yn troi ei ben ac yn gwylio dyn y tu allan i rif dau ddeg pump yn strapio hogan fach i mewn i goetsh.

‘Be sy’n bod, Taid?’ dwi’n gofyn. ‘Be sy’n rhaid i chi ddeud wrtha i?’

‘Pam dwi’n cadw’r cyrtens ar gau. Pam dwi ddim yn licio’r ffôn.’

‘A pam dach chi’n rhwygo darnau o bapur?’

‘Ia, hynna hefyd.’ Mae Taid yn edrych rownd y sgwâr unwaith

eto, wedyn yn pwyso ata i. 'Felix,' mae o'n sibrwd, 'mae o'n wir – roedd fy ngwlad i'n llawn ysbiwyr.'

'Felly dach chi…!' Mae geiriau Taid wedi'i gneud hi'n anodd anadlu.

'Na, na… Do'n i ddim yn un ohonyn nhw, ond roedd 'na gymaint ohonyn nhw, roedd pawb yn y wlad yn amau ei gilydd yn ystod y Rhyfel Oer, ar ôl iddyn nhw godi'r Wal. Pan gafodd y Dwyrain a'r Gorllewin eu gwahanu fel 'nes i sôn. Roedd gan fy ngwlad i heddlu cudd, heddlu oedd yn gwylio pawb, drwy'r amser. Roedden ni'n galw nhw'n…'

'Y Stasi.' Dwi'n sibrwd, dan fy ngwynt.

'Ia.' Mae Taid yn nodio. 'Sut ti'n gwybod?'

'Jake ddwedodd. Nath o weld ar y we.'

Mae Taid yn gneud sŵn 'mmm' fel tasa fo'n gallu maddau i mi ond nid Jake.

'Fel ro'n i'n deud, roedd fy ngwlad i'n llawn ysbiwyr. Doeddet ti ddim yn gallu bod yn siŵr pwy oedd dy gymydog, perchennog y siop gornel, weithiau doeddet ti ddim yn gallu bod â ffydd yn dy deulu dy hun. Gallai pob siop, pob swyddfa, pob stafell fod â dyfais gwrando ynddi.'

'Felly roedd o fel *Pawn Sacrifice* go iawn,' dwi'n deud. 'Pan oedd Bobby Fischer yn meddwl bod ei lofft a'i ffôn o wedi eu bygio.'

Mae Taid yn aros i'r dyn efo'r ferch yn y goetsh ein pasio ni.

'Oedd.' Mae Taid yn sbio yn nrych y car. 'Roedd o fel yna'n union.' Mae ei lais o mor isel, dwi prin yn ei glywed o. 'Roedd ganddyn nhw ddyfeisiau gwrando ym mhob man; dy hen daid, hen nain a fi, doedden ni ddim hyd yn oed yn siarad yn ein cartref ein hunain, a phan fydden ni'n mynd allan byddai rhywun yn ein dilyn ni. Byddai dynion mewn tyrau yn anelu gynnau i lawr i'r stryd. Felly bydden ni'n aros adre drwy'r adeg. Os oedden ni isio deud rhywbeth pwysig bydden ni'n ei sgwennu ar ddarn o bapur ac ar ôl ei ddarllen, yn ei rwygo'n ddarnau mân fel bod yr ysbiwyr byth yn cael gwybod be roedden ni wedi sgwennu. Ac mi fydden ni'n cadw'r cyrtens ar gau drwy'r amser, rhag ofn eu bod nhw'n gwylio ni o ochr arall y stryd. Roedd hi wastad yn dywyll, ond o leia os nad oedden ni'n gallu gweld allan, roedden nhw'n methu gweld i mewn. Ac wrth gwrs roedden ni'n methu dianc achos roedden nhw wedi adeiladu Wal Berlin. Y wal oedd yn hollti'r ddinas yn Ddwyrain a Gorllewin, fel 'nes i ddeud wrthat ti.'

Dwi'n trio meddwl am rywbeth i'w ddeud, ond mae bywyd Taid yn swnio'n ofnadwy, fel mewn ffilm. Tybed ydy o i gyd yn wir? Ond dwi'n gallu gweld o'r olwg ddifrifol ar ei wyneb o fod 'na ddim peryg ei fod o'n deud celwydd.

Dwi'n syllu drwy'r ffenest. Weithiau dwi'n teimlo bod y sgwâr yn cau i mewn amdana i, bod pawb yn gwbod be dwi'n neud, ond dim ond Mrs Flower ydy honno, pan mae hi'n prepian arna i am fynd i'w gardd hi i nôl peli tennis. Mae Mam yn deud ei bod hi'n gwbod hanes pawb. Ond sut beth fyddai cael miloedd ohoni – yn mynd drwy dy fagiau sbwriel di, yn gwrando ar bob dim ti'n ei ddeud? Dydy hynny ddim yn swnio hanner mor ddrwg â be roedd Taid yn gorfod delio efo fo pan oedd o'n tyfu i fyny. Roedd gynnyn nhw wisgoedd milwrol. Roedd gynnyn nhw ynnau.

Dwi'n edrych ar Taid. Mae o'n syllu yn ei flaen. Dwi wedi deud sori ddwywaith, ond rŵan dwi isio'i ddeud o filiwn o weithiau.

'Taid...'

'Mae'n iawn.' Mae o'n tynnu'r goriad allan. 'Roedd hyn amser maith yn ôl. Does dim rhaid i ni siarad mwy am y peth.'

'Ond...'

'Ond dim byd,' meddai Taid. ''Dan ni wedi deud popeth sy angen ei ddeud. Dwi'n meddwl dylen ni fynd i mewn rŵan. A ph'run bynnag, mae gen i gynllun. Mi wna i ddangos i ti ar ôl swper.'

'Ar gyfer y Stasi? Ydyn nhw'n dal o gwmpas? Ydyn nhw'n dal yn y tyrau, yn pwyntio eu gynnau at y Wal, at y bobl yn dringo dros y weiren bigog?'

'Nac ydyn, diolch byth.'

'Felly cynllun ar gyfer be?'

Mae gwên yn lledu dros wyneb Taid. 'Ar gyfer curo'r Rich 'ma, debyg iawn!'

33

Dwi'n Gallu Cadw Cyfrinach...

(am un deg tri awr, dau ddeg tri munud a dau ddeg pump eiliad)

'Iawn, bawb. Tynnwch lun o echelinau x ac y yn gynta. 'Dan ni bron yna? Am bwy 'dan ni'n aros? Liam... Jake... Felix?' Mae cysgod yn stelcian ar draws fy nesg i. Dwi'n edrych i fyny. Dwi yn Maths efo Mr Andrews ac mae o'n sefyll reit o 'mlaen i a Jake.

'Dowch 'laen, chi'ch dau,' meddai. 'Jake, o leia mae Felix yn trio ond dwyt ti ddim hyd yn oed wedi tynnu dy bensel na dy bren mesur allan.'

'Sori, syr,' meddai Jake.

Dwi'n rhoi fy llaw dros fy ngheg i drio peidio dylyfu gên.

Mae Mr Andrews yn twt-twtian. 'Rhaid i ti roi'r gorau i chwarae *Fizzer Motorsport* drwy'r nos, Felix.'

Mae Jake yn chwerthin.

'Be sy mor ddoniol?' mae Mr Andrews yn gofyn.

‘*Forza* ydy o, syr,’ meddai Jake, ‘ddim *Fizzer*.’

‘Dim ots gen i be ydy o; y cwbl dwi’n wybod ydy bod rhywbeth yn rhwystro’r ddau ohonoch chi rhag tynnu llun graff syml… Rŵan dowch ’laen!’ Mae’n rhythu arna i a Jake, wedyn yn symud i ffwrdd yn araf.

Dwi’n codi’r pensel a’r pren mesur.

Dwi’n bwrw ati efo ’ngwaith, ond dwi wedi cynhyrfu gymaint am y symudiad newydd ddysgodd Taid i mi ar ôl swper neithiwr. Naethon ni osod y cyllyll a’r ffyrc, yr halen a’r pupur a’r jariau eraill ar y bwrdd eto ac mi ddysgodd y Maróczy Bind i mi. Mae o wedi’i enwi ar ôl Grandmaster o Hwngari ac mae’n cael ei ddefnyddio gan nifer o chwaraewyr gwyddbwyll i ddelio efo’r Sicilian Defence. Felly rŵan mae gen i ddau symudiad wirioneddol dda – un os dwi’n chwarae’n ddu, ac un arall pan dwi’n chwarae’n wyn. Alla i ddim aros i’w ddefnyddio fo ar Rich, ond mae Taid wedi deud wrtha i am beidio deud wrth neb amdano fo achos un o dactegau gorau gwyddbwyll ydy gneud yr annisgwyl.

Dwi’n tynnu llun yr echelin x.

‘Oi.’

Dwi’n symud fy mhren mesur yn fertigol ar y dudalen.

‘Oi.’ Mae Jake yn rhoi pwt i mi.

‘Be?’ dwi’n deud. ‘Dwi’n trio gweithio a ti newydd neud i’n echelin i fynd yn gam.’

‘O wel, dim ots.’ Mae Jake yn gwenu. ‘Ond ble oeddet ti neithiwr? Ro’n i’n meddwl ein bod ni wedi cytuno i fynd i fyny’r goeden.’

‘Sori, ’nes i anghofio pob dim. Ro’n i’n chwarae gwyddbwyll.’

‘Eto?!’

'Dwi'n gwbod.'

Dwi'n tynnu llun echelinau x ac y eto.

Mae Jake yn cnocio'i ben-glin yn erbyn f'un i.

'Felix,' meddai Jake yn daer. 'Ti'n chwarae bob munud.'

Dwi'n ei anwybyddu ac yn edrych ar fy llyfr gwaith; mae o'n deud wrtha i am blotio pwynt (3,6) ar y graff. Dwi'n symud fy mhensel ar draws echelin x hyd at 3, wedyn i fyny echelin y at 6, ac yn rhoi dot.

Dwi'n edrych ar fy narn o bapur.

'Felix,' meddai Jake. 'Ti 'rioed yn gneud *gwaith* go iawn?'

'Yndw,' dwi'n deud, gan ddal fy mhren mesur.

'Pam?'

Dwi'n codi fy sgwyddau.

Mae Jake yn edrych arna i fel petai'n deud *ti'n od*, wedyn mae'n pwyso'n nes ac yn deud, 'Felix, ti ddim yn troi'n hen swot, wyt ti? Sgwennaist ti stori fer yn Saesneg a 'nest ti ddim chwarae o gwmpas yn ABCh.'

Dwi'n anwybyddu Jake ac yn dal ati i blotio'r pwyntiau. Mae Jake yn iawn, dwi wedi dechrau gweithio dipyn – ddim gymaint â hynny, ond mae Mam yn deud 'mod i fel taswn i'n canolbwyntio mwy. Dwi ddim yn gwbod sut mae hi'n gwbod, achos dwi wedi bod yn nhŷ Taid drwy'r adeg. Ond dwi *yn* gweithio'n well, achos ddoe yn Gwyddoniaeth mi godais i fy llaw ac ateb cwestiwn pam mae magnesiwm yn llosgi mor llachar.

Mae Jake yn rhoi cic i mi dan y bwrdd.

'Felix!'

'Be?'

'Dwi newydd ddeud, os ydy hi'n dal i fwrw glaw ar ôl ysgol, wyt ti isio dod acw i chwarae *Call of Duty*?'

'Ti'n gwbod 'mod i ddim yn gallu. Dwi wedi—'

'Felix!'

'Syr?' Dwi'n edrych i fyny ac yn gweld Mr Andrews yn rhythu arna i.

'Dwi newydd ddeud, llai o siarad a mwy o waith.'

'Ond mi rydw i, syr,' dwi'n ateb.

'Wel, dydy o ddim yn swnio felly. Rŵan tân dani.'

Dwi'n edrych ar fy nhudalen eto.

Mae Jake yn rhoi pwt i mi. 'Ond mi rydw i, syr,' meddai mewn llais merchetaidd sy'n swnio dim byd tebyg i mi.

Mae'n debyg 'mod i'n mynd i gael helynt hyd yn oed pan dwi'n trio gweithio.

Dwi'n gneud tri phwynt arall ac mae Jake yn malu awyr drwy'r adeg, wedyn dwi'n synhwyro cysgod yn sefyll drosta i.

'Felly,' meddai Mr Andrew, 'gan fod y sŵn i gyd yn dod o'r bwrdd yma, dwi'n cymryd bod yr ateb gan un ohonoch chi. Felix, cwestiwn tri – pa siâp sy gen ti ar ôl nodi'r cyfesurynnau?'

Dwi'n edrych ar fy mhapur ac yn gweld hecsagon, ond dwi ddim yn hollol siŵr ei fod o'n gywir. Taswn i'n eistedd wrth ymyl Rebecca mi faswn i'n gallu gwirio 'ngwaith i efo'i un hi, ond yr unig dudalen arall wela i ydy un Jake a'r cwbl mae o wedi neud ydy tynnu llun Terence allan o *Angry Birds*.

'Wel, Felix?' meddai Mr Andrews.

'Yyy… Dwi ddim yn meddwl ei fod o'n iawn, ond ges i hecsagon, syr.'

Mae Jake yn piffian chwerthin.

'Cywir,' meddai Mr Andrews, sy'n edrych yr un mor syn â fi. Yr un mor syn â'r dosbarth, sy wastad yn disgwyl i mi roi'r ateb anghywir.

'Be?' mae Jake yn sibrwd. 'Ti byth yn cael dim yn iawn yn Maths!'

'Dwi'n gwbod.' Dwi'n gwenu. Fydda i byth yn gywir, ond mae'n teimlo'n dda 'mod i'n iawn am unwaith.

'Ac efallai y gelli di ddeud wrthan ni pa bwyntiau wnest ti eu plotio,' meddai Mr Andrews. 'Jyst i'n hatgoffa ni.'

'Iawn,' dwi'n deud, yn llawn hyder mwya sydyn, ond yn ymwybodol bod pawb yn y dosbarth yn edrych arna i.

'Felix?' meddai Mr Andrews. 'Nid cwestiwn tric yw hyn. Ti wedi'i neud o'n barod.'

Dwi'n edrych ar fy mhapur.

'Gwerinwr i e4. Gwerinwr i c5,' meddaf i'n wyllt. 'Marchog i f3. Marchog i c6!'

'Be?' Mae Mr Andrews yn gwgu.

'Pumed symudiad y gwyn – gwerinwr i c4!'

'Felix, am be ti'n rwdlan?'

'Yyy… dim byd!' dwi'n deud, yn edrych o fy nghwmpas. Mae rhai o'r dosbarth yn chwerthin ac mae Jake yn sbio arna i fel taswn i newydd lanio o'r blaned Mawrth. Mae Mr Andrews yn deud wrth y dosbarth i dawelu, wedyn yn troi'n ôl ata i.

'Felix,' meddai. 'Mae gen ti ddau ddewis – un ai eistedd a bod yn gall neu fynd i'r Stafell Ynysu.'

Dwi'n ysgwyd fy mhen yn araf. Alla i ddim mentro siarad pan mae 'mhen i'n llawn rhifau – rhifau gwyddbwyll.

'Wel?'

'Mi fydd o'n gall,' meddai Jake. 'Yn byddi, Felix?'

Dwi'n nodio.

'Da iawn,' meddai Mr Andrews. 'Felly, neith rhywun arall ddeud wrtha i…'

Mae ei lais o'n diflannu. Dwi'n suddo'n ôl yn fy nghadair. Mae o fel taswn i newydd droi'n gyfrifiadur sy'n chwydu cod, ond o leia mi ges i ateb y graff yn gywir. Dwi'n edrych o gwmpas y dosbarth. Mae pennau rhai ohonyn nhw i lawr er mwyn osgoi ateb cwestiwn nesa Mr Andrews, mae pedwar â'u dwylo yn yr awyr. Simon Jones sy'n ateb. Mae Mr Andrews yn deud da iawn wrtho fo ac yn symud ymlaen at y cwestiwn nesa. Maen nhw i gyd yn dal ati fel tasa dim byd wedi digwydd, ar wahân i Rebecca sy'n eistedd reit y tu ôl i mi, yn ysgwyd ei phen ac yn gwenu ar yr un pryd.

'a3, b4, h5, m1.' Mae Jake yn siarad mewn llais robot wrth i ni gerdded i lawr y coridor. 'Ro'n i'n poeni am eiliad fan'na, Felix.' Mae'n rhoi slap i mi ar fy nghefn. 'Am eiliad, ro'n i'n meddwl bod ti wedi mynd yn *brainy* i gyd.'

Fel arfer, mae Jake wedi'i gael o'n gwbl anghywir – does 'na ddim m1 ar fwrdd gwyddbwyll hyd yn oed – ond o leia fel hyn fydd neb arall yn gwbod 'mod i newydd weiddi allan y symudiad gwyddbwyll ddysgodd Taid i mi neithiwr. Dwi'n rhoi fy mhen i lawr. Mae Jake yn dal i siarad fel robot, ond yn y diwedd dwi'n cael rhywfaint o lonydd wrth iddo droi am y tai bach.

Dwi'n cerdded ymlaen chydig o gamau ac yn aros amdano fo wrth yr hysbysfwrdd. Mae bechgyn a merched yn brysio heibio i mi ar y ffordd i'r ffreutur. Dwi'n anadlu'n ddwfn, yn trio ysgwyd y gwyddbwyll allan o 'mhen i. *Taid*, dwi'n meddwl i mi fy hun, *dwi'n gwbod ro'n i isio dysgu gwyddbwyll, ond dwi ddim isio iddo gymryd fy mywyd i drosodd.* Mae mwy o ddisgyblion yn pasio, wedyn dwi'n sylwi bod pâr o sgidiau merch o dan goesau mewn teits glas wedi stopio nesa ata i. Dwi'n edrych i fyny ac yn gweld Rebecca'n rhoi'r un wên wybodus oedd ganddi yn y dosbarth.

'Mae'n iawn,' meddai'n dawel. 'Wna i ddim deud wrth neb be oedd o.'

'Be oedd be?' dwi'n gofyn.

Mae Rebecca'n edrych i fyny ac i lawr y cyntedd fel tasa hi'n mynd i ddeud cyfrinach wrtha i.

'Y Maróczy Bind oedd hwnna yndê? Y llythrennau a'r rhifau 'nest ti weiddi allan yn Maths.'

'Na... Naci... dim ond cyfesurynnau oedden nhw.'

Mae Rebecca'n codi ei haeliau.

'Iawn, iawn.' Dwi'n ei thynnu i ochr y cyntedd. 'Ti'n iawn, ond plis paid â deud wrth neb.

Dwedodd Taid 'mod i'n gorfod ei gadw'n gyfrinach achos mae symudiadau gwyddbwyll yn well pan —'

'Pan maen nhw'n annisgwyl!'

'Be?' Dwi'n crychu fy nhalcen. 'Ydy Taid yn dy ddysgu di hefyd?'

'Nac ydy!' Mae Rebecca'n chwerthin. 'Bosib 'mod i'n anobeithiol, ond dwi'n dysgu rhywbeth o hwn.' Mae hi'n dangos ei llyfr gwyddbwyll. 'Beth bynnag,' meddai, 'ydy hyn yn golygu y byddi di'n chwarae yn hwn 'ta?' Mae hi'n nodio at yr hysbysfwrdd.

Dwi'n troi ac yn edrych at yr hysbysfwrdd. Mae'r poster ar gyfer aelodau newydd i'r Clwb Gwyddbwyll wedi mynd ac mae 'na un newydd yn ei le.

PENCAMPWRIAETH GWYDDBWYLL YR YSGOL

DYDD MERCHER EBRILL 24

12–1 P.M. WEDYN AR ÔL YSGOL HYD NES BYDD ENILLYDD.

LLYFRGELL YR YSGOL.

CROESO I BAWB.

BYDDA'N SGWÂR. BYDDA YNO.

CYSWLLT: RICH PANNELL (ARWEINYDD Y CLWB) NEU MR KEYTES

Mae Rebecca'n gwenu arna i fel y gnath hi pan gafodd hi ei dewis i fod yn Cinderella yn ein sioe ysgol gynradd.

Dwi'n camu'n nes at yr hysbysfwrdd. O dan y sgrifen mae 'na lun o Rich efo cwpan arian yn ei ddwylo.

'Be ti'n feddwl?' meddai Rebecca. 'Awydd talu'r pwyth yn ôl?'

'Be? Ar ôl be ddigwyddodd tro dwetha?'

'Yn enwedig ar ôl tro dwetha!' meddai Rebecca. 'Mae o'n ei haeddu o.' Mae hi'n nodio at y llun o Rich.

'Be? Ro'n i'n meddwl bod ti'n licio fo.'

'Dim ffiars o beryg!' Mae Rebecca'n crychu ei hwyneb fel tasa hi newydd weld cath yn chwydu. 'Hen grinc annifyr ydy o.'

'Ydy, mae o…' Dwi'n edrych ar Rich efo'i wên wirion ar y poster ac yn meddwl gymaint faswn i'n mwynhau ei gweld hi'n diflannu. 'Ydy.' Dwi'n nodio. 'Mae o'n hen grinc annifyr iawn.'

'Wnei di chwarae 'ta?'

'Be? Na. Ddwedes mo hynny. A ph'run bynnag, fyddai o byth yn gadael i mi chwarae.'

'Ddim fo sy'n penderfynu,' meddai Rebecca. 'Mr Keytes ydy'r bòs, ac mae'n deud bod croeso i bawb.'

'Croeso i bawb? Be mae hynny'n feddwl?'

'Bod pawb sy'n mynd yno yn cael chwarae os ydyn nhw isio. Felly dyna'r cwbl sy raid i ti neud – mynd yno.'

'Alla i ddim. Fory mae o. Does gen i'm amser i ymarfer.'

'Dyna pam mae o'n neud o. Mi ddwedodd Chris bod Rich yn rhoi'r poster i fyny dim ond diwrnod ymlaen llaw fel bod neb yn cael amser i ymarfer. Mae'n neud o bob blwyddyn.'

'Mae hynna'n dan din,' dwi'n deud. 'Ac yn annheg.'

'Felly mi *wnei* di chwarae?' Mae Rebecca'n neidio i fyny ac i lawr fel tasa hi'n ben-blwydd arni.

'Chwarae be?' meddai Jake, gan sychu ei ddwylo ar ei grys chwys. Mae o'n dilyn fy llygaid i at y poster.

'Be? Na? Felix! Alli di ddim! Mae hi'n ddigon gwael bod ar fy mhen fy hun pan ti'n chwarae efo dy daid, ond ddim yn yr ysgol hefyd.'

'Sori, Jake,' dwi'n deud. 'Ond dwi isio.'

'Gwych.' Mae Rebecca bron â gwichian, mae hi wedi cynhyrfu gymaint. 'Mi wna i ddeud wrth Chris.' Mae hi'n rhedeg i ffwrdd i lawr y cyntedd, wedyn yn troi. 'Mi fydd o'n wych,' mae hi'n gweiddi. 'Jyst gwna'n siŵr dy fod ti'n ymarfer efo dy daid heno.'

Mae Jake yn troi ac yn edrych arna i.

'Felix,' meddai. 'Ti'm yn gwbod be ti'n neud. Neith o neud ffŵl ohonot ti eto.'

'Ond rhaid imi drio.'

'Ond…'

Mae llais Jake yn diflannu wrth i mi syllu ar y poster. Mae 'na deimlad rhyfedd yn tyfu y tu mewn i mi a dwi'm yn gwbod be ydy o. Ond dwi yn gwbod 'mod i wir isio chwarae. Mae'n rhywbeth dwi isio'i neud, dim oherwydd bod athro, Mam na Dad, na Jake yn deud wrtha i am ei neud o. Mae o'n rhywbeth dwi isio'i neud ar fy mhen fy hun. Dwi'n teimlo gwên yn lledu ar draws fy wyneb i. Dwi'n mynd i'w neud o. Dwi'n mynd i'w neud o er mwyn Taid, ond er mwyn fi fy hun hefyd.

34

Y Mechanical Turk

'Un eiliad.' Mae Taid yn codi ei law.

Mae'r ffôn yn canu am y trydydd tro ers i ni ddod adre.

'Dan ni'n edrych ar draws y bwrdd at ein gilydd mewn distawrwydd, yn aros iddo fo stopio. Mae'n canu am oes, fel tasa rhywun isio cysylltu efo Taid ar frys. Dwi'n meddwl am ddeud hynny wrtho fo, ond dim ond ysgwyd ei ben fyddai o. Dwi'm yn gwbod pam na neith o jyst cael y cwmni ffôn i'w ddatgysylltu. Ond byddai'n rhaid iddo fo ddefnyddio'r ffôn i ofyn iddyn nhw neud hynny. Fyddai o byth yn gneud hynny, felly 'dan ni'n eistedd ac yn aros, efo'r cyrtens wedi cau, fel arfer.

'Felly,' meddai Taid o'r diwedd. 'Pencampwriaeth? Mae gen ti bencampwriaeth. Dwi mor falch.'

Mae'r ffôn wedi stopio, ond mae 'nghlustiau i'n dal i ganu.

'Oes, Taid, pencampwriaeth. Alla i ddim aros, ond dwi'n dallt bod gwyddbwyll yn ofnadwy o gymhleth. Dach chi wedi dangos dau symudiad i mi, ond pnawn 'ma, yn Technoleg, daeth Rebecca a fi o hyd i lwyth o rai eraill – mae 'na Bird's Opening, y King's Indian Attack, y Queen's Knight Defence, yr Hedgehog Defence – felly llwyth o ffyrdd i ymosod ac amddiffyn.'

'Twt!' Mae Taid yn chwifio'i law dros y bwrdd. 'Ddwedes i wrthat ti, paid â phoeni am yr enwau. Mi fyddi di'n iawn.'

'Gobeithio,' dwi'n deud. 'Achos mae'r holl wybodaeth 'ma'n troi fy mhen i'n sbageti.'

'Ond rwyt ti'n dysgu'n gyflym.' Mae'n sipian ei de. 'Ac mae'n bosib dy fod ti'n gwybod mwy na ti'n feddwl, achos mae llawer o be dwi wedi dy ddysgu di yn isganfyddol.'

'Be?'

'*Subliminal* – pan ti'n dysgu rhywbeth heb i ti wybod.'

'Wel, dwi'n meddwl 'mod i wedi cael llwyth o isganfyddol, *subliminal*, be bynnag ydy o, achos dwi'n dal i weld byrddau gwyddbwyll ar waliau'r stafelloedd dosbarth.'

Mae Taid yn chwerthin. 'Dwi'n addo y byddi di'n iawn, ond mae'n naturiol i ti fod yn nerfus. Ro'n i hefyd cyn fy mhencampwriaeth gynta.'

'Pryd oedd hynny, Taid?'

'O, amser maith yn ôl. Does dim rhaid i ni siarad am hynna rŵan.'

'Ond mi faswn i'n licio, Taid,' dwi'n deud. 'Pam dach chi byth yn sôn amdanoch chi'n tyfu i fyny? Mae Dad yn deud bod chi ddim yn deud llawer wrtho fo chwaith.'

'Mmm… Dydy o ddim yn bwysig… Ond efallai ei fod o yn yr achos yma. Ty'd 'laen, gad i ni fynd i eistedd ar y soffa, lle mae'n fwy cyfforddus.'

Mae Taid yn gwthio'i gadair yn ôl ac yn codi ar ei draed.

'O!' Mae o'n rhoi ei ddwylo ar y bwrdd bwyd.

'Be sy'n bod, Taid?' dwi'n gofyn.

'Dim byd,' meddai. 'Jyst mymryn yn benysgafn.'

Dwi'n cerdded rownd at ei ochr o. 'Dach chi angen eich inswlin?'

'Na.' Mae Taid yn ysgwyd ei ben. 'Mi wnes i tsiecio fy lefelau siwgr cyn te. Mae'n bosib 'mod i wedi codi'n rhy sydyn. Dwi'n iawn rŵan.'

Mae o'n deud ei fod o'n iawn, ond mae ei wyneb o'n llwyd fel y lleuad. Dwi 'rioed wedi'i weld o'n edrych fel hyn. Dwi'n aros wrth ei ochr wrth iddo gerdded at y soffa.

'Dyna ni,' mae o'n ochneidio wrth eistedd. 'Hei, paid edrych mor bryderus.'

'Ond mi rydw i, Taid,' dwi'n deud. 'Ddylwn i ffonio Mam?'

'Na. Na,' meddai. 'Dwi'n iawn.'

Dwi'n eistedd wrth ochr Taid. Mae o'n tynnu anadl ddofn ac yn sydyn mae'n edrych yn debycach iddo fo'i hun eto wrth i'w fochau droi o wyn i goch. Ella'i fod o wir wedi codi'n rhy sydyn.

'Taid, dach chi —'

Mae o'n torri gwynt yn uchel ac yn gwenu.

'Dyna ni,' meddai. 'Dyna welliant. Ro'n i'n meddwl mai dim ond camdreuliad oedd o.'

Dwi'n chwerthin yn nerfus.

Mae Taid yn tapio fy llaw i.

'Dwi'n iawn,' meddai. 'Rŵan, gad i ni dy stopio di rhag poeni am fory. Be o'n i'n mynd i neud? O ia. Mi ddeuda i wrthat ti am fy mhencampwriaeth gynta. Ro'n i yn Leipzig gyda'r nos, ar fy mhen fy hun. Roedd y ffyrdd yn wlyb oherwydd y glaw ac roedd goleuadau'r stryd yn disgleirio'n felyn llachar. Ac ro'n i'n nerfus. Yn nerfus iawn, fel ti heno.' Mae o'n rhoi ei ddwylo ar fy nwylo i er mwyn fy stopio rhag pigo fy ewinedd. 'Roedd fy ngwrthwynebydd i'n llawer hŷn na fi, ac yn llawer mwy hefyd. Pan ysgydwodd o fy llaw i, mi wasgodd o mor galed mi deimlais i fy migyrnau'n cracio. A rhythodd arna i fel bocsar yn y ring. Ond dyna'r tro ola i mi ei weld o. Dyna'r tro ola i mi edrych i fyw ei lygaid. Wedi hynny dim ond wal oedd o, peiriant heb wyneb. Dyna pryd wnes i gofio geiriau fy nhad: chwarae gwyddbwyll, nid fy ngwrthwynebydd. Dwedodd o fod rhaid i mi eu cau nhw allan – esgus mai wal frics ydyn nhw, neu gyfrifiadur dienw, fel y Mechanical Turk.'

'Y Mechanical Turk?'

'Ia. Dyna oedd y cyfrifiadur cyntaf i chwarae gwyddbwyll. Bocs efo breichiau oedd yn symud darnau gwyddbwyll. Robot.'

'Fel Iron Man?'

'Dwi ddim yn nabod Iron Man – ydy o'n chwarae gwyddbwyll?'

'Na, dim ond hedfan o gwmpas yn gneud i adeiladau a cheir ffrwydro'n rhacs.'

'O... wel, dydy'r Mechanical Turk ddim yr un fath, ond enillodd o lawer o gemau a daeth pobl o dros y byd i chwarae yn erbyn y peiriant.'

'Cŵl!'

'Roedd o yn cŵl, ond wedyn naethon nhw ddarganfod mai dim ond bocs pren oedd o efo dyn tu mewn.'

Dwi'n chwerthin. 'Be ddigwyddodd iddo fo?'

'Ei losgi mewn tân mewn warws.'

'Efo'r dyn yn dal tu mewn?'

‘Wel, gobeithio ddim. Efallai mai twyll oedd o, ond roedd y dyn ar y tu mewn yn dal i fod yn chwaraewr gwyddbwyll da… Beth bynnag, dwi’n mwydro,’ mae Taid yn mynd yn ei flaen. ‘Dwi’n deud wrthat ti am beidio poeni am dy wrthwynebydd. Jyst dychmyga mai bocs pren ydy’r Richard ’ma.’

‘Wel, fydd hynna ddim yn anodd.’ Dwi’n chwerthin. ‘Ond naethoch chi guro’r dyn yn Leipzig?’

Mae gwên fawr yn goleuo wyneb Taid. ‘Wel, do siŵr! A fory byddi di’n ennill hefyd.’

‘Gobeithio.’

‘Mi wnei di.’

Mae’r cloc taid yn canu. Mae Taid yn edrych ar ei watsh, wedyn ar y cloc ar y silff ben tân, wedyn ar y cloc taid eto wrth iddo fo ganu am y seithfed tro.

‘Dwi’n meddwl ei bod hi’n bryd i ti fynd adre,’ meddai Taid.

‘Ond dwi isio clywed mwy, Taid,’ dwi’n deud.

‘Ha,’ meddai Taid. ‘Dwi’n meddwl ’mod i wedi deud digon wrthat ti am fy ngorffennol i am un noson.’

‘Ond dach chi ddim, Taid,’ dwi’n deud. ‘A ’dan ni ddim wedi chwarae gwyddbwyll eto.’

‘O, ti’n gwybod mwy na ti’n feddwl ar ôl yr holl ymarfer a gwaith caled. Does dim angen i ni chwarae gwyddbwyll drwy’r amser er mwyn dysgu.’

‘Dach chi’n sôn am yr isganfyddol, tydach,’ dwi’n deud.

‘Ydw. Mae’n well gen i hynny na dy ffrind yn deud ’mod i’n dy frênwashio di.’

‘A finna,’ dwi’n deud, gan gochi chydig.

Dwi'n disgwyl i Taid chwalu fy ngwallt neu gnocio fy mhenglog efo'i figyrnau, ond dal ei freichiau allan mae o.

'Ty'd yma,' meddai.

Dwi'n pwyso tuag ato fo ac mae o'n lapio'i freichiau amdana i. Dwi'n teimlo'i frest yn codi a churiad ei galon o. Byddai Nain yn rhoi cwtsh i mi'n aml, ond dim ond rhoi ei fraich am fy sgwyddau fyddai Taid. Dydy o 'rioed wedi rhoi cwtsh fel hyn i mi.

'Byddi di'n iawn,' mae o'n sibrwd. 'Mae gen ti ddau symudiad da rŵan – y Sicilian Defence ddysgais i i ti efo'r pupur a halen, a'r Maróczy Bind. Dwi'n meddwl bydd hynny'n ddigon.'

'Gobeithio, Taid,' dwi'n deud.

Mae o'n fy ngwasgu'n dynnach, wedyn yn gollwng ei afael.

'Well i ti fynd rŵan,' meddai.

Dwi'n sefyll ac mae o'n fy nilyn i at y drws. Dwi ddim isio gadael, ond os na cha i gwsg mi fydda i'n anobeithiol yn y bencampwriaeth.

Dwi'n camu y tu allan. Mae Samson yn sboncian i fyny'r llwybr. Dwi'n plygu lawr i roi mwytha iddo fo. Mae Taid yn gwenu.

'Mi wna i dy wylio di fel bod ti'n cyrraedd adre'n ddiogel,' meddai.

'Sdim rhaid i chi, Taid. Dwi'n un ar ddeg!'

'Jyst darllena'r rheolau rois i i ti cyn mynd i gysgu heno, a bydd pob dim yn iawn.'

'Iawn, Taid,' dwi'n deud. 'Nos da.'

'Nos da a phob lwc,' mae Taid yn gweiddi wrth iddo fo godi Samson.

Dwi'n rhedeg ar draws y sgwâr. Dwi wedi cynhyrfu gymaint am fory mae fy nghoesau i fel tasen nhw'n symud ddwywaith ynghynt. Dwi'n stopio wrth y giât ac yn troi. Mae Taid yn codi ei law ac yn cau'r drws.

'Felix, ti sy 'na?' mae Mam yn gweiddi wrth i mi gerdded drwy'r cyntedd. Dwi'n stopio ac yn sbecian drwy ddrws y lolfa.

'Pob dim yn iawn?' Mae hi'n troi o'r teledu.

'Yndi,' dwi'n deud. 'Dwi'n iawn.'

'A Taid?'

'Yndi. Dwi'n meddwl bod Taid yn iawn hefyd.'

Mae Mam yn tapio'r gadair wrth ei hochr. 'Ty'd i ista am chydig,' mae hi'n deud. ''Dan ni'm yn cael cyfle i siarad llawer.'

'Alla i ddim, Mam,' dwi'n ochneidio. 'Mae pencampwriaeth gwyddbwyll yr ysgol gen i fory. Sori.'

Mae Mam yn gwenu. 'Paid ymddiheuro,' meddai. 'Dwi'n hapus bod gen ti ddiddordeb yn rhywbeth heblaw dy gemau cyfrifiadur am unwaith.'

'Ia, iawn. Rhaid i fi fynd.'

Dwi'n cau'r drws ac yn dringo'r grisiau. Pam oedd rhaid iddi ddeud hynna? Bod gen i ddiddordeb yn rhywbeth heblaw fy ngemau cyfrifiadur? Pam ddim jyst deud 'da iawn ti' neu 'pob lwc'? Mae gen i ddiddordeb mewn pethau eraill, dydy hi jyst ddim yn gwbod hynny.

Dwi'n cerdded i mewn i fy llofft. Dwi'n flin efo hi, ond alla i ddim gadael i hynna effeithio ar fy ngallu i ganolbwyntio. Dwi'n gorwedd ar fy ngwely ac yn edrych ar restr Taid ar y wal.

Deg peth i Felix ddysgu am wyddbwyll.
Paid â bwyta cyn gêm...
Paid byth â chymryd y ffordd hawsaf...
Rho dy ffydd yndda i!

Dwi'n anadlu'n ddwfn. *Rho dy ffydd yndda i,* meddai o, ond mae'n anodd pan mae'r degfed peth ar ei restr o ar goll. Mi allai o fod yn wirioneddol bwysig, ond be allai o fod? Jyst i neud yn siŵr 'mod i'n cyrraedd mewn pryd, o bosib, ond mae hynna mor amlwg. Ella mai peidio tynnu fy nhei'n rhy dynn ydy o, rhag ofn i mi stopio'r gwaed rhag cyrraedd fy ymennydd i. Ddarllenais i hynna ryw dro, ond alla i yn fy myw â chofio yn lle. Ond bosib 'mod i wedi dychmygu'r peth pan o'n i wedi cael llond bol yn Maths.

Dwi'n chwarae mewn pencampwriaeth fory. Mi allwn i gael fy nghnocio allan yn y gêm gynta, ond o leia dwi'n trio rhywbeth am unwaith. Bosib bod Mam yn iawn; dyma ydy'r tro cynta i mi fod â diddordeb mewn rhywbeth heblaw gemau cyfrifiadur.

Dwi'n troi ar fy ochr ac yn darllen y rhestr eto… Rho dy ffydd yndda i. Rho dy ffydd yndda i. Rho dy ffydd yndda i.

Mi rydw i, Taid... Dwi'n meddwl.

35

Lwc Dechreuwr?

Dwi'n sefyll yn y llyfrgell ac mae fy stumog i'n cwyno fel arth mewn ogof. Dwedodd Taid am beidio bwyta, felly'r cwbl ges i i frecwast oedd bisged Bourbon.

'Felly dyma'n cynghreiriau ni,' meddai Rich, gan bwyntio at siart. 'Dau gynghrair o dri. 'Dan ni i gyd yn chwarae ein gilydd unwaith – un pwynt am ennill, hanner pwynt am ddod yn gyfartal, ac mae'r un sydd ar dop bob cynghrair yn chwarae yn y rownd derfynol ar ôl ysgol.' Mae Rich yn troi rownd o'r bwrdd gwyn ac yn gwenu. 'Pawb yn dallt hynna?' Mae pawb yn y stafell yn nodio.

'Be, hyd yn oed ti?' Mae o'n edrych yn syth ata i.

'Yndw!' dwi'n deud drwy fy nannedd. Dwi ddim yn gallu cofio os nath Taid sgwennu 'Paid â gadael i dy wrthwynebydd dy gorddi di,' ond mae Rich newydd neud.

'Iawn, felly gadewch i ni chwarae,' meddai Rich. 'Mae pob gêm yn para ugain munud. O, a dach chi'n gwbod sut i weithio'r clociau.'

Clociau? Pa glociau? Ddwedodd neb ddim byd am glociau.

Dwi'n edrych o gwmpas y stafell. Mae 'na ddwy set wyddbwyll ar fyrddau ar wahân ac wrth ochr pob un mae 'na gloc efo dau fotwm arian ar ei ben o. Welais i nhw yn *Pawn Sacrifice* ac mi nath Taid eu rhoi nhw ar ei restr, ond ddwedodd o ddim sut i'w gweithio nhw. Dwi'n sbio ar Rebecca er mwyn gofyn iddi, ond mae hi'n symud at y byrddau efo pawb arall.

Be dwi fod i neud efo'r clociau? Dwi'n mynd i edrych fel penbwl a bydd pawb yn chwerthin. Dwi'n hapus i bobl chwerthin pan dwi'n chwarae o gwmpas, ond ddim pan dwi'n trio bod o ddifri. Ond be os byddan nhw? Be os bydd pob dim ddysgodd Taid i mi yn hedfan allan o 'mhen i fel fy ngwaith ysgol?

Dwi'n sori Taid, alla i ddim gneud hyn wedi'r cwbl.

Dwi'n cymryd cam am yn ôl i gyfeiriad y drws.

'Ble ti'n mynd?' mae Rich yn gofyn.

'Ro'n i jyst...'

'Roedd o jyst yn mynd i ista lawr a chwarae. Doeddet ti?' Mae Rebecca'n edrych arna i efo'i llygaid yn fawr fel tasa hi'n trio gyrru neges ata i.

'Ymm.'

'Oeddet,' meddai. 'Ti yn y pen yma.' Mae 'nghoesau i isio mynd am yn ôl, ond mae Rebecca'n dod draw ata i, yn cydio yn fy mraich ac yn fy nhynnu i ben draw'r llyfrgell. 'Ty'd 'laen,' mae hi'n sibrwd. 'Ti yma rŵan.'

'Ond y clociau,' dwi'n deud yn frysiog. 'Dwi ddim yn gwbod sut i weithio'r clociau!'

'Maen nhw'n hawdd. Sbia.' Mae hi'n cydio mewn cloc. 'Yr

eiliad mae un ohonoch chi'n gneud y symudiad cynta, ti'n waldio'r botwm yma ar y top. Mae hynna'n stopio dy gloc di ac yn dechrau cloc y chwaraewr arall ar yr un pryd. Wedyn pan mae o'n symud mae o'n waldio'r botwm yma, sy'n stopio'i gloc o ac yn dechrau d'un di. Dallt?'

'Nac'dw.'

'Meddylia amdano fo fel si-so – pan ti'n cyffwrdd y llawr ti'n cymryd dy dro di a ti'n hongian yn yr awyr tra mae'r chwaraewr arall yn cymryd ei dro o.'

'Ond —'

'Iawn,' meddai Rich. 'Pawb yn barod?'

Mae Rich yn eistedd rŵan, yn paratoi i chwarae fel pawb arall. Dwi'n chwilio o gwmpas y stafell mewn panic. Mae Tom, un o fechgyn Blwyddyn 11, yn nodio at y gadair gyferbyn â fo.

'Ti'n erbyn fi,' meddai.

Ond y clociau!

Dwi'n sbio ar Rebecca. Mae hi'n codi ei llaw a'i tharo i lawr wedyn fel tasa hi'n canu cloch mewn gwesty.

Jyst waldia fo! mae hi'n meimio, wedyn yn gwenu. Dwi'n trio gwenu'n ôl ond mae 'ngheg i'n dynn fel taswn i ar fy ffordd at y deintydd.

'Ty'd 'laen,' meddai Rich. 'Fydd gynnon ni ddim amser i chwarae'r gemau i gyd os wyt ti'n llusgo dy draed.'

Dwi'n anadlu'n ddwfn ac yn tynnu cadair allan.

'O'r diwedd,' meddai Rich rhwng ei ddannedd.

'Paid â cholli dy dymer.'

Dwi'n gwbod, Taid. Wna i ddim. Wna i ddim.

Mae llaw yn dod ar draws y bwrdd gwyddbwyll.

'Parcha dy wrthwynebydd. Edrycha yn ei lygaid o, ond dyma'r unig dro.'

Dwi'n estyn allan i ysgwyd llaw Tom ac edrych yn ei lygaid. Mae o'n nodio ac yn dymuno gêm dda i mi.

'Parcha dy wrthwynebydd, ond dyna'r cwbl ydy o. Dydy dy wrthwynebydd ddim yn ffrind i ti.'

Dwi'n nodio ond yn deud dim.

Mae Tom yn codi gwerinwyr, un gwyn ac un du, a'u rhoi y tu ôl i'w gefn. Dwi'n nodio at ei law chwith. Mae'n dangos i mi'r gwerinwr gwyn sy yn ei law. Dwi'n wyn. Fi sy'n dechrau.

Dwi'n syllu ar y cloc. Dwi'n syllu ar y bwrdd. Dwi'n syllu ar y cloc. Dwi'n syllu ar y bwrdd.

Dwi'n gweld llaw yn codi yn yr awyr. Dwi'n gweld llaw yn codi gwerinwr. Dwi'n gweld y gwerinwr yn symud dau sgwâr ymlaen. Gwerinwr i e4. Mae'r llaw'n codi ac yn dod 'nôl at fy ochr i. Fy llaw i ydy hi.

Dwi'n anadlu. Dwi wedi gneud fy symudiad cynta. Dwi'n eistedd yn ôl. Drwy gil fy llygad dwi'n gweld llaw yn chwifio i fyny ac i lawr. Dwi'n sbio i fyny ac yn gweld Rebecca'n meimio'n wyllt, WALDIA'R BOTWM! WALDIA'R BOTWM!

'O.' Dwi'n neidio i fyny ac yn waldio'r botwm mor galed mae'n brathu i mewn i fy llaw i fel Lego. Mae Rebecca'n rhoi ei llaw dros ei cheg i drio peidio chwerthin. Dwi isio chwerthin hefyd, ond rhaid i mi ganolbwyntio. Dwi'n edrych yn ôl ar y bwrdd ac yn aros i fy ngwrthwynebydd neud ei symudiad cynta.

Mae o'n symud y bara i e5. Mae'n taro'r cloc.

Dwi'n syllu ar y bwrdd.

Dwi'n symud… Gyrcin i f3… Clec i'r cloc.

Mae fy ngwrthwynebydd yn symud ei gyrcin i c6.

Dwi'n symud cyllell i b5… Clec i'r cloc.

Mae'r gwrthwynebydd yn symud – mae'n taro'r cloc. Dwi'n symud – dwi'n rhoi clec i'r cloc.

Tro'r gwrthwynebydd.

Fy nhro i.

Mae ei fara o'n cymryd fy mara i ar d4 ac mae fy mhicl i'n cymryd ei fara o. Clec i'r cloc.

Ei fara o i g3.

Fy mara i i c4.

Sos brown i… clec.

Sos coch i… clec.

Cyllell… clec.

Cyllell… clec.

Y cloc yn tician.

Fy narnau gwyddbwyll yn symud.

Fy mhen yn glir.

Fy llaw yn fellten.

Mêl i g6… clec.

Cyllell i d6.

Mwstard i…

Clec.

Clec.

Clec.

'*Check.*' Fy llais i.

Fy llais i?

Cyllell i f7.

'*Check.*' Fy llais i eto! '*Check. Checkmate.*'

Mae fy ngwrthwynebydd yn rhoi ei finag i lawr.

Dwi'n gweld llaw.

Dwi'n ei hysgwyd hi.

''Nest ti chwarae'n dda,' meddai Tom wrth godi.

'A titha.' Dwi'n eistedd yn ôl yn fy nghadair.

'Nes i ennill.

Dwi newydd ennill!

36

Panic!

'Dwi'n gwbod, ond be os dwi'n methu'i neud o eto?' Dwi'n syllu ar fy sosej rôl.

'Ond mi fedri di,' meddai Rebecca. 'Ti wedi'i neud o ddwywaith yn barod.'

'Ond hon ydy'r rownd derfynol, a Rich ydy o! Does gen i'm gobaith mwnci o'i guro fo. Ella ddylwn i stopio rŵan.'

'Fedri di ddim. Mae hynna fel bocsar yn rhoi'r gorau iddi ar ôl un rownd.'

'Dwy,' dwi'n deud. 'Dwi wedi ennill dwy gêm,' dwi'n deud. 'Yn erbyn Tom, wedyn Chris. Allwn i stopio fan'na.'

Mae Rebecca'n ochneidio ac yn cymryd brathiad o'i brechdan.

'Dan ni yn ffreutur yr ysgol a dwi'n pwyso dros fy mhecyn bwyd efo fy mhen yn fy nwylo ac alla i ddim meddwl yn gall oherwydd sŵn crafu a chlecian y cadeiriau a'r byrddau wrth iddyn nhw gael eu rhoi i gadw o'n cwmpas ni. 'Dan ni i fod i fwyta cyn mynd yn ôl i'n gwersi, ond mae fy stumog i'n troi fel peiriant golchi. Ro'n i'n teimlo'n wych ar ôl ennill y ddwy gêm, ond y funud 'nes i adael y llyfrgell mi nath fy hyder i ddechrau diflannu i lawr y plwg. Mi 'nes i ennill, ond doedd o ddim yn teimlo fel mai fi oedd yn chwarae. Roedd o fel taswn i ddim yn ei reoli o, fel taswn i mewn breuddwyd yn trio glanio awyren ond 'mod i ar *autopilot* efo'r cyfrifiadur yn fy anwybyddu i ac yn gneud pob symudiad drosta i.

Dwi'n gollwng fy sosej rôl yn ôl i mewn i fy mocs bwyd.

'Dwi methu'i neud o,' dwi'n deud. 'Bydd Rich yn fy nghuro i mewn deg symudiad a fory mi fydd pawb yn yr ysgol yn gwbod.'

'Fydd o ddim,' meddai Rebecca. 'Mi gymrodd o ugain symudiad i guro Leah.'

'A sut mae hynna'n fy helpu i?'

'Achos 'nest ti guro Chris ac mae o'n curo Leah gan amla, felly mae hynna'n golygu bod gen ti well siawns. Ti'n gweld?'

'Nac'dw.' Dwi'n rhowlio 'mhen yn fy nwylo.

'Ha! 'Nest ti golli?' Mae Jake yn rhoi ei ddiod ar y bwrdd ac yn eistedd.

'Gwych,' meddai Rebecca drwy ei dannedd. 'Jyst be oedd angen.'

'Dim ots, Felix.' Mae Jake yn gwenu. 'Dydy o ddim fel tasat ti isio bod yn un ohonyn nhw beth bynnag.'

'Nath o'm colli,' meddai Rebecca.

'Pam bod o mor flin 'ta?'

Dwi'n codi fy mhen. 'Achos dwi'n gorfod chwarae Rich!'

'Ond ro'n i'n meddwl mai dyna be oeddet ti isio. Dial!'

‘Mi ro’n i,’ dwi’n deud. ‘Mi rydw i, ond dwi ddim yn gallu cofio sut…’

‘Ga i dy sosej rôl di?’

‘Be?’

Mae Jake yn nodio at fy mocs bwyd i. ‘Ga i dy sosej rôl di? Doedd gen i’m pres.’

Dwi’n gwthio fy mocs bwyd ar draws y bwrdd. Dim ots gen i am fwyd. Dim ots gen i am wyddbwyll. Y cwbl dwi isio ydy gallu bachu fy mag a’i heglu hi o ’ma.

‘Reit,’ meddai Rebecca. ‘Fel ro’n i’n deud, cyn iddo *fo* gyrraedd, dim ond gêm ydy hi a dim ond un chwaraewr arall ydy Rich.’

‘Sy jyst yn digwydd bod yn bencampwr yr ysgol!’ Mae darnau o bestri yn hedfan allan o geg Jake.

‘Dwi’n gwbod,’ mae Rebecca’n ochneidio. ‘Ond, Felix, ei di’m i nunlle fel hyn.’ Mae hi’n swnio’n ddifrifol fel athro, mwya sydyn. ‘Rhaid i ti ymlacio. Anadla’n ddwfn gwpwl o weithie, fel mae Mam yn gneud pan fydd Dad yn mynd ar ei nerfau hi.’

‘Jyst sgrechian mae Mam a deud wrthan ni i fynd allan o’i golwg hi.’

‘Jake!’

‘Dal dy ddŵr, dwi’n mynd i adael os mai’r cwbl dach chi’n mynd i neud ydy siarad am wyddbwyll.’ Mae Jake yn gwthio’i gadair yn ôl ac yn sefyll. ‘Ti’n aros fan hyn efo Brêns neu’n dod allan i saethu cwpwl o hŵps?’

Dwi’n ysgwyd fy mhen. Mi faswn i wrth fy modd yn cael fy hun allan o hyn, ond mae Rebecca’n iawn. Alla i ddim jyst cerdded i ffwrdd am ’mod i ddim yn licio gneud rhywbeth. Dyna be dwi wastad yn neud yn Gwyddoniaeth, yn Maths, ac adre efo Mam a Dad. Dyna be dwi'n neud efo pob dim.

Dwi'n edrych allan drwy'r ffenest ac yn gwylio Jake yn rhedeg i'r cwad. Mi fyddai'n haws ymuno efo fo, ond dwedodd Taid na ddylwn i byth fynd am y dewis hawdd, ac ar ôl yr holl ymarfer dwi wedi'i neud mi fyddai'n hurt i mi neud hynny rŵan.

'Felix… Felix!' Mae Rebecca'n chwifio'i llaw o flaen fy wyneb. 'Dwi newydd ddeud, sgynnon ni'm llawer o amser cyn mynd 'nôl i'r gwersi.'

'Sori,' dwi'n deud. 'Ro'n i jyst yn…' Mae Jake yn tynnu fy sylw wrth iddo roi pawen lawen i Liam.

'Roeddet ti ar ganol dysgu ymarferion anadlu'n ddwfn. Sbia, fel hyn. Jyst anadla'n ddwfn yn ara bach, cyfri i bump, yna'i gadael hi allan.'

'Alla i ddim,' dwi'n deud. 'Mae o'n f'atgoffa i o ddeifio sgwba.'

'O,' meddai Rebecca, 'tria rywbeth arall 'ta. Rhywbeth ddysgodd dy daid i ti. Be am y rheolau gest ti gynno fo?'

'Maen nhw ar wal fy llofft i, ond mae 'mhen i wedi ffrio gymaint dwi'm yn gallu'u cofio nhw.'

'Tria,' meddai Rebecca. 'Cyn i'r gloch ganu.'

'Mi rydw i,' dwi'n deud. 'Dwi'n trio rŵan hyn, ond y cwbl fedra i gofio ydy'r un ola.'

'A be ydy hwnnw??'

'Rho dy ffydd yndda i.'

Mae Rebecca'n pwyso'n ôl yn ei chadair.

'Dyna ni 'ta.' Mae hi'n gwenu.

'Dyna be?'

'Ddwedodd o y dylet ti roi dy ffydd ynddo fo.'

'Wel, do.'

'Felly dyna be ddylet ti neud.'

37

Dial?

Mae'r coridorau'n teimlo gymaint hirach pan maen nhw'n wag.

Mae sŵn fy nhraed yn atseinio wrth i mi gerdded ac yn y pellter dwi'n gallu clywed athro'n gweiddi ar rywun i fod yn dawel a mynd adre. Mae Rebecca'n cerdded wrth fy ochr i a dwi'n meddwl ei bod hi'r un mor nerfus â fi achos 'dan ni prin wedi deud gair wrth ein gilydd ers gadael y dosbarth. Nath hi ddim codi ei llaw i ateb yr un cwestiwn yn Daearyddiaeth, ac mi naethon ni'n dau adael i Jake gymysgu'r gacen ffrwythau yn Coginio.

Dwi'n anadlu'n ddwfn wrth i mi oedi y tu allan i ddrws y llyfrgell. Mae Rebecca'n edrych arna i.

'Dyma ni 'ta,' mae'n sibrwd.

'Ia,' dwi'n ochneidio.

Mae Rebecca'n agor y drws a dwi'n ei dilyn hi i mewn. Mae Chris, Leah a Tom wedi hel yn griw wrth y ddesg fenthyciadau, ond yr unig un dwi'n canolbwyntio arno fo ydy Rich. Mae o'n darllen llyfr, ym mhen draw'r stafell, o dan arwydd 'Mae'n gwrtais i siarad yn ddistaw.'

Mae fy mysedd yn cyrlio i mewn i gledrau fy nwylo.

'Pob lwc,' mae Rebecca'n sibrwd.

Dwi'n trio deud diolch ond y cwbl sy'n dod allan o 'ngheg ydy aer.

Dwi'n cerdded rhwng y cadeiriau glas a choch, a heibio'r ddesg fenthyciadau. Mae pawb wedi stopio siarad ac mae Rich yn dal i ddarllen, yn esgus ei fod o ddim yn gwbod 'mod i yma. Ond mae'n rhaid ei fod o rŵan achos mae fy nghysgod i'n sleifio ar draws y bwrdd.

Dwi'n tynnu'r gadair allan gyferbyn â fo. Mae o'n cau ei lyfr yn araf ac yn edrych i fyny.

'Dwi'n synnu dy fod ti wedi dod 'nôl,' meddai.

Ddim gymaint â fi.

'Dwi'm yn synnu dim,' dwi'n deud. Dwi'n trio bod yn cŵl er bod fy mhen i fel uwd.

Dwi'n eistedd.

Mae'r darnau gwyddbwyll ar eu sgwariau'n barod. Mae Rich yn troi'r bwrdd rownd.

'Gei di fod yn wyn ac mi wna i roi fy mrenhines i ti.'

'Be?'

'System handicap ydy o.' Mae o'n gwenu. 'Jyst i roi cyfle i ti. Bosib bydd y gêm yn hirach, ond fi fydd yn ennill, yr un fath.' Mae o'n sbio ar y lleill sy rŵan yn eistedd o'n cwmpas ni.

System handicap! Pwy mae o'n feddwl ydy o?

Mae fy mysedd yn claddu i mewn i gledrau fy nwylo.

'Rhif pedwar. Paid â gwenu na syllu ar dy wrthwynebydd.' Gwenu? Does 'na'm gobaith o hynny, Taid.

'Rhif wyth. Paid â stompio i ffwrdd yn flin.'

Mae 'na obaith reit gryf o hynny!

Mae Rich yn estyn ar draws y bwrdd efo'i frenhines yn ei law.

Mae fy nghorff yn tynhau.

Dwi'n sbio ar Rebecca. Mae hi'n ysgwyd ei phen yn araf, *Paid!*

'Rho dy ffydd yndda i.'

Rho dy ffydd yndda i.

Dwi'n codi fy mhen ac yn edrych i fyw llygaid Rich.

'Dwi ddim angen dy frenhines di,' dwi'n deud. 'Mi wna i ei hennill hi'n berffaith deg.'

Mae Rich yn chwerthin.

'Iawn,' meddai. 'Dim ond trio helpu.'

Dwi'n codi un gwerinwr gwyn ac un du ac yn rhoi fy nwylo y tu ôl fy nghefn.

'Pa fraich?' dwi'n gofyn.

Mae Rich yn nodio at yr un chwith.

Dwi'n dod â fy mraich i'r blaen ac yn agor fy llaw.

'Gwych,' meddai Rich. 'Dwi'n wyn. Be am gychwyn arni 'ta?'

Ia, be am gychwyn arni.

38

Pencampwr!

Fi ydy pencampwr gwyddbwyll yr ysgol. FI YDY pencampwr gwyddbwyll yr ysgol. Ia, fi. Felix Schopp, y boi sy'n methu aros yn llonydd, y boi sy'n breuddwydio drwy'r dydd, y boi fyddai'n cael ei yrru i'r Stafell Ynysu bob wythnos, y boi sy'n dal â phoster tablau lluosi ar ei wal, ond does dim o hynna'n bwysig rŵan achos fi ydy pencampwr gwyddbwyll yr ysgol. Dydy hyn ddim yn freuddwyd. Dydy hyn DDIM yn freuddwyd. Ydy hi?

Deffra, Felix, deffra! Pinsio fy hun. Cicio fy hun.

Na, nid breuddwyd ydy hi.

Mae hyn yn wir.

Fi ydy pencampwr gwyddbwyll yr ysgol.

Mae hi'n fore dydd Iau a dwi'n cerdded i lawr y coridor i gyfeiriad fy nosbarth Hanes ac mae'n teimlo fel tasa pawb yn edrych arna i, fel tasen nhw'n gwbod be ddigwyddodd yn y Clwb Gwyddbwyll neithiwr. Alla i ddim peidio gwenu wrth iddyn nhw fynd heibio.

Dwi'n teimlo fel pwyntio at fy mrest a chyhoeddi'n uchel fel bod pawb yn gallu clywed, *Ia, fi ydy o, pencampwr gwyddbwyll yr ysgol, yr hogyn dwl o 7H, yr un sy'n methu canolbwyntio am chwinciad chwannen, yr un gurodd Rich, capten y Clwb Gwyddbwyll mewn un deg chwech symudiad.*

Roedd Taid mor falch pan 'nes i ddeud wrtho fo neithiwr. Nath o ddim gweiddi na dawnsio rownd y stafell, ond mi nath o wenu a rhoi cwtsh arall i mi. Dwedodd ei fod o'n falch ohona i, ond yn bwysicach na dim, y dylwn i fod yn falch ohonof i fy hun. Roedd Mam a Dad yn falch hefyd. Dwedodd Mam y busnes arferol amdana i'n gneud rhywbeth o'r diwedd, ond o leia nath hi addo mynd â fi i Nando's dros y penwythnos, achos fi ydy pencampwr gwyddbwyll yr ysgol, o ydw, mi rydw i. A dwi'n gwenu ar Mr Keytes, fel mae o'n cerdded tuag ata i.

'Da iawn ti am neithiwr, Felix,' meddai. 'Doedd gen i ddim syniad dy fod ti wedi cymryd at y gêm mor sydyn. Mi gymerodd hi ddwy flynedd i mi ennill fy nhwrnamaint cyntaf ac mae Richard yn deud wrtha i dy fod ti wedi defnyddio'r Sicilian Defence mewn un gêm a'r Maróczy Bind mewn un arall. Symudiad technegol iawn.'

'Ydy o?' dwi'n gofyn yn falch.

'Ydy. A dwi 'rioed wedi dy weld di'n canolbwyntio mor galed.'

'Oeddech chi yno?'

'Ti'n gweld!' Mae Mr Keytes yn gwenu. 'Roeddet ti'n canolbwyntio gymaint welaist ti mohona i'n dod mewn.'

'Felly ddim breuddwyd ydy hyn? 'Nes i ennill go iawn.'

'Na.' Mae Mr Keytes yn chwerthin. 'Tasa hyn yn freuddwyd, ti'n meddwl y byddwn i'n dal i fod yn yr ysgol 'ma yn dysgu Hanes?'

'Na fyddech, beryg.' Dwi'n gwenu.

'Beth bynnag,' mae Mr Keytes yn rhwbio'i ddwylo yn wyllt, 'be am y Bencampwriaeth Ysgolion? Ti'n gêm?'

'Y be?'

'Y Bencampwriaeth Ysgolion. Ro'n i isio deud wrthat ti neithiwr, ond roeddet ti ar blaned arall. Mae o wastad yn digwydd ar y dydd Llun cyntaf ym mis Mai. Dyna pam 'dan ni'n cynnal ein pencampwriaeth ni yr wythnos flaenorol. Ti ydy'r un amlwg i fynd.'

'Ond be am Rich?'

'Mi fydd o'n mynd hefyd – mae'n gystadleuaeth i dimau yn ogystal ag i unigolion.' Mae Mr Keytes yn edrych ar ei watsh. 'Gwranda, mae'r gloch ar fin canu,' meddai, gan ddechrau cerdded yn ei flaen. 'Meddylia am y peth. Siarada efo Rebecca neu Rich – mi wnan nhw ddeud pob dim amdano fo. Ond dyma dy gyfle di i gynrychioli'r ysgol.' Mae o'n cerdded i gyfeiriad y stafell athrawon ac wedyn yn troi. 'A, Felix!' Mae'n codi ei fodiau. 'Da iawn ti. Da iawn wir!'

Mae fy ngŵen i wir mor llydan â giât. 'Nes i 'rioed feddwl y byddwn i'n bencampwr gwyddbwyll yr ysgol, heb sôn am gael fy newis gan athro ar gyfer twrnamaint go iawn. Mae o isio i fi, Felix Schopp, gynrychioli'r ysgol!

Dwi'n dechrau cerdded eto.

Dwi'n gwenu ar y gofalwr wrth iddo fo dynnu plwg y peiriant llnau llawr. Dwi'n gwenu ar Miss Lewes sy'n sefyll wrth y llungopïwr a dwi'n gwenu ar Mrs Ewens wrth i mi gerdded heibio'r Swyddfa Cefnogi Disgyblion.

'Falch o weld bod rhywun yn hapus.'

'Mi rydw i.'

'Gobeithio barith o,' meddai wrth iddi gau drws y Stafell Ynysu. Dwi'n gwenu ar James King, sy'n eistedd y tu mewn.

Fi ydy pencampwr yr ysgol. Fi ydy pencampwr gwyddbwyll yr ysgol. Does 'na'm byd arall yn bwysig. Fi ydy pencampwr gwyddbwyll yr ysgol a dwi wrth fy modd – rhowch fist-bump *i mi, rhowch bawen lawen i fi, waldiwch fy nghefn i – fi ydy Felix Schopp, pencampwr gwyddbwyll yr ysgol.*

Dwi'n dair metr o daldra.

Mae fy sgwyddau i'n fetr o led.

A dwi'n hedfan.

Dwi'n—

'Felix, nei di stopio bownsio i fyny ac i lawr fel yna? Ti'n edrych yn hurt bost.'

'Fel be?'

'Fel hyn!' Mae Jake yn halio'i drowsus i fyny ac yn cymryd camau anferthol fel tasa fo'n cerdded ar y lleuad. 'Mae mynd ar flaenau dy draed yn gneud i ti edrych fel tasat ti'n gwisgo trowsus Jac y Jwc!'

'Dwi ddim!'

'Wyt! Ti'n edrych fel y llinyn trôns 'na ym Mlwyddyn 8. Ond mae'n iawn. Ti ydy pencampwr gwyddbwyll yr ysgol!'

Ia, fi ydy pencampwr gwyddbwyll yr ysgol. Mae Jake yn lapio'i fraich am fy ysgwydd wrth i ni gerdded i mewn i'r dosbarth. Mae Mrs Drew yn edrych i fyny o'i chyfrifiadur.

'Fel arfer, y rhai ola i gyrraedd,' mae hi'n ochneidio.

Mae Jake yn bownsio draw ati fel tasa fo'n bencampwr.

'Jake, eistedda. Mae gynnon ni lwyth i fynd drwyddo fo.'

'Ond Felix ydy pencampwr gwyddbwyll yr ysgol, Miss.'

'Ydy hyn yn wir, Felix?'

'Yndi, Miss,' dwi'n deud. ''Nes i ennill ar ôl ysgol neithiwr.'

'Wel, da iawn ti.'

'Dim ond chwech oedd wrthi,' meddai Jake. 'Ond mi nath o ennill.'

Dwi'n eistedd wrth fy nesg ac yn edrych ar draws y stafell at Rebecca. 'Dan ni'n gwenu ar ein gilydd. Affliw o ots gen i mai dim ond chwech oedd yn cystadlu. Fi ydy pencampwr gwyddbwyll yr ysgol. Mae heddiw'n un o ddiwrnodau gorau fy mywyd i a does 'na ddim byd yn mynd i'w ddifetha fo.

39

Tynnu'n Groes

'Roeddet ti'n anhygoel.'

'Be?'

'Glywaist ti. Roeddet ti'n anhygoel. Wna i byth anghofio wyneb Rich pan gest ti fo'n *checkmate*. Roedd o fel, *O o!*' Mae hi'n agor ei cheg ac yn gneud ei llygaid yn llydan.

''Swn i 'di licio gweld hynna,' meddai Jake.

'Roedd o'n anhygoel,' dwi'n deud.

'Oedd, fel tasa fo wedi disgyn i lawr draen,' meddai Rebecca.

'Dan ni'n ffrwydro chwerthin. Mae Miss Elliott yn deud wrthan ni am fod yn dawel, ond 'dan ni ddim yn cymryd sylw achos 'dan ni yn ABCh a does neb byth yn gwrando yn ABCh, ddim hyd yn oed Rebecca.

'Felly wyt ti'n mynd i chwarae yn y Bencampwriaeth Ysgolion?' mae hi'n gofyn.

'Dwi'm yn gwbod.'

'Ond ti'n gorfod. Mae'n grêt; mae Chris, Rich a fi wedi cael ein dewis hefyd, a 'dan ni'n cael chwarae yn erbyn ysgolion o dros yr ardal i gyd.'

'Dwi'n gwbod – dyna pam dwi'm yn siŵr os dwi isio'i neud o.' Dim ond ers hanner diwrnod dwi wedi bod yn bencampwr gwyddbwyll yr ysgol ond mae fy hyder i'n diflannu'n barod. Dim ond tair gêm enillais i. Be os mai ffliwc oedd bob un? Ennill efo poteli sos a finag 'nes i – bydd y Bencampwriaeth Ysgolion ar lefel hollol wahanol. A dwi ddim isio siomi pobl fel Taid a Rebecca – nhw'n fwy na neb – ond Mr Keytes a'r ysgol hefyd.

Mae Miss Elliott yn rhannu darnau o bapur i ni sgwennu pam 'dan ni'n meddwl ei bod hi'n bwysig bod yn glên efo'n gilydd.

Mae Rebecca'n gwyro'n agos ata i fel tasa hi'n gallu synhwyro 'mod i'n poeni.

'Rhaid i ti chwarae, Felix,' meddai. 'Byddi di'n iawn. Ti'n well na'r gweddill ohonan ni, a ph'run bynnag, dwedodd Chris y byddwn ni'n cael diwrnod i ffwrdd a chinio yn y ganolfan hamdden lle mae'n cael ei chynnal.'

'Sori,' dwi'n deud. 'Dwi'm yn siŵr os alla i ei neud o eto.'

'Byddi di'n iawn.' Mae Rebecca'n gwenu. 'Ty'd i'r llyfrgell amser cinio.'

'Be oedd hynna?' Mae Jake ar yr ochr arall i mi. 'Be ddwedodd hi?'

'Mae hi isio i mi ymarfer gwyddbwyll amser cinio.'

Mae Jake yn ysgwyd ei ben fel tasa un o'n peli canon ni newydd lanio yn y ffreutur.

‘Alli di ddim. Mae gynnon ni Glwb Ffilmiau.’

‘Oes, dwi’n gwbod, ond ella ddylwn i fynd i gwyddbwyll, jyst i —’

‘Ddim peryg, Felix. Ddwedest ti mai dim ond chwarae efo dy daid fyddet ti, ddim efo’r Clwb Gwyddbwyll. Wythnos dwetha ddwedest ti mai dwîbs oedd pob un ohonyn nhw!’

‘Oi!’ Mae Rebecca’n rhoi pwt i mi.

‘Sori. Hynny ydy, roeddech chi… roedden nhw.’ Dwi’n trio ymddiheuro efo gwên.

‘Ella byddai dy daid yn gallu fy nysgu i,’ meddai Rebecca. ‘Ella allet ti ei gael i ddod i’r Clwb Gwyddbwyll. ’Dan ni’n siŵr o ennill y twrnamaint wedyn.’

‘Ymm, dwn i’m… allwn i —’

‘Pa dwrnamaint?’ Mae Jake yn neidio mewn.

‘Y Bencampwriaeth Ysgolion,’ meddai Rebecca.

‘Be? Un arall?’ Mae Jake yn ochneidio.

‘Ond ro’n i’n meddwl bod ti’n falch ’mod i wedi ennill pencampwriaeth yr ysgol.’

‘Mi ro’n i… hynny ydy, mi rydw i, ond mae fel taset ti’n mynd i fod yn chwarae gwyddbwyll drwy’r ha’.’

‘Fydda i ddim, ond dwi wir isio chwarae yn hwn.’

‘Iawn,’ meddai Jake. ‘Ond cheith dy daid di ddim ei dysgu hi hefyd.’

‘Pam ddim?’ mae Rebecca’n gofyn.

‘Achos… achos mae o’n licio bod ar ei ben ei hun. Mae o’n aros i mewn drwy’r adeg yn ac yn cadw ei gyrtens ar gau.’

‘Dwi’n gwbod,’ meddai Rebecca. ‘Roedd o wastad fel’na pan o’n i'n arfer mynd i dŷ Felix.'

'Ia, ond mae o'n waeth rŵan, tydy, Felix? Dydy o ddim yn mynd allan O GWBL. Mae o fatha *hermit.*' Mae Jake yn agor ei lygaid mor fawr maen nhw'n edrych fel tasen nhw'n mynd i fyrstio allan o'i ben o.

'Meudwy yn Gymraeg,' meddai Rebecca.

'Wel, ia… yndi, bosib.' Dwi'n edrych ar Jake ac yn meddwl tybed be sgynno fo mewn golwg.

'Grêt,' meddai Jake. 'Dyna fo 'ta. Ti'n dod i'r Clwb Ffilmiau.'

Mae Rebecca'n gwenu, fel tasa hi'n gwbod 'mod i rhwng dau feddwl. Yn sydyn, dwi wir isio'i chyfarfod hi yn y llyfrgell ond ro'n i wedi addo i Jake. Dwi'n edrych arni mewn ffordd sy'n deud, *Sori!* Dwi'n meddwl ei bod hi'n edrych arna i mewn ffordd sy'n deud, *Mae'n iawn.* Wedyn mae Jake yn bachu fy mraich i.

'Ty'd 'laen, Felix,' meddai. 'Dan ni'n mynd i fod yn hwyr i Gwaith Coed.' Mae'n fy nhynnu i a dwi'n gadael Rebecca y tu ôl i ni.

'Diolch am feddwl am Taid.'

'Be?' mae Jake yn gofyn.

'Diolch am ddeud bod Taid ddim yn licio cyfarfod pobl ar hyn o bryd.'

Mae Jake yn chwerthin. 'Ddim dyna pam 'nes i o!'

'Pam 'ta?'

'Achos os ydy dy daid di'n gallu dysgu rhywun fel ti i ennill, meddylia be allai o neud efo *brainbox* fel hi!'

40

Y Ddinas a'r Wal

Gyrrodd Rebecca neges ata i yn deud bod 'na dri rheswm da pam ddylwn i chwarae yn y Bencampwriaeth Ysgolion:

1. Mae hi isio i'r ysgol ennill.
2. Mae hi'n meddwl bod Leah yn ffansïo Chris felly mi fyddan nhw'n eistedd efo'i gilydd ar y bws a ddim yn siarad efo hi.
3. Dydy hi ddim isio eistedd efo Rich ar y bws.

Mae Taid wedi bod yn swnian arna i i chwarae hefyd. Dyna'r peth cynta ddwedodd o wrtha i pan gododd o fi o'r ysgol ac mae o'n dal i fynd mlaen am y peth amser swper. Ond be dydy o ddim yn gwbod ydy 'mod i isio —

'Ymddeol?' Mae Taid yn chwifio'i gyllell ar draws y bwrdd bwyd ata i. 'Ymddeol! Alli di ddim ymddeol. Dim ond un ar ddeg wyt ti!'

'Dwi'n gwbod, ond be os ga i 'nghuro'n rhacs? Bydd pawb yn meddwl 'mod i'n idiot.'

'A! Dwi'n gweld. Ti'n colli dy hyder.'

'Dwi'n gwbod, Taid,' dwi'n deud. 'Ro'n i'n teimlo'n anhygoel pan godais i bore 'ma. Ro'n i'n teimlo'n anhygoel yn y Clwb Ffilmiau. Ond yn y pnawn, yn Maths, mi nath yr anhygoel jyst mynd.'

Mae Taid yn chwalu fy ngwallt i. 'Ty'd 'laen,' meddai. 'Cofia Bobby Fischer. Nath o ddim rhoi'r ffidil yn y to ar ôl tair gêm! Rŵan deud wrtha i am y symudiad wnest ti yn y gêm ddoe efo'r Rich 'ma.'

Dwi'n gorfodi fy hun i wenu wrth i mi wthio fy llyfr nodiadau ar draws y bwrdd. Mae Taid yn gwrando arna i ond dydy o ddim yn fy nallt i. Ro'n i wedi meddwl y byddai'r teimlad anhygoel yn para am byth. Dwi ddim isio i rywun dynnu'r plwg a'i wylio fo i gyd yn diferu i lawr y draen.

'Mmm… Mae hyn yn ddiddorol.' Mae o'n nodio. 'Roedd o'n defnyddio'r Ruy Lopez!'

'Roy pwy?'

'Ddim Roy, Ruy. Dyma'r gêm Sbaenaidd. Ruy Lopez oedd yr Esgob sgwennodd lyfr… gad i mi feddwl… ia.' Mae llygaid Taid yn goleuo. '*Llyfr y Ddyfais Rhyddfrydig a Chelfyddyd y Gêm Wyddbwyll*. Doedden ni ddim yn gallu ei gael o yn Nwyrain yr Almaen, ddim yn swyddogol, ond roedden ni'n smyglo copïau o'r Gorllewin. Dim ond un ar ddeg ydy'r bachgen yma ac mae'n defnyddio'r symudiad yna.'

'Na, mae Rich yn un deg pump, Taid,' dwi'n deud. 'Ac mae o'n darllen llwyth o lyfrau.'

‘Ymm, dwi’n gweld.’ Mae Taid yn astudio’r symudiad. ‘Gwerinwr i e4. Gwerinwr i e5. Marchog i f3… c6… Esgob i b… Ond edrycha, rwyt ti’n ei chwarae o hefyd.’

‘Dwi’m yn meddwl, Taid. Do’n i wir ddim yn gwbod be o’n i’n neud.’

‘Felly chwarae’n reddfol oeddet ti.’

‘Ia?’

‘Ia, fel tasa fo’n dod yn naturiol i ti. Ond y gêm yma, y gêm hon, mae’n debyg i gêm gafodd ei defnyddio yn fy erbyn i pan o’n i’n fachgen, cyn i’r Wal gael ei chodi.’

‘Y wal fawr efo weiren bigog ar ei phen hi oedd yn gwahanu’r ddinas?’

‘Ia.’ Mae Taid yn oedi. ‘Ti’n cofio.’

‘Roedd o’n swnio’n ofnadwy, Taid,’ dwi’n deud. ‘Sut allai unrhyw un anghofio hynna?’

‘Yn hollol,’ meddai Taid, gan nodio’n araf. ‘Yn hollol.’

Dwi isio deud wrtho fo pa mor anferthol ydy’r Wal yn fy nychymyg i, ond dwi ddim isio torri ar ei draws o achos o’r diwedd, mae o’n siarad am y gorffennol eto.

‘Roedd llywodraeth Dwyrain yr Almaen yn ffrindiau efo’r Rwsiaid,’ mae Taid yn mynd yn ei flaen, ‘felly naethon nhw godi’r Wal i wahanu Berlin o weddill yr Almaen a’r gwledydd yn y gorllewin, fel Ffrainc a Phrydain Fawr.’

‘Pwy adeiladodd hi, Taid? Y bobl oedd yn rhedeg yr heddlu cudd? Y Stasi?’

‘Naci, ddim y Stasi adeiladodd hi, er eu bod nhw’n rhan o’r peth. Ond llywodraeth Dwyrain yr Almaen, ac mae rhai’n deud mai dewis y Rwsiaid oedd hi hefyd. Rhoddon nhw'r gorchymyn ac aeth y Wal i fyny dros nos,' meddai. 'Dwi'n gwybod hyn achos ro'n i'n dal tram ar draws Berlin o Spreebogen i weld fy chwaer yn Heinz Hoffmann-Straße. Ond stopiodd y tram yng nghanol nunlle. Drwy'r ffenestri ro'n i'n gallu gweld y fyddin yn deud wrth y gyrrwr i droi'n ôl ac yn y pellter ro'n i'n gallu gweld pobl yn gweithio yn y glaw, yn adeiladu wal a ffens, yn tynnu weiren bigog ar draws y top. Wrth iddyn nhw ei hadeiladu hi gallwn i weld pobl o'r Gorllewin yn sefyll yr ochr draw iddi, ddim yn gwybod be i neud. Ond ro'n i'n gorfod mynd drwyddi – roedd fy chwaer yn aros amdana i.'

Dwi'n pwyso mlaen. Mwya sydyn, mae Taid yn siarad fel tasa fo yno rŵan.

'Dringais i lawr o'r tram. Ro'n i'n meddwl efallai fod nam ar y lein, a bod y wal a'r weiren bigog yn amddiffyn adeilad milwrol newydd. Felly cerddais ar ei hyd hi, yn aros iddi orffen, ond roedd hi'n ymestyn am gilometrau, fel peilonau trydan yn diflannu i'r pellter. Doedd 'na ddim ffordd drwadd. Roedd pawb yn cerdded o gwmpas fel fi, fel tasen ni ar goll. Ar goll go iawn…'

Dwi'n pwyso'n nes.

'Mi wnes i feddwl am fynd adre, ond roedd fy chwaer yr ochr arall,' mae Taid yn sibrwd. 'Os nad o'n i'n gallu mynd ati hi, sut fyddai hi'n gallu dod ata i? Ond roedd 'na ormod o filwyr… gormod o weiren… Es i adre a deud wrth fy rhieni ac aeth fy nhad at y Wal. Eglurodd wrth y milwyr ei fod o angen gweld fy chwaer i, ond roedden nhw'n gwrthod ei adael drwadd. Roedd pobl yn gweiddi a sgrechian – roedden nhw hefyd wedi cael eu gwahanu oddi wrth eu teuluoedd a rhai… nath rhai byth weld ei gilydd eto…' Mae llais Taid yn diflannu'n ddim. Dwi isio gofyn mwy iddo fo, gofyn a lwyddodd o i weld i chwaer byth eto, ond o weld y dagrau yn ei lygaid, dwi'n meddwl y byddai hynny'n ei neud yn dristach fyth.

'Sori am ofyn, Taid,' dwi'n deud yn dawel. 'Ond ro'n i isio gwbod mwy am pan oeddech chi'n ifanc.'

'Wn i. Wn i.' Mae Taid yn rhoi ei law ar fy mhen-glin. 'Ddim dy fai di ydy o… Rŵan, ty'd 'laen,' meddai, yn trio swnio'n hapusach. 'Gad i ni godi'n hwyliau – 'nôl â ni at y twrnamaint 'ma. Ro'n i'n meddwl, os byddi di'n gneud yn dda gallen ni ddathlu drwy neud rhywbeth arall ar dy restr di, fel y weiren sip.'

'Mae'n iawn, Taid,' dwi'n deud. 'Dwi ddim yn poeni llawer am y rhestr a deud gwir. 'Nes i 'mond rhoi sgwba arni er mwyn peidio chwarae gwyddbwyll.'

'Ond mi wnes i fwynhau'r sgwba – roedd hi'n her a hanner. Dylen ni neud mwy o bethau cyn y gystadleuaeth.'

Dwi ddim wedi deud 'mod i am chwarae, ond mae gan Taid wên fawr ar ei wyneb. Dwi ddim isio gneud iddi ddiflannu, ond dim ond wythnos sy 'na cyn y bencampwriaeth.

'Mi faswn i'n licio chwarae, Taid,' dwi'n deud. 'Ond dim ond saith diwrnod sy gen i i baratoi.'

'Does dim ond un peth amdani felly,' meddai Taid.

'Be ydy hwnnw?'

'Mae'n amlwg,' meddai, gan rwbio'i ddwylo. ''Dan ni'n dechrau ymarfer rŵan, y munud 'ma.'

41

Dwi'n Sori, Jake

'Ond ti wedi bod yn chwarae drwy'r penwythnos.'

'Dwi'n gwbod. Ond dwi'n gorfod. Dim ond dau ddiwrnod sy 'na tan y Bencampwriaeth Ysgolion.'

'Ond DRWY'R amser, Felix? Mae hi wedi bod mor hir ers i ni fod yn ein coeden ni mae'r canons wedi rhydu.'

'D'yn nhw ddim.' Dwi'n camu allan drwy ddrws ffrynt Taid ac yn ymuno efo Jake ar lwybr yr ardd.

'Grêt! Felly ti'n dod rŵan!' meddai.

'Nac ydw.'

Mae Jake yn ochneidio. 'Ty'd 'laen, Felix, mae hyn yn *boring*!'

Dwi'n anadlu'n ddwfn ac yn edrych o gwmpas y sgwâr. Mae'n nos Sul ac ar wahân i redeg i dŷ Taid yn y bore ac yn ôl i fy nhŷ i gyda'r nos, dwi ddim wedi bod allan drwy'r penwythnos. Y cwbl dwi wedi bod yn neud ydy chwarae gwyddbwyll a dysgu symudiadau newydd

– y Stonewall Dutch Defence, y Chigorin Defence, y Cambridge Springs Defence. Yr unig amser dwi ddim wedi bod yn dysgu ydy pan fydd Taid yn stopio i neud te neu i bi-pi. Mae o wedi bod yn fy mhen i yn yr ysgol hefyd. Roedd ei lais o yn Gwaith Coed pan o'n i'n torri mortis efo cŷn: *'Ymarfer! Ymarfer! Ymarfer!'* Dilynodd fi i'r gampfa: *'Ymarfer! Ymarfer! Ymarfer!'*

Dwi'n gwbod, Taid, meddaf i wrtha i fy hun, *rŵan cerwch o'ma,* ond roedd o'n dal i fwydro heb stopio fel ro'n i'n neidio dros y ceffyl. Ac yn Hanes pan oedd byddin Prydain yn glanio yn Normandi. *'Ymarfer. Ymarfer. Ymarfer! Bob cyfle gei di. Achos mi fydd dy wrthwynebwyr di wrthi. Mi fyddan nhw'n ymarfer cyn mynd i'r gwely, yn breuddwydio am wyddbwyll yn eu gwelyau, yn gneud eu symudiadau cyntaf yr eiliad maen nhw'n codi.'*

'Ty'd 'laen, Felix,' meddai Jake. 'Ti'n gwbod bod ti isio.'

Dwi'n edrych ar ein coeden ni. Wnâi o ddim drwg i mi fynd i fyny am ryw awren, doedd bosib? Heddiw oedd y gêm ola, a'r cwbl mae Taid a fi'n neud fory ydy cael sgwrs tîm. Allwn i jyst siarad efo Jake am awr, glanhau ein gynnau a'n bayonets a saethu chydig o ganons at y bryniau. Dwi'n troi at y goeden.

'Ieee!' meddai Jake.

'Ymarfer. Ymarfer. Ymarfer. Meddylia, bydd dy wrthwynebwyr yn chwarae ar ddiwrnod Dolig hyd yn oed. Fydden nhw'n meddwl am eiliad am fynd i fyny coeden?

Dwi'n stopio'n stond.

'Alla i ddim,' dwi'n deud. 'Dwi angen ymarfer.'

'Felix, ti'n troi'n un ohonyn nhw.' Mae Jake yn hwffian.

'Un o bwy?'

'Y *geeks* gwyddbwyll.'

'Dwi ddim.'

'Wyt.' Mae Jake yn dal i gerdded, wedyn yn troi ac yn deud, ''Nest ti hyd yn oed godi dy law i ateb cwestiwn yn Hanes.'

'Wel, do. Ond dim ond achos ro'n i'n gwbod yr ateb am unwaith.'

'Ha!' meddai Jake. 'Bet mai Rebecca ddwedodd wrthat ti.'

'Naddo, nath hi ddim.'

Mae Jake yn stopio cerdded. 'Dwi ddim yn gweld pam fod rhaid i ti chwarae gwyddbwyll efo hi bob amser cinio.' Mae o'n gwgu arna i fel mae o'n gwgu ar yr athro bob tro mae'n cael ei yrru i'r Stafell Ynysu.

'Jake,' dwi'n deud. 'Be sy'n bod?'

'Does 'na'm byd yn bod arna i,' meddai. 'Dwi jyst wedi bod ar fy mhen fy hun drwy'r adeg. Y cwbl dwi isio ydy mynd i fyny'r goeden am chydig o funudau ac elli di'm hyd yn oed gneud hynny efo fi.'

'Ond dim ond dau ddiwrnod arall,' dwi'n deud. 'Wedyn mae'n siŵr 'na i golli a fydda i ddim yn chwarae byth eto.'

'Wel, dwi'n gobeithio nei di golli.' Mae Jake yn cerdded allan drwy'r giât.

'Ti'n meddwl hynna go iawn?' dwi'n gweiddi ar ei ôl o.

Mae o'n troi ac yn dal ei freichiau allan wrth ei ochrau. 'Dwi'm yn gwbod, Felix,' meddai. 'Ti wedi newid.'

Dwi'n gwylio wrth iddo fo droi a cherdded ar draws y sgwâr at ei dŷ. Dwi'n teimlo'n gas 'mod i ddim wedi gweld llawer ohono fo yr wythnos yma, ond mi nath o'r un peth i fi pan ddaeth Kyle ei gefnder o i aros yn ei dŷ o haf dwetha. Doedd gen i neb i fod efo fo drwy'r wythnos. Ro'n i mor *bored* 'nes i ofyn i Dad fynd â fi i'r gwaith efo fo, ond mi 'nes i ddallt yn sydyn bod gwylio rhywun yn ffidlan efo boilar am oriau hyd yn oed yn fwy diflas nag aros adre.

Mae Jake yn cerdded heibio car ei dad. Dwi'n aros iddo fo godi'i fawd neu dynnu stumiau gwirion fel bydd o'n gneud weithiau. Ond mae o jyst yn cerdded heibio ochr y tŷ i gyfeiriad y drws cefn.

Dwi'n teimlo'n gas 'mod i ddim wedi mynd i fyny'r goeden, ond mae gwyddbwyll yn bwysicach i mi rŵan. 'Nes i 'rioed ddychmygu y baswn i'n deud hynna, ond mae o, a dwi'n licio bod yn dda am rywbeth am unwaith. Mae'n neis cael pobl yn fy nghefnogi i ac yn credu ynddа i a dwi ddim isio siomi neb.

Dwi'n agor y drws ffrynt, a'i gau y tu ôl i mi. Mae miwsig agoriadol *Dragon's Den* yn chwarae yn y lolfa. Dwi'n dringo'r grisiau yn araf.

Dwi'n gobeithio bod Jake ddim yn ei feddwl o pan ddwedodd o ei fod o'n gobeithio y byddwn i'n colli. Ella 'mod i'n gweld Rebecca yn aml, ond Jake ydy fy ffrind gorau o hyd.

42

Pam Nath Dad Hynna?

Y noson cyn y bencampwriaeth a dwi yn fy ngwely efo grwndi'r teledu'n dod i fyny drwy'r llawr. Ond ddim dyna sy'n fy nghadw'n effro. Alla i ddim cysgu achos mae 'nghalon i'n rasio fel tasa hi'n noswyl Dolig. Mae hi wedi bod fel'na ers dau ddiwrnod ac wedi gwaethygu yn yr ysgol heddiw. Dwedodd Rebecca am beidio poeni, ei bod hi'n teimlo fel'na hefyd, a nath hynna i mi deimlo'n well am chydig.

Trefnodd Mr Keytes gyfarfod i'r Clwb Gwyddbwyll amser cinio er mwyn rhoi sgwrs tîm i ni. Dwedodd o mai dyna'n union be oedden ni, tîm, ac y dylen ni gefnogi'n gilydd a gweithio efo'n gilydd. Pan fydd un ohonon ni'n ennill, dylen ni i gyd deimlo fel enillwyr. Gwthiodd Rich ei frest allan fel tasa Mr Keytes yn siarad amdano fo'n benodol. Wedyn dwedodd Mr Keytes bod yr un peth yn wir pan 'dan ni'n colli, ein bod ni'n cefnogi'n gilydd. Tîm 'dan ni.

'Dan ni'n dîm. Dwi 'rioed wedi bod yn rhan o dîm o'r blaen. Dwi 'rioed wedi bod yn ddigon da am ddim byd i fod mewn un. Ro'n i'n gôl-geidwad wrth gefn i fy ysgol gynradd unwaith, ond dim ond achos bod gan George Drummond apwyntiad deintydd. Ond rŵan 'mod i mewn tîm, dwi ddim yn gallu stopio meddwl amdano fo, ac mae meddwl am siomi'r lleill yn fy ngneud i'n nerfus.

Ar ôl i'r lleill adael 'nes i aros i siarad efo Mr Keytes ar fy mhen fy hun. 'Nes i sôn wrtho fo am fy nerfau, 'mod i ddim yn hyderus a ddim isio siomi'r lleill. Dwedodd o y byddai pawb arall yn teimlo'r un fath, ond bod nerfau yn dda mewn gwirionedd ac yn siŵr o fy helpu i ganolbwyntio. Y cwbl roedd rhaid i mi neud oedd cofio sut 'nes i chwarae yn erbyn Rich, ac yn syth ar ôl gneud fy symudiad cynta byddai'r nerfau'n diflannu. Ond ro'n i'n nerfus pan 'nes i ddeifio sgwba efo Taid a nath neidio i mewn i'r pwll ddim gneud i fy nerfau ddiflannu bryd hynny.

Dwi'n rhowlio drosodd ar fy ochr. Mae'r golau bach coch ar fy nghyfrifiadur yn fflachio yn fy llygaid. 'Nes i chwarae ac ennill dwy gêm ar-lein pan ddes i adre o dŷ Taid heno. Roedd o wedi deud wrtha i am beidio. Ddwedodd mai'r cwbl oedd angen i mi neud oedd gorffwys. 'Weithiau, yr ymarfer gorau i'r ymennydd ydy ei orffwys,' meddai. Do'n i ddim yn hollol siŵr be oedd o'n feddwl.

Dwi'n ochneidio ac yn edrych ar fy nghyfrifiadur. Ella dylwn i gael un gêm arall ar-lein, jyst i roi mwy o hyder i mi? Ond be os dwi'n colli? Wedyn fydda i wir ddim yn gallu mynd allan drwy'r drws yn y bore.

Dwi'n codi fy ffôn i weld os oes gen i negeseuon. Dim byd gan Jake o hyd. Aethon ni i'n gwersi i gyd efo'n gilydd, ond naethon ni ddim siarad na chwarae o gwmpas fel bydden ni'n arfer gneud. Ro'n i mor nerfus am y bencampwriaeth fyddwn i ddim wedi gallu meddwl am unrhyw beth i'w ddeud, ac roedd Jake yn dal chydig yn od am 'mod i ddim wedi bod yn y goeden ers oesoedd. Dwedodd Rebecca wrtha i ei bod hi'n meddwl mai rhywbeth dros dro ydy o, bod Jake a fi'n gymaint o ffrindiau neith gêm o wyddbwyll ddim chwalu hynny. Ond dwi ddim mor siŵr. Ro'n i wedi meddwl y byddai o'n hapus drosta i rŵan 'mod i'n hanner da am rywbeth o'r diwedd, ond dydy o ddim hyd yn oed wedi bod yn eistedd efo fi amser egwyl.

Mae golau'r landing yn sgleinio dan ddrws fy llofft, ac wedyn dwi'n clywed traed trwm Dad ar y grisiau. Mi fydd o ar ei ffordd i'r stafell molchi am gawod.

Mae ei gysgod o'n stopio y tu allan i'r drws. Wedyn dwi'n clywed dwy gnoc ysgafn.

'Felix,' mae o'n sibrwd.

Dwi'n rhoi fy ffôn yn ôl ar y bwrdd.

'Felix, ti'n effro?'

Mae'r drws yn agor yn araf a phen Dad yn dod i'r golwg.

'Yndw,' dwi'n deud.

Mae o'n cerdded i mewn ac yn mynd ar ei gwrcwd wrth fy ymyl i. Mae golau fy laptop yn fflachio yn erbyn ei wyneb.

'Dwi prin wedi dy weld di drwy'r wythnos,' mae o'n sibrwd. 'Ro'n i jyst isio dymuno pob lwc i ti fory.'

'Diolch, Dad.' Dwi'n gwenu. 'Ond dwi mor nerfus.'

'Wrth gwrs. Mi faswn inna hefyd. Ond byddi di'n iawn. Ffydd…' Mae o'n rhoi ei law ar ochr fy mhen. 'Betia i mai dyna be ddwedodd dy daid hefyd.'

‘Naci… wel, do mi nath, ond y peth ola ddwedodd o oedd y dylwn i gadw fy meddwl mor glir â’r awyr a fy mhen mor llonydd â’r môr.’

Mae Dad yn chwerthin. ‘Dwi ddim yn siŵr os ydw i wedi’i glywed o’n deud dim byd fel’na o’r blaen,’ meddai. ‘Ond gwranda, byddi di’n iawn. Os gei di hwyl arni, bosib eith dy fam a finna â ti i Nando’s o’r diwedd!’

‘Diolch, Dad,’ dwi’n deud.

Mae o’n rhoi ei law ar fy ngwely ac yn codi. Dwi’n aros iddo fo ddeud nos da a gadael, ond mae o jyst yn sefyll yna’n sbio arna i.

‘Ti’n iawn, Dad?’ dwi’n sibrwd.

‘Yndw.’ Mae o’n plygu i lawr a rhoi sws i mi ar fy mhen. Dydy o byth yn gneud hynna. ‘Caru ti, mêt,’ meddai.

‘Caru ti hefyd, Dad. Ond pam nest ti hynna?’

‘Jyst yn teimlo fel gneud,’ meddai.

43

Syrpréis!

'Felly, dwi jyst angen gneud yn siŵr eto fod pawb yma. Chris, fi.' Mae Rich yn pwyntio ato'i hun. 'Leah…' 'Dan ni'n sefyll tu allan i fws mini'r ysgol ac mae Rich yn ein cyfri ni i gyd am tua'r degfed tro, ond y cwbl dwi isio neud ydy cychwyn achos mae'r holl sefyllian yn fy ngneud i'n nerfus. 'Dan ni i gyd yn gwisgo'n blasers ysgol sy'n f'atgoffa i ein bod ni'n cynrychioli'r ysgol ac mae hynny'n gneud i mi deimlo hyd yn oed yn waeth.

Mae Rebecca'n rhoi pwt i mi ac yn dangos tedi bêr glas i mi.

'Masgot,' mae hi'n sibrwd. 'I ddod â lwc i ni.'

'Beryg ein bod ni angen llond bws ohonyn nhw,' dwi'n deud.

Mae hi'n chwerthin. Dwi'n falch bod Rebecca yma, ond mae 'na ran ohona i fyddai'n licio gweld Jake yma hefyd.

Dwi'n edrych ar draws y maes parcio at y bloc Gwyddoniaeth. Dydy hyn ddim yn teimlo'n real. Dwi wedi arfer bod y plentyn yn y stafell ddosbarth sy'n gwylio'r timau rygbi neu bêl-rwyd yn dringo i mewn i'r bws mini, ddim yr un sy'n dringo i mewn fy hun. Pan mae'r tîm rygbi'n ennill maen nhw'n ei gyhoeddi o yn y gwasanaeth ac mae Dan Wills, y capten, yn darllen adroddiad o'r gêm ar y llwyfan.

Mae Mr Keytes yn cerdded ar draws y maes parcio tuag aton ni, yn gwisgo siwt dywyll dwi 'mond wedi'i weld yn ei gwisgo mewn nosweithiau rhieni.

'Pawb yma, Richard?' mae'n gofyn.

'Ydyn,' meddai Rich.

'Ffwrdd â ni 'ta.' Mae Mr Keytes yn llithro'r drws yn ei ôl. Rich sy'n dringo i mewn gynta ac yn eistedd yn y blaen. Dwi'n ymuno yn y rhes, y tu ôl i Tom, Chris a Leah, sy'n gwenu arna i wrth i ni symud yn ein blaenau. Dwi'n gorfodi fy hun i wenu'n ôl er mwyn bod yn gyfeillgar, ond o'r adlewyrchiad yn y drych ochr dwi'n gallu gweld 'mod i'n edrych yr un mor nerfus â dwi'n teimlo. Oni bai am Rebecca, byddai heddiw fel mynd ar drip ysgol heb ffrindiau. Gyrrodd hi decst ata i neithiwr yn gofyn be oedd enw'r ffilm Bobby Fischer, ond dwi'n gwbod mai esgus oedd o iddi neud yn siŵr 'mod i'n troi i fyny heddiw. Mae o fel tasa hi'n gwbod 'mod i wedi colli fy hyder, 'mod i'n teimlo fel taswn i ddim yn perthyn yma – ar y bws yma, yn y wisg ysgol yma.

Mae Rebecca'n rhoi pwt i mi.

'Ty'd 'laen, Felix,' meddai.

Mae rhan ohona i isio aros yn yr ysgol, ond mae'r rhan arall yn gneud i mi gamu i mewn i'r bws.

'Felix! Felix!' Dwi'n stopio a throi. Mae Jake yn rhedeg ata i, yn chwifio'i freichiau yn yr awyr.

'Jake!' dwi'n gweiddi. 'Be ti'n neud 'ma?'

'Ia.' Mae Rich yn brathu ei ben drwy'r drws. 'Be wyt ti'n neud 'ma?'

'Dwi'n… Dwi'n…' Mae Jake yn trio cael ei wynt tra mae o'n edrych arna i fel tasa fo isio i mi feddwl am ateb. 'Fi ydy… fi ydy hyfforddwr Felix!' mae Jake yn deud yn frysiog. 'Ia, fi ydy hyfforddwr Felix. Nath o ddeud y baswn i'n cael dod.'

'Be?' Mae Rich yn edrych arna i.

Mae Jake yn agor ei lygaid yn fwy, fel, *Helpa fi fan hyn, Felix!* Ond dwi mor falch o'i weld o alla i ddim stopio chwerthin.

'Ia, fo ydy'n hyfforddwr i,' dwi'n deud, gan wenu. Alla i ddim credu be mae Jake yn ei ddeud, ond dwi jyst yn falch ei fod o yma.

'Dy hyfforddwr di?' Mae Rich yn troi ata i.

'Ia.'

'Felly be mae o'n neud?' meddai Rich.

'Ymm…'

'Dwi'n cario'i ddŵr o.' Mae Jake yn dal ei botel o ddŵr i fyny. 'Ac yn gneud yn siŵr na cheith o'i frifo.'

'Na,' meddai Rich. 'Gwyddbwyll ydy hyn, ddim pêl-droed, a ph'run bynnag, dydy dy enw di ddim ar y rhestr.'

Mae Jake yn bachu beiro Rich. 'Dyna ni,' meddai wrth iddo fo sgriblan ar y papur, 'mae o rŵan.'

'Pob dim yn iawn?' Mae Mr Keytes yn gweiddi o sedd y gyrrwr.

'Ydy, heblaw ei fod *o* yma,' mae Rich yn chwyrnu ar Jake.

'Helô, syr!' Mae Jake yn gwenu o glust i glust. 'Meddwl y basech chi'n licio chydig o gefnogaeth!'

'Well, chwarae teg i ti, Jake, ond gest ti ganiatâd gan dy rieni?'

'Do, siŵr,' meddai Jake. 'Nath Mam sgwennu nodyn i chi.' Dwi'n trio peidio chwerthin wrth i Jake godi darn o bapur yn yr awyr.

'Jyst ffindia sêt, Jake,' meddai Mr Keytes, yn chwifio'r nodyn i ffwrdd. 'Mae gynnon ni daith hir o'n blaenau.'

'Grêt.' Mae Jake yn anelu am gefn y bws mini. Dydy o ddim yn hyfforddwr go iawn, ond mae'n braf cael rhywun yn fy nghornel i.

Dwi'n cerdded rhwng y seddi. Mae Jake yn tapio'r un wrth ei ochr o. Dwi'n sbio ar Rebecca.

'Mae'n iawn,' meddai. 'Dim ots gen i.'

Dydy o ddim yn iawn, achos ro'n i wedi addo eistedd efo hi, ond dwi ddim isio brifo Jake.

'Oes ots gen ti os dwi'n eistedd efo Rebecca?' dwi'n deud yn ofalus. 'Dwi'n ofnadwy o falch dy fod ti yma, ond dwi angen canolbwyntio.'

Mae Jake yn edrych ar Rebecca, wedyn arna i.

'Iawn siŵr,' meddai a gwenu. 'Ti ydy pencampwr yr ysgol!' mae'n ychwanegu'n ddigon uchel i Rich glywed. Mae'n eistedd y tu ôl i mi.

Dwi'n eistedd wrth ymyl Rebecca. Mae hi'n gwenu ond dwi'n gallu gweld ei bod hi'n crynu.

'Ti'n oer?' dwi'n gofyn.

'Nac ydw.' Mae hi'n trio'i gorau i wenu. 'Dim ond yn nerfus. Ti ddim?'

'Yndw… Fymryn! Mae ochr fy ngên i'n brifo ers i mi godi bore 'ma.'

'Adrenalin ydy o.' Mae Jake yn stwffio'i ben rhwng y seddi. 'Dwi'n gael o pan dwi'n chwarae pêl-droed.'

‘Jake, sori, ond ’nes i ddeud ’mod i angen canolbwyntio.’

‘Wps, sori Felix. Cau ceg amdani!’ Mae Jake yn esgus cloi ei wefusau wedyn yn eistedd yn ôl yn ei sedd. Mae Rebecca’n edrych arna i fel tasa hi ar fin deud rhywbeth a dwi’n gneud yr un peth iddi hi, ond wrth i’r bws mini yrru i ffwrdd dwi’n wirion o nerfus mwya sydyn. Dwi isio pi-pi. Gnath Mam a Dad eu gorau i ’nhawelu i wrth i mi adael y tŷ. Dymunodd y ddau bob lwc i mi a ges i gwtsh o gysur gan Mam, ond mae effaith y gwtsh yna’n dechrau pylu. Does ’na ddim pwynt. Dwi’n mynd i golli pob gêm a siomi’r tîm. Dim ots gen i am Rich ond dwi’n poeni am bawb arall a rŵan ’mod i’n gwbod sut mae’n teimlo i fod yn dda am rywbeth, mae arna i ofn i rywun neu rywbeth fynd â’r teimlad yna i ffwrdd.

Taid, pam goblyn naethon ni ddechrau gneud hyn? Pam na fasech chi wedi dysgu rhywbeth arall i mi, fel Ludo, lle’r cwbl sy raid i mi neud ydy cydio mewn cownter ac ysgwyd y dis?

Dwi’n edrych allan drwy’r ffenest wrth i’r bws mini stopio wrth oleuadau. Allwn i fynd am y drws rŵan – bachu’r ddolen, ei llithro’n ôl a neidio allan. Allwn i neud o. Allwn i —

‘Felix, dwi’n meddwl bod rhaid i ti stopio hyn.’

‘Dwi’n gwbod, Taid, ond does gen i mo’r help. Dwi angen mynd allan. Dwi’n mynd i edrych fel cymaint o ffŵl.’

Mae Rebecca’n sbio’n rhyfedd arna i.

‘Efo pwy ti’n siarad?’

‘Ei daid o – mae o’n gneud hynna o hyd.’ Mae Jake yn gwthio’i ben rhwng y seddi eto. ‘Mae o chydig bach yn rhyfedd, ond ti’n dod i arfer.’

‘Jake!’ dwi’n gweiddi.

'Sori. Jyst deud.'

'Wel, paid!'

'Hisht!' Mae Rich yn troi rownd. ''Dan ni angen canolbwyntio.'

'Ti'n gweld,' dwi'n sibrwd. 'Ddwedes i'n do. Os ti'n mynd i neud rhywbeth, helpa. Ti ydy'n hyfforddwr i, i fod.'

'Iawn… Iawn… Paid â gwylltio, Felix. Feddylia i am rywbeth… Dwi'n gwbod. Dyma ti…' Mae'n estyn drwy'r bwlch.

'Gwm cnoi?' dwi'n deud.

'Wel, mae gen i botel o Coke hefyd… Mi faswn i wedi dod â petha i fyta, ond maen nhw'n rhoi cinio i ni!'

'Ha!' Mae Rebecca'n troi at fo. 'Dyna pam ddoist ti!'

'Ia! Ac i gefnogi Felix, debyg iawn.'

'Dwi'n meddwl mai dim ond chwaraewyr a'r athrawon sy'n cael cinio,' meddai Rebecca.

'Mae'n iawn,' meddai Jake. 'Wna i jyst nôl creision a siocled o'r peiriannau. Mae Dad yn gwbod sut i'w siglo nhw fel bod ti'm yn gorfod —'

'Jake,' dwi'n deud yn flin. 'Stopia siarad. Dwi i fod yn canolbwyntio.'

''Dan ni i gyd!' mae Rich yn chwyrnu.

'Iawn, iawn!' Mae Jake yn pwyso'n ei ôl. 'Gan bwyll, chi'ch dau.'

Dwi'n pwyso'n ôl, gan daro 'mhen yn erbyn cefn y sedd. Dwedodd Dad y byddai'n cymryd awr i gyrraedd Cheltenham. Dyna faint sy gen i i roi'r gorau i banicio fel hyn. Un awr i gael fy hun yn barod ar gyfer y digwyddiad pwysica yn fy mywyd i. Bechod bod Taid ddim yma i fy helpu i. Dwi'n cau fy llygaid ac yn trio meddwl be fyddai o'n ddeud tasa fo yma ond y cwbl sy'n dod i 'mhen i ydy be ddwedodd o neithiwr pan adewais i ei dŷ o.

'Gad i dy feddwl fod mor glir â'r awyr a dy galon mor llonydd â'r môr.' *Iawn, meddwl clir, calon lonydd…* Na, da i ddim. Mae 'nghalon i'n dal i rasio a dwi angen pi-pi!

'Anadla'n ddwfn. Anadla'n ddwfn, braf. Anadla allan am ddwy eiliad yn fwy nag wyt ti'n anadlu i mewn. Dwi'n meddwl bydd hyn yn cynyddu'r aer yn dy ysgyfaint di, yr ocsigen yn dy waed di, i fyny i dy ymennydd di. Dwi'n meddwl bydd hyn yn dy helpu di i aros yn dawel dy feddwl. Dwi'n meddwl mai dyma'r ffordd orau i ti ganolbwyntio.'

Dwi'n anadlu'n ddwfn, yn cyfri i chwech. Gadael o allan. Cyfri i wyth. Dwi'n anadlu i mewn eto.

'O mam bach! Dwi'm yn credu hyn!'

'Ddim rŵan, Jake.' Dwi'n llyncu.

'Ond, Felix —'

'Na!'

'Aaa! Alla i ddim edrych. Dyma'r peth gwaetha posib. Yn waeth na breuddwydio am fynd i'r ysgol heb ddillad.'

Dwi'n ochneidio. Dydy o ddim yn mynd i gau ei geg nes bydda i wedi edrych.

Dwi'n agor fy llygaid ac yn troi rownd.

'Be sy?'

Mae Jake wedi llithro i lawr gymaint mae o bron ar y llawr.

'Fan'na,' meddai, gan bwyntio dros gefn ei sedd. 'Mae o yn fan'na.'

'Pwy?'

'Dy daid di! Mae o'n dilyn ni yn ei gar pinc!'

44

Y Rownd Gyntaf

'Taid, be dach chi'n neud yma?'

'Ro'n i wedi meddwl rhoi syrpréis bach i ti. Ro'n i adre'n gwylio'r teledu, wedyn dwi'n meddwl i mi fy hun, mae'n siŵr bod Felix yn nerfus.'

'Yndw, Taid, ond doedd dim angen i chi'n dilyn ni.'

'Sut ydw i fod i wybod lle dach chi'n mynd? Does gen i ddim y GPF 'na.'

'GPS ydy o, Taid.'

Mae Jake yn giglan y tu ôl i mi. Fel arfer, mi faswn i'n chwerthin hefyd, ac fel arfer mi faswn i'n teimlo cywilydd tasa Taid yn agos at yr ysgol, a tasa Mam a Dad hefyd o ran hynny – oherwydd cael eu galw i weld y Prif maen nhw gan amla. Ond dwi'n poeni dim am hynna rŵan. Dwi jyst yn falch bod Taid yma i helpu.

Dwi'n edrych ar draws maes parcio'r ganolfan hamdden lle mae rhyw gant o fechgyn a merched a chydig o oedolion yn mynd drwy'r prif ddrysau.

'Dowch 'laen,' meddai Rebecca, 'maen nhw'n mynd i mewn rŵan.'

Dwi'n chwythu fy mochau allan wrth i ni gerdded rhwng y ceir.

'Byddi di'n iawn,' meddai Taid, gan drio dal i fyny efo fi. 'Yr aros ydy'r peth gwaetha. Jyst cofia be ddwedodd Bobby Fischer.'

'Ddwedodd o lot o bethau, Taid.'

'Do, ac maen nhw i gyd yn bwysig, ond heddiw cofia hon am be mae chwaraewr gwyddbwyll da ei angen: "Cof da, y gallu i ganolbwyntio, dychymyg ac ewyllys gref."'

'Dwi'n gwbod, Taid, ond dyna'r peth – alla i ddim canolbwyntio.'

'Mae o'n wir,' meddai Jake. 'Mae pry'n talu mwy o sylw i faw gwartheg na mae hwn i ddim byd.'

Mae Taid yn rhythu arno. 'Dydy o ddim fel'na rŵan.'

Dwi'n teimlo gwres cynnes yn codi tu mewn i mi wrth sylweddoli bod Taid wedi sylwi cymaint dwi wedi newid.

Mae Jake yn codi ei sgwyddau, fel tasa fo'n sylweddoli hyn hefyd. 'Iawn,' meddai. 'Bosib nad ydy o'n chwarae o gwmpas gymaint rŵan, ond mae'n iawn, does gen inna fawr o fynedd efo baw gwartheg erbyn hyn chwaith.'

'Jake,' mae Rebecca. 'Dwyt ti ddim wir yn helpu.'

'Na, dydy o ddim.' Mae Taid yn gwgu ar Jake, wedyn yn rhoi ei fraich am fy ysgwydd. 'Ty'd 'laen, Felix,' meddai, gan dynnu ei het. 'Gad i ni fynd mewn.'

Dwi'n dilyn gweddill y tîm drwy'r drysau. Mae Mr Keytes yn ysgwyd dwylo efo dynes sy'n athrawes mae'n rhaid, ac mae Rich yn stopio i siarad efo bachgen o ysgol arall.

Tu mewn, mae'r dderbynfa yn gawl swnllyd o leisiau. Dwi'n teimlo fy hun yn crynu a phan dwi'n ogleuo'r clorin o'r pwll nofio dwi'n teimlo hyd yn oed yn waeth. *Ond mae Taid yma,* dwi'n deud wrtha i fy hun. *Be all fynd o'i le?* Dwi'n sbio ar Rebecca. Mae hi'n codi ei sgwyddau ac yn rhoi gwên nerfus i mi wrth i ni gerdded i lawr coridor hir i gyfeiriad y brif neuadd chwaraeon.

'Iawn.' Mae Mr Keytes yn stopio wrth y drysau ac yn clapio. 'Gwrandewch, bawb. Mae gynnon ni nifer o bethau i fynd drwyddyn nhw. Richard?'

Mae Rich yn deud ta-ta wrth y boi roedd o'n siarad efo fo ac yn ymuno efo ni.

'Ro'n i jyst yn deud bod gen ti nifer o bethau i'w deud wrthan ni,' meddai Mr Keytes.

'O ia, oes.' Mae Rich yn edrych ar ddarn o bapur yn ei law yna'n clirio'i wddw fel tasa fo am ddarllen y newyddion. ''Dan ni'n chwarae Foxley High yn y rownd gynta,' meddai. 'A 'dan ni wedi tynnu allan o het i weld pwy sy'n chwarae pwy. Felly mae'r cyfan ar hap. Rebecca, mi fyddi di ar fwrdd chwech, Chris, bwrdd deuddeg, Tom, bwrdd pedwar ar ddeg, Leah, bwrdd deunaw, dwi ar fwrdd un ar bymtheg.' Wedyn mae'n edrych i fyny arna i ac yn ychwanegu,' 'Felix, mi fyddi di ar fwrdd ugain.'

'Ond os felly…' Mae Chris yn darllen dros ysgwydd Rich. '… mi fydd Felix yn erbyn Sam Paterson.'

'Bydd.'

'Pwy ydy hwnnw?' dwi'n gofyn.

'Dim ond y chwaraewr sgoriodd y mwya o bwyntiau llynedd!' meddai Chris.

‘Waw!’ meddai Jake. ‘Gei di dy chwalu!’

‘Jake! Dydy hynna ddim wir yn mynd i helpu Felix,’ meddai Mr Keytes.

‘Dim ond deud o’n i.’ Mae Jake yn edrych yn sydyn arna i.

Dydy o ddim yn helpu, ond mae Jake yn iawn. Dwi’n troi i chwilio am Taid, ond mae’r drysau wedi cael eu hagor a dwi’n cael fy ngwthio drwyddyn nhw.

Yn y neuadd chwaraeon mae ’na gylchau pêl-fasged ar bob pen a rhyngddyn nhw mae llwyth o fyrddau wedi eu gosod mewn rhesi fel pan fydda i’n sefyll arholiadau. Ac mae ’na gannoedd o fechgyn a merched yn sefyll rhyngddyn nhw, mewn gwisgoedd ysgol smart, yn siarad yn uchel nes bod eu lleisiau’n adleisio oddi ar y waliau.

Mae Rich a’r lleill yn gwthio heibio i mi, ac wedyn mwy o blant o ysgol arall. Dwi’n troi ac yn chwilio am Taid eto, ond yr unig berson dwi’n nabod ydy Jake.

‘*Break a leg*, Felix,’ mae o’n gweiddi uwch ben y dorf. Ond dwi ddim isio’i gyngor o. Dwi isio Taid.

‘Felix!’ Dwi’n troi ac yn gweld het Taid uwch ben pawb arall. ‘Byddi di’n iawn,’ meddai’n uchel. ‘Mi wna i dy wylio di o fyny fan hyn.’ Mae’n nodio i fyny rhyw risiau, wedyn yn ôl ata i. ‘Jyst cofia, paid ag edrych arnyn nhw, jyst meddylia amdanyn nhw fel —’

Sŵn corn yn canu. Mae bechgyn a merched yn gwthio heibio i mi fel tasen nhw’n hwyr ar gyfer gêm bêl-droed ac yn dechrau fy ngharío i efo nhw.

‘Meddwl amdanyn nhw fel be, Taid?’ dwi’n gweiddi. Dwi’n neidio uwch ben y dorf i drio’i weld o, ond y cwbl wela i ydy lle gwag ar y grisiau. *Be oedd o’n mynd i ddeud?*

Dwi'n edrych ar y ddwy res o fyrddau. Ar y byrddau gwyddbwyll wedi eu gosod arnyn nhw a'r clociau ar yr ochr. *Dydy hyn ddim yn deg – pam ges i fy rhoi yn erbyn chwaraewr gorau llynedd?*

Dwi'n gweld Rebecca ar draws y stafell, yn siarad efo Chris. Maen nhw'n cerdded tuag ata i a dwi'n eu cyfarfod nhw yng nghanol y neuadd.

'Sut nath hyn ddigwydd?' dwi'n deud. 'Gawn ni swopio?'

'Be, fel 'mod i'n cael fy nghuro?' meddai Chris.

'Naci,' dwi'n deud. 'Ella ddim efo ti, ond efo rhywun... efo Rich?'

'Allwn ni ddim,' mae Rebecca'n ochneidio. 'Dwi'n gwbod ei fod o ddim yn teimlo'n deg, ond tynnu allan o het naethon nhw – chei di ddim dewis.'

Mae cloch yn canu. Mae pawb yn stopio siarad.

''Dan ni'n gorfod dod o hyd i'n byrddau.' Mae Rebecca'n pwyntio at y byrddau efo rhifau wedi eu sgwennu ar y corneli. 'Bwrdd chwech ydw i,' meddai. 'A bwrdd ugain wyt ti...'

Dwi'n edrych o gwmpas y stafell ac yn trio gweld fy mwrdd i, ond dwi mewn gormod o banic i'w cyfri nhw.

'Felix.' Mae Rebecca'n rhoi ei llaw ar fy mraich fel tasa hi'n trio gneud i mi ymlacio. 'I lawr fan'na mae o. Reit yn y pen draw.'

'Diolch.' Dwi'n tynnu anadl.

'Felix, mae'n iawn. Paid â phoeni. Dydy o ddim i gyd arnat ti; 'dan ni'n dîm, tydan?'

'Yndan.' Dwi'n gwenu'n wan arni, wedyn yn gwau fy ffordd drwy'r rhesi o fyrddau, yn gwirio'r rhifau fel pan dwi yn y sinema yn chwilio am fy sedd.

Dwi'n stopio pan dwi'n cyrraedd bwrdd ugain. Mae fy ngwrthwynebydd i'n eistedd yno'n barod. Dwi'n cadw fy mhen i lawr, yn trio peidio dal ei lygaid nes byddwn ni wedi ysgwyd dwylo. Dwi'n sbio o gwmpas y neuadd. Mae pawb arall wedi cyrraedd eu byrddau ac yn barod i chwarae. Pawb ond Rich, sy'n gwenu fel giât ar draws y stafell, i 'nghyfeiriad i.

Dwi'n edrych y tu ôl i mi, yn meddwl tybed ydy o wedi gweld ffrind, neu ei fam a'i dad i fyny yn y galeri. Ond y cwbl sy y tu ôl i mi ydy wal fawr wen.

Pam mae o'n gwenu fel giât?

Dwi'n ystyried rhedeg fy llaw dros fy wyneb rhag ofn bod gen i blorod neu sbio i weld os ydy fy malog i wedi cau.

Mae rhywun yn clirio'i wddw, ac wedyn yn estyn ei law. Dwi'n estyn allan a'i hysgwyd ac yn edrych i lygaid fy ngwrthwynebydd. Aros funud. Dwi wedi'i weld o o'r blaen. Fo ydy'r bachgen welais i Rich yn siarad efo fo wrth y dderbynfa. Mae o'n dal fy llaw i'n rhy hir. Dwi'n trio'i thynnu i ffwrdd. Mae o'n gollwng fy llaw ac yn gwenu'n wan. Mae'n edrych ar draws y neuadd. Dwi'n gweld Rich yn gwenu fel giât yn ôl arno fo.

'Felly,' meddai fy ngwrthwynebydd. 'Be wyt ti'n mynd i'w chwarae, y Sicilian Defence neu'r Maróczy Bind?' Mae o'n chwerthin.

Mae 'nghalon i'n neidio fel cwningen. Mae Rich wedi deud wrtho fo pa symudiadau dwi'n eu defnyddio. Mae hyn yn drewi. Nhw drefnodd hyn. Mae 'mhen i'n curo fel drwm. Dwi ddim yn gwbod be i neud. Dwi isio mynd o 'ma, ond dwi wedi fy nal, fel taswn i'n sownd mewn ogof yn *Tomb Raider* a'r waliau'n cau i mewn arna i.

Dwi'n syllu draw at Rich.

Ro'n i'n meddwl ein bod ni yma i ennill. Ro'n i'n meddwl ein bod ni ar yr un tîm!

45

Tic, Tic, Tic

Mae fy ngwrthwynebydd yn codi gwerinwr gwyn, wedyn un du, a'u rhoi y tu ôl i'w gefn.

Dydy hyn ddim yn iawn. Dydy hyn ddim yn iawn.

Dwi'n edrych i fyny at y galeri, yn gweld llwyth o rieni, ond ddim fy rhai i, dim ond Taid yn syllu arna i a Jake wrth ei ochr yn bwyta pecyn o greision.

Mae Rich wedi deud wrtho fo be ydy fy symudiadau i. Helpwch fi! Dwi'n trio gyrru'r neges yma ar draws y neuadd. Ond y cwbl mae Taid yn neud ydy syllu yn ei flaen ac mae Jake yn dal i grensian.

Alla i ddim credu bod Rich wedi deud wrth y bachgen yma 'mod i'n defnyddio'r Sicilian Defence a'r Maróczy Bind. Taswn i wedi meddwl bod gen i'r cyfle lleia, mae hyd yn oed hwnnw wedi mynd rŵan achos mae fy ngwrthwynebydd i'n gwbod am bob symudiad dechreuol dwi'n mynd i neud. Gallwn i newid i un arall. Mi ddylwn i newid i un arall, ond pa un?

Mae fy nghalon i'n curo'n gyflym wrth i'r waliau ddechrau cau amdana i. *Paid â phanicio, cadwa dy ben.* Dwi'n cau fy llygaid, yn mynd drwy'r rheolau yn fy mhen…

Paid â bwyta cyn chwarae.

'Nes i ddim.

Paid â dal llygad dy wrthwynebydd.

Paid—

'Ti'n iawn?'

'Nac ydw.'

Dwi'n pwyso mlaen ac yn dal fy mhen yn fy nwylo.

'Dy ddewis di,' meddai fy ngwrthwynebydd.

'Chwith,' dwi'n ateb, heb godi 'mhen.

'Gwyn wyt ti felly,' meddai.

'Iawn,' dwi'n mwmial. 'Iawn.'

Dwi'n clywed sŵn darn gwyddbwyll yn cael ei osod ar y bwrdd, wedyn clic llaw fy ngwrthwynebydd yn stopio'i gloc o, gan ddechrau f'un i. Dwi'n gwylio'r bys eiliadau'n troi – pum eiliad, deg eiliad, pymtheg eiliad – yn union fel yr un yn *Pawn Sacrifice*. Dwi angen gneud symudiad. Dwi angen gneud symudiad. Mae tician y cloc yn cyrraedd tri deg eiliad, tri deg pump. Mae fy llaw yn ddwrn.

'Pen mor glir â'r awyr, calon mor llonydd â'r môr.'

Dwi'n gwbod, Taid, ond mae fy nghalon i'n mynd fel gordd!

'Felly dychmyga.'

Dychmygu be?

'Bocs pren.'

Be?

Mae'r cloc yn tician ymlaen at bum deg eiliad, pum deg un, pum deg dau, pum deg tri, pum deg pedwar, pum deg pump.

'Dychmyga mai dy wrthwynebydd ydy…'

Pum deg saith, pum deg wyth, pum deg naw.

Helpwch fi, Taid!

'Dychmyga mai dy wrthwynebydd ydy'r Mechanical Turk.'

Dwi'n codi gwerinwr a'i symud i e4.

Dyna ni, dyna fy symudiad cynta.

'Paid ag anghofio'r cloc.'

Be?

'Paid ag anghofio'r cloc.'

Dwi'n taro'r cloc.

'Esgus mai dyn heb wyneb mewn bocs ydy o. Bocs pren heb galon, ond efo breichiau mawr blêr.'

Dwi'n gwbod.

Mae'r bocs pren yn symud gwerinwr i c5.

Yn stopio'r cloc.

Dwi'n symud fy marchog i f3.

Yn stopio'r cloc.

Mae'r bocs pren yn symud ei farchog i c6.

Yn stopio'r cloc.

Dwi'n symud gwerinwr i d4.

Yn stopio'r cloc.

Mae'r bocs pren yn symud gwerinwr i f5.

Yn stopio'r cloc.

Mae fy marchog yn cymryd gwerinwr ar d4.

Mae'r bocs yn symud gwerinwr i g6.

Dwi wedi gweld y symudiadau yma o'r blaen; rhybuddiodd Taid fi amdanyn nhw un noson – dyma fersiwn y Ddraig Gyflym o'r Sicilian Defence. Dwi angen meddwl yn gyflym. Dwi angen meddwl yn glir. Be ddwedodd Taid wrtha i i neud? Be…

Dwi'n cofio!

Dwi'n symud gwerinwr i c4.

Dwi'n aros i'r bocs pren neud ei symudiad, ond does yr un llaw yn ymddangos, yr un darn gwyddbwyll yn symud. Mae o fel tasa fo'n meddwl yn arbennig o galed. Dwi newydd chwarae'r Maróczy Bind, ond mae o fel tasa'r bocs ddim yn gwbod sut i ymateb iddo fo.

Dwi'n aros, nes o'r diwedd mae o'n symud ei farchog i f6.

Yn stopio'r cloc.

Mae hi'n gath a llygoden, fi yn erbyn y bocs pren. Mae o'n trio dal fy mrenin i tra dwi'n trio dal ei frenin o.

Mwy o symudiadau… deg arall yr un, a drwy'r adeg dwi'n meddwl tri symudiad ymlaen llaw nes…

Marchog i c3.

Gwerinwr i d6.

Gwerinwr i f3.

Marchog yn cymryd castell ar d4.

Brenhines yn cymryd marchog ar d4.

'*Check*,' dwi'n deud. '*Checkmate*.'

'Mae hynna'n amhosib!' meddai fy ngwrthwynebydd rhwng ei ddannedd. 'Amhosib.'

Dwi'n teimlo gwên yn lledu dros fy wyneb i. Ro'n inna wedi meddwl ei bod hi'n amhosib hefyd. Dwi'n dychmygu bocs pren, efo'i freichiau pren yn sticio allan, yn troi a chrensian fel tasa'i weiars o wedi croesi.

Dwi'n codi ac yn estyn fy llaw.

Dwi wedi ennill. Dwi wedi curo'r cyfrifiadur!

'Iei! Felix! IEE!' Mae Jake yn neidio o 'nghwmpas i fel Labrador wedi cynhyrfu'n rhacs.

Mae Rebecca'n gwenu. Mae Chris yn gwenu. Mae Tom yn gwenu. Mae Leah yn gwenu.

'Iee! Iee!' Mae Jake yn dyrnu'r awyr ac yn neidio i fyny ac i lawr o 'mlaen i.

'Iawn, Jake,' meddai Mr Keytes. 'Gêm o wyddbwyll ydy hi, nid gêm bêl-droed. Ond da iawn ti, Felix,' mae'n ychwanegu, gan guro 'nghefn i. 'Ymdrech arbennig.'

Mae hyn yn teimlo fel gêm bêl-droed. Dwi'n teimlo fel taswn i wedi rhedeg hyd y cae a tharanu'r bêl i gefn y rhwyd.

Mae Jake yn lapio'i fraich am fy ngwddw i.

'Gwbod y baset ti'n ei neud o,' meddai. ''Nes i'm amau dim.'

Dwi'n gollwng fy hun o'i afael. Dwi'n teimlo'r un mor hapus â fo, mor hapus dwi'm isio i heddiw ddod i ben, ond yr eiliad yma yr unig berson dwi isio dathlu efo fo ydy Taid.

Dwi'n edrych i fyny i'r galeri ac yn chwilio amdano fo, ond y cwbl dwi'n gweld ydy arwyddion 'Allan' a seddi gwag. Rhaid ei fod o ar ei ffordd i lawr.

Mae Rich yn sefyll o 'mlaen i, yn dal ei law allan fel tasa fo ddim wir isio. 'Da iawn ti,' meddai. Dwi'n ysgwyd ei law heb feddwl.

Dwi newydd ennill tair gêm ar ôl ei gilydd a dwi'n teimlo mor dda dwi'n chwerthin ar y tu mewn. Rŵan y cwbl dwi isio ydy gweld

Taid a rhoi anferth o gwtsh iddo fo, ond alla i mo'i weld o yn unlle achos mae'r neuadd yn berwi efo disgyblion ac athrawon. Dwi'n gofyn i Rebecca sut hwyl gafodd hi. Mae'n deud ei bod wedi ennill un, colli un ac un yn gyfartal, ac mae hi'n ddigon bodlon. Dwi'n deud wrthi 'mod i'n hapus drosti, wedyn mae 'na ferch efo gwallt melyn mewn gwisg ysgol las yn cerdded tuag aton ni.

'Da iawn ti,' meddai wrtha i.

'O… diolch,' dwi'n deud.

Mae'n edrych yn rhyfedd arna i. ''Nest ti chwarae yn 'yn erbyn i yn yr ail gêm.'

'Do?'

'Do,' meddai. ''Nest ti fachu'n esgob i a fy marchog i ar symudiadau un deg dau ac un deg pedwar.'

'Mae'n ddrwg gen i,' dwi'n deud. 'Dwi'n cofio gneud hynny, ond dwi ddim yn—'

'Cofio fi?'

'Nac ydw,' dwi'n deud. 'Sori.'

'Mae'n iawn.' Mae hi'n gwenu. 'Roeddet ti'n edrych fel taset ti mewn breuddwyd.'

'Mi roedd o.' Mae Rebecca'n chwerthin, wedyn yn gofyn i'r hogan, 'Sut hwyl gafodd dy dîm di?'

'Dwi ddim yn siŵr,' mae hi'n ateb. 'Dwi'n meddwl ein bod ni wedi ennill wyth, colli saith a thri'n gyfartal, felly nawn ni ddim ennill. Mae'r athrawon wrthi'n ei weithio fo allan rŵan.' Mae hi'n nodio i gyfeiriad bwrdd yn y gornel lle mae criw o athrawon wedi hel efo clipfyrddau a beiros. Dwi'n chwythu fy mochau allan. Dwi isio gwbod os ydan ni wedi ennill, ond dwi isio gweld Taid hefyd.

Dwi'n chwilio amdano fo yn y dorf ond dwi'n methu'i weld o o hyd. Mae o wedi cymryd gymaint o amser i ddod i lawr, rhaid ei fod o wedi mynd i'r tŷ bach.

Mae Jake yn curo 'nghefn i, yn deud da iawn ti am yr ugeinfed tro. Y tu ôl i ni dwi'n clywed Rich a Chris yn gweithio allan faint o bwyntiau sy gynnon ni – mae Chris yn deud ei fod o a Rebecca wedi cael un a hanner yr un, Leah wedi cael un a Tom heb gael dim byd. Wedyn mae Rich yn deud ei fod o wedi cael dau a hanner, a 'fo' – sef fi – wedi cael tri. Mae'n gweithio allan bod gynnon ni naw pwynt a hanner, ella na fyddwn ni'n ennill, ond mae gynnon ni obaith.

Mae'r criw athrawon yn nodio ar ei gilydd, wedyn yn gwahanu.

'Dyma'r canlyniad,' meddai Rebecca, gan dynnu ar fy mraich i.

Mae un o'r athrawon yn codi cloch a'i chanu. Dwi'n edrych o gwmpas y neuadd. Mae'r grwpiau o ddisgyblion wedi mynd yn dawel ac yn sefyll efo'u hathrawon. Mae fy ngrŵp i'n gneud yr un fath, heblaw mai sefyll efo Rich ydan ni achos am ryw reswm dydy Mr Keytes ddim yma.

'Iawn,' meddai'r athro ganodd y gloch. 'Yn gyntaf oll, dwi isio diolch i chi i gyd am ddod ac am wneud hwn yn chwip o dwrnamaint.'

Dwi'n anadlu'n ddwfn ac yn edrych ar Jake a Rebecca. Dwi wedi ennill pob un o 'ngemau i, ond mi fyddai'n wych tasen ni'n ennill y twrnamaint.

'Yn drydydd,' meddai'r athro, 'efo naw pwynt mae… drymiau?'

Mae'r grŵpiau i gyd yn aros yn dawel, fel tasen nhw'n rhy nerfus i daro'u dwylo ar y byrddau neu i stampio'u traed.

'Dewch 'laen, drymiau, bawb,' meddai'r athro. Mae'r neuadd yn drybowndian efo sŵn pobl yn drymio'r byrddau a stampio'u traed. 'Fairfield High!'

Mae grŵp mewn blasers llwyd yn troi a gwenu, yn curo sgwyddau ei gilydd. Mae rhai'n edrych yn hapus eu bod nhw wedi dod yn drydydd, rhai'n edrych yn siomedig eu bod nhw heb ennill.

'Naw a hanner gaethon ni,' mae Rich yn sibrwd. 'Naethon ni guro hynna! 'Dan ni un ai'n gynta neu'n ail.'

'Ac felly, yr ail orau,' meddai'r athro. 'Roedd hi'n agos iawn. Hynod o agos.' Mae Rebecca'n rhoi pwt i mi. Mae Chris a Leah yn edrych ar ei gilydd. Mae dwylo Rich yn ddyrnau. Mae llygaid Jake mor fawr mae o'n edrych fel tasa fo ar fin ffrwydro.

Dwi'n sbio y tu ôl i mi am Taid. Os 'dan ni wedi ennill dwi isio fo fan hyn, ond yr unig berson dwi'n ei weld ydy Mr Keytes sy'n sefyll wrth y drws efo golwg ddifrifol ar ei wyneb fel tasa fo newydd glywed ein bod ni wedi cael ein gwahardd o'r gystadleuaeth.

'Ac yn ail mae...'

Mae Mr Keytes isio i mi fynd ato fo.

Dim ond fi mae o'n feddwl, neu'r tîm i gyd?

Mae o'n gneud arwydd arna i eto.

Mae bloedd fawr yn atseinio o gwmpas y stafell, ond 'nes i ddim clywed ar gyfer pwy, achos wrth i mi gerdded ar draws y cwrt pêl-fasged mae o fel taswn i'n symud fel malwen drwy wal o sŵn.

Mae Mr Keytes yn camu i'r ochr a fy ngadael i drwy'r drws.

'Be sy'n bod, syr?' dwi'n gofyn. ''Nes i rywbeth o'i le?'

'Naddo.' Mae Mr Keytes yn ysgwyd ei ben. 'Dwyt ti'm wedi gneud dim o'i le. Dy daid ydy o.'

'Be? Be sy'n bod?' Dwi'n edrych i lawr y cyntedd mewn panic.

‘Ble mae o?’

‘Tu allan,’ meddai Mr Keytes. ‘Maen nhw’n edrych ar ei ôl o yn yr ambiwlans… Felix!’ Mae Mr Keytes yn rhoi ei fraich allan o ’mlaen i. ‘Felix, plis paid â phanicio. Mae’r bobl orau yn edrych ar ei ôl o rŵan.’

‘Ond, dach chi ddim yn dallt. Dwi angen ei weld o.’

‘Felix!’

Dwi’n gwthio braich Mr Keytes o’r ffordd ac yn rhedeg allan.

46

Golau Glas a Disinffectant

Dwi'n saethu i lawr y cyntedd. Mae fy nghalon yn curo ddwywaith yn gyflymach na mae fy nhraed yn symud a dwi'n ochrgamu heibio pobl yn y dderbynfa.

Cerwch o'r ffordd.

Cerwch o'r ffordd!

Dwi'n gwthio drysau'r ganolfan hamdden yn agored. Mae 'na ambiwlans wedi parcio ar waelod y grisiau efo'r drysau cefn ar agor. Mae 'na barafeddyg mewn gwisg werdd yn sefyll wrth y drysau.

Dwi'n neidio i lawr y grisiau.

'Taid!' dwi'n gweiddi.

'Gan bwyll!' Mae'r parafeddyg yn fy nal i'n ôl. 'Mae o'n iawn.'

'Pam ei fod o yng nghefn ambiwlans 'ta?' Dwi'n trio rhyddhau fy hun.

Tu mewn, mae parafeddyg arall yn tapio tiwb plastig sy'n mynd i mewn i fraich Taid. 'Mae dy daid yn iawn.' Mae hi'n troi ata i. 'Ond dwyt ti ddim yn mynd i'w helpu o os wyt ti'n panicio.'

'Ond dwi'n… Allwch chi adael i mi ei weld o?'

'Mae'n iawn, Martin, gad o drwodd.'

Mae Martin yn fy ngollwng i a dwi'n camu i mewn i'r ambiwlans. Mae Taid yn eistedd mewn cadair olwyn efo blanced i fyny at ei ên. Mae ei het o'n grempog ar lawr yr ambiwlans.

'Taid,' dwi'n deud. 'Dach chi'n iawn?' Dwi'n aros iddo fo ateb, ond dydy o ddim yn gallu achos mae 'na fasg ocsigen dros ei geg o. Mae arogl disinffectant yn codi i 'nhrwyn i ac yn f'atgoffa o pan fyddwn i'n mynd i weld Nain yn yr ysbyty.

'Jyst stedda'n dawel.' Mae'r parafeddyg yn pwyntio at fainc y tu mewn i'r ambiwlans. 'Mae dy daid yn mynd i fod yn iawn,' meddai hi'n glên.

Roedden nhw'n arfer deud hynna am Nain hefyd, ond doedd hi ddim, ddim go iawn. Dwi'n eistedd, yn araf. Dydy Taid ddim yn edrych yn iawn. Mae ei wyneb o'n wyn fel y lleuad a'i lygaid o'n llac. Mae'n codi ei law.

'Na, Francke,' meddai'r parafeddyg, 'peidiwch â thrio symud na siarad.' Wedyn mae hi'n troi at Martin ac yn deud, 'BP yn gant ac wyth dros chwe deg wyth, HR naw deg chwech.'

'Be mae hynna'n feddwl?' dwi'n gofyn. 'Ydy o'n ddrwg?'

'Mae'n golygu y byddan ni'n gorfod mynd â dy daid i'r ysbyty,' meddai. 'Oes gan dy daid ddiabetes?'

'Oes. Mae gynno fo fag du yn y car.'

'Gwych, bydd hynna'n help mawr.' Mae'r parafeddyg yn sefyll ac yn dechrau symud Taid yn bellach i mewn i'r ambiwlans.

‘Felix!’ Dwi’n edrych allan ac yn gweld Mr Keytes yn sefyll wrth ddrysau’r ambiwlans. Wrth ei ymyl mae Jake a Rebecca ar flaenau eu traed, yn sbecian i mewn.

‘Ydy dy daid yn iawn?’ mae Jake yn gofyn. ‘Deud wrtho fo bod hi’n ddrwg gen i am feddwl ei fod o’n ysbïwr.’

‘Jake,’ meddai Mr Keytes. ‘’Dan ni ddim angen dy lol di rŵan.’ Mae’n dal ei law allan i mi. ‘Felix,’ meddai. ‘Dwi’n meddwl mai’r peth gorau ydy i ti ddod efo ni.’

‘Ond Taid,’ dwi’n deud. ‘Dwi ddim isio’i adael o.’ Dwi’n edrych yn ôl ar Taid. Mae ei dei o’n sgi-wiff a’i siwt orau wedi crychu i gyd. Mae o’n trio deud rhywbeth ond y cwbl dwi’n ei glywed ydy rhyw fwmial aneglur.

‘Be, Taid?’ dwi’n gofyn.

‘Francke,’ meddai’r parafeddyg, ‘dwi’n gwbod ei fod o’n rhwystredig i chi, ond am y tro mae’n well i chi adael y masg ymlaen a thrio peidio siarad.’

Mae Taid yn ysgwyd ei ben yn flin, fel tasa gwenynen newydd hedfan i mewn i’w glust o. Mae Taid yn mwmial eto.

‘BP yn gant ac wyth dros chwe deg dau, HR wyth deg dau. ’Dan ni’n dechrau sadio rŵan, Francke, ond awn ni i’r ysbyty i fod yn saff,’ meddai’r parafeddyg yn dawel, sy’n gneud i mi sadio hefyd.

‘Ga i siarad efo fo cyn iddo fo fynd?’ dwi’n gofyn.

Mae’r parafeddyg yn edrych ar Taid, fel tasa hi’n mynd i ofyn iddo fo, ond mae Taid yn tynnu ar ei fasg yn barod.

‘Iawn,’ meddai’r parafeddyg, gan wenu. ‘Gair bach sydyn.’

Mae Taid yn symud y masg ar ei foch ac yn mwmial rhywbeth, ond mae o’n anadlu mor rhyfedd alla i mo’i glywed o.

Dwi'n pwyso drosto fo.

'Mae'n iawn, Taid,' dwi'n deud. 'Dwi'n caru chi hefyd.'

Mae Taid yn ysgwyd ei ben ac yn tynnu anadl ddofn.

'Naci,' mae o'n sibrwd. 'Wnest ti ennill?'

47

Ydy Hi'n Iawn i Weddïo Dim Ond Pan Ti Isio Rhywbeth?

Annwyl Duw... Annwyl Duw... Fyddai hi'n iawn... Fyddai ots gynnoch chi...

Dwi'n gorwedd ar fy ngwely, yn syllu ar y nenfwd efo fy nwylo ar fy mrest. Dwi wedi bod yn meddwl am weddi i Taid, ond bob tro dwi'n dechrau dwi'n clywed llais Mam lawr grisiau wrth iddi siarad efo Dad ar y ffôn. Mae rhan ohona i isio gwrando, y rhan arall isio lapio pilw am fy mhen a chau'r cwbl allan.

Annwyl Duw...

'Ydy o'n effro?'

Dwi'n gwbod 'mod i ddim wedi gweddïo ers pan oedd Nain yn sâl.

'Ydy o'n siarad?'

A dwi'n gwbod nath hynny ddim gweithio.

‘Ydy o’n gwbod dy fod ti yna?’

Ond dwi’n siŵr eich bod chi wedi trio.

‘Dwi’n siŵr y bydd o’n iawn.’

Ac…

‘Un eiliad…’ Mae llais Mam yn mynd yn uwch wrth iddi gerdded mewn i’r cyntedd. ‘Ia. Dwi’n gwbod. Mi a’ i i’r lolfa.’

Clic.

Mae Mam yn cau drws y lolfa.

Rhaid bod y newyddion yn ddrwg achos dyma sut roedd hi yn y dyddiau cyn i Nain farw. Dad yn ffonio Mam, Mam yn ffonio Dad, Dad yn dod adre, yn sibrwd yn y gegin, yn sibrwd yn y stafell fwyta, yn sibrwd yn y llofft. Do’n i ddim isio gwrando, ond does dim angen clywed pob dim i wbod pan fydd rhywun yn wirioneddol sâl. Do’n i ddim isio i Taid fynd i’r ysbyty ar ei ben ei hun, ond dwedodd Mr Keytes ’mod i’n rhy ifanc i gael fy ngadael ar fy mhen fy hun yn yr ysbyty. Roedd hi mor dawel yn y bws mini ar y ffordd yn ôl, y cwbl allwn i ei glywed oedd llif y gwynt a dwndwr y teiars ar y ffordd. Dwedodd Rebecca ei bod hi’n siŵr y byddai Taid yn iawn, a Jake yr un peth, ond sut allen nhw wbod. Dim ond gobeithio oedden nhw, fel fi.

Dwi’n troi ar fy ochr. Yn gweld y darnau o bapur efo llawysgrifen Taid arnyn nhw: y bwrdd gwyddbwyll, lluniau o’r darnau gwyddbwyll efo’u symudiadau wedi eu sgwennu nesa atyn nhw – **Gwerinwr, gallu symud ymlaen yn unig, dau sgwâr y tro cynta, wedyn dim ond un. Esgob, symud yn lletraws yn unig. Castell, cael symud yn llorweddol a fertigol yn unig.** Dwi’n cau fy llygaid. Fel arfer mi fyddwn i’n dal i weld y sgwariau, ond rŵan y cwbl wela i ydy Taid, wedi'i lapio mewn blanced yng nghefn yr ambiwlans.

'Felix... Felix...' Mae Mam yn rhoi cnoc ysgafn ar fy nrws. 'Ga i ddod mewn?'

Dwi'n sychu fy llygaid ar lawes fy mhyjamas ac yn troi i wynebu'r drws.

Mae Mam yn agor y drws yn araf.

'O'n i jyst yn meddwl y baswn i'n rhoi chydig o newyddion i ti am Taid,' meddai'n dawel.

'Ei galon ydy o? Fel Nain?' dwi'n gofyn.

''Dan ni ddim yn siŵr,' meddai wrth iddi gerdded i mewn ac eistedd wrth droed fy ngwely. 'Mae o'n cysgu rŵan, ond mae Dad yn deud am beidio poeni a bydd o'n ffonio eto yn y bore.'

'Ro'n i'n gwbod ddylai o ddim fod wedi gyrru i 'ngweld i'n chwarae...' Mae fy llais i'n dechrau cracio. 'Doedd o ddim yn edrych yn dda ddechrau'r wythnos. Dylwn i fod wedi deud rhywbeth.'

'Hei.' Mae Mam yn gwenu'n annwyl arna i. 'Ddim dy fai di ydy o. Ti'n gwbod sut un ydy dy daid – styfnig fel mul. Hyd yn oed tasen ni wedi deud wrtho fo beidio, mi fyddai wedi mynd, a ph'run bynnag, ti ydy'r un sy wedi codi ei galon o dros yr wythnosau dwetha 'ma.'

Dwi'n gorfodi fy hun i wenu. Byddai'n well gen i ei fod o'n flin ac yn eistedd adre, nag yn hapusach ac yn yr ysbyty.

'Dwi'n difaru 'mod i 'rioed wedi dechrau chwarae,' dwi'n deud.

'Ty'd yma,' meddai Mam, gan estyn ei breichiau.

Dwi'n pwyso mlaen ac mae hi'n lapio'i breichiau amdana i.

'Mi fydd o'n iawn,' mae hi'n sibrwd. 'Gei di weld. Mi fydd o'n dy nôl di o'r ysgol yn y car pinc 'na cyn i ti droi rownd. Fyddi di'n methu disgwyl i fynd i mewn iddo fo!'

'Faswn i ddim yn mynd mor bell â hynny!' dwi'n sniffian.

Mae Mam yn chwerthin. 'Wel, mae'n swnio i mi fel tasa'n hen Felix i yn ôl,' meddai.

Dwi'n gwenu'n wan ac mae hi'n rhoi cwtsh arall i mi. Mi faswn i'n licio tasa Taid yn ôl hefyd. Mae Mam yn taro 'nghefn i'n ysgafn, ac wedyn yn rhoi mwytha i fy mhen i fel byddai'n gneud pan o'n i'n iau.

'Mi fydd o'n iawn,' meddai'n glên. 'Mae o'n tyff, wsti.'

'Gobeithio,' dwi'n deud, er 'mod i ddim yn siŵr os ydy Taid mor tyff â mae hi'n feddwl.

'Mi fydd o,' meddai, gan fy ngollwng i. 'Gwranda, dwi ar fy ffordd draw i fwydo Samson. Ti isio dod?'

'Dwi yn fy mhyjamas.'

'Dim ots,' mae Mam yn gwenu. 'Ro'n i jyst yn meddwl y byddai'n gneud lles i ti neud rhywbeth.'

'Na, mae'n iawn,' dwi'n deud. 'Arhosa i fan hyn.'

Mae Mam yn cerdded at y drws, ac wedyn yn stopio. 'Jyst tria gysgu chydig,' meddai. 'A gawn ni weld sut fydd o yn y bore.'

'Iawn.'

Mae sŵn traed Mam yn diflannu wrth iddi gerdded i lawr y grisiau.

Dwi'n gorwedd yn ôl ar fy ngwely. Trio helpu oedd hi, ond byddai mynd i dŷ Taid ac yntau ddim yno'n afiach. Dim ond cragen wag fyddai'r lle, efo Samson yn cerdded o gwmpas yn chwilio amdano fo fel nath o am Nain am ddyddiau ar ôl iddi farw. Ac weithiau roedd o'n codi ofn arna i hefyd, achos byddai Samson mwya sydyn yn syllu i mewn i'r cyntedd fel tasa fo wedi gweld ysbryd. Betia i fod Samson yn gweld isio Taid hefyd, a nid dim ond oherwydd y bwyd.

Dwi'n cau fy llygaid ac am eiliad dwi'n clywed llais Taid eto yn fy mhen i: *'a1, b1, f1, g1, ffeil ydy hon, rheng ydy hon. c1…'* Dwi'n ochneidio. *'d1, e1, yr esgob ydy hwn, mae'n symud yn lletraws, castell ydy hwn, mae'n symud mewn llinellau syth.'* Dwi'n clywed Taid mor glir mae o fel tasen ni yn yr ardd efo'r haul yn sgleinio arnan ni wrth i ni dorri'r gwair.

Dwi'n plethu fy mreichiau ar fy mrest. *Annwyl Duw, ydy hi'n iawn i weddïo dim ond pan ti isio rhywbeth? Dwi'n gwbod nath o ddim gweithio i Nain, ond ydy o'n iawn i mi drio eto?*

48

Ofn Llwyfan

'Sefydlog,' mae Jake yn sibrwd. 'Mae hynna'n dda, Felix. Mae'n golygu bod dy daid fel Everton; ddim yn mynd i ennill y gynghrair, ond ddim yn mynd i gael ei anfon i'r ail adran chwaith.'

'Dwi'n gwbod,' dwi'n deud, 'Ond mae o'n dal i fod yn wael.'

'Yndi. Ond dydy o ddim yn mynd i fa—'

'Hisht.' Mae Rebecca'n rhoi pwt iddo fo. ''Dan ni'n gorfod mynd ar y llwyfan cyn bo hir.'

Dwi'n sefyll y tu ôl i gyrtens y llwyfan efo Rebecca, Jake a gweddill y tîm gwyddbwyll. Mae Mr Mclugash yn deud wrth yr ysgol i gyd y bydd pwy bynnag sy wedi bod yn stwffio papur tŷ bach i lawr sinciau'r bechgyn nes bod y tai bach yn nofio, yn cael eu dal a'u cosbi, felly gwell iddyn nhw gyfaddef nawr. Wedyn mae o'n oedi ac yn rhythu fel tasa fo'n disgwyl i rywun godi ei law. Does neb yn gneud, felly mae o'n dechrau siarad am drip Blwyddyn 9 i

Efrog, ond mae ei eiriau o'n troi'n lobsgows yn fy mhen i ac mae 'nghalon i'n curo'n gyflym a fy nwylo'n chwysu. Dwi 'rioed wedi bod ar y llwyfan o'r blaen a do'n i'n bendant ddim yn meddwl y byddwn i heddiw – do'n i ddim hyd yn oed yn disgwyl bod yn yr ysgol. Ro'n i isio aros adre, ond ar ôl i Dad ffonio a deud bod Taid yn gneud yn iawn, dwedodd Mam mai'r ysgol oedd y lle gorau i mi, achos mi fyddai'n fy stopio i rhag meddwl amdano fo. Ac mae hi'n iawn, achos y cwbl alla i feddwl amdano fo rŵan ydy sut dwi'n stopio fy nghoesau i rhag crynu. Dwi'n sbecian rownd y cyrtens. Mae'r ysgol i gyd yn y neuadd, yn rhesi a cholofnau fel byddin. Dwi'n un o'r disgyblion sy'n edrych ar y llwyfan fel arfer, ond rŵan mae 'na gannoedd o wynebau yn sbio i 'nghyfeiriad i. Ac mae'n gneud i mi fod isio diflannu.

'Felly dyma nhw.' Mae Mr Mclugash yn dal ei fraich allan. 'Tîm gwyddbwyll yr ysgol!'

Mae Rich yn sychu'i ddwylo ar ei flaser ac yn cerdded ar y llwyfan, efo Chris yn ei ddilyn.

'Ty'd 'laen!' Mae Rebecca'n fy ngwthio yn fy nghefn. Dwi'n trio symud ond mae rhywun wedi rhoi Superglue dan fy nhraed i.

'Felix!' Mae Jake yn hisian. 'Symuda!'

Dwi'n baglu ymlaen.

'Falle'u bod nhw heb ennill,' meddai Mr Mclugash, 'Ond fe ddethon nhw'n ail mewn cystadleuaeth gref iawn, felly beth am i ni i gyd roi cymeradwyaeth iddyn nhw?'

Mae Rich yn stopio yng nghanol y llwyfan a 'dan ni'n wynebu'r ysgol. Mae pawb yn gweiddi ac yn clapio ac mae'r athrawon sy mewn rhes y tu ôl i ni yn clapio hefyd. Mae Rebecca'n rhoi gŵen fach nerfus i mi. Alla i ddim gwenu'n ôl achos dwi'n crynu fel pengwin ar lwmp o rew. Dwi'n edrych ar fy nhraed, wedyn ar Rebecca eto. Mae fy wyneb i'n llosgi, ond rŵan alla i ddim stopio fy hun rhag gwenu fel giât wrth i'r clapio a'r chwibanu ddal i fynd. Dydy hyn ddim yn digwydd i mi. I Hannah Mills mae hyn yn digwydd, pan fydd hi'n derbyn tlws y Gymdeithas Siarad Cyhoeddus, ac i Florrie Price am ennill cystadleuaeth ysgrifennu yr ysgol, ac i Luke Harvey pan mae o'n cael tystysgrif arall am gymnasteg. Y tro dwetha, roedd o ar y llwyfan achos ei fod o wedi cael ei ddewis ar gyfer y sir, er bod Jake wastad yn deud bod ei *triple flips* o'n edrych yn fwy fel jyst rôl ymlaen. Ond gan mai fy nhro i ydy hi rŵan i fod i fyny yma dwi'n gwbod sut mae'n teimlo i fod yn dda am rywbeth, ac mae'n deimlad dwi'n gobeithio'i gael eto.

'Iawn.' Mae Mr Mclugash yn codi ei law ac mae'r clapio a'r gweiddi'n diflannu'n araf.

'Felly, Richard,' meddai Mr Mclugash. 'Hoffet ti ddweud wrthon ni beth yn gwmws ddigwyddodd?'

Mae Rich yn gwenu, ac yn tynnu nodiadau allan o boced ei flaser, fel tasa fo'n wleidydd ar fin rhoi araith.

'Felly,' mae o'n darllen. 'Fi ydy capten tîm gwyddbwyll yr ysgol a ddoe aethon ni i Ganolfan Hamdden Cheltenham ar gyfer y Bencampwriaeth Ysgolion. Yn y rownd gynta roedden ni yn erbyn Foxley High ac mi wnes i ennill fy ngêm i ac mi naethon ni eu curo nhw o dair gêm i un. Yn y rownd nesa roedden ni'n chwarae Huntsville Grammar. Roedd hi'n gêm agos, ond mi wnes i ennill fy ngêm i ac mi naethon ni ennill tri-dau. Yn y rownd wedyn roedden ni'n chwarae…'

‘Fi. Fi. Fi!’ Mae Jake yn hisian yn fy nghlust i. ‘Naethon ni chwarae hefyd!’

‘Dwi’n gwbod,’ dwi’n deud dan fy ngwynt. ‘Neu o leia mi ’nes *i*.’ Dwi’n troi ac yn edrych ar Jake. ‘Hei, be ti’n neud i fyny ’ma beth bynnag?’

‘Dwi’m yn gwbod.’ Mae Jake yn gwenu. ‘Dwi jyst yma!’

Dwi’n ysgwyd fy mhen yn araf. Mae Rebecca’n gwenu wrth iddi hitha neud yr un fath. ’Dan ni gyd yn gwenu. Mae’r ddau yn ffrindiau gorau i mi ac mae’n wych ein bod ni ar y llwyfan efo’n gilydd.

‘Felly naethon ni ddim ennill y twrnamaint,’ mae Rich yn mynd yn ei flaen, ‘Ond mi naethon ni chwarae’n wirioneddol dda. Ro’n i’n gyfartal yn fy ngêm i yn y rownd olaf felly ail oedden ni yn y diwedd.’

‘Wel.’ Mae Mr Mclugash yn camu mlaen. ‘Rwy’n credu ei bod hi wedi bod yn ymdrech arbennig, felly gadewch i ni roi clap fawr arall iddyn nhw.’ Mae o’n clapio’i ddwylo. Mae Rich yn cerdded o’n blaenau ni ac yn dechrau ein harwain ni oddi ar y llwyfan.

‘Un eiliad!’ meddai Mr Mclugash.

Mae Rich yn stopio cerdded a dwi’n taro mewn i gefn Rebecca.

‘D’yn ni ddim wedi cwpla eto.’ Mae Mr Mclugash yn ein galw’n ôl. ‘Mae cyhoeddiad arall ’da ni, on’d oes e, Mr Keytes?’

’Dan ni i gyd yn shyfflan yn ôl ar y llwyfan.

Mae Mr Keytes yn camu mlaen. ‘Oes,’ meddai. ‘Mae gynnon ni chydig o newyddion da, achos er na nath Southwick High ennill, llwyddodd un o’n tîm ni i wneud yn hynod o dda.’

Mae Rich yn sythu ei dei.

‘Gwych,’ meddai Jake. ‘Fo sy’n cael y clod am bob dim.’

‘Dwi’n gwbod,’ dwi’n sibrwd.

‘Ie, Felix… dere ’ma.’ Mae Mr Mclugash yn codi ei fraich.

Be? Fi!

Rhaid ’mod i heb ei glywed o’n iawn, ond wedyn dwi’n gweld bod yr ysgol i gyd yn rhythu arna i.

Ddim fi ydy o, ’rioed? Dwi’n teimlo fel taswn i isio llithro drwy’r trap-ddôr a diflannu dan y llwyfan.

‘Paid â bod yn swil, Felix. Dere ’ma.’ Mae Mr Mclugash yn fy annog ymlaen. Dim ond pan fydda i mewn trwbwl fydd o’n siarad efo fi.

Mae fy nghalon yn curo’n wyllt ac mae fy wyneb yn teimlo fel tasa fo’n mynd i fynd ar dân.

Cer yn dy flaen! Mae Rebecca’n meimio.

‘Cer, y twmffat!’ Mae Jake yn fy ngwthio yn fy nghefn.

Dwi’n cymryd un cam, wedyn un arall. *Be ydw i wedi neud?* Dwi’n dal ati i gerdded, ond mae fy nhraed i’n farw ac mae’r llwyfan yn niwl.

Mae Mr Mclugash yn ysgwyd fy llaw i, wedyn yn fy nhroi i wynebu’r ysgol.

‘Dwi’n meddwl bod llawer ohonoch chi’n nabod Felix,’ meddai. ‘Weithiau am y rhesymau anghywir!’ Mae’n agor ei lygaid yn fawr.

Mae rhywun yn giglan.

Mae Mr Mclugash yn gwgu ar Jake. ‘Fel ro’n i’n dweud… Weithiau am y rhesymau anghywir, ond heddi mae am reswm da. Er nad ein tîm ni yw’r pencampwyr, llwyddodd Felix fan hyn i ennill pob un o’i gemau a… sai’n siŵr os yw e’n gwbod hyn eto…’

Gwbod be?

'Oherwydd taw fe enillodd y nifer fwyaf o bwyntiau, mae e wedi cael ei ddewis i gynrychioli'r ysgol yn y Rowndiau Terfynol Cenedlaethol mewn… beth… pythefnos, ife, Mr Keytes?'

'Deg diwrnod,' meddai Mr Keytes, gan ddal ei ddwy law i fyny.

Be? Rowndiau Terfynol Cenedlaethol, dwi'n meddwl i mi fy hun. *Sut ddigwyddodd—*

'Gwych,' meddai Mr Mclugash. Does gen i ddim amser i feddwl sut ddigwyddodd o, achos mae Mr Mclugash rŵan yn ysgwyd fy llaw i ac yn cyflwyno darn o bapur i fi.

Mae pawb yn y gwasanaeth yn dechrau clapio eto. Dwi'n trio darllen y darn o bapur, ond mae gweddill y tîm wedi hel o 'nghwmpas i.

'Gwych,' meddai Rebecca, gan wenu.

'Anhygoel, Felix.' Mae Jake yn fy nghuro ar fy nghefn. 'Anhygoel.'

'Da iawn ti,' meddai Chris.

'Da iawn ti,' meddai Leah.

'Ia, da iawn ti,' meddai Rich, fel tasa'r geiriau'n sownd yn ei gorn gwddw o. Dwi'n anadlu'n ddwfn, ac yna'n anadlu eto.

Dwi yn y Rowndiau Terfynol Cenedlaethol!

Alla i ddim aros i ddeud wrth Taid. Tasa fo'n iach, mi faswn i'n rhedeg at y sgwâr rŵan y munud yma i ddeud wrtho fo a Mam a Dad be dwi wedi'i neud.

'Na, Richard. Gad i ni gael Felix yn y canol.' Mae Mrs Lemon yn rhedeg rownd o'n blaenau ni ac yn tynnu llun efo'i ffôn.

'Rown ni o ar wefan yr ysgol a…' meddai. Dwi'n trio clywed

ond mae'r cymeradwyo'n boddi gweddill ei geiriau. Dwi'n edrych i lawr ar y darn o bapur. Mae gwên yn lledu ar draws fy wyneb i ac mae 'mrest i'n llenwi efo aer.

MAE
FELIX SCHOPP
YN GYSTADLEUYDD YN ROWND DERFYNOL
PENCAMPWRIAETH GWYDDBWYLL YSGOLION PRYDAIN.

Mi alla i hyd yn oed sefyll yn llonydd yn ddigon hir i ddarllen hwnna.

49

Cwtshys a Ffilmiau Sopi

‘Felix,’ meddai Mam, gan roi ei llaw ar ben fy llaw i. ‘’Dan ni mor ofnadwy o falch ohonot ti.’

‘Ydan.’ Mae Dad yn rhoi tsipsen yn ei geg. ‘Mae’n anhygoel. Pwy fasa’n meddwl, y bachgen oedd yn casáu gwyddbwyll yn cyrraedd y Rowndiau Cenedlaethol? Mae o fel ffilm Hollywood.’

‘Ydy,’ meddai Mam, yn wên o glust i glust. ‘Oww, ty’d yma.’

‘Be, eto Mam?’

‘Wel, dydy o ddim yn digwydd yn aml.’ Mae Mam yn rhoi cwtsh a chusan i mi am be sy’n teimlo fel yr ugeinfed tro. ‘Ti wedi gneud mor dda.’

‘Wyt, mêt,’ meddai Dad, gan gnoi tsipsen. ‘Edrych yn debyg na wnest ti dreulio dy amser i gyd yn saethu canons o goeden wedi’r cwbl. Ond na, o ddifri, Felix,’ mae’n deud efo’i geg yn llawn. ‘Dwi wir yn ei feddwl o. Dwi mor falch ohonot ti – alla i ddim disgwyl i ddeud wrth yr hogia yn gwaith fory.'

Dwi'n gwenu ac yn edrych i fyny at y cloc.

'Ga i ffonio Taid yn yr ysbyty rŵan i ddeud wrtho fo?'

Mae Mam yn edrych ar ei watsh. 'Dwi'm yn gwbod. Mae hi wedi saith. Dwedodd y doctoriaid ei fod o angen gorffwys a ti'n gwbod faint mae dy daid yn casáu siarad ar y ffôn.'

'Ond mae o angen gwbod,' dwi'n deud. 'Ella neith o neud iddo fo deimlo'n well.' Mae Mam a Dad yn sbio ar ei gilydd fel petaen nhw'n deud *Be ti'n feddwl?*

'Iawn,' meddai Dad. 'Es i â hen ffôn lôn Mam iddo fo ond ti'n gwbod sut un ydy o efo ffonau. Bosib na neith o ateb.'

'Mi fydd o isio siarad efo fi.' Dwi'n gwenu. 'Nath o fy nilyn i'r holl ffordd i Cheltenham!' Mae Dad yn deialu'r rhif, wedyn yn rhoi'r ffôn i mi.

Dwi'n gwthio fy nghadair yn ôl ac yn cerdded i mewn i'r cyntedd.

'Paid â blino gormod arno fo,' mae Mam yn gweiddi.

Dwi'n rhoi'r ffôn wrth fy nghlust ac yn gwrando ar y sŵn canu. Mae'r ffôn yn clician, wedyn dwi'n clywed sŵn siffrwd.

'Helô, Taid,' dwi'n deud, yn gynnwrf i gyd. 'Fi sy 'ma, Felix!'

Mae'r sŵn siffrwd yn dechrau eto, yn stopio, wedyn dwi'n clywed sŵn gwynt yn chwythu, fel rhywun yn anadlu.

'Taid?' Dwi'n cerdded i mewn i'r lolfa. 'Fi sy 'ma, Felix!'

'O, Felix. Sori.' Mae llais Taid yn swnio'n wan ac yn bell i ffwrdd. 'Wnes i ollwng y ffôn.'

'Mae'n iawn, Taid,' dwi'n deud. 'Ro'n i jyst yn ffonio i ddeud wrthach chi 'mod i'n mynd i chwarae yn y Rowndiau Terfynol Cenedlaethol, yn Birmingham.'

'Birmingham,' meddai Taid. 'Mae hynna'n wych.'

'Dwi'n gwbod, Taid. Mae o. Dwi angen ymarfer. Dwedodd Dad ella byddwch chi'n dod allan dydd Mercher. Alla i ddod draw ar ôl ysgol—'

'Felix!' Mae Mam yn gweiddi. 'Be ddwedes i?'

'Mae'n iawn, Taid, dim ond Mam sy 'na.' Dwi'n cerdded draw at y ffenest. 'Roedd hi'n deud fyddwch chi ddim yn teimlo fel chwarae, ond dwi'n gwbod y byddwch chi.'

'Wel, dwi *wedi* blino chydig,' meddai Taid. 'A…'

'A be, Taid?'

'Wel, ti'n gwbod nad oes gen i ffydd mewn ffôn.'

'Mae'n iawn, Taid,' dwi'n deud. 'Dim ond fi sy 'ma… wel, a Mam a Dad. Ond allen ni wastad siarad mewn cod.'

Dwi'n aros am ateb, ond y cwbl dwi'n ei glywed ydy sŵn Taid yn anadlu eto.

'Taid? Dach chi yna?'

Dwi'n edrych ar y sgrin. Mae'r eicon gwyrdd yn dal mlaen. Dwi'n gwrando eto. Tawelwch.

'Taid,' dwi'n deud, yn dechrau panicio. 'Dach chi yna? Taid?'

'Ydw,' meddai Taid. 'Meddwl ydw i.'

Ffiw, meddwl mae o.

'Dwi'n meddwl… Dwi'n meddwl…'

'Ia, Taid?'

Y Dutch Attack?

Y French Defence?

Y—

'Hun-an hy-der,' meddai Taid mor araf mae o fel pedwar gair yn lle dau.

'Be dach chi'n ddeud, Taid?'

'Hy-der ydy'r cwbl fyddi di ei angen. Yn fwy na dim byd arall dwi wedi'i ddysgu i ti, hun-an hy-der ydy'r peth pwysicaf. Bydd popeth yn cymryd…' Mae o'n dechrau tagu a dwi'n clywed nyrs yn gofyn os ydy o isio diod o ddŵr.

Mae'r ffôn yn mynd yn dawel.

'Taid,' dwi'n deud. 'Dach chi'n iawn?'

Dwi'n clywed pobl yn siarad yn y cefndir, wedyn yr anadlu gwan eto.

'Felix, wyt ti yna?'

'Yndw, Taid.' Dwi'n ochneidio efo rhyddhad.

'Rhaid i mi fynd rŵan,' meddai Taid. 'Ond bydd popeth yn iawn.'

'Iawn, Taid,' dwi'n deud. 'Caru chi.'

Dwi'n aros iddo fo ddeud o'n ôl, ond y cwbl dwi'n ei glywed ydy ei sŵn o'n anadlu'n wan.

Mae'r ffôn yn mynd yn farw.

Dwi'n syllu ar y sgrin.

'Deud wrth Taid y bydda i a dy dad yn mynd i'w weld o…' Mae Mam yn cerdded i mewn. 'Felix, be sy'n bod?'

Dwi'n troi ati.

'Dwi'm yn gwbod, Mam,' dwi'n deud yn araf. 'Mae o wedi mynd.'

'Be ti'n feddwl, wedi mynd?'

Dwi'n rhoi'r ffôn iddi. ''Nes i jyst deud 'mod i'n ei garu o ac mi roth y ffôn i lawr.'

'Mae o wedi blino, Felix, a ti'n gwbod bod Taid yn union fel dy dad pan mae'n dod i ddeud sut mae'n teimlo.'

‘Yndy,’ dwi’n ochneidio. ‘Ond doedd o jyst ddim yn swnio’r un fath.’

‘Mi fydd o’n iawn. Paid â phoeni. Mi fydd o’n ei ôl yn fan’na yn gneud i ti fwyta sosejys eto cyn i ti droi rownd.’

‘Gobeithio.’

‘Mi fydd o!’ Mae Mam yn rhoi ei braich amdana i ac yn rhoi cwtsh i mi. ‘Ddeuda i wrthat ti be, gawn ni noson ffilm heno, ac mi wna i fynd i’r gwaith yn hwyr fory fel ’mod i’n gallu mynd â ti i’r ysgol yn y bore.’

‘Mae’n iawn, Mam,’ dwi’n deud. ‘Does ’na’m rhaid i chi.’

‘Na, dyna wnawn ni,’ meddai, yn edrych ar Dad wrth iddo fo ddod i mewn i’r stafell. ‘Ti’n ei haeddu o, a ’dan ni ddim wedi bod efo’n gilydd ers oes.’

‘Cytuno.’ Mae Dad yn nodio. ‘Dwi’n gêm. Be ddylen ni wylio? Dwi’n meddwl bod ’na gyfres newydd o *Daredevil* ar Netflix.’

‘Wel, ddim cweit be oedd gen i mewn golwg,’ meddai Mam. ‘Gad i ni weld os oes ’na rywbeth arall.’

‘O na, dyma ni.’ Mae Dad yn rhowlio’i lygaid wrth i Mam gerdded at y teledu. ‘Ddim ryw *romcom* arall, *Legally Blonde* neu *Bridget Jones*, eto.’

Dwi’n gwenu. Dim ots gen i be fyddwn ni’n gwylio, cyn belled â’n bod ni i gyd yn eistedd efo’n gilydd. Mae Mam yn iawn, mae hi wedi bod yn oes – mae o fel tasa pawb wedi bod yn bomio o gwmpas ar naw can milltir yr awr ers i fusnes Dad chwalu, ac, wrth gwrs, ers i Nain farw.

Mae Dad yn eistedd wrth fy ymyl i ar y soffa tra mae Mam yn tyrchu drwy’r DVDs. ‘*Love Actually*?’ mae hi’n gofyn.

'Na,' meddai Dad.

'*Along Comes Polly?'*

'Na.'

'O… Dwi'n gwbod… *Frozen*!'

'Mam!' Dwi'n gorwedd yn ôl ar y soffa ac yn chwerthin. Dwi ddim wedi gneud hynna ers dyddiau.

50

Cynllun B

'Beryg fydd o ddim yn gneud y *zip wire* felly?' mae Jake yn sibrwd. Dwi'n sbio'n hyll arno fo.

'Be? Do'n i ond yn deud…' Mae Jake yn codi ei sgwyddau. 'Ro'n i'n edrych mlaen ato fo.'

'Pwy ddwedodd fod *ti*'n mynd?' dwi'n deud. 'A ph'run bynnag, dwi'n poeni dim am y *zip wire*. Dwi ddim hyd yn oed yn poeni am y gwyddbwyll.'

'Fechgyn.' Mae Mr Andrews yn pwyso dros ein bwrdd ni. 'Sut siâp sy ar eich graffiau chi?' Mae'n troi llyfr Jake tuag ato ac yn ochneidio. 'Jake,' meddai. ''Dan ni fod yn dangos trionglau ar yr echelin, ddim yn plotio'r Llwybr Llaethog.'

Mae Jake yn chwerthin. 'Dwi'n gneud be fedra i, syr.'

'Wyt,' meddai Mr Andrews. 'Mae'n debyg dy fod ti… Rŵan ty'd 'laen, pam na wnei di drio bod yn debycach i Felix a darganfod ffordd newydd wyrthiol o ganolbwyntio ar dy fathemateg…? O, a dwi'n meddwl ei fod o'n wych gyda llaw.'

'Ond dach chi newydd ddeud ei fod o fel y Llwybr Llaethog,' meddai Jake, wedi drysu.

'Sôn am Felix a'i wyddbwyll o'n i,' meddai, gan droi ata i. 'Mi fydda i'n dy gefnogi di yn y rowndiau terfynol.'

'Diolch, syr.' Mae fy nghalon yn chwyddo yn fy mrest. Dwi wedi arfer efo athrawon yn rhoi llond pen i mi, ddim yn fy nghanmol i.

'Diolch, syr!' meddai Jake mewn llais gwichlyd wrth i Mr Andrews symud i ffwrdd.

'Be?' dwi'n gofyn.

'Ti'n troi mewn i Rebecca.'

Dwi'n edrych i lawr ar fy ngwaith. Oherwydd 'mod i wedi bod yn poeni gymaint am Taid, ro'n i wedi meddwl y byddai fy ngwaith i'n gwaethygu, ond yn Daearyddiaeth mi 'nes i godi fy llaw ac ateb cwestiwn am erydiad a dyddodiad. Wedyn pan es i at Mrs Hudson i ddarllen, roedd hi wedi gorfod fy stopio i adael i Michael ddarllen, achos ro'n i wedi darllen dwy dudalen fel roedd hi ac yn mynd i ddarllen un arall. Os oedd Taid wedi gneud rhyw newidiadau fel bod gwyddbwyll yn helpu fy ngwaith ysgol i, maen nhw fel tasan nhw'n gweithio, hyd yn oed o'i wely yn yr ysbyty. Dwi wir isio iddo fo ddod adre fel 'mod i'n gallu mynd i'w weld o'n syth ar ôl ysgol. Ond alla i ddim disgwyl iddo fo chwarae gwyddbwyll y munud mae o'n dod allan. Allwn i ymarfer mwy efo Rebecca neu chwarae ar-lein. Ond gwyddbwyll ydy'r peth ola y dylwn i fod yn meddwl amdano fo achos y peth pwysica ydy bod Taid yn gwella.

‘’Dan ni angen cynllun,’ meddai Jake wrth i ni gerdded i lawr y cyntedd at y Clwb Gwyddbwyll.

‘Cynllun?’

‘Ia, rŵan bod dy daid ddim o gwmpas, ’dan ni angen cynllun arall. Ond paid â phoeni, mi feddylia i am rywbeth – wedi’r cwbl, fi ydy dy hyfforddwr di.’

Dwi’n chwerthin.

‘Mae’n wir ’sti,’ mae o’n giglan. ‘Mi fysat ti ar goll hebdda i. Mi faset ti fel bocsar heb hyfforddwr, neu dîm pêl-droed heb reolwr, fel Pep Gwadi… Gwadi… be ydy’i enw o?’

‘Guardiola.’

‘Dyna fo, Felix.’ Mae Jake yn fy nharo ar fy nghefn wrth i ni gerdded i mewn i’r llyfrgell.

Mae Rich a Chris yn chwarae gêm yn barod. Mae Rebecca’n codi llaw arnan ni o fwrdd yn y gornel. Mae Chris yn nodio, ond mae Rich yn esgus peidio’n gweld ni wrth i ni gerdded heibio.

‘Do’n i ddim yn meddwl dy fod ti’n dod,’ mae Rebecca’n sibrwd.

Dwi’n eistedd nesa ati hi ac yn ochneidio.

‘Be sy’n bod?’ mae hi’n gofyn.

‘Mae o’n panicio,’ meddai Jake. ‘Mae ei daid o’n rhy sâl i chwarae ac mae o’n teimlo’n wael am beidio teimlo’n wirioneddol wael, ac yn teimlo hyd yn oed yn waeth achos y cwbl mae o’n poeni amdano fo ydy gwyddbwyll.’

‘Sut wyt ti’n gwbod hynna i gyd?’

‘Mae’n amlwg,’ meddai Jake. ‘Mae o wedi bod yn cerdded o gwmpas fel tasa fo wedi colli ci.’

Dwi’n syllu ar y bwrdd gwyddbwyll.

‘Teimlo’n euog mae o?’ meddai Rebecca.

‘Ia, dyna fo. Euog… Felly rhaid i *ti* feddwl am gynllun.’

‘Fi?’ meddai Rebecca. ‘Ti ydy’r hyfforddwr.’

‘Ia, ond mae hyd yn oed yr hyfforddwyr gorau’n cael help. Hyd yn oed Pep Gwadi… Gwadi—’

‘Guardiola,’ dwi’n ochneidio.

‘Ia. Hyd yn oed fo. Ond be bynnag fyddi di’n llwyddo i feddwl amdano fo, dim ond dros dro fydd o achos mi fydd taid Felix adre cyn bo hir, wedyn *fo* fydd yn cymryd drosodd eto.’

Mae Rebecca’n ysgwyd ei phen wrth dynnu’r darnau gwyddbwyll allan o’r bocs.

‘Sut mae dy daid di, beth bynnag?’

‘Iawn, dwi’n meddwl. Ond mae o’n gorfod aros yn yr ysbyty am chydig.’

‘Da iawn,’ Mae Rebecca’n gwenu. ‘Wel, ddim da *iawn*, ond ti’n gwbod be dwi’n feddwl.’

‘Felly be ydy’r cynllun?’ mae Jake yn gofyn.

Mae Rebecca’n rhoi’r darnau gwyddbwyll ar eu sgwariau yn dawel.

‘Wel?’ mae Jake yn gofyn eto.

‘Mae’n amlwg,’ meddai, gan edrych arna i. ‘’Dan ni’n chwarae.’

51

O DIAR!

'Felix, dy dro di.'

Dwi'n syllu ar y bwrdd gwyddbwyll.

'Dwi'n gwbod… Dwi'n gwbod hynna.'

'Y peth ydy, bydd amser cinio drosodd cyn bo hir.'

Dwi yn y Clwb Gwyddbwyll efo Rebecca, eto. Ddoe mi nath hi ddeud mai'r cwbl oedd rhaid i ni neud oedd chwarae, a dyna naethon ni, ond mae symudiadau dwi fel arfer yn eu gneud mewn eiliadau rŵan yn cymryd munudau. Mi nath hi 'nghuro i a dwi ddim yn meddwl ei bod hi hyd yn oed yn trio achos mi nath hi offrymu ei chastell fel tasa hi'n trio colli er mwyn gneud i mi deimlo'n dda. Ond dydy o ddim wedi gweithio achos dwi'n chwarae fel mochyn eto heddiw.

Dwi'n codi fy llaw a'i hofran uwch ben y bwrdd.

Gwerinwr i b4? Na.

Esgob i c6? Na.

Dwi'n rhoi fy llaw yn ôl i lawr ar y bwrdd.

Gwerinwr i d4?

Gwerinwr i h4?

Na, mae'n anobeithiol. Alla i ddim meddwl am fy symudiad nesa achos mae 'na ormod o feddyliau eraill yn y ffordd. Mae Taid yn dod allan o'r ysbyty heddiw a'r cwbl dwi isio gneud ydy mynd adre i aros amdano fo. Neithiwr 'nes i gerdded rownd y sgwâr dair gwaith a bob tro ro'n i'n pasio'i dŷ o ro'n i'n edrych ar y ffenestri ac yn dychmygu ei fod o'n sbecian drwy'r cyrtens ac yn codi llaw arna i, ond doedd 'na ddim hyd yn oed lled bys o fwlch yn y cyrtens. Roedd Samson yn swatio ar y stepen drws achos roedd o wedi cael ei gloi allan drwy'r dydd. Doedd 'na ddim arwydd o Taid o gwbl. Roedd o fel tasa llong ofod wedi glanio a mynd â fo i ffwrdd.

Mae Rebecca'n agor pecyn o greision, yn ofnadwy o swnllyd, fel tasa hi'n trio cael fy sylw i. Dwi'n edrych i fyny arni. Mae hi'n nodio at y bwrdd.

Dwi'n smicio fy llygaid, yn trio gneud i'r bwrdd ddod i ffocws, ond dwi wedi bod yn syllu mor hir mae'r sgwariau i gyd yn niwlog.

Gwerinwr i g4 neu gwerinwr i e4?

Mae Rebecca'n pwyso ar draws y bwrdd.

'Felix,' mae hi'n sibrwd 'Mae dy amser di wedi dod i ben.'

'Eto,' dwi'n mwmian.

'Efo Jake allan yn chwarae pêl-droed ro'n i wedi meddwl ella y byddet ti'n gallu canolbwyntio'n well,' meddai.

'A finna.'

Mae Rebecca'n edrych arna i am hir fel tasa hi'n meddwl y

byddai hynny'n gneud i mi siarad, ond dydy o ddim yn gweithio.

Dwi'n sbio o gwmpas y stafell. Ers y Bencampwriaeth Ysgolion mae gynnon ni bedwar aelod newydd, felly rŵan mae 'na chwech o fyrddau gwyddbwyll o gwmpas y llyfrgell ac mae pennau'r chwaraewyr i gyd i lawr, yn gweithio allan eu symudiadau nesa, ar wahân i Rich sy'n gwenu fel giât arna i o ben arall y stafell fel tasa fo wedi bod yn disgwyl am fy symudiad nesa i hefyd.

Mae'r gloch diwedd-amser-cinio'n canu.

Dwi'n bachu fy mag oddi ar fy nghadair ac yn cerdded rhwng y byrddau. Mae Rich yn codi.

'Wedi colli eto?' mae o'n gofyn. 'Be sy, sgen ti ddim rhagor o symudiadau?'

Mae fy ngwaed i'n berwi, ond dwi ddim isio ateb achos os deuda i unrhyw beth dwi'n meddwl y bydda i'n crio. Dwi'n dal i gerdded.

'O, wela i,' mae Rich yn gweiddi. 'Rŵan bod ti yn y rowndiau terfynol, ti'n meddwl dy fod ti'n rhy dda i chwarae efo ni!'

Dwi'n stopio ac yn syllu arno fo. Mae 'mrest i'n tynhau a 'ngwaed i'n pwmpio drwy fy nwrn. Dwi'n cerdded yn ôl at Rich ac yn edrych i lawr ar ei fwrdd o. Mae o'n rhoi gwên slei fel tasa fo'n fy herio i i chwalu'r darnau gwyddbwyll oddi ar y bwrdd.

Dwi'n tynnu fy llaw yn ôl ac… mae rhywun yn cydio ynddi.

'Ty'd 'laen, Felix,' meddai Rebecca. 'Awn ni o 'ma.' Mae hi'n fy nhynnu i'n ôl ond dwi'n dal i rythu ar Rich.

'Gobeithio gei di dy gêm yn ôl erbyn wythnos nesa,' meddai o efo gwên hyll.

'Mi wna i!' dwi'n brathu'n syth. Mae pawb yn edrych i fyny o'u gemau gwyddbwyll, ond mae eu hwynebau a'r llyfrau ar y silffoedd yn anodd i mi eu gweld wrth i mi fynd at y drws.

O 'mlaen i, mae rhai o Flwyddyn 8 wedi hel rownd yr hysbysfwrdd yn siarad efo Mr Keytes. Dwi'n rhoi fy mhen i lawr a dechrau gneud hanner cylch er mwyn eu hosgoi.

'A-ha, dacw fo… Felix! Ro'n i jyst ar fy ffordd i'r llyfrgell i dy weld ti. Felix!' Mae Mr Keytes yn camu allan i'r cyntedd ac yn blocio'r ffordd. 'Sut wyt ti?'

Mae Blwyddyn 8 yn camu i'r ochr wrth iddo fo fy nhroi i at yr hysbysfwrdd. 'Ro'n i jyst yn rhoi hwn i fyny.'

Mae fy nghalon yn suddo i waelod fy stumog wrth ddarllen.

MAE PENCAMPWRIAETH GWYDDBWYLL

GENEDLAETHOL YR YSGOLION WYTHNOS NESA!

DEWCH GYDA NI I GEFNOGI FELIX SCHOPP!

YSGOL ST MARTIN'S, MAI 11

'Be ti'n feddwl?' Mae Mr Keytes yn gwenu fel tasa'i frwdfrydedd o'n beryg o fod yn heintus. 'Mae'r ysgol i gyd y tu ôl i ti.'

Mae geiriau Mr Keytes yn ailadrodd eu hunain yn fy mhen i. Mae'r ysgol i gyd y tu ôl i mi. Yr ysgol i gyd, wedi gwasgu mewn i fysiau mini a bysiau mawr yn fy nilyn i lawr y draffordd, yn gweiddi a chanu eu cyrn, yr holl ffordd i Birmingham. A phan fyddwn ni'n cyrraedd mi fyddan nhw i gyd yn fy ngwylio i'n cerdded i mewn, yn dymuno'n dda i mi ac yn fy nharo ar fy nghefn achos mi fyddan nhw'n meddwl 'mod i'n mynd i ennill, ond dydyn nhw ddim yn gwbod 'mod i heb ennill gêm ers wythnos. Dwi wedi colli fy ngallu i feddwl. Dwi fel Spider-Man heb ei we, Thor heb ei forthwyl, Superman heb ei alluoedd arbennig.

Dwi'n llyncu'n galed, fel tasa gen i bêl golff yn sownd yn fy nghorn gwddw.

'Felix,' meddai Mr Keytes. 'Wyt ti'n iawn?'

Dwi'n ysgwyd fy mhen.

'Nac ydw, syr, ddim felly.'

52

Be Ddwedodd Mr Keytes

Dwedodd Mr Keytes ei bod hi'n iawn i grio os wyt ti'n poeni am rywun. Mae'n iawn i grio os wyt ti'n gweld eu hisio nhw. Mae o jyst yn meddwl eu bod nhw'n bwysig i ti.

Mae Mr Keytes yn deud ei fod o'n teimlo fel'na bob dydd, ei fod o'n dal i golli'r un roedd o'n ei charu ac weithiau mae'n teimlo fel tasa hi efo fo, er ei bod hi wedi marw.

Mi ddwedes i wrtho fo fod Taid ddim wedi marw, jyst ei fod o ddim yn dda iawn; ei fod o ddim wedi bod fel fo'i hun ers oes pys achos roedd o'n gweld isio Nain yn ofnadwy, ac yn dal i neud. Dyna pryd ddwedes i wrth Mr Keytes 'mod i'n gweld ei hisio hi hefyd. Bod tŷ Taid yn teimlo'n wag hebddi a bod 'na dwll mawr gwag y tu mewn i finna hefyd.

Dwedodd Mr Keytes ei fod o'n gwbod hynny, ond mae malio am rywun pan maen nhw'n fyw yr un mor bwysig â malio amdanyn nhw pan maen nhw wedi marw ac y dylen ni fachu'r cyfle i ddeud wrthyn nhw sut 'dan ni'n teimlo cyn ei bod hi'n rhy hwyr.

'Nes i ddeud 'mod i wedi deud wrth Nain 'mod i'n ei charu hi lwyth o weithiau a dwi wedi deud wrth Taid 'mod i'n ei garu o hefyd. Nath o ddeud y dylwn i neud yn siŵr ei fod o'n gwbod 'mod i'n ei feddwl o, ac na ddylai o fod yn rhywbeth dwi jyst yn gweiddi'n ddifeddwl pan dwi'n cerdded allan o'r tŷ. Nath o ddeud bod llawer o bobl yn gneud hynna, fel pan maen nhw'n rhoi 'x' ar ddiwedd tecst. Mae o jyst yn rhywbeth sy wedi dod yn arferiad, fel tasa gen bobl *trigger-finger* ar waelod tecst – maen nhw jyst yn ychwanegu'r 'x' yn awtomatig.

Do'n i ddim yn siŵr be oedd o'n feddwl efo hynna.

Ond dwi'n berffaith siŵr bod Mr Keytes yn colli ei wraig.

53

Amser Te yn yr Almaen, Eto...

'Rŵan, edrycha lle ti'n mynd neu mi fyddi di'n tywallt y grefi i bob man.'

'Dan ni'n cerdded ar draws y sgwâr i fynd â swper Taid iddo fo. Dwi wedi cynhyrfu, ond dwi hefyd yn nerfus rhag ofn ei fod o wedi dod adre'n denau a gwelw fel y gnath Nain. Mae Mam yn deud wrtha i am beidio â bod yn rhy swnllyd, bod Taid wedi cael sioc, ei fod o angen cadw'n llonydd a thawel a 'mod i'n bendant ddim i'w gynhyrfu o drwy siarad am wyddbwyll.

Mae teledu Taid i'w glywed yn y cyntedd pan 'dan ni'n cyrraedd.

'Helô, Dad,' mae Mam yn gweiddi. 'Fi sy 'ma.' Wedyn mae'n rhoi pwt i mi fynd i mewn i weld Taid tra mae hi'n mynd â'i swper i'r gegin.

Dwi'n sbecian rownd y drws. Mae'r stafell yn dywyll a thawel fel arfer ac mae Taid yn syllu o'i flaen ar y teledu.

'Haia, Taid,' dwi'n deud.

Mae o'n troi ei ben yn araf tuag ata i. Mae o'n edrych yn denau ac mae ei lygaid o'n hanner cau fel tasa fo'n mynd i syrthio i gysgu unrhyw funud.

Dwi'n cerdded yn araf i mewn i'r lolfa ac yn eistedd wrth ei ochr.

'Taid,' dwi'n deud yn dawel, ''Nes i ddod i'ch gweld chi.' Mae Taid yn gwenu.

'Ia,' meddai. 'Mi fydda i'n iawn, ond ble—'

'Francke!' Mae Mam yn bomio mewn i'r stafell. 'Dach chi ddim wedi cymryd eich tabledi,' meddai, gan bwyntio at ddwy dabled yng nghledr ei llaw.

'Ond yfais i'r dŵr,' meddai Taid.

'Do, ond bydd dŵr ar ei ben ei hun ddim yn eich gwella chi.' Mae Mam yn chwythu ei bochau allan ac yn mynd yn ôl i'r gegin.

Mae Taid yn ochneidio. Dwi'n trio meddwl am rywbeth i'w ddeud, ond y cwbl alla i feddwl amdano fo ydy'r olwg flinedig sy arno a'r unig beth arall alla i feddwl amdano fo ydy gwyddbwyll.

Dwi'n edrych ar y teledu. Fory mae hi'n mynd i fwrw glaw yn Hamburg, Münster a Stuttgart, ond mi fydd hi'n braf yn Leipzig a Berlin.

'Edrych fel tasa hi'n mynd i fod yn braf yn Berlin, Taid,' dwi'n deud, i drio llenwi'r tawelwch.

'Ydy, dwi'n meddwl…'

'Dyma chi.' Mae Mam yn dod yn ôl efo gwydraid o ddŵr ac yn codi dwy dabled oddi ar y bwrdd coffi. 'Rŵan llyncwch rhain,' meddai.

Mae Taid yn ochneidio eto.

'Mi wna i,' meddai. 'Ond dwedodd y doctoriaid y dylwn i eu cymryd nhw ar ôl bwyd.'

'Iawn,' meddai Mam. 'A' i i nôl eich swper chi 'ta.' Mae hi'n rhowlio'i llygaid wrth iddi gerdded allan i'r gegin. Dwi'n clywed sŵn platiau'n clencian yn erbyn dysgl, wedyn clonc drws y popty ping yn cau. Mae Taid yn pwyso yn ei flaen.

'Felix,' mae o'n sibrwd. 'Dwi'n diolch i Dduw—'

'Oeddech chi isio eistedd wrth y bwrdd, Dad? Neu ddylwn i ddod â hambwrdd i chi?' mae Mam yn gweiddi o'r gegin.

Mae Taid yn ysgwyd ei ben ac yn eistedd yn ôl yn ei gadair. Fo sy'n gweiddi gorchmynion fel arfer ond mae o wedi blino gormod i gega efo Mam, hyd yn oed.

'Bwrdd neu hambwrdd?' mae Mam yn gweiddi.

Mae Taid yn anadlu'n ddwfn fel tasen ni'n deifio sgwba eto. Dwi'n meddwl am eiliad ei fod o'n mynd i weiddi, ond wedyn mae'n deud yn fyr ei wynt, 'Dwed wrth dy fam wna i gael o ar hambwrdd.' Dwi 'rioed wedi'i weld o fel hyn ac mae peidio gwbod be sy'n bod yn codi ofn arna i, braidd.

Dwi'n codi ac yn mynd i'r gegin.

'Mae o'n deud hambwrdd,' dwi'n deud.

'Iawn,' meddai Mam, wedyn mae hi'n edrych arna i'n boenus.

'Felix,' meddai. 'Be sy'n bod?'

Dwi'n trio siarad ond mae o'n teimlo fel tasa gen i domato'n sownd yn fy nghorn gwddw. Dwi'n llyncu a thrio eto.

'Taid,' dwi'n sibrwd. 'Mae o'n edrych gymaint gwaeth nag o'n i wedi disgwyl ac mae o'n diolch i Dduw o hyd.'

'Dwi'n gwbod, cariad.' Mae'r popty ping yn pingian. 'Ond mae o'n iawn. Fyddai'r doctoriaid ddim wedi'i yrru o adre tasen nhw ddim yn meddwl y byddai o'n iawn.'

'Ond dyna naethon nhw efo Nain,' dwi'n sibrwd. 'A'r wythnos wedyn roedd hi wedi marw!'

Mae Mam yn rhoi ei llaw yn erbyn fy moch i. 'Roedd hynna'n wahanol,' meddai. 'Dydy o ddim wedi bod yn dda wrth reswm, ond edrychwn ni ar ei ôl o ac mi fydd o'n iawn.' Mae hi'n tynnu swper Taid allan o'r popty ping ac yn ei roi ar hambwrdd. 'Ty'd ti â'r grefi, a chyllell a fforc,' meddai.

'Dyma chi, Dad,' meddai Mam wrth fynd i mewn i'r lolfa.

Mae Taid yn gwthio'i hun i fyny ac mae Mam yn rhoi'r hambwrdd ar ei lin o.

'Rŵan 'ta,' meddai, 'oes 'na unrhyw beth arall dach chi isio? Pupur? Halen?' Mae Mam yn aros am ei ateb o.

Mae Taid yn sbio arna i, wedyn yn codi ei gyllell a fforc. Tybed ydy o'n meddwl yr un fath â fi – pan ddefnyddion ni'r gyllell a fforc fel darnau gwyddbwyll y noson dysgodd o'r Sicilian Defence i mi? Dwi jyst â drysu isio iddo fo'i neud o eto, ond dydy o prin yn gallu torri ei gig heb sôn am drefnu ymosodiad gwyddbwyll. Wedyn mae o'n edrych i fyny'n sydyn.

'Mint sos,' meddai.

'Be?' meddai Mam.

'Mint sos. Dwi'n meddwl baswn i'n hoffi chydig o fint sos.'

'Sgynnon ni ddim,' meddai Mam.

'Efallai y gallet ti fynd i'r siop i nôl peth.'

'Wel, ia.' Mae Mam yn edrych arna i yn ddiamynedd. 'Os ydy o'n golygu y byddwch chi'n ei fwyta fo. Felix, wnei di bicio i'r siop am—'

‘Na,’ meddai Taid. ‘O’n i’n meddwl y gallet ti fynd.’

‘Ond bydd Felix yn gynt,’ meddai Mam.

Mae Taid yn sbio arna i. ‘Byddai… mi fyddai,’ meddai’n araf. ‘Ond… ga i chydig o Guinness hefyd?’

‘Guinness?’

‘Ia,’ meddai Taid. ‘Dwedodd y doctoriaid na fyddai chydig bach o gwrw’n gneud drwg i mi. Ond mae Felix yn rhy ifanc i brynu hwnnw i mi.’

Mae Mam yn edrych yn rhyfedd arna i fel tasa hi’n meddwl bod Taid wedi mynd chydig yn honco, a dwi’n meddwl yr un peth.

‘Iawn,’ meddai hi’n amheus. ‘Ond dach chi ei angen o rŵan, y munud ’ma?’

‘Byddai hynny’n neis,’ meddai Taid. ‘Allen ni wastad ailgynhesu fy mwyd i.’

‘Iawn.’ Mae Mam yn rhowlio’i llygaid arna i, fel tasa hi’n deud, *Felix, ’dan ni angen siarad.*

Dwi’n ei dilyn hi allan i’r cyntedd.

‘Mi wna i fynd i’w nôl o,’ meddai. ‘Ond dim ond er mwyn iddo fo fwyta. Jyst eistedda efo fo a gwna’n siŵr ei fod o’n iawn tra dwi ddim yma.’

‘Ond, Mam,’ dwi’n sibrwd. ‘Mae o’n actio mor od.’

‘Dim ond wedi drysu fymryn ar ôl dod adre o’r ysbyty mae o,’ meddai. ‘Ond mi wna i ffonio Dad i roi gwbod iddo fo.’

Mae hi’n agor y drws ac yn cerdded i lawr y llwybr.

Dwi’n troi rownd ac yn cerdded yn araf i gyfeiriad y lolfa. Dwi’n stopio. Mae cadair Taid yn wag. Y cwbl sy ar ôl ydy ei hambwrdd o ar y llawr. Dwi’n cerdded i mewn i weld os ydy o’n sbecian drwy’r cyrtens.

‘Ydy hi wedi mynd?’

‘Be, Taid?’ Dwi’n troi’n sydyn ac yn gweld Taid yn eistedd wrth y bwrdd bwyd. ‘Taid,’ dwi’n deud. ‘Be dach chi’n neud?’

Mae o’n agor y set wyddbwyll.

‘Ty’d ’laen, mae dy fam yn fy ngyrru i’n wallgo! Dwi wedi bod yn disgwyl drwy’r dydd i ti ddod draw!’

‘Ond… Ro’n i’n meddwl bod… Taid, dach chi i fod yn sâl!’

‘Ro’n i…’ mae Taid yn gwenu. ‘Hynny yw, mi rydw i, ond mae gen ti’r rowndiau terfynol fory, does.’

‘Oes.’

‘Felly tynna dy flaser a gad i ni chwarae.’

54

Pilipala yn fy Stumog

'Ti'n siŵr dwyt ti ddim isio i ni ddod efo ti?' Mae Mam yn sefyll yn y gegin efo golwg bryderus arni, fel pan nath Leo, fy gerbil i, farw. 'Achos mi fydden ni'n licio dod,' mae hi'n mynd yn ei blaen. 'Mae Dad wedi cadw'r diwrnod yn rhydd.'

'Ydy o? Wyt ti?' dwi'n deud yn syn wrth i Dad gerdded i mewn. Dydy o ddim wedi cymryd diwrnod i ffwrdd ers Dolig.

'Do, mêt,' meddai. 'Y diwrnod cyfan.'

'Ti'n gweld, sbia lwcus wyt ti,' meddai Mam, gan smwddio blaen fy mlaser i efo'i dwylo, 'nath o ddim hyd yn oed gneud hynna ar gyfer ein degfed pen-blwydd priodas ni.'

'Wel, 'nes i drio,' meddai Dad yn lletchwith. 'Ond roedd y Rovers yn chwarae yn Wembley.'

'Mmm.' Mae Mam yn edrych arno fo fel tasa hi byth wedi maddau iddo fo. 'Ta waeth.' Mae hi'n rhoi'r gorau i smwddio fy mlaser er mwyn sythu fy nhei. 'Dwi'n meddwl y dylen ni ddod.'

'Na, Mam,' dwi'n deud. 'Does 'na'm rhaid i chi, wir. Fydda i'n iawn a dwi'n gwbod eich bod chi'ch dau'n brysur.'

'Iawn,' meddai, gan wenu. 'Ond y tro yma, ennill neu beidio, pan ti'n cyrraedd adre 'dan ni'n *bendant* yn dathlu yn Nando's.'

'Iawn,' dwi'n deud. 'Ocê… Ond, Mam, mae hynna'n rhy dynn.' Dwi'n llacio fy nhei. Fel arfer, byddai'n rhoi row i mi am fod yn bigog efo hi, ond mae hi jyst yn sefyll yna'n gwenu efo'i phen ar ei ochr, fel pan mae hi'n meddwl am brynu ffrog yn dre.

Dwi'n sbio ar Dad ac mae o'n gwenu hefyd.

'Be?' dwi'n deud. 'Be dwi 'di neud rŵan?'

'Dim byd,' meddai Dad.

'Pam dach chi'ch dau'n actio mor od?'

''Dan ni ddim,' meddai Mam, gan glosio tuag ata i. ''Dan ni jyst yn ofnadwy o falch ohonot ti.' Mae hi'n sniffian.

'Oooww, Maaam,' dwi'n deud. 'Ti ddim yn mynd i grio, wyt ti?'

Mae Dad yn rhoi ei fraich amdani. 'Na, mae hi'n iawn,' meddai, gan ei gwasgu'n ysgafn. 'Cer di i nôl dy fag ac mi af i â ti i'r ysgol rŵan. Ydy Jake yn barod?'

'Ydy,' dwi'n deud. 'Mae o wedi gyrru chwech neges yn barod.'

Dwi'n mynd i'r cyntedd ac yn tynnu fy mag oddi ar y banister. Dwi'n gwbod bod Mam a Dad yn trio helpu, a dwi'n falch bod Jake a Rebecca'n dod, ond yr un dwi isio iddo fod yno fwya ydy Taid.

Neithiwr nath o ddeud na fyddai'n dod i ddeud ta-ta achos roedd o isio i mi ganolbwyntio ar y symudiad dwetha iddo fo'i ddysgu i mi – y Yugoslav Attack. Fel pob symudiad arall, roedd o'n gymhleth, ond es i drwyddo fo drosodd a throsodd yn fy mhen cyn mynd i gysgu neithiwr. Ac mi ’nes i sodro geiriau olaf Taid yn fy mhen: ‘Rwyt ti’n barod.’

Dwi’n clywed janglan goriadau car Dad.

‘Barod, *champ*?’ meddai.

Dwi’n agor y drws ac yn cerdded allan ar y llwybr. Mae’r haul yn disgleirio ar y sgwâr a’r tai. Mae popeth yn dawel ac yn llonydd, fel tasa pawb dal yn gwely. Dwi’n edrych heibio’n coeden ni at dŷ Taid. Mae Samson yn eistedd wrth y drws ac mae’r cyrtens i gyd wedi cau. Drwy gil fy llygad, dwi’n gweld Jake yn rhedeg, yn torri ar draws y gwair. Dwi’n sbio ar dŷ Taid eto.

‘Rwyt ti’n barod,’ meddai yn fy mhen. Dwi’n nodio’n araf.

Yndw, Taid. Dwi’n meddwl ’mod i.

55

Y Rownd Derfynol

'Felix,' mae Jake yn sibrwd. 'Mae o fel Hogwarts.'

'Dwi'n gwbod.'

'Ac mae gan rai ohonyn nhw farf!'

'Dwi'n gwbod, Jake. Ti'm yn gorfod mynd mlaen am y peth.'

'A *briefcases*!'

'Jake!' mae Rebecca'n deud yn bigog. 'Dwyt ti ddim yn helpu.'

Dwi'n chwythu fy mochau allan ac yn edrych i fyny. Mae Jake yn gor-ddeud, fel arfer. Dydy'r lle ddim mor fawr na sbwci â Hogwarts, ond mae gynno fo luniau anferthol ar y waliau a *chandelier* yn hongian o'r nenfwd, a drysau mawr pren yn arwain at y brif neuadd.

Dwi'n chwythu fy mochau allan eto, wrth i leisiau atseinio o 'nghwmpas i. 'Mae 'na gannoedd ohonyn nhw,' dwi'n deud dan fy ngwynt.

'Be oeddet ti'n disgwyl?' mae Rebecca'n gofyn.

'Dwi'm yn gwbod,' dwi'n deud. 'Ond ddim hyn. Mae o fel…'

'Dwi wedi deud – Hogwarts,' meddai Jake.

Mae Rebecca a fi'n edrych ar ein gilydd, achos am unwaith, mae Jake yn iawn.

Roedd y Bencampwriaeth Ysgolion yn anferthol, ond mae hwn hyd yn oed yn fwy. Roedd y maes parcio yn llawn dop efo bysiau mini ysgolion o bob cwr o Brydain – llefydd fel Lerpwl, Manceinion, Caeredin a Chaerfyrddin. Mae pob rhanbarth wedi gyrru ei chwaraewyr gorau ac maen nhw yma efo athrawon, rhieni a ffrindiau yn eu cefnogi. Mae rhai'n gwisgo crysau T arbennig efo enw'r ysgol a bwrdd gwyddbwyll ar y blaen. Does gen i ddim crys T, ond mi nath Mr Keytes ddod â bws mini mwya'r ysgol, ac mae Mr Andrews wedi dilyn mewn bws arall sy'n golygu bod holl aelodau'r Clwb Gwyddbwyll yma, gan gynnwys Rich, yn ogystal â phedwar o'r chweched dosbarth. Am eiliad, mae gweld y rhieni eraill yn gneud i mi deimlo'n euog am ddeud wrth Mam a Dad am beidio dod, ond mae'n bosib y bydden nhw wedi codi cywilydd arna i fel pan griodd Mam pan o'n i'n ddafad yn nrama diwedd tymor ysgol gynradd. Ond fyddai hyd yn oed hynny ddim wedi bod mor crinjllyd â be mae Jake yn ei neud rŵan.

'Felix, be ti'n feddwl?' Mae o'n gwenu wrth godi baner mae o wedi'i neud allan o ddillad gwely.

AMDANI, FELIX! PENCAMPWR GWDDBWYLL CENEDLAETHOL

Mae o'n edrych i lawr ar ei faner. 'Driais i roi'r flwyddyn arno fo, ond doedd dim lle ar ôl.'

'Dyna pam 'nest ti adael yr "y" allan hefyd?' meddai Rich, efo gwên slei.

Mae Jake yn darllen ei faner. Mae ei wyneb o'n troi'n goch wrth iddo fo sylwi ar ei gamgymeriad.

'Mae o'n grêt,' meddai Rebecca.

'Yndy,' dwi'n deud, i gefnogi Jake yn erbyn Rich. 'Mae o'n cŵl.'

'Gwych,' meddai Jake, gan ei lapio am ei sgwyddau fel clogyn. Mae Rich yn ysgwyd ei ben. Dwi'n gwenu i mi fy hun. Mae Jake yn gallu bod yn boen, *ac* yn gallu codi cywilydd arna i, ond does 'na ddim llawer o ffrindiau fyddai'n torri eu dillad gwely i fyny er dy fwyn di.

Dwi'n mynd drwy'r dorf efo Jake yn dilyn y tu ôl i mi. Dyma'r ail dro i mi fynd i'r tŷ bach ers i ni gyrraedd. Es i bedair gwaith cyn gadael y tŷ, wedyn roedd yn rhaid i mi ofyn i Mr Keytes ddod oddi ar y draffordd dair gwaith fel 'mod i'n gallu mynd i doiledau'r gorsafoedd petrol. Dwi'n meddwl bod hyn achos 'mod i mor nerfus. Mae 'na gymaint o bobl yn dibynnu arna i – Taid, Mam a Dad, Mr Keytes, yr athrawon, yr ysgol i gyd. Maen nhw'n deud eu bod nhw i gyd y tu ôl i mi, ond mae bod mewn rhywbeth fel hyn yn codi ofn arna i. Roedd hi'n haws pan o'n i'n rhan o dîm a ddim ar ben fy hun. Dwedodd Taid na fyddwn i ar ben fy hun, y byddai o efo fi mewn ysbryd, ond alla i ddim teimlo'i ysbryd o, alla i ddim hyd yn oed clywed ei lais o yn fy mhen i – am ei fod o gant a thri deg o filltiroedd i ffwrdd, o bosib.

Dwi'n cyrraedd y tŷ bach. Mae Jake yn deud y bydd o'n rhyfedd os awn ni i mewn efo'n gilydd, felly mae o'n aros tu allan fel un o *bodyguards* Bobby Fischer. Dwi methu mynd dim pellach achos mae 'na giw hir o fechgyn mewn gwisg ysgol smart, yn siarad mewn acenion posh. Dwedodd Taid wrtha i am gau pawb a phopeth allan, ond dros y sŵn dwi'n clywed y geiriau 'cipio… bygythiad… amddiffyn'. Mae un o'r bechgyn yn sbio arna i ac yn cwpanu ei law dros ei geg fel tasa fo'n meddwl 'mod i'n gwrando arno fo ac yn mynd i ddwyn ei dactegau o. Wedyn maen nhw i gyd yn edrych i lawr ar fy sgidiau hen, blêr, ac yn dechrau gwenu. Mae'n ddigon drwg bod mewn lle diarth lle dwi'n teimlo fel sgodyn allan o ddŵr, heb i rywun drio codi cywilydd arna i oherwydd fy nillad i. Ond bosib mai trio chwarae efo 'mhen i maen nhw, fel ges i fy rhybuddio gan Taid.

Mae rhan ohona i isio deud wrthyn nhw nad sut 'dan ni'n gwisgo sy'n bwysig, ond sut 'dan ni'n chwarae gwyddbwyll. Mae rhan ohona i isio deud wrthyn nhw am gau eu cegau. Tasa Taid yma, mi fyddai o'n deud wrtha i am reoli fy nheimladau – dydy'r un sy'n colli ei ben ddim yn ennill. Dwi'n troi rownd ac yn anelu'n ôl am y cyntedd.

'Oedd hynna'n sydyn!' mae Jake yn gweiddi.

''Nes i newid fy meddwl.'

Mae Jake yn rhedeg ar fy ôl i. 'Ond elli di ddim newid dy feddwl. Fi ydy dy hyfforddwr di. Dwi'n colli pêl-droed i fod fan hyn.'

Dwi'n stopio cerdded.

'Jake, am be ti'n mwydro? Newid fy meddwl am bisiad 'nes i, ddim chwarae.'

'O.'

'Dan ni'n gwthio drwy'r dorf ac yn dod o hyd i Mr Keytes, sy'n siarad efo athro o ysgol arall.

'A, dyma fo.' Mae Mr Keytes yn rhoi ei law ar fy ysgwydd. 'Ro'n i jyst yn deud wrth Mr Givens am dy ddawn newydd sbon danlli di.'

Mae Mr Givens yn gwenu arna i.

'Mae'n beth gwych i'w glywed,' meddai, 'a rhyfeddol hefyd, dy fod ti wedi meistroli gwyddbwyll mewn cyfnod mor fyr. Mi fydd y gystadleuaeth yma'n brofiad da i ti.'

'Profiad?' mae Jake yn stwffio'i big i mewn. 'Dydy Felix ddim yma ar gyfer y profiad, yma i ennill mae o. Yndê, Felix?'

'Paid!' dwi'n rhoi hergwd i Jake.

'Mae'n wir. Fi ydy ei hyfforddwr o ac mae o wedi bod yn cael gwersi gan ei daid bob nos ar ôl ysgol.'

Mae fy wyneb i'n dechrau llosgi.

'Wel, mae'n dda gweld bod gan rywun hyder.' Mae Mr Givens yn gwenu. 'Wela i di wedyn, Simon.' Mae'n ysgwyd llaw Mr Keytes. 'A phob lwc, Felix, er, dwi'n amau os byddi di ei angen o efo hyfforddwr fel'na yn dy gornel di.'

Mae Jake yn gwenu fel giât. Dwi'n ysgwyd fy mhen. Mae'n dda ei fod o'n fy nghefnogi i, ond pa obaith sy gen i go iawn? Ella mai dim ond yma er mwyn y profiad ydw i. Ella dylwn i ei miglo hi am y drysau wedi'r cwbl.

'Felix… Paid edrych mor boenus.' Mae Rebecca'n rhoi ei llaw ar fy mraich. 'Byddi di'n iawn.'

'Ond mae pawb arall fel tasen nhw wedi bod yn chwarae ers blynyddoedd ac wedi darllen tomen o lyfrau. Y cwbl dwi wedi'i neud ydy chwarae am chwech wythnos efo Taid a gwatsiad DVD o Bobby Fischer!'

Mae Rebecca'n rhoi ei llaw dros ei cheg.

'Ti'n gweld, titha'n chwerthin hefyd.'

'Dwi ddim. Jyst y ffordd ddwedest ti o.' Mae hi'n rhoi ei llaw i lawr ac yn edrych arna i'n hollol ddifrifol mwya sydyn. 'Felix. Rhaid i ti jyst credu ynddot ti dy hun gymaint â mae dy daid. Fyddai o ddim wedi gadael i ti ddod yma tasa fo ddim yn meddwl y gallet ti ei gneud hi ar dy ben dy hun.'

Dwi'n anadlu'n ddwfn. Ddwywaith. Mae fy mrest i'n dechrau llacio, ond yn tynhau'n syth bìn eto wrth i gorn ganu ac i rywun weiddi, 'Pob chwaraewr i'r brif neuadd, os gwelwch yn dda.'

Y brif neuadd, dwi'n meddwl. Mae 'na stafell fwy na hon?!

Mae Mr Keytes yn sefyll o 'mlaen i. 'Wel, dyma ni, Felix,' meddai, yn swnio fel Mam cyn iddi 'ngyrru at y deintydd i gael tynnu dau ddant. 'Pob lwc, a paid â phoeni am golli. Jyst gwna dy orau.'

'Iawn.' Dwi'n trio anadlu'n gall.

'Ia, pob lwc,' mae Rich yn deud yn wawdlyd fel tasa fo'n meddwl y bydda i ei angen o.

Dwi'n troi am ddrysau'r neuadd. 'Paid â chymryd sylw ohono fo.' Mae Rebecca'n cerdded wrth fy ochr i. 'Jyst canolbwyntia ar dy gêm dy hun, paid â phoeni am y lleill.'

'Ia,' meddai Jake. 'A paid â poeni os ti'n colli, achos mi wna i faner fwy a ffitio'r dyddiad arno fo flwyddyn nesa.'

'Diolch, Jake,' dwi'n deud. 'Mae hynna'n help mawr.'

Mae'r ciw'n symud yn araf iawn. Dwi'n teimlo'r un mor nerfus ag o'n i pan 'nes i'r deifio sgwba efo Taid.

'Pob lwc, Felix!' mae Rebecca'n gweiddi. Dwi'n trio chwilio amdani ond mae'r dorf yn fy ngwthio i mewn i'r neuadd.

Wrth i'r cystadleuwyr wahanu dwi'n gweld tair rhes hir o fyrddau â labelau A, B, ac C arnyn nhw. Maen nhw'n mynd ar hyd y stafell at ffenest fawr ar y pen efo desg ddarllen wrth ei hymyl. Dwi'n edrych i fyny at y distiau a'r trawstiau pren, ac at yr athrawon a'r plant yn cymryd eu seddi fel Rhufeiniaid yn paratoi i wylio'r *gladiators* yn brwydro mewn colisëwm.

Mae fy nghalon yn curo'n galed wrth i mi ddilyn y cystadleuwyr at dri bwrdd gwyn ar y wal. Wrth i bob un gyrraedd y blaen maen nhw'n chwilio am eu henw ac yn mynd at eu byrddau. Dwi'n agosáu. Mae'r ferch o 'mlaen i'n gweld ei henw o fewn eiliadau ac i ffwrdd â hi. Dwi'n camu ymlaen ac yn edrych am fy enw i ond wela i mohono fo. Ella fod pawb wedi synnu gymaint 'mod i wedi gneud cystal yn y Bencampwriaeth Ysgolion fel eu bod nhw wedi anghofio'i roi ar y rhestr.

Dwi'n anadlu'n ddwfn. Dwi'n gorfod bod yma yn rhywle.

PENELOPE OFFIAH
CHRISTIAN PARKER
BENJAMIN LYONS-SMITH
LEAH PATTERSON-BARNES

Mae'r enwau'n swnio mor posh, dwi wir yn teimlo fel taswn i ddim i fod yma… Felix Schopp, Felix S C H O dau P…

Fan'na! FELIX SHOP: RHES C, BWRDD 14.

Allen nhw fod wedi sillafu fy enw i'n iawn. Ond dyna fo, dydy o ddim fel tasen nhw'n gorfod ei sillafu o eto ar dlws yr enillydd.

Dwi'n troi ac yn cerdded i lawr rhes C. Mae rhai o'r cystadleuwyr yn eistedd yn barod ac yn aros i ddechrau chwarae. Mae ’na rai eraill yn sefyll yn dawel, fel tasen nhw’n gneud chydig o swotio munud ola ar gyfer arholiad. Wrth i mi gerdded heibio dwi’n sylweddoli y gallai unrhyw un o’r bechgyn neu’r merched yma fod yn wrthwynebydd i mi a dwi ddim isio dal eu llygaid nhw. Dwi’n rhoi fy mhen i lawr ac yn cyfri’r byrddau nes dwi’n cyrraedd rhif un deg pedwar.

Dwi’n tynnu cadair allan.

Fi.

Bwrdd.

Set wyddbwyll.

Cloc.

Dyna’r cwbl dwi angen. Dwi’n eistedd ac yn syllu ar y bwrdd.

Mae’r neuadd yn hymian efo lleisiau.

Mae’r neuadd yn hisian efo sibrydion.

Dwff! Dwff!

‘Bore da, ydy pawb yn gallu ’nghlywed i?’

Dwff! Dwff!

Mae dyn mewn siwt ddu yn sefyll y tu ôl i’r ddesg ddarllen yn cnocio meicroffon efo’i law.

‘Ydach? Gwych! Wel, bore da bawb, Mr Trent ydw i, Cadeirydd Cymdeithas Gwyddbwyll Prydain, a dwi jyst eisiau eich croesawu i’n twrnamaint ni a rhoi chydig o fanylion i chi.’

Dylwn i fod yn gwrando, ond mae fy stumog i’n troi drosodd a throsodd yr hira mae’r dyn yn siarad. Dwi’n syllu ar y bwrdd, yn mynd drwy reolau Taid yn fy mhen, ond mae fy meddyliau i’n cael eu drysu gan Mr Trent yn deud wrthan ni sut i adael yr adeilad a tase

’na larwm tân y dylen ni i gyd fynd i faes parcio’r rheithordy. Wedyn mae o’n deud be ydy trefn y twrnamaint, a Taid wedi’i ddarllen o i mi ddeg gwaith er mwyn ei sodro yn fy mhen i.

‘A dyna ni,’ meddai o’r diwedd. ‘Pob lwc, a bydded i’r person gorau ennill. Ar ganiad y corn…’

O’r diwedd, dyma ni. Dyma ni.

Mae llaw yn estyn allan o ’mlaen i. Llaw merch. Dwi’n ei hysgwyd. Mae fy ngwrthwynebydd yn codi dau werinwr. Dwi’n cael y gwyn.

Mae’r corn yn canu.

56

Ar Lawr, Ond Heb Fy Nghuro

‘Mae’n iawn, Felix, o leia ’nest ti ennill dy gêm gynta.’

Dwi’n eistedd ar fainc y tu allan i’r neuadd. Mae Jake yn plygu o ’mlaen i yn siarad efo fi fel taswn i’n focsar newydd gael ei lorio. Dwi ddim wedi cael fy llorio go iawn ond mae’n teimlo felly, achos ar ôl ennill y gêm gynta ges i fy chwalu yn yr ail. Roedd fy ngwrthwynebydd i mewn *check* gen i ar ôl deuddeg symudiad ond wedyn fethais i ganolbwyntio.

‘Y Doritos oedd ar fai,’ dwi’n mwmian.

‘Be?’ Mae Jake yn troi er mwyn fy nghlywed i dros y sŵn clebran.

‘Roedd o’n crensian Doritos drwy’r adeg.’

‘Pa flas?’

‘Be?’

‘Pa flas oedden nhw – Cool Original, Tangy Cheese neu Heat Burst?’

'Tangy… Jake, dim ots pa flas oedden nhw.' Dwi'n ei wthio i ffwrdd. 'Jyst y sŵn crensian oedd o, a'r oglau.'

'Dylen ni ei gael o wedi'i wahardd. Mr Keytes!'

'Jake,' mae Mr Keytes yn ochneidio. 'Dwi ddim yn meddwl y gall o gael ei wahardd am fwyta creision. A ph'run bynnag, dim ond blip bach ydy hyn, a hyd yn oed os nad blip ydy o, os bydd o'n troi'n rhywbeth mwy—'

'Fel blob,' meddai Jake.

'Jake!' Mae Rebecca'n eistedd wrth fy ochr i. 'Dwyt ti wir ddim yn helpu.'

'Na, dwyt ti ddim,' meddai Mr Keytes, gan dynnu papur pum punt allan o'i boced. 'Dos draw fan'na i nôl diod a bisgedi i ni.'

'Alla i ddim,' meddai Jake. 'Fi ydy ei hyfforddwr o. Mae o'n angen i. A ph'run bynnag, ro'n i'n meddwl ein bod ni fod i gael cinio go iawn.'

Dwi'n gwgu ar Jake. *Sut all o feddwl am ei stumog ar adeg fel hyn?*

'Iawn. Iawn… Dwi'n mynd.' Mae Jake yn troi i ffwrdd.

'Dwi'n meddwl y dylwn i fynd efo fo.' Mae Mr Keytes yn sbio arna i, wedyn ar Rebecca. 'Arhoswch chi fan hyn,' meddai. 'A, Felix, paid â phoeni am y gêm ddwetha 'na. Bydd pob dim yn iawn.'

Dwi ddim yn ateb ac yn edrych ar y llawr.

Dim ond trio helpu mae Mr Keytes, ond mae o'n anghywir i ddeud wrtha i am beidio poeni am y gêm ddwetha. Mae Taid yn deud ein bod ni wastad fod i'w dadansoddi nhw fel ein bod ni'n gallu dysgu o'n camgymeriadau a pheidio eu gneud nhw eto. Dwi'n mynd drwy'r symudiadau eto yn fy mhen. *Gwerinwr i d4, gwerinwr i g4, esgob i f7. Marchog i sgrensian-sgrensian-crensian-crensian.* Roedd o fel clecian signal radio gwael yn chwalu drwy fy mhen i. Wedyn dechreuodd y cloc gyfri i lawr, pob eiliad yn diflannu o gil fy llygaid i: *9:30... 29, 28, 27... Gwerinwr i b4. Castell i h6... sgrensian-sgrensian-crensian-crensian.* Dim ond hogyn yn crensian Doritos oedd o, ond ro'n i methu canolbwyntio. Ro'n i wedi dechrau chwysu fel tasa rhywun wedi plwgio fy nghorff i mewn i brif blwg y trydan. *Crensian-crensian. Checkmate. Be? Checkmate.*

Dwi'n dal fy mysedd allan. Mae fy nwylo'n chwysu eto rŵan fel naethon nhw yn y gêm. Sut 'nes i adael i hynna ddigwydd? Dylwn i fod wedi cau allan y crensian, esgus mai chwarae yn erbyn cyfrifiadur ro'n i. Ond betia i fod y Mechanical Turk 'rioed wedi bwyta Doritos. Dwi'n ysgwyd fy mhen yn araf.

Bydd Taid yn siomedig. Dwi'n dychmygu deud wrtho fo 'mod i wedi cael fy hel allan yn y rownd gynta. Mi fyddai'n gwenu a deud bod hynny'n iawn, ond byddai ei lygaid yn deud yn wahanol.

'Dwi'n sori, Taid,' dwi'n mwmian. 'Dwi'n sori.'

'Hei, pam ti'n deud sori?' Mae Rebecca'n sefyll o 'mlaen i.

'Dydy o ddim yn amlwg? Dwi'n mynd i gael fy hel allan ar ôl tair gêm.' Dwi ddim yn deud wrthi mai ddim colli'r gêm sy'n fy mhoeni i. Mae o'n fwy am golli'r teimlad o fod yn dda am rywbeth am unwaith yn fy mywyd i.

Dwi'n pwyso'n ôl ac yn pwyso fy mhen yn erbyn y wal. Mae rhai o'r cystadleuwyr yn mynd yn ôl i'r neuadd yn barod. Cyn bo hir bydd y cwbl drosodd. Alla i jyst dringo ar y bws mini ac mewn dwy awr mi fydda i'n chwarae *Forza* yn fy llofft.

'Felix.' Mae Rebecca'n cydio yn fy mraich fel tasa hi'n gwbod

’mod i’n dechrau mynd i’myd bach i fy hun. ‘Alli di neud hyn,’ mae hi’n deud. ‘Y cwbl sy raid i ti neud ydy credu ynddot ti dy hun.’

‘Dwi’n gwbod mai trio helpu wyt ti, ond mae’n haws deud na gneud.’

‘Dwi’n gwbod, ond ti wedi ymarfer mor galed. Alli di ddim rhoi’r gorau iddi rŵan.’

Mae’r corn yn canu.

Mae Rebecca’n edrych arna i am hir fel tasa hi wedi rhedeg allan o eiriau o’r diwedd. Dwi’n gwthio fy hun i ffwrdd o’r wal.

‘Well i mi fynd,’ dwi’n sibrwd.

Mae Rebecca’n cerdded efo fi at y drysau.

Y tu mewn mae rhai o’r cystadleuwyr yn eu seddi; mae rhai yn sefyll efo’u breichiau wedi eu plethu fel tasen nhw’n meddwl, eraill yn cerdded i fyny ac i lawr y rhesi. Mae ’na chwe deg pedwar ohonon ni yma a dim ond un bydd yn ennill. Be oedd ar fy mhen i? ’Nes i glywed be ddwedodd Rebecca, ond alla i ddim gneud hyn. Dwi isio troi a rhedeg. Os na fydda i’n chwarae cha i byth wbod fyddwn i wedi ennill neu golli; wedyn fydda i ddim yn siomi neb, yn cynnwys fy hun.

Gan adael Rebecca ar ôl, dwi’n camu i mewn i’r neuadd. Mae’r stafell yn hymian efo lleisiau chwaraewyr ac athrawon. Does neb yn sylwi ’mod i yma. Welan nhw mo fy ngholli i. Y cwbl sy raid i mi neud ydy croesi fy enw oddi ar y rhestr a gadael.

Dwi’n cerdded draw at y byrddau gwyn.

‘Mae gen i ffydd ynddat ti. Mae gen i ffydd ynddat ti.’

Dwi’n gwbod, Taid, bechod bod gen i ddim ffydd yndda i’n hun.

Mae athro efo sbectol yn sefyll wrth ymyl y byrddau gwyn, ei lygaid yn fy ngwylio wrth i mi estyn i boced fy mlaser a chwilio'n grynedig am feiro. Dim byd. Dwi'n chwilio'n ddyfnach, ond y cwbl alla i ei deimlo ydy darn o bapur sy'n gorfod bod yn ddarn o fy llyfr nodiadau neu nodyn gorfod aros i mewn ar ôl ysgol.

Mae'r athro'n camu ymlaen.

'Gwell i ti fynd i dy sedd,' mae o'n sibrwd. 'Neu mi gei di dy ddiarddel.'

'Mae'n iawn,' dwi'n deud. 'Dwi'n mynd i ildio, dwi jyst yn chwilio am…' Dwi'n tynnu'r darn o bapur allan… 'amlen? Be?'

Dwi'n edrych ar yr amlen las golau yn fy llaw. Wedyn yn ei throi drosodd. Dwi'n nabod llawysgrifen flêr Taid ar y tu blaen.

Y degfed peth dwi isio'i ddysgu i Felix.

'Hei 'ngwas i, wyt ti'n mynd i chwarae neu beidio?'

Dwi'n sbio i fyny. Mae hi'n ddau o'r gloch ar y cloc. Mae'r cystadleuwyr i gyd yn eistedd wrth y byrddau, eu dwylo'n hofran, yn barod i neud eu symudiadau cynta. Dwi'n sbio ar yr amlen eto.

Y degfed peth dwi isio'i ddysgu i Felix?

Rhaid bod Taid wedi'i sleifio i mewn i 'mlaser i neithiwr. Dwi'n llithro fy mys o dan y fflap ac yn tynnu darn o bapur allan.

Felix,
Rydw i'n meddwl
am y degfed peth

dwi isio'i ddysgu i ti
ers amser maith.
A dyma fo:

Dwi'n gwgu.

'Rhywbeth o'i le?' mae'r athro'n gofyn.

'Dwi… ddim… yn gwbod… Llythyr gan Taid ydy o, ond dydy o ddim yn gneud syn—' Dwi'n troi'r papur drosodd ac yn gwenu.

Felix.
Paid
Byth
â
Rhoi'r
Gorau
Iddi!

57

Y Farwol

Mae'n teimlo fel tasa goleuadau'r neuadd i gyd wedi eu diffodd, heblaw am un. Ac mae o fel chwilolau yn llosgi i lawr ar fy ngwallt i, drwy fy mhen i, i mewn i 'mhenglog i. Mae'r cloc yn tician yn araf, fel tasa pob eiliad yn funud. Dwi'n anadlu'n ddwfn.

Mae fy nghalon mor llonydd â'r môr. Mae fy mhen mor glir â'r awyr.

Tic.

Tic.

Tic.

Dim ond fi yn eistedd wrth fwrdd gwyddbwyll efo'r tywyllwch amdana i. Mae o fel taswn i'n breuddwydio, fel taswn i i'n eistedd adre yn lolfa Taid.

Dwi'n syllu ar y bwrdd. Mae fy marchogion wedi cael eu dal. Un o fy esgobion ac un o 'nghestyll i hefyd. Mae'r gelyn wedi ymosod a 'ngadael i wedi clwyfo ar y llawr. Dwi'n clywed sŵn gynnau ac alla i ddim gweld achos mae 'na fwg o 'nghwmpas i i gyd, ond efo sŵn y gynnau dwi'n clywed milwyr yn sgrechian a gweiddi am help. A dwi isio gweiddi hefyd.

Llwythwch y canons.

Ewch i nôl y bayonets.

Cer i nôl y medic. Dwi wedi brifo ac yn gwaedu. Coda fi a rhed am y bryniau.

Ond aros.

Mae'r mwg yn clirio. Mae sŵn y gynnau wedi stopio.

Dwi'n edrych i lawr ar fy stumog. Mae'r gwaedu wedi stopio.

Paid byth â rhoi'r gorau iddi.

Dwi'n pwyso ar fy reiffl. Dwi wedi defnyddio pob arf roddodd Taid i mi.

Tic...

Tic...

Tic...

Ydy o wir drosodd?

Oes 'na ddim byd arall alla i neud?

Dwi'n codi fy mhen. Yn gweld Jake. Yn gweld Mr Keytes. Yn gweld Rebecca. Yn gweld cannoedd o barau o lygaid o 'nghwmpas i, fel llygaid cathod yn sgleinio yn y tywyllwch.

Paid

Byth

â

Rhoi'r

Gorau

Iddi!

Dwi'n hofran fy llaw dros fy mrenin.

Check eto.

Brenhines ar d4. Esgob h6. Castell f6.

Mae o drosodd go iawn.

Dwi'n symud fy mrenhines i d6.

'*Check… Checkmate.*'

Dwi'n syllu ar y bwrdd mewn distawrwydd. Yn gwirio pob un darn ar bob un sgwâr. Yn gwirio lle allai fy ngwrthwynebydd symud ei frenin neu unrhyw ddarn arall allai ei ryddhau o.

Ond mae'r brenin wedi'i ddal, a does neb o'i fyddin yn gallu ei achub. Does 'na ddim dianc.

Mae fy ngwrthwynebydd yn rhoi ei frenin i orwedd ar y bwrdd.

Dwi'n syllu ar y bwrdd mewn distawrwydd.

Mae un person yn clapio.

Wedyn un arall.

Ac un arall… nes mae'r gymeradwyaeth yn chwyddo ac yn atseinio o gwmpas y neuadd. Mae fy ngwrthwynebydd yn estyn ei law.

Dwi'n sefyll i'w hysgwyd hi ac yn edrych arno fo am y tro cynta. Mae o'n deud rhywbeth, ond mae'r gymeradwyaeth yn boddi ei eiriau o. Dwi'n anadlu'n ddwfn, wedyn yn teimlo gwên yn lledu dros fy wyneb i. Dwi'n teimlo fel chwerthin. Dwi'n teimlo fel crio hefyd. Dwi'n teimlo—

'Ieeeee! Felix! 'Nest ti ennill!' Mae Jake yn saethu o nunlle a bron â fy nharo ar y llawr. ''Nest ti ennill, Felix!' mae o'n gweiddi yn fy wyneb i. ''Nest ti ennill! Anlwcus, Barf,' meddai, gan droi at fy ngwrthwynebydd.

‘’Nes i ennill,’ dwi’n sibrwd wrtha i fy hun. ‘’Nes i ennill!’

Dwi’n gwasgu fy llaw yn ddwrn, yn gweld Rebecca’n gwenu arna i wrth iddi redeg ar draws y neuadd.

‘Wnes i ennill,’ dwi’n deud, yn dal i fethu credu.

‘Do,’ meddai, gan fy ngwasgu’n dynn. ‘Mi ’nest ti! Ti’n gweld, ddwedes i dy fod ti’n gallu neud o.’ Dwi’n trio deud wrthi ’mod i’n methu credu’r peth, ond mae ’nghorff i’n crynu gymaint does dim geiriau’n dod allan.

‘Llongyfarchiadau, Felix.’

Dwi’n troi’n gyflym ac mae Mr Keytes yn gwenu cymaint mae o bron yn chwerthin.

‘Da iawn ti, Felix.’ Dwi’n meddwl mai Chris oedd hwnna.

‘Da iawn ti, Felix.’ Dwi’n meddwl mai Tom oedd hwnna.

Mae ’na gymaint o bobl yn siarad, cymaint yn fy nharo ar fy nghefn, dwi’n dechrau teimlo’n chwil.

‘Da iawn ti, Felix.’ Dwi’m yn gwbod pwy oedd hwnna.

‘Da iawn ti, mêt, roedd hynna’n—’

Dwi’n troi rownd yn syth.

‘Mam, Dad, be dach chi’n neud yma?’

‘Fel tasen ni’n mynd i golli hyn!’ meddai Dad, gan roi ei fraich am fy ysgwydd i.

Dwi’n aros i Mam ddeud rhywbeth, ond mae hi wedi cyffroi gymaint y cwbl mae’n neud ydy rhoi sws i mi!

Dwi’n ei sychu i ffwrdd, ond dwi mor falch ei bod hi yma.

‘Roeddet ti’n anhygoel,’ meddai hi o’r diwedd. Dwi’n aros iddi ychwanegu rhywbeth fel ‘am unwaith’ neu ‘o’r diwedd’, ond mae hi jyst yn ailadrodd, 'Anhygoel. Anhygoel!' ac wedyn yn rhoi sws arall i mi.

'Pryd naethoch chi gyrraedd?' dwi'n gofyn. 'Welais i mo'noch chi'n dod mewn.'

'Roeddet ti'n rhy brysur yn chwarae gwyddbwyll,' meddai Dad. 'Dwi 'rioed wedi dy weld di mor llonydd.' Mae o'n rhoi ei ddwylo ar fy sgwyddau fel tasa fo'n mynd i roi cwtsh i mi, ond mae o jyst yn chwalu 'ngwallt i a deud, 'Da iawn ti, mêt. Da iawn ti.'

'Ti isio ffonio Taid?' mae Mam yn gofyn, gan estyn ei ffôn i mi. 'Mi fydd hi'n hwyr erbyn i ti gyrraedd adre.'

Dwi'n meddwl am eiliad. Dwi isio deud wrth Taid, ond mae'n gas gynno fo'r ffôn a dwi wir isio gweld y wên ar ei wyneb o pan glywith o 'mod i wedi ennill. Dwi ar fin deud hyn wrth Mam ond mae Mr Keytes yn torri ar fy nhraws i, gan ddeud, 'Felix, mae'n ddrwg gen i, ond rhaid i ni symud ymlaen. Dyma Mr Trent, Pennaeth Cymdeithas Gwyddbwyll Prydain.'

'Chwarae ardderchog iawn, 'ngwas i,' meddai Mr Trent.

Dwi'n ysgwyd ei law o, wedyn yn ysgwyd llaw rhywun arall, wedyn un arall. Mae Mr Trent yn rhoi'r tlws yn fy nwylo i ac yn deud rhywbeth, ond mae 'mhen i'n canu efo cynnwrf ac alla i ddim clywed ei eiriau. Dwi'n meddwl 'mod i'n deud diolch, ond alla i ddim hyd yn oed clywed fy hun. Wedyn mae Mr Keytes yn fy nhroi i rownd a dwi'n wynebu wal o bobl yn tynnu lluniau efo'u camerâu a'u ffonau.

'Gwena, Felix.'

'Dal y tlws i fyny, Felix.'

'Edrycha ata i, Felix.'

'Dyro sws i'r tlws, Felix.'

'Gwên fawr.'

Dwi'n trio gwenu, ond dwi wedi bod yn canolbwyntio mor hir mae fy wyneb i'n teimlo fel plisgyn wy wedi cracio pan dwi'n llwyddo.

'Cŵl, tydy, Felix!' Mae Jake yn gwenu fel giât arna i, yn pwyso mlaen fel bod ei wyneb o yn y lluniau i gyd. Mae hyn yn cŵl, mae hyn yn fwy na cŵl, ond mae'n digwydd yn rhy gyflym i'w ddeall yn iawn.

Mae dyn mewn sbectol a siwt yn cerdded draw ata i ac yn ysgwyd fy llaw i.

'Llongyfarchiadau,' meddai, yn camu rhyngof fi a Jake. 'Huw Harris, o'r *Chess Monthly*. Gawn ni lun efo jyst ti a'r tlws?' Mae o'n ei harwain ni at faner sy'n deud:

PENCAMPWR GWYDDBWYLL YSGOLION PRYDAIN

NODDWYD GAN WEETOS

Dwi'n sefyll o flaen y faner ac yn gwenu, ond dwi wedi bod yn gwenu gymaint mae fy wyneb i'n dechrau brifo.

'Mae hynna'n grêt,' meddai Huw, yn clician y tu ôl i'r camera. 'Alli di ddeud wrtha i sut mae'n teimlo i fod yn Bencampwr Cenedlaethol?'

'Ymm, dwi ddim wir wedi meddwl am y peth,' dwi'n deud. 'Do'n i ddim wedi meddwl y byddwn i'n ennill, ond dwi'n wirioneddol falch.'

'Balch?' meddai.

'*Ecstatic*!' mae Jake yn gweiddi.

'Ia.' Dwi'n nodio. '*Ecstatic*.'

'Mae hynna'n wych.' Mae Huw yn codi ei law ac yn gneud arwyddion i symud fymryn i'r chwith. 'Gwych,' meddai. 'Rŵan allet ti ddeud rhywbeth am sut nath bwyta Weetos dy helpu di?'

'Be?'

'Weetos.' Mae o'n pwyntio at y faner. 'Ella rhywbeth fel, ti'n eu bwyta nhw bob bore cyn mynd i'r ysgol.'

'Ond dwi dim,' dwi'n deud.

'Ond mae o'n byta llwyth o sosejys Almaeneg,' mae Jake yn neidio mewn.

'Mae hynna'n iawn,' meddai Huw. 'Wna i jyst deud dy fod ti'n bwyta sosejys Almaeneg efo Weetos… Rŵan, be am lun efo dy athro. Mr…?'

'Keytes,' meddai Mr Keytes.

Mae Huw yn gollwng ei gamera i'w frest ac yn estyn am ei lyfr nodiadau.

'Sut mae sillafu hynna?'

'Keytes. Swnio fel y bardd, dim ond mai K E Y T E S ydw i.'

'A fi ydy ei hyfforddwr o!' Mae Jake yn neidio at fy ochr i. 'Jake Simms, J A K E, S I M M S,' meddai, yn gwenu fel giât wrth roi ei fraich am fy ysgwydd.

'Gwych,' meddai Huw. 'Ti ddysgodd castellu'n hir iddo fo?'

'Castellu be?' mae Jake yn gofyn.

Mae Huw yn ysgwyd ei ben fel tasa fo wedi gweithio allan fod gan Jake ddim clem am be mae o'n sôn. 'Felix.' Mae o'n troi'n ôl ata i. 'Fedri di ddal y tlws i fyny…? Dyna fo.' Mae Huw yn tynnu un llun arall. Dwi'n rhoi'r tlws i lawr ar y bwrdd, wedyn mae Huw yn gofyn geith o ofyn ambell gwestiwn arall i mi.

Dwi'n eistedd ac yn teimlo fy hun yn anadlu am y tro cynta ers i mi ennill.

'Felly,' meddai Huw, gan wenu, 'mae dy athro'n deud mai dim ond ers chydig wythnosau ti'n chwarae. Sut wnest ti ddechrau chwarae?'

Dwi'n deud wrtho fo sut nath Taid neud rhestr o bob dim roedd o isio'i ddysgu i mi ac mai un o'r pethau hynny oedd gwyddbwyll.

'Ardderchog,' meddai Huw. 'Be ydy ei enw o?'

'Pwy?'

'Dy daid. Be ydy ei enw o? Ydy o yma? Bosib allen ni gael llun.'

Mae Huw yn dal ei feiro uwchben ei lyfr, yn disgwyl am fy ateb i. Ond hyd yn oed tasa Taid yma, mi fyddai o'n casáu cael tynnu ei lun. Dydy o ddim hyd yn oed yn agor ei gyrtens, felly does 'na'm peryg y byddai o isio bod ar flaen cylchgrawn.

'Na,' dwi'n deud. 'Dydy Taid ddim yma. A dwi ddim yn meddwl y byddai o'n licio i mi roi ei enw o i chi.'

'Mae hynna'n iawn,' meddai Huw. 'Cyn belled bod gynnon ni ti a'r tlws.' Wedyn mae o'n ysgwyd fy llaw i ac yn deud y bydd yr erthygl ar wefan *Chess Monthly* erbyn diwedd y dydd.

Dwi'n anadlu'n ddwfn wrth iddo gerdded i ffwrdd. Dwi ar fy mhen fy hun o'r diwedd. Dwi wedi bod mewn perlewyg, mewn breuddwyd ers pedair awr rŵan. *Be dwi wedi neud? Be dwi wedi neud?*

'Ti wedi ennill Pencampwriaeth Gwyddbwyll Ysgolion Prydain. Dyna be ti wedi neud.'

'Dwi'n gwbod, Taid, dwi'n meddwl, gan wenu. *Dwi'n gwbod.*

'Nes i ennill.

Dwi wedi ennill.

Dwi 'rioed wedi ennill dim byd yn fy mywyd i, ar wahân i *minion* efo'r peiriant crafanc yn yr arcêd yn Swanage. Dwi'n cerdded draw at y bwrdd ac yn codi fy nhlws. Dwi'n rhedeg fy llaw dros y metel llyfn, i fyny'r corff, dros ochrau pigog y groes ar ben y brenin. Dim ond rhyw 15cm o uchder ydy o ac yn pwyso fawr mwy na bar o siocled, ond dim ots am hynny.

Fyddwn i byth wedi'i ennill heb Taid. Faswn i ddim hyd yn oed wedi gosod darn gwyddbwyll ar sgwâr. Faswn i ddim hyd yn oed wedi tynnu'r darnau allan o'r bocs.

'Mae o'n dlws hardd.'

Ydy, Taid. Mae o.

58

Pan Fyddwn Ni'n Enwog

Dwedodd Jake 'mod i'n mynd i fod yn enwog. Ein bod *ni'n* mynd i fod yn enwog, ac y bydd 'na barti stryd yn y sgwâr ar y penwythnos. Aeth o mlaen a mlaen am y peth yn y bws mini ar y ffordd adre. Mi ddwedodd y bydd 'na fyrddau a chadeiriau ar y gwair wrth ein coeden ni ac y bydd pobl yn hongian baneri allan o ffenestri eu llofftydd yn deud: LLONGYFARCHIADAU, FELIX, CROESO ADRE. Ac wedyn mi fydd 'na daith bws o gwmpas y ddinas, fel mae City a'r Rovers yn gneud pan maen nhw'n cael eu dyrchafu. Ac mi fydd 'na gerflun ohona i fel un Isambard Kingdom Brunel, a bydd pobl yn dod o bell i'w weld o ac mi fyddan nhw'n gosod anferth o fwrdd gwyddbwyll wrth y dociau.

Dwedodd o y bydden ni'n gyfoethog ac yn byw yn rhywle posh fel Caerfaddon a fydden ni ddim yn gorfod poeni ei bod hi'n bell i fynd i'r ysgol achos byddai gynnon ni *chauffeurs* i'n gyrru ni yn ein

Ferraris a'n Lamborghinis. A'n bod ni'n mynd i fyw mewn plastai drws nesa i'n gilydd efo twnnel yn ein cysylltu ni, jyst i ni, a thelis anferthol ym mhob stafell. A thrwy gydol yr amser roedd o'n deud hyn ar y ffordd adre, roedd o'n sbio ar y we ar ei ffôn i weld os oedd Huw wedi rhoi'r lluniau ar wefan *Chess Monthly*. Ond doedden nhw ddim yno, felly mi nath o greu ei benawdau ei hun:

'Felix Schopp yn ennill Pencampwriaeth Genedlaethol efo'i *genius* o hyfforddwr! *Hyfforddwr anhygoel* yn helpu bachgen i goncro'r byd gwyddbwyll.'

Dyna pryd gymerodd Mr Keytes y troad anghywir yn y tywyllwch.

Dyna pryd ddwedodd Rich wrth Jake i gau ei geg.

Dyna pryd aeth Rebecca i gysgu ar fy ysgwydd i.

Dyna pryd 'nes i bwyso fy mhen ar y ffenest a theimlo'r teiars yn rymblan wrth i oleuadau ceir fflachio heibio.

Dyna pryd 'nes i ddechrau gwenu.

Dyna pryd 'nes i sylweddoli pa mor anhygoel ydy'r teimlad o fod yn dda am rywbeth.

59

Methu Aros Tan y Bore

Dwi'n gorwedd ar fy ngwely efo fy nhlws ar fy mrest. Mae fy nghalon i'n curo mor araf a thrwm fel 'mod i'n gallu ei theimlo hi'n crynu drwy sbrings y matres. Dwi wedi blino ond alla i ddim cysgu achos mae'r diwrnod yn mynnu saethu drwy 'mhen – y daith i Birmingham, fy nerfau i, y gemau, isio ildio, wedyn pawb o 'nghwmpas i, yn fy nharo ar fy nghefn, yn ysgwyd fy llaw. Dwi wedi trio cyfri defaid, dwi wedi trio lapio 'mhen yn y pilw, ond mae'r diwrnod jyst yn dal i fynd fel DVD ar *repeat.* A deud y gwir, dwi ddim isio iddo fo stopio.

Dwi'n neidio wrth i fy ffôn bingian ar y bwrdd. Mae hi mor hwyr dim ond un person allai o fod. Dwedodd Jake y byddai o'n aros i fyny drwy'r nos nes bydd ein lluniau ni ar y we.

Dwi'n edrych ar y sgrin.

Ddim yna eto, meddai'r neges. Be sy'n cymryd mor hir? Cwbl

oedd angen oedd sgwennu chydig o eiria a llwytho llun.

Dwi'n gwbod, dwi'n ateb. Prysur, ma raid. Ond dwi'n mynd i'r gwely rŵan.

Alli di ddim.

Isio codi'n gynnar i weld Taid yn bore.

Iawn. Gad y ffôn ar Alert. Wna i decstio os wela i rwbath.

Iawn.

Dwi'n rhoi fy ffôn i lawr ac yn mynd i gau fy nghyrtens. Ar draws y sgwâr mae golau'r stryd yn wincio y tu allan i dŷ Taid. Alla i ddim aros i fynd draw yn y bore. Bosib bydd y ffaith 'mod i wedi ennill yn gneud iddo fo deimlo'n well, yn enwedig pan dwi'n dangos y tlws iddo fo. Mae o'n mynd i deimlo mor hapus.

Dwi'n cau'r cyrtens ac yn mynd i mewn i'r gwely. Dwi'n dal y tlws yn dynn. Fi pia fo go iawn, ond dwi ddim yn gallu stopio meddwl y bydd Mam yn dod i mewn unrhyw funud rŵan i fy ysgwyd i'n effro ac y bydda i'n sylweddoli bod y diwrnod yma heb ddigwydd a 'mod i'n hwyr i'r ysgol.

Dwi'n cau fy llygaid. Yn fy meddwl dwi'n gallu gweld y neuadd a theimlo'r golau'n sgleinio i lawr arna i. A dwi'n gallu gweld y bwrdd gwyddbwyll a brenin fy ngwrthwynebydd yn gorwedd dros ddau sgwâr. O 'nghwmpas i dwi'n gallu clywed sŵn cloc yn *tic-tic-tician*. Dwi'n gwasgu fy llygaid yn dynn ac yn cofleidio'r tlws mor galed mae'n brathu mewn i fy nghroen i. Mae'r cloc yn dal i *dic-tic-tician*, a dwi'n ysu isio iddo fo *dic-tic-tician* yn gyflymach fel bod y bore'n dod.

60

Negeseuon!

PING. PING.

PING. PING.

Mae fy ffôn yn pingian a fflachio yn y tywyllwch.

Dwi'n estyn allan i drio'i ddiffodd. Mae fy llaw i'n cnocio yn ei erbyn ac mae'n syrthio ar y llawr.

PING. PING.

Pa ddiwrnod ydy hi?

Dydd Sul.

Dim ysgol. 'Nes i ddim gosod larwm.

Dwi'n codi fy ffôn, yn craffu ar y sgrin – dau ddeg chwech neges?

Does bosib.

Dwi'n sychu'r cwsg allan o fy llygaid – dau ddeg chwech neges!

Dau ddeg chwech neges, pob un gan Jake.

Felix, deffra.

Felix!

Felix!

Felix, ti di deffro?

Felix!

Felix, y twmffat!

Felix!

Dwi'n sgrolio i lawr, ond bob tro dwi'n gneud mae 'na neges newydd yn cyrraedd.

Felix, Tyd laen!

Felix!

Iawn, dwi'n ateb. Dwi di deffro.

O'r diwedd!

Be sy?

Dwi'm yn gwbod sut i ddeud wrthat ti.

Be?

Isio fi ffonio?

Na. Misio deffro Mam a Dad. Be sy?

Dy daid.

Mae fy nghalon yn neidio. Be am Taid? Ydy o'n sâl eto? Ond sut fyddai Jake yn gwbod?

Be amdano fo?

Methu deud. Jyst sbia!

Mae Jake yn gyrru neges arall, ond tro 'ma does 'na ddim geiriau, dim ond linc i'r we.

https://pencampwriaethgwyddbwyllysgolion.com

Dwi'n clicio arno fo. Mae fy sgrin yn goleuo'n llachar. Dwi'n blincian ac yn ailffocysu.

B–? Be?

Pencampwr gwyddbwyll ysgolion ieuengaf erioed yn ennill gyda symudiad comander y Stasi.

Comander y Stasi? Na, dydy hynna ddim yn iawn. Dwedodd Taid bob dim wrtha i am y Stasi, sut fydden nhw'n gwylio pawb drwy'r amser, yn mynd drwy eu sbwriel, yn gwrando ar eu galwadau ffôn. Nhw oedd yn ysbïo arno *fo* – doedd o ddim yn un ohonyn nhw.

Dwi'n sgrolio i lawr y dudalen ac yn gweld llun ohona i'n dal y tlws.

Ti di darllen o?

Mae neges arall gan Jake yn fflachio ar dop fy sgrin.

Dwi'n trio!

Dwi'n mynd yn ôl at y sgrin.

Dyma bencampwr gwyddbwyll ieuengaf erioed ysgolion Prydain. Un ar ddeg oed yw Felix Schopp a llwyddodd i guro chwaraewyr cryf iawn o ysgolion o bob cwr o Brydain gan ddefnyddio'r Spreebogen Variation o'r Yugoslav Attack, symudiad a gafodd ei ddefnyddio gan ddim ond un person erioed, sef Lionel Steiner, cyn-gomander heddlu cudd Dwyrain yr Almaen, a ddiflannodd ar ôl ennill Pencampwriaeth y Byd 1962 yn Berlin.

Am be mae Jake yn fwydro? Be sy mor bwysig?

Dwi'n darllen yr erthygl eto. *Felix Schopp... Spreebogen Variation... Yugoslav Attack... Lionel Steiner... Commander Steiner—*

Mae fy nghalon i'n suddo i fy stumog.

Comander Steiner! Dyna'r enw welais i ar y cardiau adnabod yn wardrob Taid.

Fo ydy o. Dy daid! Rhaid bod o di newid ei enw.

Jake! Dwi'n dal i ddarllen.

Mae 'nghorn gwddw i'n teimlo fel tasa fo'n mynd i gau ac mae 'nwylo i'n crynu fel taswn i efo'r deintydd. Dwi'n darllen y paragraff cynta eto ac yn gobeithio 'mod i'n ei ddarllen o'n anghywir. Ond mae'r un enw'n neidio allan arna i eto – Lionel Steiner – ac mae o'r un flwyddyn ag oedd ar y cardiau.

Dwi'n darllen ymlaen:

Mewn gêm derfynol agos tu hwnt gyda George Templeton o Richmond High, defnyddiodd Felix y Spreebogen Variation o'r Yugoslav Attack, ar ôl castellu'n hir i frwydro yn erbyn Dragon Variation o'r Sicilian Defence gan ei wrthwynebydd. Dywedodd Felix, 'Dwi'n hapus iawn fy mod i wedi ennill, ond fyddwn i ddim wedi gallu ei wneud heb gymorth fy nhaid.' Dywedodd athro Felix, Mr Keytes o Southwick High (Bryste), 'Dim ond ers cwpwl o fisoedd mae Felix wedi bod yn chwarae. Mae'n fachgen arbennig, ac rydyn ni i gyd yn falch iawn ohono.'
Lionel Steiner...

Dwi'n ysgwyd fy mhen. All o ddim bod yn wir. Ond dwi'n nabod y gair Spreebogen. Parc Spreebogen; dyna lle'r aeth Taid ar y ffordd i dŷ ei chwaer. Pam ddwedodd o hynna wrtha i? Ar ôl yr holl bethau ddwedodd o am bobl yn cael eu gwylio drwy'r amser a'u harteithio ac wedyn eu carcharu. Doedd o ddim yn un ohonyn nhw. Fo oedd yr un roddodd nhw yno! Ond all hynna ddim bod yn wir. Amhosib. Fyddai Taid byth yn gneud hynna.

Felix, be 'dan ni'n mynd i neud?

Dwn i'm.

Bosib ddylen ni ffonio'r heddlu a gawn ni wobr.

Taid fi ydy o!

Fysat ti'n gallu mynd i weld o yn carchar.

Jake, cer o 'ma.

Dwi'n gollwng fy ffôn ac yn gorwedd yn ôl ar fy ngwely.

Dydy hyn ddim yn wir. Dim ond chwarae oedd Jake a fi pan oedden ni'n meddwl bod Taid yn ysbïwr. Ond be os oedd y pethau ddwedodd Jake *yn* wir – rhwygo'r papur, y camera ar y polyn lamp, ei gyrtens o wastad wedi cau?

Dwi'n neidio i fyny ac yn rhoi'r laptop mlaen. Dwi ddim isio edrych, ond dwi angen gwbod. Dwi'n teipio 'Lionel Steiner'.

From Wikipedia, the free encyclopaedia
Lionel Steiner. Commander in the Stasi (former East German secret police). World Chess Champion 1984. No image available. 1943–? Status and whereabouts unknown.

Dwi ddim isio darllen mwy, ond alla i ddim peidio. Dwi'n eistedd yn ôl yn fy nghadair. Mae lluniau'n fflachio drwy fy mhen. Y milwyr, ysbiwyr Dwyrain yr Almaen efo sbienddrychau sy'n tapio ffonau, Wal Berlin.

Dim ond gêm oedd hi, gêm wirion yn y parc, ond be os oedd hi'n wir drwy'r adeg? Dwi'n cau fy laptop ac yn gorwedd ar fy ngwely.

Doedd Taid ddim jyst yn ysbïwr, roedd o'n gomander y Stasi.

61

Be Dwi'n Mynd i Neud?

6.33. Golau stafell molchi Taid yn dod ymlaen.

6.36. Golau'r stafell molchi yn diffodd.

6.53. Golau'r cyntedd yn dod ymlaen. Ei gysgod yn tyfu'n fawr drwy'r gwydr wrth iddo fo gerdded i lawr y grisiau.

7.00. Y drws ffrynt yn agor a Samson yn dod i mewn.

7.35. Mynd allan a sbio ar y corachod, syllu draw at fy nhŷ i. Fi'n mynd ar fy nghwrcwd.

7.36. Sbecian dros sil y ffenest. Taid wedi diflannu, ond mae 'na gar gwyn newydd droi i mewn i'r sgwâr. Un o'i ffrindiau o'r Gymdeithas Almaeneg ella, wedi gweld y we ac wedi dod i'w nôl o.

'Felix… Felix!' Dwi'n neidio wrth i Mam ddod i mewn i'r llofft. 'Ro'n i'n deud bod Dad a fi'n mynd allan a… a be ti'n neud ar y llawr?'

'Dim byd,' dwi'n deud. 'Wedi colli beiro.'

‘Mmm.’ Mae Mam yn edrych arna i’n ddrwgdybus. ‘Beth bynnag, ’dan ni’n mynd i sêl cist car – ti isio dod?’

‘Na,’ dwi’n deud. ‘Dwi’n brysur.’

‘Iawn, ac ella y gallet ti fod yn brysurach yn clirio’r llanast ’na dan y gwely. Gwna hynna cyn mynd i weld Taid. Mae o wedi codi.’ Mae hi’n symud at y ffenest.

‘Dwi’n gwbod,’ dwi’n deud.

‘Felly pam dwyt ti’m wedi mynd draw? Ti’n gwbod faint fydd o wedi gwirioni efo dy newyddion di.’

‘Mi wna i… yn y munud.’

‘Ond ro’n i’n meddwl byddet ti’n ysu i gael deud wrtho fo.’

‘Mi rydw i,’ dwi’n deud. ‘Dwi jyst… yn gneud rhywbeth arall.’

‘Iawn,’ meddai Mam fel tasa hi’n synnu.

Dwi’n gwrando ar sŵn ei thraed yn mynd yn ôl i lawr y grisiau, wedyn yn sbecian drwy’r ffenest. Mae’r car gwyn wedi parcio chydig i lawr o dŷ Jake a does ’na ddim golwg o Taid. Dwi’n estyn am fy laptop. Dwi wedi bod yn darllen ac ailddarllen gwefan *Chess Monthly* ers i Jake yrru’r neges. Dwi wedi bod yn gobeithio mai camgymeriad oedd o, neu bosib bod rhywun o’r ysgol wedi hacio mewn i’w cyfrifiaduron nhw a rhoi’r erthygl yna fel jôc. Ond sut fyddai Taid wedi gallu cael y symudiad? Roedd Lionel Steiner wedi diflannu; dyna ddwedodd Wikipedia. Yr unig esboniad dros Taid yn gwybod y symudiad oedd mai fo *oedd* Lionel Steiner.

Dwi’n pwyso’r botwm adfywio ac yn gobeithio bydd yr erthygl yn diflannu. Ond mae’r sgrin yn ail-lwytho efo’r un pennawd a’r un llun gwirion ohona i yn gwenu fel giât efo’r tlws a’r un geiriau: ‘Comander heddlu cudd… wedi diflannu… Pencampwriaeth y

Byd…' Roedd Taid wedi deud wrtha i am rannau o'i orffennol, ond mae o fel tasa 'na dwll mawr o flynyddoedd ar goll o'r canol.

Ond mae o'n dal yn daid i mi. Fo ydy'r un sy wastad yna i 'nôl i yn ei gar pinc, sy'n gneud te i mi, sy'n rhoi sosejys i mi, sy'n mynd i siopa a phrynu Nutella yn arbennig i mi achos mae o'n gwbod 'mod i'n licio fo. Ond yn fwy na hynna, hyd yn oed, dros yr wythnosau dwetha 'ma dwi wedi mynd o feddwl ei fod o jyst yn hen ddyn blin i weld pa mor hapus mae o'n gallu bod, a sylweddoli gymaint roedd o'n caru Nain a fi. A fo oedd yr unig un oedd wir yn credu yndda i hefyd. Nath o ddim jyst fy nysgu i sut i chwarae gwyddbwyll; mi nath o neud i mi deimlo'n dda amdana i fy hun. Dwi'n cydio yn fy nhlws ac yn codi ar fy nhraed. Ella fod Taid wedi bod yn ysbïwr, ond dwi'n dal yn ei garu o.

62

Wyneb yn Wyneb

Dwi'n gafael yn dynn yn y tlws wrth i mi gerdded ar draws y gwair.

Mae fy nhraed i'n symud ond alla i ddim teimlo'r llawr. Drwy gil fy llygad dwi'n gallu gweld y tai a rhai pobl yn eu gerddi, ond yr unig beth dwi'n ei weld yn glir ydy drws Taid.

Dwi'n stopio wrth ei giât o ac yn cael fy ngwynt ataf. Mae fy ffôn i'n pingian eto. Jake fydd yno, yn deud wrtha i am beidio neud o, ond mae o'n rhy hwyr achos dwi reit o flaen drws Taid yn barod.

Dwi'n codi fy llaw i gnocio, wedyn yn oedi. Be os bydda i'n ei styrbio fo? Allai o fod yn pacio'i bethau mewn i ges. Bosib bod rhywun o'r Gymdeithas Almaeneg yna efo fo, yn rhoi cardiau adnabod newydd iddo fo er mwyn ei helpu i ddianc. Ond rhaid i mi gnocio, achos hyd yn oed os ydy Taid wedi gneud y pethau yna, dwi isio'i weld o un waith eto cyn iddo fo adael am byth.

Dwi'n cnocio ar y drws ac yn sbecian drwy'r gwydr, yn aros i siâp Taid ddod i'r golwg yn y cyntedd. Ond wela i ddim byd. Dwi'n rhoi fy mhen yn erbyn y drws, yn gwrando am sŵn y teledu neu fiwsig band pres yn chwarae yn y gegin.

Dim byd.

Rhyfedd. Bosib ei fod o wedi gadael yn barod, neu mae fy nychymyg i wedi mynd yn rhemp ac mae o jyst yn y cefn yn gneud chydig o arddio neu'n gweithio yn y sied.

Dwi'n cerdded heibio ochr y tŷ ac yn stopio ar y patio. Mae'r sied ar gau a does 'na ddim sôn am Taid yn yr ardd.

Dwi'n trio dolen y drws cefn. Mae'n troi a dwi'n agor y drws yn araf. Mae Samson yn gwasgu i mewn o 'mlaen i ac yn rhedeg at ei fowlen.

Mae'r gegin yn dawel ac mae 'na baned o de ar ei hanner ar y wyrctop. Dydy Taid byth yn gadael te ar ei hanner. Tybed ydy o wedi cael un o'i byliau ac wedi mynd i'r gwely i ddod drosto fo?

Mae fy ngwaed i'n dyrnu yn fy nghlustiau wrth i mi gerdded i'r cyntedd. Dwi'n gwrando am Taid, ei radio, ei deledu, ond y cwbl dwi'n ei glywed ydy fy anadl i a thician y clociau.

'Taid,' dwi'n gweiddi. 'Fi sy 'ma, Felix.' Mae fy llais i'n atseinio i fyny'r grisiau.

Dim byd o gwbl. Mae o wir wedi diflannu, yn union fel Lionel Steiner yr holl flynyddoedd yn ôl. Ond fyddai o byth wedi mynd heb ei gar. Ac mi fyddai o'n bendant yn gadael nodyn i Mam a Dad. Ac ar ôl deud yr holl bethau am ffydd a gonestrwydd, fyddai o byth bythoedd yn fy ngadael i heb ddeud ta-ta.

Dwi'n troi ac yn cerdded i mewn i'r stafell fwyta. Mae'r set wyddbwyll ar y bwrdd efo'r darnau i gyd ar eu sgwariau yn barod am gêm. Dwi'n edrych i fy chwith. Mae fy nghalon yn stopio. Mae Taid yn eistedd yn ei gadair yn y tywyllwch. Dwi'n aros iddo fo ddeud rhywbeth, ond mae ei ben o'n ei ôl ar y glustog ac mae ei lygaid wedi cau.

Cysgu mae o. Dydy o ddim wedi pacio'i fagiau a gadael wedi'r cwbl.

Dwi'n camu tuag ato fo efo fy nhlws i y tu ôl fy nghefn. Dwi ddim isio rhoi sioc iddo fo, ond rhaid i mi ei ddeffro fo er mwyn cael y gwirionedd. Mae coler Samson yn jinglan wrth iddo fo gerdded drwy'r cyntedd. Dwi'n stopio. Mae Taid yn agor ei lygaid ac yn blincian yn y tywyllwch.

'A, fan'na wyt ti, Felix,' meddai, yn gwenu. 'Dwi wedi bod yn disgwyl amdanat ti ers oes, ond rhaid 'mod i wedi syrthio i gysgu.'

'D-d-dwi'n gwbod, Taid,' dwi'n cecian. 'O'n i jyst yn... O'n i jyst wedi blino a methu codi.'

Mae'r tlws yn brathu i mewn i fy mysedd i. Ro'n i wedi meddwl mai hon fyddai'r eiliad hapusa un, ond mae fy mhen i'n gymaint o gawl o'r Stasi a'r ysbiwyr fel mai'r cwbl dwi isio gneud ydy crio. Dwi'n edrych i lawr ar fy nhraed.

'Hei!' Mae Taid yn gwthio'i hun allan o'i gadair. 'Mae'n iawn os gwnest ti golli, os gwnest ti drio dy orau.'

Dwi'n ysgwyd fy mhen wrth iddo gerdded tuag ata i. 'Na, Taid,' dwi'n mwmian. 'Ddim dyna be sy... 'Nes i ennill.' Dwi'n tynnu fy nhlws yn araf o'r tu ôl i fy nghefn. ''Nes i ennill.'

'Wnest ti ennill!' Mae wyneb Taid yn goleuo fel tasa fo wedi cael ei daro gan yr haul. 'Wnest ti ennill! Felix, dwi mor falch ohonot ti.' Mae o'n rhoi ei law ar fy ysgwydd ac yn fy ysgwyd i. 'Yn falch iawn, ond pam ti ddim yn hapus? Dwi'n gwbod,' meddai. 'Yr adrenalin ydy o. Mae o wedi dy adael di'n flinedig fel roedd o'n arfer gneud i mi. Weithiau ar ôl gêm fawr mi fyddwn i'n cysgu am ddeuddydd.'

Dwi'n nodio fel tasa fo'n gallu bod yn hynny, ond ddim dyna ydy o, naci. Dwi isio deud rhywbeth rŵan, ond mae Taid yn cydio yn y tlws ac yn gwenu fel tasa fo wedi'i ennill o ei hun.

Dwi'n gwasgu gwên allan wrth i Taid gerdded draw at y soffa. 'Ty'd i eistedd fan hyn,' meddai, yn tapio'r sedd wrth ei ymyl. 'Dwed yr hanes i gyd.'

Dwi isio deud wrtho fo 'mod i'n gwbod pwy ydy o, ond mae fy nhafod i wedi clymu gymaint â'r meddyliau yn fy mhen.

Rhaid i mi ddeud rhywbeth.

Rhaid i mi ei ddeud o rŵan.

Dwi'n anadlu'n ddwfn, ond allwn i sugno aer i mewn fel morfil a fyddai o ddim yn helpu. Ar ôl i ni ffraeo ac wedyn dod yn ffrindiau eto wrth y goeden, dwedodd Taid bod rhaid i ni fod â ffydd yn ein gilydd ac y dylen ni allu siarad am unrhyw beth dan haul, ond alla i ddim siarad am hyn.

Dwi'n eistedd wrth ei ochr o.

'Dwed bob dim wrtha i,' meddai Taid. 'Paid â gadael dim byd allan. Mae gen i ddiddordeb i wybod popeth achos dwi wedi bod yn sownd yn y stafell yma.'

Dwi'n syllu ar y llawr. Os na fydda i'n dechrau siarad cyn bo hir, mi fydd o'n dyfalu bod rhywbeth o'i le, ac os bydda i'n deud wrtho fo am y twrnamaint ella fydd o'n cyfadde wrtha i ei hun – wedi'r cwbl, mae o wedi deud llwyth o bethau wrtha i yn ddiweddar nad o'n i'n gwbod dim amdanyn nhw. Ond dim byd mor fawr â hyn.

O'r diwedd mae'r geiriau'n dechrau dod allan. Dwi'n deud wrtho fo ei bod hi wedi cymryd dwy awr i gyrraedd Birmingham a 'mod i wedi bwyta brechdanau ac yfed digonedd o ddŵr. A phan gyrhaeddon ni'r ysgol roedd hi'n anferth ac yn edrych fel Hogwarts ac mae o'n gwenu ac yn deud nad ydy o'n gwbod be ydy hynny. Ac wrth i mi egluro dwi'n meddwl ei fod o'n edrych yn rhy glên ac annwyl i fod yn gomander y Stasi, ond wedyn dwi 'rioed wedi cyfarfod un, felly sut fyddwn i'n gwbod. Mi fyddai'n haws taswn i wedi darganfod mai marchog Arabaidd hud oedd o, oedd yn gallu troi'n *cheetah* neu'n llewpart. O leia gallwn i edrych ar ei groen o am ôl smotiau neu streipiau. Ond does 'na ddim byd. Ddim hyd yn oed rhif wedi'i datŵio ar ei arddwrn neu ei law. Jyst yr un Taid ag o'r blaen ydy o, sy'n gwenu arna i wrth i mi ddeud 'mod i wedi colli fy ail gêm oherwydd bod y chwaraewr arall yn bwyta Doritos, wedyn yn nodio'n fodlon wrth i mi ddeud pa symudiadau 'nes i yng ngweddill y gemau.

'Gwych,' meddai Taid, gan bwyso mlaen. 'Rŵan, y rownd derfynol, dwed wrtha i am y rownd derfynol.' Mae'n rhwbio'i ddwylo efo'i gilydd fel tasa fo'n eu cynhesu o flaen tân.

Dyma pryd mae'n rhaid i mi ddeud wrtho fo 'mod i'n gwbod. Ar ôl deud wrtho fo 'mod i wedi defnyddio'i symudiad o, dyna pryd dwi'n deud wrtho fo 'mod i'n gwbod mai fo ydy Comander Steiner. Ond dwi'n methu.

'Jyst gêm arall oedd hi, Taid,' dwi'n deud.

'Rwtsh,' meddai. 'Dydy rownd derfynol ddim jyst yn gêm arall.'

Dwi'n pwyso'n ôl fel sach o datws yn erbyn y clustogau.

'Be sy'n bod?' mae Taid yn gofyn. 'Oes 'na rywbeth dwyt ti ddim yn deud wrtha i? Nath dy wrthwynebydd di ildio? Mae'n iawn os mai dyna nath o. Mae'n golygu dy fod ti wedi ennill efo dy feddwl.'

'Naci, Taid,' dwi'n deud. 'Ddim dyna be ydy o.'

'Be ydy o 'ta?'

Dwi'n llyncu'n galed. 'Taid, ro'n i mewn cornel, ac ro'n i mewn twll ac wedi cael fy nal.'

'A.'

'A 'nes i ddefnyddio'r symudiad arbennig 'na: y Yugoslav Attack.'

'Da iawn,' meddai Taid. 'Ond pam wyt ti mor anhapus?'

Dwi'n anadlu'n ddwfn. Ac yn anadlu'n ddwfn eto.

'Felix?' Mae Taid yn pwyso tuag ata i.

'Achos dwi'n gwbod pwy ydach chi,' dwi'n deud yn frysiog. 'Naethoch chi ddysgu'r Spreebogen Variation i mi, a dim ond un person erioed sy wedi defnyddio hwnnw. Dwi'n gwbod mai chi ydy Comander Steiner.'

'Pwy?' Mae Taid yn sbio i fyny arna i.

'Comander Steiner. Comander yn y Stasi. Edrychwch, mae'n deud fan hyn.' Dwi'n estyn i fy mhoced ac yn dangos fy ffôn i Taid. 'Dach chi'n gweld!'

Mae Taid yn ymbalfalu am ei sbectol ond mae ei ddwylo'n crynu gymaint dydy o prin yn gallu dod o hyd i'w drwyn. Dwi'n difaru dechrau hyn. Ella'i fod o'n gomander y Stasi, ond mae o'n dal yn daid i mi a dwi ddim isio'i frifo fo'n fwy na dwi wedi gneud yn barod.

Dwi'n dechrau tynnu fy llaw i ffwrdd.

'Na.' Mae Taid yn cydio'n dynn yn fy mraich i ac yn craffu ar y sgrin. Dwi'n dal fy ngwynt wrth iddo ddarllen y pennawd yn uchel.

'Pencampwr gwyddbwyll ysgolion ieuengaf erioed yn ennill gyda symudiad comander Stasi… Be?!' Mae Taid yn tynnu'r sgrin yn nes. 'Un ar ddeg oed yw Felix Schopp, a llwyddodd i guro chwaraewyr cryf iawn o ysgolion o bob cwr o Brydain gan ddefnyddio'r Spreebogen Variation o'r Yugoslav Attack, symudiad a gafodd ei ddefnyddio gan ddim ond un person erioed, cyn-gomander heddlu cudd Dwyrain yr Almaen, Lionel Steiner.'

Mae Taid yn pwyso mlaen. 'Comander Steiner,' mae o'n sibrwd. 'Wnes i 'rioed feddwl y byddwn i'n gorfod deud ei enw o eto. Dwi… Dwi…'

Mae fy nghalon yn curo mor gyflym ag un cwningen. Dwi isio'i dynnu fo'n ôl, ond mae'n rhy hwyr rŵan.

'Dwi'n sori, Taid,' dwi'n deud. 'Do'n i ddim isio'i gredu o, ond naethoch chi sôn am Spreebogen pan oeddech chi'n deud hanes eich chwaer, a phan welais i ei enw o ar y cardiau yn y wardrob—'

'Na. Mae hyn yn anghywir!' mae Taid yn deud yn flin. 'Mae o'n anghywir! Mae *hyn* yn anghywir!' Mae'n procio'i fys at y sgrin. 'Nid dyma beth ddigwyddodd. Nath o ddwyn fy symudiad i! Steiner nath ddwyn y Spreebogen Variation oddi arna i.'

63

Y Llen Olaf

Bwmp.

Cnoc.

Bwmp.

Thwmp. Thwmp. Thwmp.

Bwmp.

Cnoc.

Thwmp. Thwmp. Thwmp.

Dyma'r synau sy'n dod drwy'r nenfwd. Dwedodd Taid ei fod o angen chydig o amser ar ei ben ei hun, ei fod o angen meddwl, ond mae o wedi bod yn ei lofft mor hir dwi wir yn meddwl ei fod o'n pacio'i ges i fynd yn ôl i'r Almaen.

Dwi'n cerdded draw at y ffenest ac yn sbecian rhwng y cyrtens. Mae 'na ddwy ferch dwi ddim yn eu nabod yn sefyll ar eu dwylo wrth ymyl ein coeden ni, mae Mam a Dad yn dadbacio pethau maen nhw wedi eu prynu yn y sêl cist car ac mae Jake yn beicio rownd y sgwâr. Mae o isio i mi fynd allan, ond roedd Taid wedi cynhyrfu gymaint pan ’nes i sôn wrtho fo am Comander Steiner dwi ddim isio’i adael o ar ei ben ei hun.

Bwmp.

Cnoc.

Thwmp. Thwmp. Thwmp.

Dwi’n edrych i fyny ac yn dilyn sŵn traed Taid ar draws y nenfwd.

Clic.

Cnoc.

Thwmp. Thwmp. Thwmp.

Dwi’n cerdded yn ôl at y soffa jyst mewn pryd i weld llaw Taid yn cydio yn y banister wrth iddo gerdded i lawr y grisiau. Dwi isio credu nad fo ydy’r comander, ond pam fyddai o’n gadael oni bai am hynny?

Dwi’n eistedd ar y soffa efo ’mhen yn fy nwylo. Dwi’n ei ddychmygu o’n gwisgo’i gôt hir, yn gwrando am y clincian wrth iddo godi goriadau’r car a chlic y drws ffrynt.

Ond does ’na ddim sŵn, dim ond y clociau’n *tic-tic-tician* o bob cyfeiriad fel tasen nhw wedi cael eu hadeiladu mewn i’r waliau. Dyma be mae ysbiwyr yn neud? Jyst diflannu heb hyd yn oed ddeud ta-ta?

Mae cysgod yn sleifio heibio’r drws. Dwi’n codi fy mhen yn araf. Yn gweld slipars blêr Taid, wedyn ei drowsus brown, a’r siwmper las nath Nain wau iddo fo. Ac o dan ei gesail mae’r bocs welais i yn y wardrob.

Mae o’n gwenu wrth gamu tuag ata i.

‘Ti’n cofio fi’n deud y dylen ni fod â ffydd yn ein gilydd?’ mae’n deud yn dawel.

'Wrth y goeden, Taid?'

'Ia.' Mae o'n eistedd wrth fy ochr i ac yn rhoi'r bocs ar y bwrdd coffi. 'Wel, dwi'n meddwl y dylwn i ddangos ffydd ynddot ti rŵan.'

Mae Taid yn agor y bocs yn araf.

'Dyma…' meddai. 'Dyma rywbeth dwi ddim ond wedi deud wrth un person, a dy nain oedd honno.'

'Ddim hyd yn oed wrth Dad?' dwi'n gofyn.

'Na, ddim hyd yn oed dy dad.' Mae Taid yn ochneidio wrth edrych i mewn i'r bocs. 'Felix, mae 'na stori drist yn y bocs yma, un dwi ddim yn licio meddwl amdani, ond… ond… Efallai y dylwn i jyst dangos i ti be ydy'r bocs yma.'

Dwi'n syllu i lawr ar y bocs. Mae 'na gannoedd o gwestiynau yn fy mhen i, ond dydy hi ddim yn teimlo'n iawn i mi ofyn un rŵan.

Mae Taid yn estyn i mewn ac yn tynnu'r llun du a gwyn allan. Mae o'n ei ddal o 'mlaen i rhwng ei fysedd. Dwi'n dal yr ochr arall i'w stopio fo rhag crynu.

'Hwn ydy'r llun olaf un i gael ei dynnu efo fy nhad. Dyma hefyd y twrnamaint gwyddbwyll olaf erioed i mi chwarae ynddo. Ro'n i'n un deg saith oed ac mi gafodd ei dynnu ar ôl i mi ennill Pencampwriaeth Gwyddbwyll Ieuenctid yr Almaen yn 1960. Fel Bobby Fischer, fi oedd pencampwr gwyddbwyll ieuengaf fy ngwlad ac roedd pawb yn meddwl y byddwn i'n mynd am Bencampwriaeth y Byd fel roedd o wedi gneud. Ro'n i wrth fy modd yn chwarae gwyddbwyll, dyna oedd yn fy ngyrru i – herio chwaraewyr eraill efo fy meddwl oedd y teimlad gorau yn y byd. Mi fyddwn i'n chwarae ar fy mhen fy hun yn fy llofft drwy'r amser, drwy'r dydd a thrwy'r nos, ond y canlyniad oedd peidio cael gweld fy nhad byth eto.'

‘Sut, Taid?’ Dwi’n troi ac yn gweld dagrau’n cronni yn llygaid Taid.

‘Ti’n cofio be ddwedais i am Wal Berlin, sut naethon nhw ei chodi hi dros nos yn Berlin, fy ninas i, i wahanu pobl y Dwyrain a’r Gorllewin?’

‘Yndw, Taid,’ dwi’n deud. ‘Mi naethon nhw ei chodi hi y diwrnod naethoch chi drio mynd i weld eich chwaer.’

‘Do. Wel, newyddiadurwr milwrol oedd fy nhad i. Roedd o’n ysgrifennu am frwydrau a datblygiadau newydd mewn arfau, y tanciau a’r gynnau diweddaraf. Roedd ganddo’r hawl i weld gwybodaeth filwrol, ac un bore daeth y Stasi i’n tŷ ni a’i gyhuddo fo o basio gwybodaeth i’r byddinoedd ar ochr draw’r Wal, yn y Gorllewin. Dwedodd fy nhad bod hynny ddim yn wir, ond un diwrnod aeth o allan o’r tŷ a gwelodd Mam ddynion yn ei hel i mewn i fan. Chlywson ni ddim gair ganddo fo am wythnosau nes i ni glywed ei fod o mewn gwersyll carchar y Stasi yn Nwyrain Berlin. Do’n i ddim yn cael mynd i’w weld o, ond gawson ni wybod gan bobl eraill bod dim ffenestri yn y stafelloedd ond goleuadau fyddai’n cael eu cadw mlaen drwy’r dydd a nos er mwyn i’r carcharorion fethu cysgu’n iawn. Weithiau bydden nhw’n gadael fy nhad allan yn sydyn a byddai’n dod adre. Nath o ’rioed ddeud be ddigwyddodd i mewn yn fan’na, ond roedd ganddo friwiau ar ei ben ac roedd ei esgyrn yn dangos drwy ei groen.’

‘Mae hynna’n ofnadwy, Taid,’ dwi’n deud.

‘Ydy.’ Mae Taid yn syllu ar y llun. ‘Ac roedd o’n hen dric gwael, achos bob tro byddai fy nhad yn meddwl ei fod o drosodd, bydden nhw’n ei arestio eto. Collodd ei swydd, a fy mam hefyd. Cafodd hi a fi ein cyfyngu i'r tŷ – byth yn cael mynd allan, neb yn cael dod i'n gweld ni. Naethon ni golli pob cysylltiad efo fy modrybedd a fy ewythrod, ein ffrindiau i gyd. Ces i fy ngorfodi i roi'r gorau i'r coleg. Gyda'r nos byddai'r milwyr yn dod i'n deffro ni. Doedd fy nhad ddim yn siarad, felly roedd y Stasi'n dod i'n cwestiynu ni. Roedden nhw'n deud y bydden nhw'n arteithio fy nhad os na fydden ni'n deud wrthyn nhw bob dim roedden ni'n ei wybod, ond doedden ni'n gwybod dim. Doedd 'na ddim byd.'

Dwi'n trio meddwl am rywbeth i'w ddeud, ond y cwbl dwi'n gallu meddwl ydy pa mor erchyll oedd hynna iddyn nhw.

Mae Taid yn estyn i mewn i'r bocs.

'Dyma'n cardiau adnabod ni. Roedden ni'n gorfod eu cario nhw drwy'r amser, a dyma'r…' Mae'n estyn i gefn y bocs. 'Dyma'r cardiau caniatâd i fynd i weld pennaeth y gwersyll carchar, Comander Steiner.'

'Aethoch chi i'w weld o? Aethoch chi i *weld* Comander Steiner.'

'Do.'

'Felly ddim chi ydy—'

'Naci.' Mae Taid yn ysgwyd ei ben yn araf. 'Ddim fi ydy Comander Steiner.'

Dwi'n anadlu allan efo rhyddhad. 'Ond pam oedd rhaid i chi fynd i'w weld o?' dwi'n gofyn. 'Dim ond un deg saith oed oeddech chi.'

'Achos roedd y comander wedi gwirioni efo gwyddbwyll. Roedd o'n Grandmaster fyddai'n chwarae ym mhob cystadleuaeth fawr yn Ewrop. Cafodd o wybod mai fi oedd pencampwr yr ieuenctid. Roedd o isio chwarae yn fy erbyn i. Doeddwn i ddim isio, ond naethon nhw fygwth arteithio mwy ar fy nhad taswn i ddim. Aeth y

Stasi â fi i'w swyddfa. Roedd yno ddrysau mawr pren oedd yn agor i mewn i stafell oedd mor fawr â'r neuadd yn dy ysgol di. Dim ond un ddesg oedd ynddi – desg y Comander efo bwrdd gwyddbwyll wedi'i osod arni. Ac roedd o'n sefyll y tu ôl i'r ddesg, yn aros amdana i yn ei iwnifform, a llawer o fedalau ar ei frest. Dwedodd wrtha i am eistedd a chwarae, er 'mod i'n gwybod nad wyt ti'n chwarae gemau efo'r gelyn. Ond pan mae dy dad yn cael ei arteithio mewn stafell chydig fetrau i ffwrdd, mi wnei di unrhyw beth. Mi wnes i'r camgymeriad o'i guro. Ro'n i wedi meddwl na fyddai o isio chwarae eto ar ôl hynny, ond na, roedd o isio chwarae yn fy erbyn i hyd yn oed yn fwy. Ro'n i'n gorfod dysgu symudiadau iddo fo os nad o'n i isio iddo fo yrru fy nhad i wersyll arall yn bell i ffwrdd, wrth ymyl Gwlad Pwyl.'

'Ond roedd o'n gomander,' dwi'n deud. 'Allai o ddim chwarae gwyddbwyll drwy'r dydd.'

'Ond oedd, roedd o'n gallu,' meddai Taid, 'dyna'r pwynt. Yn Nwyrain yr Almaen, os oeddet ti'n athletwr da – yn rhedwr, yn nofiwr – neu os oeddet ti'n dda am unrhyw beth dan haul, byddai'r llywodraeth yn dy helpu di. Ac oherwydd eu cryfder meddyliol, byddai pencampwyr gwyddbwyll yn cael eu trin fel brenhinoedd. Felly, wrth gwrs 'mod i wedi chwarae efo'r Comander, i helpu fy nhad. Roedden ni'n chwarae bob dydd, ddwywaith weithiau, a byddai'n mynd â fi efo fo i gystadlaethau yn y Dwyrain i chwarae yn erbyn y Rwsiaid. Doeddwn i ddim yn cael chwarae, yno i'w helpu o i baratoi cyn pob gêm o'n i, ac i fynd yn ôl dros y symudiadau wedyn. Mi wnes i ddysgu pob ymosodiad ro'n i'n ei wybod iddo fo, creu rhai newydd a dysgu'r rheiny iddo fo hefyd, ac enillodd o bob un cystadleuaeth yn y Dwyrain. Ro'n i'n meddwl 'mod i wedi cyflawni fy ochr i o'r fargen, ac efallai yn lle bygwth gyrru fy nhad i Wlad Pwyl y byddai o'n ein rhyddhau ni i gyd. Dwedodd o y byddai'n gneud hynny, ond dim ond os byddwn i'n ei helpu i ennill Pencampwriaeth Gwyddbwyll y Byd 1962, oedd yn cael ei chynnal yng Ngorllewin Berlin.'

'Ochr arall y Wal?'

'Yn hollol.' Mae Taid yn nodio. 'Ar ochr arall Wal Berlin. Aethon nhw â fi i weld fy nhad; roedd o hyd yn oed yn deneuach ac â chymaint o gleisiau allwn i ddim gweld lliw gwyn ar ei groen. Dwedodd fy nhad na ddylwn i gredu addewidion y Comander, a doedd dim gwahaniaeth be fyddwn i'n ei neud, byddai o'n cael ei arteithio yn y carchar am byth. Wedyn mynnodd fy nhad 'mod i'n addo un peth – pan fyddwn i ar ochr arall y Wal, yng Ngorllewin Berlin, os byddwn i'n gweld fy nghyfle, dylwn i ddianc ac ymuno efo fy chwaer. Ddwedais i 'mod i ddim isio, ond dwedodd o na fyddai Mam na fi'n cael ein rhyddhau byth chwaith, ac efallai y bydden ninna'n cael ein carcharu. Dylwn i drio dianc i'r Gorllewin rŵan, achos efallai na fyddwn i byth yn cael y cyfle eto.'

'Ond mi fyddech chi'n gorfod gadael eich rhieni ar ôl?'

'Byddwn.' Mae Taid yn llyncu'n galed ac yn estyn mewn i'r bocs. Mae'n dangos llun i mi o ddyn mewn gwisg milwr efo llwyth o fedalau. Mae'n edrych fel tasa fo mewn cyntedd gwesty efo dynion eraill mewn gwisg filwrol a chotiau tywyll o'i gwmpas o. Yn union fel yn *Pawn Sacrifice*.

'Dyma'r gwesty lle roedden ni'n chwarae. I gyrraedd yno roedden ni'n gorfod gyrru drwy Checkpoint Charlie. Dyna'r pwynt ar y ffin lle roedd Dwyrain Berlin yn cyfarfod y Gorllewin. Eisteddais i yn y car oedd yn dilyn y Comander. Roedd 'na warchodwyr efo gynnau i fyny ar y tyrau gwylio, a hyd yn oed mwy yn sefyll ar y ffin, o flaen y Wal efo'r weiren bigog ar ei phen hi. Naethon ni stopio wrth farier coch a gwyn lle nath y gwarchodwyr edrych ar ein papurau ni. Am eiliad ro'n i'n meddwl na fydden nhw'n ein gadael ni drwyddo, ond wedyn cododd y barier ac ymlaen â ni. Roedd y Wal rŵan y tu ôl i ni, a'r eiliad honno teimlais i mor drist achos ro'n i wedi sylweddoli os byddwn i'n gneud fel roedd fy nhad wedi gofyn, efallai na fyddwn i'n ei weld o na fy mam byth eto… Felly dyma…' Mae bys Taid yn ysgwyd wrth iddo fo bwyntio at y llun. 'Dyma'r Comander… A dyma fi.'

Dwi'n craffu ar y dorf yn y cefndir ac yn gweld Taid fel bachgen yn edrych yn ôl arna i. Mae o'n edrych mor nerfus ac ar goll yn y dorf.

'Roedd 'na warchodwyr ym mhob man,' mae Taid yn mynd yn ei flaen. 'Hyd yn oed taswn i wedi trio dianc fel roedd fy nhad isio i mi neud, fyddwn i byth wedi llwyddo, achos roedden nhw'n dilyn y Comander a fi i bob man, i bob gêm. Am dri diwrnod, wnes i helpu'r Comander i baratoi bob bore, gan chwarae gwyddbwyll yn ei stafell o, a hyd yn oed yn ein pennau wrth fynd i lawr i'r brif neuadd yn y lifft. Enillodd ei bedair gêm gyntaf ac roedd o yn y rownd gynderfynol yn erbyn cadfridog milwrol o Rwsia. Doedden nhw ddim wedi chwarae yn erbyn ei gilydd o'r blaen ac roedd y Comander yn ofnadwy o nerfus. Nath o fynnu 'mod i'n dysgu fy symudiad gorau un iddo fo, rhywbeth na fyddai unrhyw chwaraewr arall yn ei wybod. Taswn i'n ei helpu i gyrraedd y rownd derfynol, fyddai o ddim yn gyrru fy nhad i ffwrdd, ond byddai'n ei ryddhau o a fy mam y diwrnod wedyn. Dyna'r noson wnes i ddysgu fy symudiad gorau un iddo fo. Dyna pryd ddysgais i'r…'

'Spreeborgen Variation,' dwi'n deud yn araf.

'Ia.' Mae Taid yn nodio. 'Ti'n gweld, Felix, ddim fo oedd pia'r Yugoslav Attack, ond fi. A'r bore wedyn mi ddefnyddiodd y symudiad i guro'r cadfridog o Rwsia. Wedyn aeth o'n ôl i'w stafell. Roedd y Comander yn hapus. Roedd pawb yn yfed ac yn dathlu, hyd yn oed y gwarchodwyr. Dyna pryd wnes i ofyn iddo fo gadw ei ochr o o'r fargen. Ro'n i wedi'i helpu i gyrraedd y rownd derfynol; rŵan roedd o'n gorfod rhyddhau fy rhieni. Ond edrychodd arna i fel taswn i'n siarad rwtsh. "Rhaid i mi ennill y rownd derfynol yn gynta," meddai.'

'Dydy hynna ddim yn deg,' dwi'n deud.

'Nac ydy,' meddai Taid. 'Doedd o ddim yn deg, a'r noson honno wnes i aros yn effro yn meddwl. Hyd yn oed taswn i'n helpu'r Comander i ennill, mi fyddai 'na wastad rhywbeth arall fyddai'n ei rwystro rhag rhyddhau fy rhieni – gêm arall, pencampwriaeth arall. Doedd dim modd ymddiried ynddo fo. Ro'n i isio ffonio fy nhad a deud wrtho be oedd wedi digwydd, ond hyd yn oed tasa'r Stasi yn gadael iddo fo siarad, ro'n i'n gwybod y bydden nhw'n gwrando.

'Y noson honno wnes i benderfynu ufuddhau i fy nhad. Dianc i'r Gorllewin. Ro'n i'n gwybod am y peryglon, ac efallai na fyddwn i'n dod drwyddi'n fyw. Ro'n i wedi clywed llawer o straeon am bobl yn cael eu saethu wrth drio mynd dros y Wal. Ond er 'mod i ar yr ochr arall iddi'n barod, ro'n i wedi fy amgylchynu gan warchodwyr efo gynnau. Y bore wedyn, wrth i'r Comander a minnau fynd drwy'r lobi am y rownd derfynol, efo gohebwyr yn gweiddi cwestiynau a chamerâu yn clician a fflachio, gwelais fy nghyfle – bwlch rhwng y Comander a'r gwarchodwyr y gallwn i ddianc drwyddo. Fyddai'r gwarchodwyr ddim yn fy saethu i, ddim yng ngolau dydd efo'r byd i gyd yn gwylio. Rhedais drwy'r bwlch, allan drwy ddrysau'r gwesty at y palmant. Roedd y stryd yn llawn o bobl yn cerdded a cheir yn canu cyrn, yn sownd yn y traffig. Allwn i ddim ymddiried yn unrhyw un o'r bobl rhag ofn ei fod yn un o'r Stasi, felly rhedais drwy'r traffig cyn gyflymed ag y gallwn i, heb edrych yn ôl. O'r diwedd wnes i arafu ar gyrion y ddinas lle roedd y strydoedd yn dawel, a'r noson honno mi es i ar draws y ddinas i dŷ fy chwaer yn Heinz Hoffmann-Straße. Ac mi ges i ei gweld hi am y tro cynta mewn blwyddyn a mwy.'

'Waw, Taid,' dwi'n deud. 'Mae o mor gyffrous, 'sa fo'n gallu bod yn ffilm.'

Mae Taid yn gwenu'n wan arna i.

'Byddai,' meddai. 'Mi allai fod yn ffilm, ond yn anffodus mae'n stori wir a dydy hi ddim yn gorffen yn dda.'

'Ond naethoch chi ddianc,' dwi'n deud. 'Neu fyddech chi ddim yma rŵan.'

Mae Taid yn gwenu eto. Mi ddwedodd fod y stori ddim yn gorffen yn dda, ond pam? O weld y tristwch yn llygaid Taid, dwi'n amau'n sydyn 'mod i'n gwbod y rheswm.

'Nath o mo'i ryddhau o, naddo, Taid? Nath y Comander byth ryddhau eich tad chi.'

'Naddo.' Mae Taid yn ysgwyd ei ben yn araf. 'Nath o yrru fy nhad i'r lle 'na wrth ymyl Gwlad Pwyl. Welodd fy mam byth mohono fo eto. Welais i byth mohono fo eto. Y cwbl gaethon ni oedd dau lythyr ganddo fo, yn deud ei fod o ddim isio i ni boeni achos roedd o'n iawn. Ond doedd o ddim yn iawn. Flwyddyn yn ddiweddarach, cafodd fy mam lythyr gan y Stasi, yn deud bod fy nhad wedi marw. Naethon nhw byth ddeud pryd na sut.' Mae Taid yn tynnu ei sbectol ac yn sychu ei lygaid ar ei lawes.

'Ond dwi 'rioed wedi gallu maddau i mi fy hun,' meddai. 'Daeth Mam i fyw efo fi ar ôl i'r Wal ddod lawr, ond ddylwn i byth fod wedi'i gadael hi a fy nhad ar ôl. Dylwn i fod wedi helpu'r Comander i ennill y rownd derfynol.'

'Ond ddim eich bai chi oedd o, Taid. Bosib fyddai o ddim wedi eu rhyddhau nhw wedyn.'

'Dwi'n gwybod,' meddai Taid. 'Dwi'n gwybod. A rŵan rwyt ti'n gwybod popeth. Pam wnes i gadw fy hanes yn gyfrinach mor hir, pam dwi'n cadw'r cyrtens ar gau, pam na allwn i chwarae gwyddbwyll am chwe deg mlynedd. Ddim tan rŵan… efo ti.'

'Felly pam oeddech chi isio fy nysgu i mwya sydyn?' dwi'n gofyn. 'Wedi'r holl amser?'

'Achos wnes i sylweddoli rhywbeth… rhywbeth ddwedodd dy nain cyn iddi farw. Wnes i sylweddoli be roedd hi'n ei feddwl.' Mae'n nodio at y llun o Nain ar y silff ben tân.

'Be ddwedodd hi, Taid?'

'Y dylen ni wastad rannu'r pethau 'dan ni'n eu caru efo'r bobl 'dan ni'n eu caru.'

Mae Taid yn symud ei fysedd i ganol y llun o'r Comander ac yn araf bach, yn ei rwygo yn ei hanner, wedyn yn ei hanner eto, ac eto. Dwi ddim yn gwbod be i ddeud. Alla i ddim hyd yn oed ddychmygu sut brofiad oedd cael ei gloi i ffwrdd o'i ffrindiau, a byth yn cael mynd allan. Alla i ddim dychmygu gorfod rhedeg i ffwrdd a byth gweld dy dad eto.

Dwi isio deud wrtho fo ei bod hi'n ddrwg gen i am be oedd rhaid iddo fo'i neud; dwi isio deud wrtho fo'i bod hi'n ddrwg gen i 'mod i wedi meddwl mai fo oedd y Comander. Sut allwn i fod wedi meddwl rhywbeth mor ofnadwy?

Dwi'n agor fy ngheg.

'Taid, dwi… dwi'n…' Dim ond dau air sy raid i mi eu deud, ond mae fy ngwddw mor dynn ddaw'r ail un ddim allan.

Mae Taid yn lapio'i freichiau am fy sgwyddau i.

'Mae'n iawn,' meddai, gan fy ngwasgu'n dynn. 'Weithiau mae'n iawn i beidio deud dim.'

'Dwi'n gwbod, Taid, ond dwi jyst isio deud sori.'

Mae Taid yn pwyso'i ben yn erbyn f'un i. 'Does dim rhaid i ti ddeud sori,' meddai. 'Rwyt ti wedi fy ngneud i'n hapus am y tro cynta ers amser maith. Dwi wedi bod wrth fy modd yn chwarae gwyddbwyll efo ti, ond yn fwy na dim dwi wedi bod wrth fy modd yn dy gael di yma efo fi.'

'A finna, Taid.'

'Be, hyd yn oed fi'n dy nôl di o'r ysgol yng nghar pinc Nain?' Mae o'n fy ngollwng i. 'Mae'n iawn – efallai y gwna i barcio chydig yn bellach i ffwrdd o hyn ymlaen.'

Dwi'n chwerthin wrth sychu fy llygaid ar fy llawes. 'Ella,' dwi'n deud.

Mae Taid yn cau'r bocs yn araf, wedyn yn cydio yn fy nhlws. Mae'r arian yn fflachio yn erbyn ei wyneb wrth iddo fo ei droi.

'Mae o'n hardd iawn,' meddai. Mae fel tasa cau'r bocs yn golygu mai dyna ddiwedd y stori, ei fod o ddim isio siarad mwy amdano fo rŵan.

Mae Taid yn troi'r tlws ac yn darllen y geiriau sy wedi eu sgythru arno fo. 'Felix Schopp. Pencampwr Gwyddbwyll Ysgolion Prydain. Ia, ti ydy hwnna,' meddai, gan wenu. 'Ti nath ennill, yn bendant.'

'Naci, Taid,' dwi'n deud. 'Naethon ni'n *dau* ennill.'

'Do.' Mae Taid yn gwenu eto. 'Mewn ffordd ryfedd, dwi'n meddwl ein bod ni'n dau wedi ennill.'

Dwi'n aros iddo fo ddeud mwy, ond o glywed ei ochenaid anferthol dwi'n meddwl ei fod o wedi blino'n rhacs ar ôl deud hanes ei fywyd wrtha i mewn un diwrnod.

Dwi'n edrych i fyny arno fo.

'Diolch, Taid,' dwi'n deud.

'Am dy helpu di i ddod yn bencampwr gwyddbwyll?'

'Naci, am *bob dim*.'

Mae Taid yn gwenu i lawr arna i. 'Dwi'n falch iawn ohonot ti, Felix,' meddai. 'Dwi'n gobeithio dy fod ti'n falch ohonot ti dy hun hefyd.'

'Yndw, Taid,' dwi'n deud. 'Dwi'n teimlo'n wych.'

'A dwi'n gobeithio bod dy fam a dy dad hefyd.' Mae llygaid Taid yn dechrau dyfrio.

'Maen nhw,' dwi'n deud yn hwyliog, gan drio codi ei galon. 'Mae Mam yn deud eich bod chi'n gorfod dod efo ni am swper achos 'dan ni'n mynd i Nando's i ddathlu.'

'Iawn,' meddai. 'Os mai dyna be ti isio.'

'Ia,' dwi'n deud. 'Felly ydan ni'n mynd i gael gêm rŵan?'

'Wrth gwrs… Ond mae 'na rywbeth sy raid i mi neud yn gynta.'

Mae o'n nodio wrth gerdded heibio i mi i mewn i'r lolfa. Dwi'n meddwl ella mai angen gorffwys mae o, neu mae o'n mynd i gydio yn remôt y teledu i weld sut dywydd ydy hi yn yr Almaen, ond mae o'n cerdded yn syth heibio'i gadair ac yn sefyll o flaen y cyrtens. Dwi'n meddwl am ei ddilyn o. Dwi isio gwbod mwy am y Wal, fel pam naethon nhw ei thynnu hi i lawr, ond dwi ddim yn meddwl mai dyma'r adeg iawn i ofyn achos mae Taid wedi bod yn syllu ar y cyrtens mor hir mae o fel tasa fo isio llonydd mwya sydyn.

Dwi'n rhoi fy nhlws i lawr yn ofalus ar y bwrdd heb neud smic. Dwi'n meddwl y dylai Taid ei gadw o yn ei dŷ o am un diwrnod.

Dwi'n symud i gyfeiriad y drws.

'Does dim rhaid i ti fynd,' meddai Taid fel tasa fo'n darllen fy meddwl i.

'Ond ro'n i'n meddwl…'

'Na, dwi ddim isio bod ar fy mhen fy hun. Dwi wedi bod yn eistedd ar fy mhen fy hun yn rhy hir. Dwi'n gweld colli dy nain, ond byddai hi'n flin efo fi am eistedd yma yn y tywyllwch mor hir.' Mae Taid yn siglo ar ei sodlau fel tasa fo'n athletwr naid hir yn paratoi ei hun i fynd am naid. Wedyn mae o'n camu ymlaen, yn codi ei freichiau ac yn tynnu'r cyrtens yn ôl. Mae'r heulwen yn ffrwydro i mewn, yn troi ei wallt llwyd yn wyn, yn troi'r waliau coch yn binc, yn gneud i ddarnau o lwch sgleinio wrth iddyn nhw hedfan yng nghanol y stafell. Mae o'n camu'n ôl, yn anadlu'n ddwfn, ac yn tynnu anadl ddofn arall, fel tasa fo wedi camu allan ar fore oer o aeaf.

Dwi'n cerdded ymlaen ac yn sefyll wrth ei ochr. Wrth i mi edrych i fyny dwi ddim yn gallu deud os ydy o'n gwenu neu'n craffu yn y golau. Mae o'n tynnu anadl ddofn arall fel tasa fo ar fin deud rhywbeth pwysig. Dwi'n aros, ond y cwbl mae o'n neud ydy anadlu allan wrth i Jake feicio heibio. Mae hwnnw'n busnesa gymaint i'n cyfeiriad ni mae o'n anelu'n syth at gar Taid. Am eiliad dwi'n meddwl ei fod o'n mynd i'w daro fo, ond wedyn mae o'n gwyro ar yr eiliad ola. Dwi ddim yn meddwl bod Taid hyd yn oed wedi sylwi achos mae o jyst yn syllu'n syth o'i flaen.

'Taid,' dwi'n deud. 'Am be dach chi'n meddwl?'

Mae Taid yn gwyro'i ben ac yn edrych ar y lawnt. 'Dwi'n meddwl ei bod hi'n ddiwrnod hyfryd i—'

'Aaa, na, Taid,' dwi'n deud. 'Ddim y gwair! Dwi'n gwbod ei fod o angen ei dorri, ond oes rhaid i ni ei neud o eto?'

'Hmff.' Mae Taid yn gwenu o glust i glust.

'Ddim slabs y patio!'

'Naci, ddim slabs y patio. Wnes i, hyd yn oed, ddim mwynhau hynna.'

'Be sy 'ta?'

Mae Taid yn rhoi ei fraich am fy sgwyddau.

'Dwi'n meddwl ei bod hi'n ddiwrnod hyfryd i fynd ar y weiren sip.'

64

Weiren Sip

'Dwi ddim yn meddwl alla i neud hyn.'

'Mae'n iawn,' dwi'n deud.

'Ond mae'n ofnadwy o uchel.'

'Dwi'n gwbod.'

'Felix, ti'n gwybod wnes i ddeud bod angen i ni fod yn onest efo'n gilydd?'

'Yndw.'

'A bod â ffydd yn ein gilydd?'

'Yndw, Taid.'

'Wel, creda di fi, dwi'n onest pan dwi'n deud wrthat ti 'mod i wir ddim yn licio uchder!'

'Mae'n iawn. Mae gynnoch chi harnes, ac mae 'na bobl yn aros amdanoch chi ar y gwaelod.'

'Efallai a' i'n ôl i lawr. 'Dan ni'n dal pobl yn ôl.'

‘Taid.’

‘Ia, Felix.’

‘Jyst neidiwch!’

‘Aaaaaaaaaaaaaaaaaaaaaaaaaaaaaaaaaaaaaa!’

Cydnabyddiaethau

Cymerodd y stori hon ei hamser, felly hoffwn i ddiolch i'r canlynol:

Sam Drew a fy merch Lois am fy helpu allan o'r gors. (Ia, ia, ac i ti Tallulah, am ofalu ein bod ni'n cadw wyneb yn Nando's.)

Jon Bentley-Smith, am ei eiriau gwych o anogaeth ac am fy arwain i ddarganfod y Mechanical Turk.

Lucy Rogers am wneud yr hyn mae golygyddion da yn ei wneud.

Clare Wallace am fy nghadw'n gall.

Roy Ludlow, am wirio a thrydydd-wirio'r holl symudiadau gwyddbwyll, yn ei stafell wyddbwyll ac yn y dafarn.

Casey Ball (10 oed) o Oldfield Park Juniors, Caerfaddon, a Kerrie Grant, am eistedd efo mi a thaflu goleuni ar yr heriau maen nhw'n eu hwynebu a'r ffyrdd gwych maen nhw'n eu herio. (Casey, gobeithio y byddi di'n mwynhau'r ysgol uwchradd. Kerrie, pob lwc yn y brifysgol).

Diolch anferthol i Bob Schopp am fynd am dro hir gyda mi ar y traeth pan soniais i wrtho am Felix ac am roi caniatâd i mi ddefnyddio ei gyfenw. A diolch i'r holl athrawon a roddodd fenthyg eu henwau i mi ar gyfer y llyfr hwn. Mae'r stori a'r cymeriadau yn gwbl ffuglennol, ond unwaith i mi hoelio'r enwau, dyna pryd ddechreuodd y llyfr ddod i drefn.

Anna Funder, am ei llyfr gwych, *Staziland*, oedd yn gymaint o help i mi ddysgu am fywyd yn nwyrain yr Almaen yn ystod cyfnod y Stasi.

Hoffwn hefyd ddiolch i'r holl ysgolion rhyfeddol y gwnes i ymweld â nhw yn ystod y ddwy flynedd ddiwethaf. Mae eich disgyblion, eich athrawon a'ch llyfrgellwyr yn anhygoel ac yn fy helpu i ddal ati. Sylw arbennig i Mr Hunt a'i staff a'i ddisgyblion yn ysgol gynradd Springwood Heath, Lerpwl. Rwy'n hynod falch o gael bod yn Gyfaill Darllen yn un o'r mannau mwyaf arbennig yn y byd.

Ac yn olaf, diolch i fy nhad, a fyddai'n aros yn amyneddgar tan 3 y pnawn ar ddiwrnodau braf o haf cyn cnocio ar ffenest fy stafell sgwennu, i fynd am dro, neu jyst i gael sgwrs. Gobeithio ei fod yn rhywle da ac yn teimlo'r un mor falch â fi am y llyfr hwn.